D1876809

DIANA

Das Buch

Ein Haufen eigenwilliger Dorfbewohner schlägt sich durchs Leben. Held der Geschichte – die vom Erzähler mit zahlreichen mehr oder weniger informativen Fußnoten ergänzt wurde – ist Milo Rogers, Poet und außerdem Oberkellner im Hotel ›Spudorgan Hall‹. Er ist verliebt in die Journalistin Kathy Hickman, die er schon nackt in einem alten Männermagazin gesehen hat, die ihn aber dennoch nicht erhören will. Milos Vorgesetzter, der Chef-Einkäufer Wolfetone Grey, fühlt sich dazu berufen, im Auftrag des Sektengründers Glossowitsch seine Mitmenschen zu missionieren. Seiner Ansicht nach sind fast alle Menschen, deren Name mit G beginnt, zu Höherem berufen – Goebbels und Göring einmal ausgenommen. Mit nächtlichen Anrufen terrorisiert er vor allem Emmet Power, den Geschäftsführer des Hotels, wobei er sich als ›Pater McCarthy‹ ausgibt – bis sich Emmet nach diesem Pater auf die Suche macht.

»Boylans Debüt ist so leicht im Abgang wie ein frisch gezapftes Guiness.«

BERLINER ILLUSTRIERTE

Der Autor

Roger Boylan, geboren 1951, wuchs in Irland, Genf, Paris und Rom auf. Er studierte an den Universitäten Ulster und Edinburgh englische Literatur. Heute lebt er als Übersetzer, Lehrer, Computertechniker und Herausgeber in den USA. Killoyle ist sein erster Roman.

Roger Boylan

Killoyle

Roman

Aus dem Englischen
von Harry Rowohlt

DIANA VERLAG
München Zürich

Diana Taschenbuch Nr. 62/0179

Die Originalausgabe
»Killoyle«
erschien bei Dalkey Archive Press, Normal, Illinois
Alle Rechte vorbehalten

Taschenbucherstausgabe 10/2001
Copyright © 1997 by Roger Boylan
Taschenbuchausgabe mit Genehmigung des
Rogner & Bernhard Verlages, Hamburg
Copyright © der deutschen Ausgabe 1999 by
Rogner & Bernhard GmbH & Co. Verlags KG, Hamburg
Der Diana Verlag ist ein Unternehmen der
Heyne Verlagsgruppe München
Printed in Germany 2001

Umschlagillustration: Doug Menuez
Umschlaggestaltung: Hauptmann und
Kampa Werbeagentur, CH-Zug
Satz: Schaber Satz- und Datentechnik, Wels
Druck und Bindung: Elsnerdruck, Berlin
Gedruckt auf chlor- und säurefreiem Papier

ISBN: 3-453-18958-2

http://www.heyne.de

1

Wie Schloß Dracula oder wie die Villa Bares in *Psycho* hob sich Spudorgan Hall kraß von ihrem schroffen Steilhang[1] ab, grell vom Blitz erleuchtet, der sich mit dem faßhohlen Gegroll und asthmatischen Geräusper fernen (aber näherkommenden) Donners abwechselte. Es war eine ganz unterhaltsame Phase der herbstlichen Tagundnachtgleiche[2], besonders wenn man sie hinter zuckenden Spitzengardinen oder bebenden Rolläden hervor betrachtete –, auf jeden Fall erbaulicher als der Fernseh für die Gäste der Hall, sowie für all die behaglichen Stubenhocker und behäbigen Früheinschläfer überall in der Stadt Killoyle und im südöstlichen Irland und auf See bis fast nach Wales hinüber. Hiervon entschieden nicht unterhalten – wenngleich sporadisch illuminiert – war der auf dem Heimweg befindliche Milo Rogers, Spudorgan Halls Oberkellner und sein eigener Gelegenheitsdichter und Träumer *extraordinaire.* Als er sich der allerobersten Ecke der Uphill Street näherte (eine echte Schinderei, bei dem Wetter), entnahm er seiner Manteltasche eine Zigarette und verfluchte die Ge-

1 Die Michael-MacLiammoir-Überführung, direkt gegenüber vom Bahnhof, falls Sie mit dem Zug kommen (CIE-Nebenanschluß zweimal täglich Cork-Killoyle, sonntags dreimal, ohne Rückfahrt), oder ein ordentlicher Spaziergang von der Bushaltestelle, wenn Ihnen danach ist (CIE Express, Green Line # 15A: CORK Central - Cobh Youghal - Killoyle - WAXFORD East).

2 Herbstliche Tagundnachtgleiche? So ein Quatsch. Es tröpfelte leise, nicht mehr und nicht weniger; so natürlich wie der morgendliche Stuhl, besonders in dieser Gegend (Südostirland) zu dieser Jahreszeit (Oktober).

schicke, die es (a) zuließen, daß seine letzte Lulle unter Wasser stand, dies (b) gleichermaßen bei seinen Streichhölzern zuließen und (c) zu so schweinearschfickmäßig früher Stunde die Kneipen zubefahlen –, noch dazu an seinem freien Abend, um der Liebe Gottes willen.[3]

»Schöne Scheiße«, heulte er. Der Donner rülpste, sarkastisch.

Natürlich gab es die Spätklubs auf der Parnell Parade, wo man zum Preis eines Gedecks – ein Betrag, für den man ein Wochenende an der Riviera einschließlich Hin- und Rückflug und mehrere Drei-Sterne-Menüs hätte haben können – bis 2:00 Uhr sitzen und sich bis zur Bewußtlosigkeit und darüber hinaus vollaufen lassen durfte; doch Milo, obschon er der schamlose Samstagabend-Bezechte war, der er war, bewahrte sich genug Selbstachtung, um Neppschuppen dieser Güte zu meiden. Allein schon die Vorstellung, jemand seinesgleichen würde sich von gutem Geld trennen, um Jahrgangs-»Champagner« für eine rotgeschminkte Schlampe zu kaufen, die er wahrscheinlich am Montag zur Mittagszeit wiedersieht, wie sie in der *Futterkiste*[4] ein paar Häuser weiter in ihren gebratenen Kabeljau hustet! Außerdem (entscheidend)

3 Das ist glücklicherweise vorbei, dank Gar Looneys Schnapsdrossel-Koalitionsregierung und dem neuen Gesetz zur Aufhebung der Sperrstunde, das sie letzten Mittwoch durchgepeitscht hat –, und das war ganz schön knapp, zwanzig Minuten, bevor die Kneipen schlossen, und nun raten Sie mal, wessen Bauch sich bei Neary's, jenem ausgezeichneten Etablissement, welches sich umsichtige sechs Minuten fünfzehn Sekunden zu Fuß (rüstig ausgeschritten), bei normalem Verkehr, vom Leinster House entfernt befindet, gegen den Tresen preßte? Sie haben gewonnen: kein Geringerer als Gar persönlich (von sämtlichen Anwesenden unerkannt).

4 Es handelt sich natürlich um das Tam-Tam's am Haughey Circle; das Essen da ist ganz in Ordnung, und ihr Schollenfilet in Aspik fand ich recht gut, und warten Sie, bis ich Ihnen von ihrem Gerstentoast mit

war Milo nahezu pennylos, befand sich doch dieser betreffende Samstag gleich weit von den vierzehntägigen Zahltagen der Firma Spudorgan Hall entfernt. Auf jeden Fall (d. h. unwiderleglich) stand er bereits am Schnittpunkt der Uphill Street (auf irisch *Sraíd Uphaíl*) – alias die N6, Autobahn Waxford-Dublin[5] – mit der T45, Ringstraße Killoyle-Cork[6], anderthalb Meilen und noch weiter vom Stadtzentrum Killoyles entfernt – bestehend aus dem O'Connell Square, der Parnell Parade, dem Pollexfen Walk, der Brendan Behan Avenue, St. Derek (Kirche v. Irland), St. Oinsias (röm.-kath.), SS. Peter & Laurence O'Toole (röm.-kath.) und den unteren Zufahrten in die King Idris Road (East und West) – und nur noch Sekunden von der Tür zu seinem Hause Oxtail Yard 7b –; naja, »Hause« ist vielleicht ein bißchen stark formuliert. Das »b« in der Adresse faßt es ziemlich gut zusammen.

Trotzdem (fand er) hätte es noch schlimmer kommen können. Beruhigenderweise kam es auch noch schlimmer, sobald das Gewitter in Killoyle als solches zuschlug, anstatt verängstigt am Stadtrand herumzulungern wie ein Vetter vom Lande, aber zu dieser Zeit hatte Milo sich bereits ins Unvermeidliche geschickt und war in seine Domäne gelangt, um sich an den zweifelhaften Genüssen des Fernsehens aus Wales zu ergötzen – schwach über den St.-Georgs-Kanal aus dem

Dorsch berichte –, da glauben Sie, die nächste Haltestelle ist dann schon der Himmel als solcher! Aber der Tintenfisch mit Zucchini, den ich da mal hatte, und der Weinessig, den sie zu allem servieren, der nie eine Traube gesehen hat ... *WÜRRRRGGG*, falls Sie mir folgen können.

5 Autobahn, aber hallo! Vier Spuren, gerade mal genausoviele Meilen lang, und dann wieder nur zwei mit Mittelstreifen. Was für ein Land.

6 Führt von der Einkaufspassage in der Parnell Parade nach Cork, über Skibbereen, das kühne Gougane Barra und (aber nur an klaren Tagen) Teile von Nord-Tipperary (wo die Ryans hausen – brrrr!).

Fürstentum selbst ausgestrahlt[7] – und an seinem hochklassigen Hausgebrauten, einem garantierten Gekrösekitzler.[8]

»Blase, Wind, bis dir die Backen platzen«, murrte Milo, während draußen der Sturm tobte. Auf dem Bildschirm flimmerte streifig ein Streifen mit dem großnasigen Spencer Tracy, der wie seine damalige Rolle Daniel Boone eine Waschbärfellmütze trug, welche ihrerseits einen Waschbärfellschwanz trug. Kaukasische (weiße) Komparsen, unbeholfen auf rot-indianisch geschminkt, schmiegten sich in den feuchten Wäldern des Staates New York aneinander (realiter im San Fernando Valley, plus Dekor) und schmiedeten Ränke gegen spaltzüngiges Bleichgesicht (Messrs. Boone/Tracy). Pfeile flogen; eine Kanone bellte; in ungünstigen Posen lag man, Tod heuchelnd, kreuz und dwars am Studioboden. Die heldische Musik von Erich Korngold[9] überströmte die Tonspur und überflutete den breitnüstrigen Spence, da er die Friedenspfeife mit einem offensichtlich nordischen (tatsächlich keltischen) Exemplar teilte, welches man mit einer sporadisch scheißbraunen Farbe be-

7 Natürlich Harlech TV, am besten samstagnachts, um Taffy aus dem verdammten Lokal nach Hause zu locken (wenn er nicht in einer trockenen Gegend wohnt; falls doch, so wirft das eine komplette Garnitur völlig neuer Probleme auf, stimmt's, mein Junge? Oder *bach,* je nach dem?): Wiederholungen traditioneller walisischer Dramen, z. B. *Der Dai von den Tryffyds, Rhondda!* und *Cwm Cymru;* gelegentlich ein heiteres Ratespiel, meist unter der Leitung von Geraint ap Rhys, dem rabenhaarigen Schwarzenegger von North Gwynedd; hin und wieder ein Kriegsfilm, unweigerlich mit Dickie Jenkins aus Abergavenny in der Hauptrolle, dessen Schweizer Grabstein die Inschrift »Richard Burton, 1925–1984« trägt.

8 Und gelegentlicher Gedärmefräse.

9 Mehr Korn als Gold, wie der alte Vater gern zu sagen pflegte. Und war er nicht ein ganz scharfer Typ, und nannten ihn nicht alle Nachbarn Wally-den-Witzbold, und ist er jetzt etwa nicht da, wo er immer schon

schmutzt hatte, die unerklärliche Flecken europäischer Blässe freiließ: einen am linken Ohrläppchen, einen weiteren am Hals, einen dritten nahe beim gewagt niedrigen Haaransatz[10] … Es war lachhaft, absurd, eine Schande!

Der Donner knatterte, schnarchte, stieß riesig auf. Der Regen peitschte die Fenster mit aufgestautem Sadismus. Das Gasfeuer gurgelte behaglich, hatte oft auch aus Mitgefühl für den Wind einen Schluckauf. Längst Zeit zum Nachschenken, sagte Milo bei sich. Er gab diese Erklärung laut ab, obwohl nach seinem besten Wissen in keinem der drei Räume des Bungalows jemand war, der ihn hören konnte.

»Zeit zum Nachschenken, mein Guter?« wiederholte er. Hohl hallte seine Stimme im leeren Glas. In diesem Punkt mit sich selbst einer Meinung, zwängte er seine großzügig bemessene Gestalt aus dem Sessel und glitt majestätisch vom Salon ins Vestibül und von dort weiter zur Küche, dem Aufenthaltsort (von links nach rechts gelesen)[11] von: einem Frigidaire, Jahrgang 1962; Wandschränken aus der Gründerzeit von Oxtail Corners um 1976, ein Jahr, welches auch das Schleifen einer Behausung aus der georgianischen Periode und die

sein wollte, dort oben, zur Rechten Gottes –, oder war es die Linke? Jedenfalls die eine oder die andere (oder beide, es sei denn, er hat die Große Führung durchs Fegefeuer gebucht, und, unter uns, zuzutrauen wäre es ihm, absolut scharfer Typ, der er schließlich war usw.)!

10 Diese thespische Memme wurde später (halten Sie bitte alle Ihren Hut fest) Präsident der Vereinigten Staaten, mit zupackender Greifstirn und allem Drum und Dran; der Nachwelt als *Der Einnicker* bekannt, war er eigentlich gar nicht so übel, obwohl sein Großvater in Ballyporeen geboren wurde, keine Million Meilen vom hier besungenen Killoyle entfernt (aber doch nicht weit genug, für die damalige Zeit).

11 Von Ihnen aus gesehen links, von ihm aus rechts, es sei denn, Sie stünden links von mir; dann ist bei Ihnen rechts, was bei ihm links ist und vize versa, jedenfalls von da, wo ich sitze.

Errichtung von Nr. 7b erlebt hatte, eines schiefen Bungalows, der besser ins Curragh[12] oder in ruchlose Ferienlager an Englands Südküste gepaßt hätte ...; weiters der Mikrowelle (Hatichi '87), der obersten *Cheerleaderin* in der Unterstützerszene des Junggesellen, einen lauen Imbiß aus Kartoffelkuchen oder Weißkohl mit Schwitze anzurichten stets zur Hand; dem Spülstein, mit neu installierten Hähnen, heiß, kalt und sosolàlà; über dem Spülstein einem Fenster, welches eben jetzt ein rosa-weißes Gesicht mit besorgt schweifenden Augen umrahmte; neben dem Spülstein eine Besenkammer, selten betreten, die staubige Eimer, einen eher trockenen Mop und 183 cm Bindfaden, aber keinerlei Besen enthielt, auch in den zwei und nochwas Jahren von Milos Anwesenheit *in situ* nicht enthalten hatte (statt dessen *hooverte* er, und zwar mit unglaublicher Geschwindigkeit); einem Hoover aus den Mittsechzigern, der sich trunken gegen das *pièce de résistance* der Küche lehnte: dem Herd. Diese Schönheit, ein echtes Jahrhundertwende-Meisterwerk, war im Jahre 1896 (oder war es '97 gewesen?) von MacSweeney in Chicago aus einem einzigen Stück Stahlblech fallhammergedengelt und wie durch ein Wunder aus dem anderen Haus[13] herübergerettet worden, um noch

12 Welches natürlich wegen seiner Zossen in hohem Ansehen steht, sowie auch wegen des bösen, alten Armeegefängnisses, aus dem die Jungs Johnny Owen im Jahre '79 befreit haben –; jetzt ist er in L.A. und schuftet sich für irgendwelche Asiaten ab. Johnny, wir würden dich kaum wiedererkennen: als gesetzestreuer Kalifornier macht er jetzt auf organisch und *multitasking*, aber – armer heimwehkranker Fischfiletierer, der er ist – duscht er mit *Irish Spring*, und ganz bestimmt erinnert ihn der Duft seiner frischgeschrubbten Achselhöhlen an das Tal von Avoca an einem pitschenassen Tag!

13 An Killoyles vor Gästen wimmelnden Erfrischungsstätten als »De Udder House (hick)« bekannt, s. u. unter *Maher*.

gerade rechtzeitig an die existierende Gashauptleitung unter dem dicken Schotter von Oxtail Terrace (an den gleichnamigen Yard[14] angrenzend) angeschlossen zu werden. Eher zu Ausstellungs- denn zu Nutzzwecken kauerte er schräg gegenüber von seinem entfernten Nachkommen, der Hatichi-Mikrowelle, welche zurückstarrte und die unausgegorene Überlegenheit ihrer Generation abstrahlte.

Den Fußboden kennzeichneten Fliesen, sechseckig von Gestalt, und bei manchen waren faszinierende Kringel altehrwürdigen Rußes und Gruses in die verschwimmenden Zwischenräume gebettet.

Milo knipste das Licht in der Küche an. Aus einem menschenfreundlichen Impuls heraus, nämlich den einsamen Zuschauer zu amüsieren, den er zunächst für sein eigenes, in der verdunkelten Fensterscheibe reflektiertes Ebenbild gehalten hatte, verfiel er in eine Quasimodo-Pose – die eine Schulter angehoben, die der anderen

14 wie Milo in seinem Tagebuch notierte: *Außerordentlich und gigantengleich ist Milos Herd, mit sechs kohlschwarzen Brennern prahlend, viere hinten und zween vorn, ein jeder weit genug, einen Topf Porridge für sechs zu bedienen, und wären's gleich Männer mit nüchternem Magen; tief wie die Taschen des* Dail Eireann *sein Backofen und breiter als der breite Magilligan-Sandstrand; höher und stolzer seine massige Gestalt als die goldsteinerne Majestät von Joyce Castle, Herrschaftsgebiet stets des Ondt und des geschäftigen Grashüpfers; lauter brüllen seiner Brenner sechs Flammen als die vereinten Kehlen der Krieger von Meath, und diese seit zwo Wochen ohne jedes Getränk; süßer das Gas singt durch seine messingne Düse, als die Seeschwalbe lockt im rauschenden Röhricht von Inishbofin; herzhafter noch als stramme Tresengesellen die dort angesetzten Suppen und Stews, und derber noch als der Sommerschweiß keuchender Liebender deren zählebiger Nachgeschmack; glatt wie chinesische Seide der porzellanene Rumpf, und von einem Glanz, heller als der Lough Neagh in der Vergoldung einer Morgendämm'rung im Lenz!* Mit einem Wort einsame Klasse. Gut, daß Milo ihn nie benutzt: wer weiß, wie schnell er an Marktwert verlöre?

Schulter zugehörigen Fingerknöchel auf dem Boden schürfend, die Verzerrung der Gesichtszüge[15] von heiser meckerndem Gelächter begleitet – und torkelte in Richtung Spülstein, unter welchem ein kleiner brauner Krug mit frischem Hausgebräu seine Aufmerksamkeiten erwartete. Bevor er weitergehen konnte, erstarrte er und blieb wie angewurzelt stehen. Elektrifizierte Insekten tanzten über sein Rückgrat; Schweiß neckte seine Handflächen; seine Eingeweide schrumpften ob der ihnen innewohnenden Furcht in sich zusammen. Es war gar kein Abbild: *da war ein Gesicht am Fenster!*

Es war nur Murphy, aber immerhin …!

»Was zum Geier treibst du denn da?« erkundigte sich Milo ungehört durch das geschlossene Fenster. Sobald es geöffnet war, ließ es eine forsche Bö mitternächtlichen Unwetters ein, sowie ein paar verirrte Blätter und, sobald ihm ein Bein gelenkig vorangegangen war: Murphy, Peter X. mit vollständigem Namen, Landsmann aus Dublin, Landsmann von der Northside und Chef-Barmann der Spudorgan Hall. Milo wiederholte seine Frage.

»Was *ich* treibe?« echote Murphy. Mit sorgfältiger Ironie äffte er knapp, aber meisterlich Milos affenartigen Gang nach. »Bist schon ganz schön hinüber, stimmt's, Milo. Könnte ich wohl, äh …?« Er straffte den Rücken und schoß einen bedeutsamen Blick auf das spülsteinwärtige Hausgebräu ab. »Wo du sowieso gerade einen nimmst oder wie.«

Zu seiner unorthodoxen Methode des Zutritts befragt, stülpte Murphy leere Taschen nach außen, um die Abwesenheit von Geld und/oder Schlüsseln zu seiner Kellerwohnung am anderen Ende vom Yard anzuzeigen.

»Ich war zu einer Frau unterwegs, aber dann fing es

15 Ein Auge zu, das andere wild schweifend; die Zunge wie bei einem Hund heraushängend; geblähte Nüstern; übertriebener Überbiß.

an zu schiffen, und jetzt bin hier. Bist du eigentlich schwerhörig? Ich hab an deine Tür geklopft, bis meine Knöchel schwarz waren.« Zum Beweis zeigte er eine aufgesprungene Faust vor.

Mit randvollen Bechern begaben sie sich in den Salon. Sobald Murphy die Schwelle überquert hatte, fing er an zu rennen. Die Augen des Mannes rollten wie die Augen der Pferde bei Tintoretto (oder sogar bei Rosa Bonheur), dachte Milo, ein aficionado der gestaltenden Künste.

»Ich will das Sofa! « keuchte Murphy und ordnete sich, ohne Zeit zu verlieren, zur Körperhaltung *Starker Mann im Ruhezustand* an: rücklings hingestreckt, ein Arm als Kopfkissen dienend, Getränk genau in der Magengegend postiert. Unterdessen hatte Milo den gesamten Platz zwischen den beiden Armlehnen seines Sessels mit Beschlag belegt. Sein Hintern verankerte seine Gestalt nach unten, während seine Beine, die vor lauter Bier und Wind anschwollen wie geblähter Plusterfisch, den oberen Teil abstützten, fest nebeneinander plaziert und sich zu Füßen verjüngend, die in Laufschuhen aus importierter bessarabischer Oryx-Antilopenhaut[16] staken.

Es folgte eine traditionelle, wenn auch leicht angestaubte Szene irischer Gastfreundschaft: draußen das Dröhnen des Sturms; drinnen das Leichtern von Ale![17]

16 Hörst du auf der Stelle damit auf! Mit Oryxhaut-Tretern zu fuffzig Pfund das Paar bei Boylan's? Wo sich unser Freund samstagnachts keine zusätzliche Pint in einer Spätpinte leisten kann? Hör mal zu, Herr Allwissend: Wenn das Oryxhaut ist, bin ich Holländer und heiße Joop den Uyl.

17 Direkt bei James Stephens geklaut, oder bei J. M. Synge, oder bei sonsteinem von den Jungs vom Heiligen Irland, die Sorte, die ständig im kühlen Keltischen Zwielicht herumlungert und die für alle Zeiten die Gegend mit silberzüngigen Vetteln und Typen, die auf Bovisten wohnen, und Harfenspielern mit Haaren bis über den Arsch bevölkert; zur Hölle mit der Bande, vor den Clurichauns muß man sich in acht nehmen (in letzter Zeit mal die Bestände im Keller überprüft?)!

»Das war ein mistiger Tag, das kann ich dir sagen.« Zur Erwiderung bekam Murphy nicht mehr als ein grobes Schlürfgeräusch zu hören, da Milo sein frisches Getränk in Angriff nahm, dabei aber aus Gewohnheit über den Rand seines Glases auf den Fernseher starrte. Die Farbe wurde in das Bildschirmabbild von Tracy/Boones Profil als Schattenriß vor besonnten Berggipfeln hinein- und wieder herausgeblendet. Auftrat von links eine Frau mit Häubchen und warf sich in Boone/Tracys Arme. Sie umarmten einander, eng, während Korngold anschwoll und der Abspann abrollte, dann zurück nach Cardiff mit dem neuesten Stand im heutigen Rugby (Neuseeland 9, Wales 0).

»Was für ein Riesenscheiß«, knurrte Milo. Dies wurde von Murphy als längst fällige Reaktion auf seine Beschwerde über des Tages Dingsbums fehlinterpretiert und führte zu einem hitzigen Wortwechsel, wie sie leider für Junggesellenfreundschaften typisch sind,[18] bevor Milo sich erklärte, war doch sein Wesen milder geworden, da er sich plötzlich Murphys früherer Mitgliedschaft in der All-Irischen Mittelgewichtsboxauswahl entsann. Er besiegelte seine Zusammenfassung sogar mit einem Lächeln. Murphy entspannte sich, beschwichtigt. Immer noch mit dem Thema des mistigen Tags spielend, legte er sich wieder zurück und blickte zu Milos wohlbestückten Buchregalen[19] auf, obwohl Lesen außer zum Zweck der Auf-

18 D. h.: Gesichter, die vor gegenseitiger Verachtung glänzen; zur Schau gestellte entblößte Zahnreihen; anständiger Gesellschaft nicht angemessene Wörter, hin- und hergeschlagen wie Federbälle.

19 Ich habe sie einmal gesehen, und mich schaudert, wenn ich daran denke. Na gut, wenn Sie drauf bestehen. Hier ein paar willkürlich gewählte Beispiele: *Enzyklopädie des irischen Nutzviehs* (Cork: G. Nackert, 1965); *Mutter Arafats arabische Küche* (Redgrave House, 1980); *Kanada und seine Güterzüge* (Winnipeg: C. N. Rail, 1949); *¡Nalgas! 101 Rückansichten kubanischer Frauen im Badeanzug* (Miami: Anonym, 1989); *Fünfzig Pence die Pint: Die späte Lyrik des Jasper Hoolihan* (Athlone: Blueshirt Press,

stachelung ein Phänomen außerhalb seines Geschmacksbereichs war; tatsächlich hatte er seit dem Osterwochenende kein Buch mehr aufgeschlagen, als Doreen Grey, ein Mädchen, mit dem er dann und wann ausging, ihm den neuesten Bestseller von Michelle Stoane geliehen hatte – *Slut* oder *Chick* oder sowas in der Richtung[20] –, er hatte es aber etwa nach Seite 10 hingeschmissen. Murphy interessierte sich, wie die meisten jungen Männer, mehr für Sport, Fahrzeuge mit Rädern, Fernseh-Glamour, technologische Effekthascherei und, natürlich, am allermeisten für: MÄDELS.

1966), *Vier Großartige Irische Rezepte* (Sligo: Stubble House, 1982) usw. Milos übrige Bibliothek besteht vorwiegend aus Gedichtsammlungen – viele von dem bereits erwähnten Hoolihan –, sowie ein paar Klassikern (Scott, Dante, Kavanagh u. a.), voll Schuldbewußtsein bei Fred Hanna in Dublin zu längst vergangenen Studikerzeiten geklaut: eine anspruchslose Auswahl, aber immerhin! Irgendwo tief im Innern von Milo Rogers krümmt sich ein naszierender Bücherwurm (oder eher Band ...?)!

20 Es war *Wench,* siebenunddreißig Wochen lang die Nummer 1 auf der Bestsellerliste der *Sunday Post.* Ms. Stoanes neuester Knüller ist die Geschichte von Tess, der ungewollten unehelichen Tochter des Herzogs von Whipminster. Von Rosie, der Oberkammerzofe, großgezogen – die übrigens später in einem Durchhaus an Tuberkulose stirbt, während die deutschen Panzer in Paris einrollen –, entdeckt Tess ihre wahre Identität in den brutalen Armen Thatchers, des Sommeliers. Entschlossen, auf das ihr rechtmäßig zustehende Erbe Anspruch zu erheben, kämpft sie sich mit Zähnen und Klauen aus den gewöhnlichen Grogkneipen der Cheapside und den unter der Treppe gelegenen Bordellen von Houndsditch in die Salons von Mayfair, der Rive Gauche und Monte Carlos empor, bis sie endlich – während die deutschen Panzer in Paris einrollen – den Rang und Titel erlangt, nach dem sie so lange gestrebt; ihr Glück ist jedoch von kurzer Dauer. Bald darauf verliert sie ihren polospielenden argentinischen Verlobten Apollo Belvedere bei der rätselhaften Kollision zweier Pferde in Auteuil; zwei Tage später bringt sich das lesbische Mannequin Caca Chamois, von Tess verschmäht, mit einer eleganten versilberten Handfeuerwaffe im Bois de Boulogne um, während die deutschen Panzer in Paris einrollen. Als Oberst der Wehrmacht verkleidet, flieht Tess nach Hollywood, wo sie das alternde, aus den Niederlanden gebürtige Matinee-Idol Joop den Uyl kennenlernt und heiratet.

»Diese Typen machen einen noch mal wahnsinnig«, sagte er.

Milo erwachte trübe aus seiner Betrachtung des inneren Raums.[21]

»Welche Typen?«

»Die Mädels natürlich. Zum Beispiel dieses Doreen-Geschöpf –; du weißt doch, von welcher ich spreche, dies kokette Aas, arbeitet bei Woolworths?«

»Das ist die, mit der du verabredet warst, oder was?«

»Nein, die nicht. Doreen. Mach schon, du kennst das Mädchen doch«, redete ihm Murphy gut zu. »Rötliches Haar, oder ist es eher rotbraun, oder ganz braun, oder fast schwarz, könnte man sagen …«

»Ich habe keinen blassen Schimmer, wen du meinst, Mann. Wann war ich denn schon zuletzt bei Woolworths, Himmel noch mal?« stotterte Milo. Er schaukelte auf und ab, bemüht, sich aus seinem Sessel zu lösen und ein kadavröses Fernsehgesicht zu löschen, welches auf walisisch einen Vortrag hielt[22]. Der Verlust an Bier durch Verschütten war beträchtlich, und bald war seine Hemdbrust mit einem herben Aroma imprägniert. Schließlich, nachdem er fünf- oder sechsmal heftig auf- und abgewippt war, stellte Milo sein Getränk ab, umklammerte die Armlehnen mit festem

21 Dicht, mehlig, dunkel; so ähnlich wie das Hausgebräu, das er in Arbeit hat, oder eine Pint Stout.

22 Wenn man die Männer von Harlech so gut kennt wie ich, würde man sagen, daß es wahrscheinlich der alte Dafydd Jones ap Jones war, der Nonkonformistische Geistliche, der jede Samstagnacht nach Sendeschluß drei Gratisminuten Sendezeit bekommt, um die Damen zu beschimpfen, die es zulassen, daß ihre Mannsbilder einmal pro Woche den kotzigen Himmel der *Stag Night*, des Saufabends vor der Hochzeit, neu durchleben (außer in Süd-Powys und in den trockneten Teilen von Dyfed).

Griff, und – mit einem gemurmelten »eins-zwei-und« – stieß er sich ausreichend geschwind nach vorne ab, um einen anderen Sender anzustellen, das Licht auszuschalten und die Tür zuzuknallen, all dies ohne Gebrauch der Hände.

»Da.« Er sah sich im Zimmer um, und ein Lächeln knautschte sein molkeweißes Gesicht. »Schon besser.« Die Schatten tanzten an der Wand im freudvollen Glosen des Gasfeuers, während, kontrapunktisch, der freudlose Wind durch die Ritzen schnitt. »Das hat doch was. Das ist es doch.«

»Mach das Scheiß-Licht an«, sagte Murphy streitbar.

Milo gehorchte, murrte aber *sotto voce* Verwünschungen, die sich mit Murphys Abstammung und allgemeiner Moral befaßten. Wenn sein Freund diese gehört hatte, so ließ er sich das nicht anmerken; statt dessen breitete sich ein nachlässiges Grinsen auf seinem Gesicht aus, und seine Augenlider begannen sich langsam zu senken. Leichtes Tenor-Schnarchen kündete von Schlaf. Dies kam Milo gelegen. Zwar fand er Murphy einen Klassekumpel, aber ein Mann brauchte auch mal hin und wieder einen Moment für sich selbst, um die Dinge zu bedenken, etwa. Milos Moral war ohnehin auf einem tiefen Pegelstand, was den Job, das Wetter, durchkreuzte Ambitionen, die Miete, die erzwungene Keuschheit (welche, traurig, aber unweigerlich, zur Onanie führte) usw. betraf –; mit diesem letzten Punkt betreten wir natürlich den vertrauten, gefährlichen Boden, wohlbereitet einerseits von blaurasierten Klerikern und Mutter Kirche, anderseits von austroamerikanischen Psychoanalytikern und der Hollywood-Meute: Sex ging, um es abzukürzen, immer auch mit Flattermann einher. Milos Erfahrung mit der Materie war kurz, aber breit, ihm selber darin durchaus ähnlich. In seinem letzten Jahr auf dem Trinity hatte er eine honighäutige Französin namens Martine kennengelernt, ein Zusammentreffen, welches, keuchend und im Gänsemarsch, zur üblichen sprachlosen, rotgesichtigen, X-beinigen Wichser-Brautwerbung und -Anmache führte –, welche seltsamerweise erfolgreich war, was sich vielleicht darauf zurückführen ließ, daß Martine aus der großartigen und intellektuell verfeinerten Stadt Lyon[23] stammte. Im urbanen Frankreich hat man sowas im allgemeinen mit zehn Jahren hinter sich, allerspätestens mit zwölf, es also in voller Blüte bei einem ausgewachsenen Mann zu erleben, war für die Frau zweifellos etwas so Neuartiges, daß sie schon wegen des damit verbundenen Lachers mitmachte. Wie auch immer, die Affäre hielt sich bis ans Ende von Milos studentischer Karriere als Nichtgraduierter, ruinierte ihm auch prompt seinen Schein: es wurde Juni, er saß im Prüfungssaal, vor sich die Schlußklausur in

23 Das ist der richtige Ort für uns, mein Sohn, eine liebenswürdige Stadt mit etwa einer Million Einwohnern – ziemlich so groß wie Dublin, und in den Wintermonaten ist die Luft ein bißchen stickig, deshalb haben sie da ihren gerechten Anteil an trockenen Bronchialhustern und Männern, die rund um die Uhr an der Flasche hängen, aber das Essen spielt sich ja in einer ganz anderen Klasse ab. Die einzige Eßkneipe an den Gestaden des Liffey, die der Sache auch nur entfernt nahekommt, ist Le Phacochère in Harold's Cross, und nun rate mal, wer den Laden leitet? Genau: ein Mann aus Lyon (Jean-Claude)! Aber jetzt mal ernsthaft, Ich verstehe nicht, wie die das durchhalten –; jeden einzelnen blühenden Tag, den Gott werden läßt, rennen sie zu Bocuse oder in den Bouton d'Or oder zu den Gebrüdern Tresgros oder *chez* Alain Blanc und schaufeln sich das *cassoulet au vin blanc* und die *caille aux raisins noirs* rein und (als wäre das noch nicht genug) spülen den ganzen Schaden mit einem Beaujolais oder einem gepflegten Gaumenkitzler aus dem Tal der Rhône herunter! Sowas nennt man Zivilisation, mein Junge; genauso nennt man sowas. Es gibt nichts, was das Leben so verlängert wie sowas.

Europäischer Geschichte[24] und wohlgerüstet, sie gut hinter sich zu bringen. Doch existierte nur Martine in Milos Kopf, und sie war nach Lyon zurückgekehrt, unempfänglich für seine feuchten Schreiben und telefonischen Gesuche. Irgendwann verfiel sie dem Ehestand, worauf öderweise Reife und Mutterschaft und der schleichende Mangel an Schick folgten, wie er mit der Häuslichkeit einhergeht. Unterdessen fand Milo, mit seinem Fast-Abschluß (B. A., ohne Auszeichnung), immer weniger Möglichkeiten für sein unkonzessioniertes Genie. Nachdem er ein Jahr lang in London für die Kilburn-Meute Pints gezapft hatte und sechs Monate in New York illegal Bauarbeiter sowie Mitbewohner eines wahnsinnigen, britenhassenden Rebellen aus der Grafschaft Queens gewesen war, wehte es ihn zurück nach Irland wie Asche im Wind, und sanft auf die Erde fiel er im gemütlichen Gehege von Spudorgan Hall, dem »Ritz des Südostens«. Es gab unfreundlichere Orte, an denen man sein konnte, und in New York war es ihm übler ergangen, aber in den einsamsten Nächten kehrte die Erinnerung an Martine zurück, und keine Zeit war schlimmer als des armen Milos Gegenwart,[25] und wenn er sich außerdem noch mit der Miete in Rückstand befand, war das Leben kaum der Mühe wert. Bei hundertfünfzig Punt im Monat biß die Miete große Happen aus dem Lohn des Kellners heraus, so große Happen, daß er manchmal (wie eben jetzt) gezwungen war, jede Straßenecke auszukundschaften,

24 »War der Vertrag von Temeschwar (1867) die einzige Ursache für die Balkankrise von 1848, oder trug er lediglich zu ihrer Entstehung bei? Nehmen Sie Stellung.«

25 Schnief, schnief. Die passende Begleitung wären murmelnde Akkorde in d-Moll, z. B. Cello oder Kontrabaß, mit Geigen, die in der Kulisse warten, nur für den Fall, daß.

bevor er sich um sie herum wagte, aus Furcht, sein Vermieter, Tom »der Grieche« Maher, könnte sich ins Blickfeld schieben. Nach außen rauh aber herzlich und jovial, zu rührenden Pullovern von den Aran-Inseln und einer Tweedmütze aus Donegal neigend, kam der Grieche, paradoxerweise, Milo wie der diabolischste Mensch vor, den er je kennengelernt hatte.[26] In seinen Augen – blau wie Ehrenpreis, mit Tupfen ungezähmten Gelbs – funkelte der Geist von Himmler und de Sade, behauptete Milo zumindest, vielleicht ein wenig weit hergeholt; sicher ist, daß unerklärliche Dinge geschehen konnten, wenn die Mieter des Griechen mit der Miete im Rückstand waren. An jedem der letzten vier Tage zum Beispiel hatte Milo mit telefonischen Flüsterern gesprochen, die jeweils behaupteten, ein Geistlicher der Kirche von Irland, ein Mann namens Bob vom Reisebüro, der römisch-katholische Bischof von Monaghan und schließlich – unheilverkündend genug – ein russischer Tourist mit einer Nachricht vom »Großen Jungen« zu sein. Als wäre all dies noch nicht genug, um auch den zurechnungsfähigsten Menschen an den schieren Rand des Wahnsinns zu treiben, ließ Milo sich am darauffolgenden Montag nieder, um die Wiederholung von *Stadt der Sünde* auf RTE 2 zu sehen, als ein Gestank wie der von längst überfälliger Unterwäsche eines ganzen Knabeninternats zwischen den Fußbodenbrettern aufstieg und rasch den Bungalow durchdrang. Aus seinem Haus vertrieben, machte Milo

26 Und er hatte einige kennengelernt, diesen Bagaluten in New York zum Beispiel: als überzeugter Ire der fünften Generation war es die erklärte Mission seines Lebens, den britischen Premierminister zu ermorden. Einmal, übervoll mit Budweiser, übte er an Milo, mit Steakmessern. Dies war, und das kann kaum überraschen, ihre letzte gemeinsame Nacht als Zimmergenossen.

sich zu Mad Molloy's auf, um dort unter lauten Protestgeräuschen den Abend zuzubringen. Die Serie von Whiskeys, die dabei dran glauben mußte, wurde ihm von keinem anderen als dem Griechen Maher ausgegeben. Derselbe Grieche saß die ganze Zeit über neben ihm und murmelte uralte Klischees des Mitgefühls: »na, na«; »siehste«; »da soll doch«; »echt wahr« usw., alles von Stupsern in die Rippen, sowie, einmal, von einem angetäuschten linken Kinnhaken begleitet, durch Ausbrüche von Gelächter und hallende Klapse auf den Rücken befeuert. Kein einziges Mal während des gesamten Abends nahm der Mann seine Donegal-Mütze ab oder sprach das Wort *Miete* aus. Dies bestätigte Milos Ängste. Die weitere Nacht verbrachte Milo in Spudorgan Hall hinter der Rezeption und kehrte erst am frühen Morgen in seinen Bungalow zurück. Der Gestank war weg, aber vor der Haustür lag die in Zersetzung übergegangene Leiche einer Promenadenmischung, allen im Oxtail Yard als Urheber so mancher schlafloser Nacht zur Zeit der Hundebrunft bekannt.[27]

27 Gott, das erinnert mich an etwas, was ich vor einiger Zeit in der Press gelesen habe: »Der müffelnde Mantel von Sandymount Strand«. Das war vielleicht eine Geschichte. Warten Sie, bis ich sie Ihnen erzähle. James Barnacle, Anwaltsgehilfe und aufstrebender Dramatiker – d. h. eine zutiefst respektable Sorte Mensch – wurde jeden Morgen von Dämpfen überwältigt, sobald er seinen alten Burberry-Regenmantel anzog. In chronologischer Reihenfolge schlug unser Mann jedesmal lang hin, nachdem er a) die Ehefrau geküßt, b) den Sitz der Krawatte im Korridorspiegel überprüft und c) nach dem gefürchteten Mantel gegriffen hatte; danach brauchte er natürlich prompte Wiederbelebungsversuche mit Riechsalzen und Terpentin, um den 7:41er ab Sandymount noch zu erwischen, eine schreckliche Belastung für die Familienfinanzen. Nachdem dies mehrere Wochen so weitergegangen war und der arme, alte Jembo wie verhext an beiden Enden des Tages umkippte – und ernste

Eine besonders dissonante Note im abschwellenden Lied des Gewitters rüttelte Milo zurück in die sogenannte Realität.

»Zwar stimmt es, daß die Mysterien des Lebens tief und vielfältig sind«, sagte er bei sich und starrte sein eigenes Gesicht an, welches von der nunmehr passiven Mattscheibe zurückstarrte, »aber dies geht denn doch einen Deut zu weit.«

Und so zu Bett, drei Ausflüge aufs Klo und einen zur Haustür nicht mitgerechnet (Abgang Murphy, groggy).

Gefahr lief, sich eine Gehirnerschütterung zuzuziehen, besonders wegen der erhöhten Fußleiste am Tresen von Mooney's in der Partiell Street –, führte Pater Joyce, der Fernseh-Exorzist, mitten in der Nacht einen Fernseh-Exorzismus durch, in der Hoffnung, den üblen Gast im Schlaf zu überraschen, sozusagen. Am nächsten Morgen zog Jembo, auf Gottes Kraft vertrauend und so regulär wie Eins-Zwei-Drei mit einem kleinen Dubliner Gassenhauer auf den Lippen seinen Mantel über –, und bauz, lag er da, in voller Länge zu Füßen der Ehefrau hingestreckt, Exorzismus hin, Exorzismus her. Das kann nicht so weitergehen, sagt die Missis (eine Frau von festgefügten Ansichten), er oder ich, ich ziehe zu meiner Schwester nach Longford. Die entsprechenden Vorbereitungen wurden getroffen, Anziehsachen wurden ausgebürstet, Schuhe auf Hochglanz poliert, Pakete mit persönlicher Habe der Post überantwortet –, und da schickt sie ihrer Schwester doch tatsächlich das falsche Paket, in welchem sich Sie-wissen-schon-was befindet (unterdessen hat sich auch Jims Fallsucht völlig gegeben –; läßt ziemlich tief blicken, wenn Sie mich fragen)! Sobald nun natürlich Schwesterherz eine Ahnung von der Duftnote in die Nase gestiegen war, hieß es: ab in die Wäscherei mit dem Teil, aber kaum war das Einwickelpapier runter, schon fiel die Belegschaft der Wäscherei in Ohnmacht, als hätte man jedem einzelnen einen mit dem Schwarzdornknüppel oder Polizeischlagstock über die Banatzel gezogen. Sie überlebten es, Dank sei Gott, und kurz darauf wurde der Burberry von den Bürgern Longfords im Rahmen ihres traditionellen Autodafes abgefackelt, so daß wir nie die ganze Wahrheit erfahren werden; doch ob es nun in ihm spukte oder nicht, dieser alte Regenmantel war für Jim ein Geschenk des Himmels, wenn Sie meine Meinung wissen wollen. Das letzte, was wir gehört haben, ist, daß die Proben zu seinem Stück *Spuk im Regenmantel* im Peacock Theater in die vierundvierzigste Woche gehen (oder war es das Abbey?).

2

Das Gewitter spie seine allerletzte Galle in einem choreographiert dreifach vorgetragenen Angriff, welcher einen blendenden Blitz mit Gott an den Kesselpauken und einen Windstoß in Orkanstärke von See her umfaßte. Bäume gierten und wackelten, Telefonleitungen schnurrten herunter und schnellten hinauf, Regen zischte und spuckte, urinatorische Betrunkene duckten sich stromaufwärts von sich selbst in Hauseingänge, Zeitungen krängten durch die leeren Straßen wie verwachsene Gespenster;[1] vor einer Backsteinvilla (circa 1900) in der King Idris Road West 117 brach der knorrige Ast einer Ulme von seinem elterlichen Baum ab und zerschmetterte die Windschutzscheibe eines fabrikneuen Rover, Modell 3500 BTS, welcher der Bewohnerin der Backsteinvilla gehörte, welche dies durch ein Vorderfenster beobachtete.

1 Reichlich meteorologisches Gelaber, höre ich Sie maulen: was soll das denn (tremolieren Sie trotzig)? Das soll, Jacko, folgendes: erinnern Sie sich noch an das Große Unwetter '87? In England war es noch schlimmer, aber wir wurden auch nicht verschont. Mein Tantchen Nuala zum Beispiel (und was war sie zu ihrer Zeit für ein ansprechendes Gerät) fand sich in der Mater Dolorosa auf der Nase liegend wieder, mit zwei schwerverstauchten Wadenbeinen. Sie war auf dem Nachhauseweg vom South Leinster Bingorama gewesen – ziemlich ausschließlich der Nase nach navigierend, bei dem Wind –, als ein kleiner Baum sich entwurzelte, während sie vorüberging, und ihr gehörig von hinten gegen die Beine semmelte. Nur gut, daß er nicht weiter oben zugeschlagen hat, schiß sie klug in Bauchlage auf ihrem Krankenhausbett, von

»Scheiße mit Gummi«, protestierte sie. »Das war's dann mit der Versicherung.«

Der Name der Protestierenden lautete Katherine MacRory Hickman, wobei MacRory ihr qua Geburtsrecht zustand und Hickman an ihre frühere Ehe erinnern sollte. Keine Schönheit von der Art, wie sie die Titelseiten des Magazins, bei dem sie angestellt war, zierten – einer Hochglanz-Modeillustrierten namens Glam –, war sie doch hübsch genug, mit neununddreißig (gerade eben), einen gelegentlichen zweiten Blick zu rechtfertigen: geradnasig wie eine Normannin, flachsblond wie eine Angelsächsin und mit keltischen Sommersprossen auf den Wangenknochen, dazu der üppige Körperbau eines Mädchens vom Lande (ehemals Ballykilloran, Grafschaft Louth), gekleidet im undemonstrativen Stil der einstigen Großstadtbewohnerin (Dublin, London, ein bißchen New York, dann ein kleiner Streifzug durch Europa, dann wieder Dublin *en route* nach Killoyle), mit etwas Bildung (M.A., University College Dublin '79). Sie war Witwe. Ihr verstorbener Ehemann, Phelim, missionarischer Reporter und Romancier und ehemaliger *Glam*-Redakteur, war ein Jahr zuvor hinter den Blasket-Inseln ertrunken, nachdem er mit seinem Irischen Terrier Strongbow aufgebrochen war, um in einem *coracle,* einem kleinen ovalen Ruderboot aus lederbezogenem Flechtwerk, Irland zu umrunden, wie es der Hl. Oinsias von Dingle, der Held von Phelims Roman *Die Lieben des Oinsias,* im sechsten Jahrhundert A. D. mit einem anonymen Hund getan

Blumen und sie vergötternden Bewunderern umgeben, welche die spitz zulaufenden Schultern und den kessen kleinen Hintern Jener, Die Einst Ihn Beherrschte, Der Irland Beherrschte, bewunderten (aber davon später mehr).

haben soll.[2] Strongbow, ein guter Schwimmer, hatte überlebt – tatsächlich kauerte er eben jetzt unter dem Sofa und interpretierte die Geräusche des Gewitters als Jüngstes Gericht für Hunde –, aber sein Herr, ein Nichtschwimmer, lag irgendwo auf dem Grund des Ozeans zwischen der Great-Blasket-Insel und Massachusetts. Obwohl naturgemäß durch die Endgültigkeit von Phelims Verschwinden schockiert, hatte Kathy ihn mit Einschränkungen betrauert. Schließlich hatte sein journalistischer Eifer zu illegitimer Brut in Europa und Nordamerika, aber zu keinen legitimen Erben daheim

2 In belletristischer Form befaßt sich Hickmans Buch mit Leben, Lieben und Vorlieben von Killoyles Schutzheiligem, und es ist ein echter Heuler, das können Sie mir glauben (wenn Sie es natürlich schon gelesen haben, können Sie diesen Teil überspringen): in Gallien als Sohn romanisierter Eltern geboren, floh der junge Oinsias im Alter von sechs Jahren nach Irland, wo er in rascher Reihenfolge a) Barde des *Ard Ri,* b) Baron von Dingle, c) Turnier-Zweikampfmeister von Meath und d) Christ wurde, welch letzteres alles Vorhergegangene stornierte. Nachdem er zügig die Insel in einem *coracle* umschifft hatte, um seinen Glauben zu prüfen – und so, mit vierzehn Jahrhunderten Abstand, dem alten Phelim zu seiner letzten Inspiration verhalf –, zog er sich in ein Bett aus Schilf am Ufer des Lough Dough in der Grafschaft Killoyle zurück und meditierte siebzehn Jahre lang über die Leidenschaften und Eitelkeiten der Menschen; dann, plötzlich, floh er nach Gallien und wurde in rascher Reihenfolge a) Cheftroubadour bei Herzog Carapace II, b) Baron der Normandie, c) Tauzieh-Meister der Picardie und d) Gnostiker, dies letztere in Widerspruch zum Einen Wahren Glauben und dessen verschiedenen legitimierten abweichenden Irrlehren. Durch Sonderdispens von Papst Septus VI wurde ihm die Genehmigung erteilt, sich an seinem Geburtstag (2. Sept. 599) hängen, rädern und vierteilen zu lassen; laut zeitgenössischen Augenzeugenberichten genoß er sein Martyrium gründlich, schüttelte den Reisigbündelträgern die Hand und gönnte dem Publikum im Bariton einen Vortrag der beliebtesten normannischen Balladen, den er selbst auf dem Serpent begleitete. Seine letzten Worte, »O, optimum est«, bilden jetzt den offiziellen Wappenspruch der Stadt Killoyle.

geführt, nicht einmal nach zehn Jahren Ehe, so daß sie, sobald sie den alten Schwerenöter loswar, frei über das verfügen konnte, was er hinterlassen hatte: das Haus, das Auto und – da der Absatz der *Lieben des Oinsias* durch das gründlich publikgemachte Ableben des Autors heftig angekurbelt worden war – hundert Riesen in Tantiemen auf der Peninsular Counties Bank. Dies gab ihr die Zeit, mit Muße die Wahrheiten ihrer Existenz zu überprüfen. Deren gab es drei: daß das Schreiben von Zeitschriftenartikeln eine öde Aufgabe war und zum Überleben der Weisheit nicht beitrug; daß jeder die Liebe auf den Lippen, aber kaum einer im Herzen trug; und daß das irische Wetter eine von Gottes größten Gaben an jenes so lang schon leidende Land war, trotz Marienerscheinungen.

»Morgen die Wolken«, murmelte sie, »dann wieder der Regen; dann schlägt die Sonne Räder aus Gold durch die grauen Vorhänge des Himmels ... Ach, Herr Jesus, wie schön das ist. Ich frage mich, ob das jetzt Dichtung war.« Wohl wissend, daß es das gewesen war,[3] stellte sie ihren Kaffee (franko-brasilianisch, grobgemahlen) ab und eilte durch den kurzen Korridor in ihr Arbeitszimmer, einst die Oberste Kommandozentrale in Phelims Reich der freiberuflichen Nebentätigkeit. Ihren verwundeten Rover und die Raserei des Gewitters im letzten Akt vergessend, setzte sie sich vor ihr Textverarbeitungsgerät, doch bis die Maschine sich wachgeächzt und -gegrummelt und -getreten hatte, schweifte sie ab in die Nachbardimension der Poesie,

3 Oder doch zumindest ebensosehr wie das verstopfte Gestöhne so vieler, d. h. Jeansberg, Gumm, Bedwetter & Co. Die allerneueste Stammler-Riege aus Osteuropa, mit ihren Lederjacken und Marlboros und ihrer falsch ausgesprochenen Bewunderung des westlichen Pop (»Pap«), Jazz (»Chess«), Sex (»Sax«) usw. erwähne ich gar nicht erst.

die Dimension der Liebe, in der es nur an der Liebe als solcher mangelte, ein Mangel, den sie wettmachte, indem sie die Liebe in ungewollten Konversationen, an die sie sich nur mit Widerwillen erinnerte, hochmütig abtat (oder reduktiv mit Sex verglich). Es war ihr immer schwergefallen, von Angesicht zu Angesicht anderer Meinung zu sein als andere, wodurch sie für jeden echten Jetzt-aber-ran-Job in der Politik oder in der Wirtschaft oder in den höheren Gefilden des Journalismus ungeeignet war (worauf Phelim oft genug hingewiesen hatte), weshalb sie immer wieder Narren beipflichtete, um unerfreuliche Konflikte zu vermeiden. Widersprach sie doch einmal, so zog sie es vor, das Register der Schwerironie zu ziehen, und die war dem Gesprächspartner meist zu hoch (sinnentleerter Gesichtsausdruck, dann: »Tjaaa, wie ich schon sagtö …«) oder wurde als Ernsthaftigkeit fehlinterpretiert (gezwungenes Lächeln, dann: »Och das kann doch wohl nicht Ihr Ernst sein oder?«). Sich in Gesellschaft zu begeben, weder geistesverwandt noch -verschwägert, war eine der Strafen für ihren Job. Seit dem Erfolg von Phelims Buch und ihren anschließenden Auftritten als schwarzgekleidete Witwe, zweimal im Frühstücksfernsehen in London und einmal in der *Late Late* Show in Dublin – jedesmal nicht länger als zwei Minuten, zwischen die Werbung gequetscht –, hatten sich naturgemäß Männer gemeldet, die meisten ungebunden, aber auch einige, die willens waren, einen Ehebruch zu begehen, der eine oder andere sogar ziemlich flagrant, doch anstatt nun dergleichen Männern zu raten, sie sollten sich verpissen, übertrieb sie die Ironie und versuchte, subtil zu sein. Das verschlimmerte alles nur und zwang sie zu schalentierischen Maßnahmen wie dem Verweigern der Annahme von Briefen und dem Beantragen einer Geheimnummer, ein Kurs passiven Widerstands, den ihr rebellisches MacRory-Blut zutiefst verachtete, daher der gelegentliche Apéritif zur Abendzeit als Aufmunterung und andere kleine Luxusgüter wie eine Satellitenschüssel für den Fernsehempfang und die überteuerten Zigaretten der Marke Provençal Grand Pagnol, die sie in monatlichen Lieferungen zu achthundert Stück abonniert hatte, per Luftpost von Toulon nach Cork und weiter durch die guten Dienste von Mr. Gallogly, Tabakwarenhändler in der Parnell Parade, per Lieferwagen nach Killoyle. Die Lullen waren in mit Kork ausgekleideten Amphoren zu je zweihundert Stück abgepackt, was bei Kathys Verbrauch, der sich seit ihrem Witwenstand erhöht hatte, auf grob geschätzte vier Dosen pro Monat hinauslief: da Phelim Nichtraucher und bei diesem Thema ein ziemlicher Langweiler gewesen war, verdoppelte sich ihr Genuß, konnte sie dem teuren Entschlafenen doch postum noch eins auswischen. Trotzdem lauerte unweigerlich irgendwo das Schuldbewußtsein, stets bereit, sie mit sehnsüchtigen Nichtraucherhänden zu umklammern. Es war ohnehin zu spät, das Haus zu desodorieren, welches nun wie voll erblüht den Duft französischen Tabaks verströmte. Der Geruch haftete an den Vorhängen, grub sich in die Teppiche und stand in der Luft. Manchmal, wenn sie einen langen Tag mit der Arbeit an ihrer Kolumne verbracht hatte, roch ihr Arbeitszimmer wie ein Café in Marseille, bis hin zum französischen Kaffee, den sie ab und zu trank, aus Nostalgie, wenn schon nicht aus Genuß; für Kathy war der Süden, wie für soviele Mitglieder ihrer Rasse, ein Ort der Flucht und des Abenteuers, war dies zumindest gewesen, bevor das Leben sie desillusionierte –, d. h. vor ihrer Ehe, als sie festangestellte Redakteurin einer Londoner Frauenzeitschrift war, deren »Mädels« jährliche Ausflüge in die Provence mit dem unausgesprochenen Zweck ekstatischer Paarungen unter dem bestirnten Firmament organisierten.[4] Zu einer solchen war es, in ihrem Fall, nicht mit einem dunklen, drahtigen Franzosen gekommen, sondern mit einem krebsroten Journalisten aus Drogheda, Phelim Hickman, alles Weitere ist Geschichte, aus Dein und Mein wurde Unser, dann wieder nur noch Mein. Tatsächlich war der Zigarettenmief, der Phelim in den Wahnsinn getrieben hätte, auch eine Hommage an ihre gemeinsame Vergangenheit und daran, wie sie sich kennengelernt hatten, auf dem Weinfest in Grasse, im Sommer '81, mit dem melancholischen Gedudel der Akkordeone in den Olivenhainen, unter deren ragenden Wipfeln sich andere irische Touristen ausgelassen erbrachen, aus von der dortigen *cuisine* mürbe gemachten Mägen heraus.

Kathy sah auf ihre Uhr, stellte das Textverarbeitungsgerät ab und durchschritt den verdunkelten Korridor in Richtung Wohnzimmer, wobei sie dem Glühwürmchenglühen einer feinen Grand Pagnol zu folgen schien. Das Gewitter, auf dem Rückzug, feuerte einen Abschiedsblitz ab, bellte einmal als Erwiderung auf Strongbows Gebell und beschied sich endlich mit dem

4 Genau, und wir alle wissen, wohin sowas führt, etwa nicht? Nehmen Sie z. B. Maura Finnegan, hier aus der Straße: zehn Tage Zypern, und sie kommt mit diesem bärtigen Zwerg auf dem Arm nach Hause, irgendeine Sorte von Araber, so, wie er aussieht und sich anhört –, und habe ich ihn nicht erst neulich aus dem Star of Kashmir in der Terenure Road kommen sehen, und ist das nicht Beweis genug? Egal, fünf Jahre und drei dunkelhäutige Bälger später zog Maura nach England, und der kleine schwarze Winzling macht in der Baggot Street das ganz große Geschäft mit seinem Kebab-Laden (und mit, sagen manche, seinem Spätbordell in der Souterrain-Wohnung, zweimal klingeln und nach Omar fragen); was nun die lieben Kleinen betrifft, da gibt es doch bei der Nordmauer prima Möglichkeiten für blinde Passagiere: Liverpool, die Insel Man, Greenock, das Südchinesische Meer ...!

banalen Geplätscher von Regen auf Oktoberlaub. Kathy öffnete die Tür und inhalierte Luft, unvermischt mit Rauch. Wie aufs Stichwort torkelte ein Mann auf dem Gartenpfad heran: Murphy, wie immer verspätet.

»Sind wir wieder mal überpünktlich?« Kathy wich vor seiner Bierfahne zurück.

»Was meinst du mit pünktlich? Ich hab mich verspätet. Das Gewitter, Frau«, sagte er. »Ich war schon auf dem Wege, aber dann mußte ich mich irgendwo unterstellen, und da bin ich zu Milo gegangen.«

»Die Weinstube?«

»Wie kommst du darauf. Zu Milo in die Wohnung. Du weißt doch, der düstere kleine Kerl, der in der Hall das Essen serviert.«

»Ach, du meinst den Kellner. Der Dicke mit den Augen.«[5]

Murphy grunzte und bedrängte sie von hinten. Sie schwenkte herum, aber er hatte sie an einer fleischigen Stelle erwischt. Eine Ohrfeige erschallte. Strongbow tauchte unter dem Sofa hervor und stieß kehlige Warnungen aus.

»Schmeiß den Scheiß-Hund raus, wird's bald.«

Zu gegebener Zeit war der Hund in der Küche, und Murphy war, wo manch besserer Mann nie gewesen war (während das Schuldbewußtsein die Gestalt Phelims annahm und Kathy Vorwürfe in die Ohren zischelte).

5 Der Dicke mit den Augen? So beschreibt man aber nicht »einen der vielversprechendsten Poeten seiner Generation« (Ned Kelly im *Independent*) oder »Irlands Antwort auf Villiers de l'Isle-Adam« (Homer MacBee in *The Peoples Friend*) –, aber ich greife ein wenig vor. Sie wird es schon noch kapieren, warten Sie's einfach ab.

wollte, d. h. Lug, Trug und andere Ungezogenheiten. Der Veranstalter von Rennwetten zum Beispiel flirtete unumwunden mit dem Betrug; das wußte er, und er war der erste, der es zugab, stimmt's? Hatte er etwa nicht allen beiden Rückfahrkarten für den Bus geschickt, die durchaus nicht billig gewesen waren (wie er vielleicht hinzufügen sollte)? War doch alles nur ganz menschlich, beruhigte er sich munter, bevor er sich, als empfände er Reue, an den Allmächtigen wandte, um ein bißchen im Staub zu kriechen –; Er *war* ja schließlich der Allmächtige, oder?[2]

Einwurf: Wolfetone Grey war in allen anderen Bereichen seiner Existenz ein vorbildlicher Bürger und Ernährer.

»Ich arbeite mir den Arsch ab, bitte vielmals um Entschuldigung«, brüllte er in die aufgerührte Nacht. »11 Prozent Gehaltserhöhung hat Power, der alte Glatzkopf, letzten Monat gekriegt, und das ist mehr, als irgend jemand in der Hall verdient –, als wäre er vorher unterbezahlt gewesen, war er aber nicht, soviel ist schon mal sicher«, modulierte er leicht die Lautstärke. Gott hörte zu; nur weiter, sagte Er stupsig. »Du weißt doch noch, wie der Verdacht aufkam, daß O'Moon, dieser Mensch da, die Bücher frisiert? Bei dem Gesichtsausdruck und überhaupt seiner allgemeinen Moral –, Du hast völlig recht, ich hab's gerade nötig, aber immerhin, mit *der* Fresse kann man keinem einen Vorwurf machen, wenn er Verdacht schöpft, ich wußte aber, daß er nicht mal in die Nähe dieser verdammten Kontobücher gekommen ist, außer um hin und wieder am

2 Naja, zu meiner Zeit hätte man ganz schön zu machen und zu tun gehabt, um sowas durch die Zensurbehörde zu schleusen –, aber vielleicht ist das ja gerade der Witz! Aha! *Mutatis mutandis* und die ganze Richtung, was? Mir kannst du nichts mehr vormachen, Burschi.

Monatsende einen Eintrag vorzunehmen. Die Tatsache gar nicht zu erwähnen, daß sie jetzt den meisten Kram sowieso auf dem Computer haben. Worauf ich hinauswill, ist folgendes: war O'Moon dankbar?«

Ein wenig frömmlerisch fuhr Wolfetone darin fort, das Ausmaß von O'Moons Undankbarkeit darzulegen: eine öffentliche Brüskierung in der Parnell Parade; verdrießliche Widerworte in den Vorräumen der Hall; zufällig mitangehörter Spott über seine, Wolfetones, Manierismen und modische Vorlieben; kurz: allgemeine Unverschämtheit, die einem Geringeren längst über die Hutschnur gegangen wäre. Ihm ja nicht, aber. Jedenfalls ein ganz schönes Weilchen lang nicht. Dann kam der Tag, an dem sein Telefonbuch von allein an dieser Stelle aufging:

O'Moon, Kenneth – Sea Lion Drive 45 – Killoyle E. 12-34-56

Jetzt mal ganz ehrlich: Wer konnte da widerstehen?

Der eigentliche Vorfall lief dann verbatim so ab:

»Hallo? Mr. O'Moon? Mr. Kenneth O'Moon?«

»Sind Sie das, Grey?«

»*Wie* bitte? Nein, Sir, ich heiße Owen Roe O'Neill und bin vom Staatlichen Pferdetoto der Provinz Munster, welches, wie Sie sicher wissen, die drittgrößte Pferdetoto-Organisation in Europa ist, nach der französischen und der Schweizer Lotterie, die jährlichen Gesamteinnahmen belaufen sich gut und gern auf eine siebenstellige Summe, deren Löwenanteil, wie Sie wissen, den armen Kinderchen mit Lautrec-Syndrom zugutekommt ...«

»Worüber quatschen Sie eigentlich genau? Und was zum Teufel und verdammt ist das Low-Track-Wiewawo?«

»Eine schreckliche Krankheit, Sir, die bei jung und alt gleichermaßen zuschlägt –; haben Sie nie die Beine eines Lautrec-Opfers gesehen, Mr. O'Moon? Na, danken wir den gesegneten Heiligen dort droben für die Gunst, die sie uns so sparsam erweisen. Beim Lautrec-Syndrom sind nämlich die Schienbeine zusammengedrückt, und die Fußknöchel entspringen direkt unterm Knie, wodurch die Fortbewegung des Opfers zu einer unbeholfen krabbelnden Gangart wird, der des französischen Malers Henri de Toulouse-Lautrec nicht unähnlich, daher der Name, wie Sie unschwer vermuten werden.«[3]

»Soviel Klopapier habe ich ja noch nie gehört. Jetzt hören Sie mal zu, Grey ...«

»O'Neill, Sir. Also, laut unseren Unterlagen waren Sie letzten Monat glücklicher Gewinner der Wer-ist-der-schönste-Junggeselle?-Ausscheidung, erster Preis ein Wochenende in Lisdoonvarna im – und unsere Unterlagen lügen nie, Mr. Moon; ich möchte, daß Sie da absolut klarsehen – Spa Hotel mit einer alternden Fernsehschönheit Ihrer Wahl, Angestellte von RTE-TV oder -Rundfunk oder des Staatlichen Pferdetotos der Provinz Munster sowie deren Familienangehörige von der Teilnahme ausgeschlossen.«

»Was bedeutet alternd?«

»Och, alles zwischen fünfunddreißig und fünfzig, mit etwas Spiel nach oben und unten.«

Lüsternes Lippenschnalzen, dann:

»Dann hören Sie mal zu. Wenn ich wirklich dieses Dings gewonnen habe und es kein Beschiß ist ... Was

3 Na na, aber aber. Ich meine, Gotteslästerung ist das eine, aber sich über diese armen, kleinen Bälger lustig zu machen, die so durch die Gegend hoppeln müssen –, das ist dann doch ein bißchen jenseits, wenn Sie den Ausdruck entschuldigen wollen. Ich würde meinem verstorbenen, heftig beweinten, gesegneten Onkel Francis schreiben, wenn er noch unter uns weilte. So manches Mal hat er mir mit seiner Haarbürste den Hintern versohlt, wenn ich ein wenig aufmüpfig war oder zu lange in den Nachtklubs herumgetrödelt hatte. Jawoll, der würde Ihnen ganz schön den Kopf zurechtsetzen, da gäbe es kein Vertun. Blödes Volk, das.

ich Ihnen nicht raten möchte, denn dann, das schwöre ich zu Gott, fresse ich Ihre Gonaden zum Frühstück, Grey, wenn das Grey ist ...«

»O'Neill, Sir.«

»Egal, wie Sie sich nennen. Mir wäre ein Wochenende mit Maire O Baoigheallain am liebsten.«

»Soso, wäre Ihnen das. Und wer mag diese Dame sein, Sir?«

»Wer mag ... Sehen Sie denn nicht fern, Mann? Das Mädel, das die Nachrichten in irischer Sprache auf RTE 1 verliest. Naja, ich nenne sie Mädel, aber sie ist mindestens gute fünfunddreißig, eher älter. Und unverheiratet. Ich weiß das, weil ihr das mal während der Nachrichten entschlüpft ist, sozusagen.«

Salbungsvolles Gekicher folgte, und Wolfetone wußte, daß das Dreckschwein eingestiegen war. Es war so leicht, den armen Trotteln etwas weiszumachen, und Sex stand hinter ihren Sehnsüchten, in neun von zehn Fällen. Natürlich war O'Moon die Sorte Mann, die es mit einem gesprungenen Teller treiben würde, oder mit der ureigenen sterbenden Großmutter, weshalb Wolfetone sich gern von neunzehn Pfund fünfundsiebzig Pence für die beiden Bonus-Fahrkarten nach Lisdoonvarna trennte: eine für Kenneth und eine für Shelagh Kellaway, Wolfetones ehemalige Vermieterin aus West-Killoyle, eine großbüstige Maid von etwa sechsundvierzig Sommern. In nebeneinanderliegende Zimmer gebucht (es war außerhalb der Saison, und Wolfetone hätte eine ganze Etage haben können, wenn er gewollt hätte), konnten sie es kaum vermeiden, miteinander Bekanntschaft zu schließen, aber ob O'Moon bemerkte, daß sie nicht Maire O Baoigheallain war, oder ob Shelagh wie vereinbart behauptete, Maire O Baoigheallain zu sein, und ob Kenneth darauf hereinfiel oder nicht (wahrscheinlich nicht, wenn man es im Licht der weiteren Entwicklungen betrachtet), wird Wolfetone nie genau erfahren; als sich, wie dem auch sei, die beiden Männer zum nächstenmal auf der Parnell Parade trafen, ergänzte O'Moon seine frühere Brüskierung, indem er Wolfetone mit wirbelnden Fäusten angriff, und erst nach einem langen Tag auf dem zahnärztlichen Behandlungsstuhl fiel Wolfetone Greys Schatten wieder über seine eigene Schwelle.

»Ja, das ging ganz schön in die Hose, darüber will ich gar nicht mit Dir streiten«, erklärte er über seiner dritten Tasse Schwarztee und starrte in die Glut seiner Pfeife wie in die Augen Gottes. »Dabei wären sie doch wirklich ein bezauberndes Paar gewesen. Aber es gibt immer ein zweites Mal, und alles hat seine Zeit, und, wo ich gerade dabei bin, es gibt keine schönere Zeit als die Gegenwart –; och, nun hab Dich doch nicht so«, zum imaginären na-na-na seitens des Himmlischen Hauptes. »Diesmal wird es so moralisch sein wie sonstwas; wart's ab.« Das Fieber verbotenen Verlangens rauschte betäubend durch sein gebrechliches Gebein, als er, mit schwitzender Handfläche, den Telefonhörer abhob. Auf seinem Schoß lag das Telefonbuch, dessen Seiten im Großraum Killoyle deutlich abgegriffen waren. Der Finger verharrte über der Wählscheibe, während Grey zehn- bis zwölfmal seine Kehle von Tabak-Austern säuberte. Dann wählte er eine Nummer, aber nur, um von einem Anrufbeantworter angepöbelt zu werden, dem Schierling, der ihm diese nächtlichen Streiche immer wieder vergällte. Er versuchte es noch einmal, und dann noch einmal, mit demselben Ergebnis. Es war schon fast halb zwölf, als eine echte menschliche Stimme das Zauberwort aussprach.[4]

4 Auch kein großer Unterschied, wenn Sie mich fragen. Aber wo wir gerade beim Thema sind, da fällt mir etwas ein, was meinem Tantchen Nuala vor einiger Zeit zugestoßen ist – ja, genau dieselbe, die beim Großen Unwetter '87 von einem Baum umgehauen wurde –, als

»Hallo?«

»Mr. Power? Mr. Emmet Power?«

»Sind Sie das, Grey?«

»*Wie* bitte? Mr. Power, ich bin Pater Patrick MacCarthy von der Gesellschaft Jesu und der Redemptoristenmission. Ich möchte mich ganz ausdrücklich für die späte Stunde entschuldigen, aber die Stunde ist in mehr als einer Beziehung eine späte, falls Sie verstehen, worauf ich hinauswill.«

»Kompletter Quatsch«, tobte Power, aber der Haken saß bereits fest, der Fang bäumte sich auf, doch es war bereits das letzte Aufbäumen.

sie die Geliebte vom Taoiseach war und behaglich in einem umgebauten Kutscherhäuschen beim Fitzwilliam Square wohnte. Eines Morgens, oder auch eines frühen Nachmittags, ist ja auch ganz egal, klingelte in ihrem Boudoir das Telefon, und als sie den Hörer abnahm, hörte sie am anderen Ende der Leitung nur Gehuste. Hallo, sagt sie und wartet, daß der arme Scheißkerl sich einkriegt und seine Absichten zu erkennen gibt, sozusagen; aber kaum hat er genug Atem geschöpft, da ist er auch schon wieder weg und hustet und keucht wie der Teil vom Bus, wo der Bus sein Geschäft macht, ein Bus noch dazu, der reif ist für den Schrottplatz. Na, sagt Tantchen Nuala bei sich (da sie eine Frau von festgefügten Ansichten ist), das ist ja überhaupt keine richtige Konversation, und hängt ums Arschlecken schon fast auf, als etwas am Husten des Gesprächspartners sie innehalten läßt, eine Art brüllende hohe Note, die man außerhalb eines Bullenpferchs zur Paarungszeit nicht zu hören hofft. Bei allen Leiden Jesu, sagt Tante Nuala, dem armen Burschen geht es schlecht, und war das etwa nicht bei Gott nur allzu wahr! Bevor sie ihre Korsettagen festzurren konnte, war alles vorbei, in einem regelrechten Crescendo von Gehuste und Gespuck. Als nächstes hört Nuala einen Polizisten am anderen Ende, der sie fragt, ob sie das war, die die offene Zwanzigerpackung Players-ohne-Filter-volle-Wirkung auf dem Nachttisch des Betreffenden liegengelassen hat! Da fragt man sich doch. Na, ich kann es Ihnen schwören, sie hat schneller aufgelegt, als man Seoirse O Suilleabhain sagen kann –, was übrigens zufällig genau der Name des soeben Entschlafenen war. Sie erinnern sich doch an ihn: Fraktionsvorsitzender der parlamentarischen Splittergruppe Fit Bolg in den späten ...? Oder war es in den frühen ...?

4

Verdruß bahnte sich auf Emmet Powers breitem nordirischen Gesicht einen Pfad nach Süden, als er murrend den Hörer auflegte. Er hatte es nie geschätzt, wenn man ihn über Dinge im Dunkeln ließ, was gerade wortwörtlich geschah, da es fast Schlafenszeit war, und bildlich, da in seinem Kopf die Stimme echote, die so sehr wie die von Grey klang, seines Ober-Lebensmitteleinkäufers –, nicht, daß er genug Zeit mit ihm verbracht hätte, um sicher sein zu können; an den meisten Tagen arbeiteten sie in entgegengesetzten Bereichen der Hall, aber die Stimme hatte sowas käsig Mieses, wie Export-Harp –, der aber gleichzeitig sehr überzeugt davon zu sein schien, Pater Patrick MacCarthy S. J. von den verflixten Reisenden Redemptoristen oder was zu sein; natürlich klangen die meisten Stimmen, wenn sie über den Draht kamen, leicht daneben, und wer er auch war (oder nicht war), er hatte in Emmet Powers Seele den Bammel geweckt.

»Kompletter Quatsch«, wiederholte er bei sich, aber sein Gewissen dudelte dumpf weiter, unbeirrt, und präsentierte ihm eine Liste von Sünden, die läßlich schienen, es sei denn, man klumpte sie zusammen: die imitierte Orangenmarmelade, die er die ganze letzte Woche den Gästen serviert hatte, ohne daß sich einer beschwert hätte, nur der Oberst auf 16A; die Extrabeträge, die er manchmal auf die Rechnungen der allzu Wohlhabenden[1] aufschlug, wenn sie in Eile waren, um

1 Vorwiegend Japse, Yanks, Franzosen und Deutsche, gelegentlich auch mal ein Italiener oder Belgier, der mit dem Geld um sich schmeißt.

den Flug von Cork International nach Heathrow oder Paris noch zu erwischen; die Lügen, die er seiner Frau regelmäßig, ja zwanghaft auftischte (»Ich hatte nur eine Pint, Liebes«, was zwei bis drei bedeutete; »Das find ich jetzt aber einen ziemlichen Tiefschlag, *acushla,* allein schon die Vorstellung, daß ich mal eben schnell zum Pferderennen witsche, wo ich doch seit ewig und drei Tagen die Finger von den Zossen gelassen habe«, was bedeutete, daß er das 15:30 in Leopardstown bei Muldoon im Wettladen am anderen Ende der Stadt verfolgt und seine Monatsprovision auf dem Altar der Ferner-Liefens geopfert hatte, was unerbittlich zu den wortreichen Zusatzlügen »Welche Monatsprovision?« und »Ja, aber da soll doch«, etc. führte); diese vage Ahnung, die mit dem Menschsein einherging, man sei irgendwie dabeigewesen, als Adam die errötende Eva mit den Augenbrauen anwackelte und den göttlichen Donner aus der Höhe hörte –, mit anderen Worten: sie waren voll wieder da, all die Verfehlungen, die die Priester so gut wiederzubeleben verstanden, wenn ein Mann gerade dachte, es wäre mal Zeit, sich zu entspannen und Steckrüben im Hintergarten zu pflanzen oder ein neues Auto zu kaufen und nach Italien zu fahren, um sich einen kleinen Urlaub in der Sonne zu gönnen! Von wegen, Herr Meinliebermann! Wohl wahr, sobald die Padres einen bei den Klöten hatten, waren sie schwer abzuschütteln. »Ihr Geieraug'«, um es mit den Worten

Wir Iren, die wir eine weichherzige Bande sind (außer den Hartherzigen), empfinden im allgemeinen Mitleid mit dem Briten, dem Unterdrücker von einst, der sich zum armen Verwandten gemausert hat, mit seinen drastischen Sparprogrammen und dem minderwertigen Wechselkurs, der sich an den portugiesischen Escudo als Leitwährung angepflockt hat. Danken wir Gott für Gar Looney und seine Großwesteurasische Prosperitäts-Sphäre, die das alte Punt sicher an den Yen und den Hongkong-Yüan gekoppelt hat, der ganz groß im Kommen ist!

des Dichters zu sagen, »begehrt die Seele des profanen Manns.«[2]

Und das ihm, dem beitragzahlenden Mitglied der Ritter des Oinsias von Leinster und Munster, Freidenker allesamt!

Emmet Power kehrte still in den Salon zurück und ließ sich auf seinem Ledersessel nieder, der so stand, daß er ihm den Anblick seiner dösenden Gattin ermöglichte. Sie war, in einer quasi-fötalen Stellung, auf dem Sofa zusammengerollt. Hin und wieder entwich ihrem offenen Mund ein wildes, eberähnliches Knurren und ruckte sie wach. Dann warf sie den Kopf mit lauten Schnaubern in die Gegenrichtung und sank wieder in Schlaf, ohne ihrem Mann nach dreiundzwanzig Jahren Ehe mehr Aufmerksamkeit zu schenken als dem Topffarn auf dem Beistelltisch oder dem verblassenden Mezzotinto an der Wand gegenüber (Addingley Hall, Essex, 1811). Dieser Prozeß vollzog sich dreimal, bis sie, schon fast halbwach, Emmets, der in die falschen Flammen des elektrischen

2 Falsch zitiert, damit fängt es schon mal an, und auch nicht allzu gut paraphrasiert, wenn Sie mich fragen. Aus Jasper Hoolihans Gedicht »Der Traum vom Martello-Turm am Strand von Killoyle, Winter 1899, im Gefängnis von Ossining im Staate New York während einer Haftstrafe wegen Einbruchs geträumt« (1898), einem Werk, das in meiner Gunst ganz unten steht –, aber Milo mag es, also bitte:

Keksbüchsenartig ragt mit Macht
Im Dunkel sie in Tages nackter Nacht,
Links Jungfernweiß, rechts Königsblau:
Ist's Paradies dies oder Fensterschau?
Wie Chiaroscuros graubraungrau Gewand –
Mit Regenmänteln wird Geniesel hier gebannt
(Geseh'n, hélas, im Traume des Exiles,
Wo Dinge anders sind als scheinen, wie so vieles)
Der Geierpriester oben kreist auf Raube,
Die Seele mein begehrt er, die profane Taube.
So greift mein närr'sches Herz auch über Meer und Land
Hinüber nach Killoyle – Heimstätte, ird'sches Band!

Kamins starrte, ansichtig wurde und ein zusammenhangloses Geräusch der Anfrage freiließ.

»Whaa maaa?« gähnte sie.

»Egal«, sagte Emmet. »Geh schon mal hoch. Ich komm nach.«

Sie ging und überließ ihn dem Anblick seiner selbst im Spiegel seiner Seele.

Emmet Power vom Stamm der Gælen, Geschäftsführer von Spudorgan Hall, Ehegatte von Roisín Power (*née* Gavin von den Gavins in Mayo), Vater dreier Söhne (einer im Maze-Gefängnis, zwei in den Staaten), Autodidakt (d. h. Absolvent keiner Hochschule außer der des Lebens), Ex-Fahrradreparierer, Ex-Champion im Ringen (griechisch-römisch) von Süd-Armagh, lebenslanger Skeptiker, lebenslanger Nationalist, lebenslanger Leser von Periodika (z. B. *Glam, The Bell, Quorn*)[3] und Biographien (z. B. Childers, Connolly, De Valera),[4]

3 Ah, ich bin froh, daß Sie das fragen. *Glam* kennen wir, dank dem kurzen Blick, den wir auf Ms. Hickman *chez elle* geworfen haben; *The Bell* jedoch, eine sozio-politische Zeitschrift, hebt unseren Kumpel Power auf ein ziemliches - naja, sagen wir mittelhochgestochenes - Niveau. In den 40ern von O'Faolain, Cronin, Ryan & Co. gegründet, läutete die *Bell* so manches Mal den Wechsel ein, bevor ein etwas unsauberer Ton (wie von einem Sprung in der Schüssel, sagen manche) in den höheren Registern Leserschaft und Auflage hinunterdrückte, bis tief in die Kanalisation hinein; nur noch E. Power, Esq. steht unerschütterlich zu seinem Abo, was aber auch nicht mehr viel bringt, da das alte Käseblatt ohnehin vor etwa fünfzehn Jahren sein Erscheinen eingestellt hat. Und was ist mit *Quorn,* fragen Sie? Sagen wir mal, wenn ich meine Jungs dabei erwischte, daß sie diese Art etepetéten Pferdequatsch lesen, müßten sie bis an ihr Lebensende ein Geschirr tragen, aber hallo.

4 Alle drei quondam hervorragende Schüler, sämtlich Iren, sogar De Valera (in New York als Sohn einer eingewanderten irischen Näherin und eines vagierenden Spaniers geboren): als erwachsene Männer brüllten sie eine seltsam empfängliche Nation mit Ermahnungen voll, wofür einer (Connolly) mit einer Kugel durch den Brustkorb zahlte, während die beiden anderen (der abgesessene Pferdequäler, der halbirische Hidalgo) behaglich im Bettchen starben.

frisch zur Doktrin des Andere-ruhig-mal-machen-Lassens konvertiert (z. B. neue Runden zahlen, Lebensmittel anliefern, Arztrechnungen begleichen), Connaisseur von feinem Stout und Austern, Bewunderer eines wohlgeformten Fußknöchels und eines gutgeschnittenen Anzugs; alles in allem hatte er sich, seiner Ansicht nach, für einen Wirtssohn aus Keady, Grafschaft Armagh (The Shandon Bells in der Monaghan Road), ganz gut gemacht. Man sprach gut von ihm, das konnte man sagen, nicht nur das Personal in der Hall,[5] sondern überall in der Stadt und daneben und darüber hinaus. Er war bekannt, er war wohlgelitten, er wurde gemocht, und das war mehr, als viele sagen konnten, und weniger, als die meisten sich wünschten.

»Aber genügt es?« fragte er sich laut ins falsch flakkernde elektrische Feuer hinein. Die Zimmerdecke, unter Roisíns bettwärts gerichtetem Tritt, knarrte in unheilverkündendem c-Moll und ließ Emmet kurz Atem holen und herumfahren, auf der Hut vor dem Er-wußte-nicht-wovor ... Marleys Geist? Einem Einbrecher? Dem immerwiederkehrenden Kapitän D'Alton, der am Morgen des Michaelistages 1886 in ebendiesem Zimmer schwarz und tot gefunden wurde?

DIE SHANN VAN VOCHT?[6]

Nichts von oben Erwähntem, Dank sei Gott. Emmet atmete leichter, lehnte sich zurück und hob den Blick von den elektrischen Flammen zu den Familienporträts auf dem Kaminsims. In grober chronologischer Reihenfolge angeordnet, zeigten sie: ihn selbst, im Alter von sechsundzwanzig Jahren, gerade in Dublin angekommen, überhaupt nicht keck genug für seine Jugend (die Hände zu Fäusten geballt, finsterer Schulmeisterblick);

5 Das glaubt *er* aber auch nur. Typisch, oder?

6 Lies mal deinen Yeats, Junge –, und zwar W. B.!

Roisín, etwa im selben Alter, mit ihrer Schwester, die nach Australien ausgewandert war und jetzt am blechernen Ferngesprächsdraht mit aggressivem Aussie-Akzent sprach; die drei Buben, im Alter von fünf bis neun gestaffelt, im Garten des alten Hauses in der Elbow Road vor einem Hintergrund aus aufgehäuften unreparierten Fahrrädern, gegen eine Rauhputzmauer abgesetzt, posierend; Emmets und Roisíns Hochzeit, 1969, mit der georgianischen Eleganz der Kirche des Hl. Oinsias hinter ihnen, links von ihnen Roisíns Eltern, in Habtachtstellung wie Soldaten bei der Truppeninspektion, rechts von ihnen Emmets Da, ganz entspannt und strahlend, die alte Saufnase, zu seiner Rechten der Pfarrer, Pater Doyle mit seiner Vorliebe für Unverhohlenes, Nemesis der liberalen Klasse …, der alte Geierpriester persönlich! Emmet lachte in sich hinein. Wenn jemand wußte, ob es unter den vierzigtausend Seelen des Kirchspiels Killoyle[7] einen Pater, wie er sich nannte, MacCarthy von der Gesellschaft Jesu gab, dann war dieser Jemand Pater Philip Doyle –; wäre es nämlich nicht schon so spät gewesen, hätte er ihn gleich angerufen, da morgen Sonntag war und der Pfarrer naturgemäß auf Arbeit –, aber dann wiederum (erinnerte sich Emmet, und seine Verstimmung wich schon halbwegs einer Hochstimmung) schaute Pater Phil doch für

7 Lebende Seelen, nehme ich doch an. Wenn man die toten hinzuzählte, wäre Killoyle aber längst so groß wie Tokio, oder sogar London, mit all den Jahrhunderten des einen oder anderen Blutvergießens: die MacMurroughs, die MacCarthys, die Normannen, die Tudors, die Stuarts, die Oranier, das Haus Hannover und die Sachsen-Coburgs, in direkter Linie bis hin zu Lloyd George und seinen teuflischen Black and Tans; dann kam natürlich der Bürgerkrieg bis ’22 (oder war es ’23?) und seitdem die gelegentliche Schießerei, und wie die heutzutage über die MacLiammoir-Überführung rasen …!

gewöhnlich auf ein schnelles Getränk zwischen den beiden Hochämtern in der Hall vorbei, oder etwa nicht?

»O doch. Und er weiß ganz bestimmt Bescheid«, sagte Emmet. Erleichtert, aber schwerfällig saß er von seinem Sessel ab und stapfte in den ersten Stock, um dort seinen Bademantel abzulegen und seinen Körper einigermaßen parallel zum Körper seiner schnarchenden Frau auszurichten, bevor er wie ein Stein in den dunklen Tümpel[8] des Schlafes plumpste.

8 Irisch: *Dubh Linn*

5

Pater Doyle wälzte und warf sich herum, und es brachte nichts.

»Sack und Eier«, sagte er. Das Gewitter war vorüber, aber der Regen trommelte immer noch auf das Dachfenster, durch welches er, in Momenten der Freizeit, den Himmel anstarrte. Jetzt war zwar ein Vorhang davorgezogen, aber der Lärm wurde nur noch schlimmer. Pater Doyle setzte sich auf und knipste die Nachttischlampe an.

»Schöne Scheiße«, sagte er in seiner unverblümten Art, für die er in ganz Killoyle Nord, in Gemeinde und Vororten, berühmt war. »Wir werden uns ein Tröpfchen gönnen.« Ein trockenes Kichern vervollständigte diesen feuchten Gedanken. Er plierte auf den Wecker. Viertel nach eins, und um sechs mußte er für die Matutin in der Kirche sein. Mit eleganter Sorglosigkeit leistete er sich ein gælisches Achselzucken, so im Geiste seine Pfarrkinder entlassend, dann erhob er sich aus dem Bett, nackt, bis auf eine blaue Feinripp-Unterhose: Venus, auf der Muschelschale serviert, minus die Schönheit. Sein Gesicht war lang und bleich, mit einem Bartsaum und sporadischem Haar; seine Gliedmaßen waren stockdünn, mit Leberflecken, die hie und da auf die kalkige Blässe gestempelt waren wie Matsch, der Schneewehen bespritzt; sein Brustkorb variierte unter dem mal stärkeren, mal schwächeren Druck der Existenz und der einzigen schlechten Gewohnheiten, die er sich durchgehen ließ, zwischen hohl und konkav; innen rasselten und keuchten die Lungenflügel und feuerten Salven von Schleim ab, der oft (wie jetzt) durchs Fenster ausgestoßen wurde. Auch seine Gelenke jappten und jaulten in der Herbstfeuchte, und es gab Zeiten in der Sakristei, da fand er, er müsse sich ein neues Hüftgelenk oder doch zumindest einen neuen Flachmann implantieren lassen. Kurz: sein Körper lenkte ihn ein wenig von der spirituellen Sichtweise der Dinge ab, wie Körper das so tun. Immerhin war er achtundsechzig, er hatte nicht das leichteste Leben geführt, die Priesterschaft war eine schwere Bürde, und es gab jüngere Männer, denen es schlechterging als ihm, Monsignore Stripling zum Beispiel, von SS. Peter und Laurence O'Toole: keinen Tag älter als fünfzig, und seht ihn euch an, an einen ganzen verdammten Wald von Schläuchen im Meerstern-Krankenhaus angeschlossen, seitdem sie ihn halb aus dem Badezimmerfenster hängend gefunden haben, mit Wattebäuschen in den Ohren, von Stimmen in den hellen Wahn getrieben, die nur er hören konnte ...!

Pater Doyle warf sich sein Nachthemd über, nahm an seinem Schreibtisch Platz und summte aufgeräumt, als er aus der Pint-Flasche Jameson, die er in der Schreibtischschublade verwahrte, etwa ein Gill (0,148 Liter) Whiskey in ein Zahnputzglas ausschenkte. Diesem gesellte er eine Craven »A« aus demselben Versteck bei. Während er üppig bis zur Hustschwelle (aber nicht darüber hinaus) an der Zigarette zog, wurde er plötzlich und laut von Flatulenz befallen, wodurch ein Ton entstand, der sich, um es musikalisch auszudrücken, wie eine Brevis in langer, liebender Phrasierung auf, sagen wir mal, der Klarinette über fünf Takte à sechzehn Sechzehntelnoten hinzog.[1] In der

1 In welcher Tonart? Jedenfalls erinnert mich das an ein Konzert in der National Concert Hall, damals in den 80ern. Es war das Klarinettensextett von Norman Ornstein, das mit dem Duett-Teil für *uillean*-Pfeife und Waldhorn. Jimjam O'Donnell pumpte den alten Ellbogen, Jean-

Stille, die darauf folgte, stieß der Priester zischend seinen Rauch aus und bedachte die Unwürdigkeiten des Alters und das Ewigkeitsversprechen, durch den Nebel und Zigarettenrauch der Sterblichkeit betrachtet, eine Vision, ähnlich der des Malers Raffael von Urbino, mit gähnendem Himmelblau darüber und griechischen Gebäuden in idealer geometrischer Ordnung und Gruppen weiser Männer in Gewändern, viele davon mit Bärten (an dieser Stelle liebkoste Pater Doyle seinen eigenen bescheidenen Bewuchs), die sich mit den feueräugigen Kirchenvätern mischten – Hieronymus, Augustinus, Ambrosius u. a. –, sowie auch mit kleineren Koryphäen, leichtergewichtigen Leuchten aus zwei Jahrtausenden Kirchengeschichte bis hin zu Pater Philip Doyle von der Gemeinde Killoyle Nord, der demütig am Rande wartet und mit jedem unverstopften Atemzug Weisheit und Heiligkeit in sich hineintrinkt. Es gab natürlich auch solche, die sagten, das Ganze würde ziemlich langweilig werden, die ganze Zeit in Gewändern herumstehen, mit Harfenmusik im Hintergrund und dem unablässigen Gesumse der Dolmetscher, die Amharisch und Griechisch und Aramäisch und die weiteren hunderteins Sprachen der Bibel (oder waren es hundertzwei? Leviticus wüßte sowas) übersetzen, aber es war eine Vision von Heiterkeit und Ruhe, verglichen mit dem Leben, das er

Pierre Purée kümmerte sich um den Teil mit dem Wald: Mann, die haben Musik gemacht wie die Lämmer von Inishmore. Ich erinnere mich, nur noch einmal so tief geschlafen zu haben, damals, als ich als Junger Pionier auf einem Gesundheitsgang in den Knockmealdown-Bergen war, sechzehn Stunden Marsch direkt ein Kliff hoch und dann noch mal acht Stunden Auf-der-Stelle-Rennen –; das können Sie mir glauben, mein Freund, danach war ich fällig für eine kleine Runde Ratzen (aber erst nach einem kleinen Mitsingen am Lagerfeuer)!

im Dienste der Kirche geführt hatte, und es *war* ein langer Weg gewesen, vom Gipfel seiner achtundsechzig Jahre her gesehen. Damals in den späten '40er Jahren war Philip Aloysius Doyle aus Derry einer von nur acht Seminaristen aus Maynooth gewesen, die ein Jahr an der Gregorianischen Universität in Rom verbringen durften.[2] Was für eine zauberhafte Zeit hatte er zwischen der Trattoria in Trastevere und der Gregorianischen Bibliothek und den langen Spaziergängen auf den durchspukten nächtlichen Straßen verbracht, bis die Kirche in ihrer Weisheit ihn – »einen dreisten – oder sollte ich vielleicht lieber sagen: dummdreisten? – Jungtürken«, wie es sein Vetter, Bischof Teddy »Nachschlag« Glaghan ausdrückte –, auf die Insel New Nubia in den Westlichen Antillen verfrachtete, eine wahre Hölle voller Gassenbettler und überall – außer zur Hurricane-Zeit – Schwaden von Schlammfliegen, sowie rotgesichtige englische Kolonialköppe, die der gleichzeitigen Auflösung des Empire und ihrer Lebern präsidierten, dazu eine katholische Bevölkerung, die weniger Häupter zählte als die Gemeinde Killoyle Nord, die meisten davon Halbblüter und auch nur halb bei Sinnen. Die einzige Seele, die er dort rettete, war seine eigene, indem er machte, daß er dort wegkam, zuerst nach Kanada (Lachine, Québec: lange Win-

2 Zu *der* Zeit hätte man in Irland sein sollen! Wenn Sie nichts von Ryan und Cronin über diese Ära gelesen haben, lassen Sie's; versuchen Sie es lieber mit Ulick O'Connors Biographie über den ausgelassenen Behan oder mit Pat Kavanaghs Briefen an seinen Bruder. Gott, ich könnte stundenlang fortfahren. Die Steaks waren so dick, mein Junge, daß man beide Hände brauchte, wenn man in der obersten Schicht einen Einschnitt anbringen wollte, und was das Stout und den Lachs angeht, na, sie Nektar und Ambrosia zu nennen, wäre falsch, weil zu vorsichtig ausgedrückt, wenn Sie nichts dagegen haben, daß ich das mal so ausdrücke.

ter und Ohrentzündungen), und schließlich schob, Gott sei Dank, Teddy Glaghan seinen tödlichen Herzinfarkt lange genug vor sich her, um sich für ihn zu verwenden und ihn nach Irland zurückschicken zu lassen, wo er das finsterste Sligo und die Landgemeinden Muff und Moville in Donegal und, ganz zum Schluß, Killoyle Nord retten sollte, das absolute Spitzenkaff der südöstlichen Gemeinden, mit seinen begüterten Pensionären und der Strandpromenade und dem Schrein der Unsichtbaren Muttergottes in Ballymahone ...; in mancher Hinsicht hätte er es auch nicht besser treffen können, wenn er Kardinal geworden wäre. Nicht, daß er sich nicht, hin und wieder, fragte, ob es nicht alles totale Zeitverschwendung gewesen war, trotz (oder vielleicht gerade wegen) seiner frühen Ambitionen, die bis auf die glücklichen Tage in Rom, die Gregorianische Universität und den Wein in den Tavernen von Trastevere und die reinere Trunkenheit, wie sie nur Thomas von Aquin zu spenden vermag, zurückgingen; nicht, daß nie Zweifel auftauchten, weniger darüber, ob Gott existierte (wie sollte Er nicht?), als darüber, ob Er sich der Existenz des Philip Aloysius Doyle bewußt war und ob Er sich um sie scherte (warum sollte Er?); nicht, daß (besonders) das fleischliche Leben – d. h. sozusagen seinen Windhafer säen, so daß die menschliche Rasse um ein, zwei Kindlein anschwillt und man bis ans Ende seines natürlichen Daseins ein munteres Weib hat, das für Trost und reine Wäsche sorgt, – nie sein schuppiges Haupt gereckt hätte, letzteres nun schon gar nicht, nicht nach mehreren Jahren in der Karibik, wo nubile Neu-Nubierinnen zu zwei Shilling pro Nummer zu haben waren (er gab immer drei, was ihn ehrt, oder, je nach dem, zu ewiger Schmach verurteilt)!

Doyle hegte Zweifel; Doyle war ein Mensch.

»Ich zweifle, also glaube ich«, erklärte er seinem zweiten Glas Jameson und trübte das Licht seiner Schreibtischlampe mit weiterem Ausstoß von Rauch. Er gestattete sich sogar ein paar Takte Gesang: »Arrivederci Roma«, wortlos im schnurrbärtigen Kontratenor vorgetragen.

Dann schmetterte er jedoch, zwischen Hustenanfällen: »Wer dich einmal SAH! Der muß dich lieben, tausend Dichter HA!Ben dich beschrieben, und nur wer dich kennt …«

Lautes Pochen an die Wand und Rufe des »Nicht um diese Zeit!« ließen das Ausmaß der Mißbilligung seitens seiner Haushälterin ermessen.

»Verpiß du dich doch«, bellte Pater Doyle, aber die Huster waren ohnehin stärker, also hustete und summte er sich nur noch durch die verbleibenden Refrains, während er die Bilder in seiner Erinnerung nach Aufnahmen von der Ewigen Stadt und des jungen Mannesalters, das er dort zurückgelassen hatte, durchsah. Liebes altes Rom! Unter einem guten Vorwand schaffte er es vielleicht noch einmal dorthin, dachte er, schaffte es vielleicht sogar, in einem der franziskanischen Gästehäuser zu sterben, im Windschatten des Gianicolo, und die Schirmpinien spendeten seinem Gesicht unter der römischen Sonne Schatten (ah, im Himmel gab es bestimmt Schirmpinien –; wenn nämlich der Himmel nicht mehr als nur ein bißchen wie Italien war, hatte Er gepfuscht),[3] und der träge, alte Tiber zu seinen Füßen machte sich müde, machte sich mürbe auf seinen mühseligen Marsch nach Ostia, *Cloaca Maxima,* und so weiter zum Meer, *Mare Nostrum,* und von dort – wie der Hl. Umbragius von Korinth – direkt

3 Eher wie Blackpool, würde ich meinen, mit dem ganzen Geplapper und Gedrängel –, oder Lourdes, in der Hauptsaison.

bis zum Himmel, um den Saum Unserer Mutter, *Regina Coeli,*[4] zu küssen!

Als Pater Doyle einschlief, um zwei Uhr morgens, geschah dies mit einem leeren Zahnputzglas in der Hand und dem heiteren Lächeln eines Heiligen von Raffael auf dem Gesicht, sehr wahrscheinlich der gleiche Ausdruck, den er im Tode tragen würde, falls er im Rom seiner Träume starb.

4 Das ist doch gleich ganz was anderes: Himmelskönigin, unbefleckt an Leib und Seele. Wir waren alle Marienverehrer in unserer Familie, wissen Sie, das ging bis auf die Zeit der englischen Strafgesetzgebung und meinen Urgroßonkel Eusebius zurück, den »Unbesungenen Märtyrer der Hecken und Knicks«, wie die spitzen Zungen ihn nannten.

6

Die Stadt Killoyle (ir. *Cuíll gHuaíll,* Kirche des Dreschflegels), 41 545 Einw. (1990), liegt 19 Meilen SW von Waxford, 41 Meilen SÖ von Cork, 22 Meilen NSW von Weterford und 121 Meilen SW von Dublin, auf dem Küstenstreifen der Provinz Munster, der wegen der drei Martello-Türme aus hellem Waschbeton gern die Irische Algarve genannt wird. Aus der Entfernung, sagt man, gleichen die drei Türme am Strand von Killoyle den geweißelten Windmühlen des lusitanischen Ferien-Mekkas.[1] Killoyle verfügt über die tiefste natürliche

1 Lusi du sie doch. Diese Martello-Türme sehen etwa so sehr aus wie portugiesische Windmühlen wie mein Alter wie Kirk Douglas –, oder, anders ausgedrückt: wenn Sie mit ihm telefonierten, bekämen Sie gerade genug von ihm mit, um sagen zu können (wenn Sie seinen kraftvollen Northside-Akzent und sein schrilles Woodbine-Gekeuche ignorieren, was alle Hunde in der Nachbarschaft immer dazu angestiftet hat, zu bellen wie besengt): das ist doch nie Kirk Douglas, Gott segne und beschütze uns, oder? Gleichermaßen könnte einer dieser Martello-Türme zwar aus der Entfernung eine durchaus achtbare portugiesische Windmühlen-Imitation hinlegen, sobald man aber einen dieser Burschen aus der Nähe betrachtet (nämlich unsere Freunde, die Martellos), hätte man doch gewaltige Schwierigkeiten, auch nur den Ansatz des Schattens eines Atoms einer Ähnlichkeit zu bemerken, wie der Da immer zu sagen pflegte –, aber wo Sie gerade davon sprechen: als er mal eines schönen Morgens seinen Bus (den 12A nach Donnybrook, damals, als es noch die schönen alten Doppeldecker gab) durch die Dame Street fuhr, sah ihn ein Fahrgast, eine Dame, an, und dann sah sie ihn noch mal an und fragte ihn ganz höflich, ob er nicht in dem Film *Spartakules* mitgespielt hat und ob sie wohl ein Autogramm von ihm haben kann? Nein, aber ein Monogramm können Sie von mir haben, sagte der Da. Gott segne ihn sowieso, und war er etwa nicht der vollkommene Witzbold, und ging mit seinem Heimgang nicht auch eine ganze Ära (oder ein ganzes Eire?) zu Ende?

Hafenanlage zwischen Waxford und Youghal mit einer Dockskapazität von bis zu 100 000 Metertonnen Eigen- oder Totgewicht. Dies wurde im Spätherbst des Jahres 1975 unter Beweis gestellt, als der zweitgrößte Öltanker der Welt, der Neunundneunzigtausendtonner *M/S Alkibiades Junior,* Flaggschiff der Onarchos-Linie, sich, mit Pheidippides Onarchos persönlich auf der Brücke, durch die enge Hafeneinfahrt zwängte, ein Ereignis, welches die Leutchen von Killoyle in gaffenden Trauben anzog. Onarchos war großmütig und, diesmal, auch völlig nüchtern. Nachdem er den salbungsvollen, aber tüchtigen Hafenmeister Thomas Maher ins Herz geschlossen hatte, der ein halbes Dutzend Fischtrawler hatte entfernen lassen, um Platz für die mächtige *Alkibiades* zu schaffen, warf ihm der große Mann ein imitatvergoldetes Dupont-Feuerzeug zu (im praktischen PVC-Tragebeutelchen) und wies ihn an, sich unverzüglich auf die Suche nach seinen, Pheidippides', irischen Vorfahren zu machen (war der Großreeder doch – unter dem doppelten Einfluß langgereiften Whiskeys und seiner dritten Frau, der hiberno-amerikanischen Schauspielerin Mavourneen O'Shillelagh stehend – zu der Überzeugung gelangt, irische Ahnen zu haben, wofür er als Beweis seine meerblauen Augen und seine kühn geschwungenen Nasenflügel anführte). Maher machte sich sogleich ans Werk und wurde später für seine Bemühungen gefeuert. Diese bestanden u. a. darin, daß er mit der Post einen Fünfpfundschein an das Amt für Heraldik im Dublin Castle schickte, dem er einen Brief beilegte, in welchem er dem Oberherold »noch mal dieselbe Summe oder mehr« versprach, wenn er mit einer O'Narchos-Linie rüberkam, die sich bis zu den Königen Brian Boru und/oder Cormac Mac Art zurückverfolgen ließ. Der Herold, Gerald Spole, LL.D., F.R.I.C.S., lehnte Angebot und Bestechung schroff ab und drohte, damit an die Presse zu gehen. Mach's publik und sei verdammt, sagte Maher verächtlich und drohte seinerseits, Dr. Spole die Kinnlade zu brechen. Die Zeitungen schlugen sich, wie nicht anders zu erwarten, auf Dr. Spoles Seite, und ein stattliches Aufgebot an Verbindungen und Beziehungen, die sich vom Dublin Castle bis in die Büroräume der Firma Killoyle Corporation (Pollexfen Walk 45, erster Stock) erstreckten, stellte sicher, daß der Posten des Hafenmeisters wieder vakant war, wie schon so oft.[2] Unverzagt mühte sich Maher weiter mehrere aufeinanderfolgende Nächte lang im Interesse des immer noch vor Ort weilenden ägäischen Blaubarts mit Buntstiften an einem fiktiven Stammbaum ab, der den O'Narchos-Zweig aus dem westlichen Roscommon mit Niall Nimmtneun-Geiseln und den kühnen Mahers von Glen Glum in der Grafschaft

2 Stimmt alles. Ich erinnere mich noch gut an den alten Dr. Spole, er wohnte, als ich heranwuchs, in derselben Straße wie wir. Nachdem Da gestorben war, kam er regelmäßig zu Besuch, vorgeblich um der Familie in ihrem Kummer beizustehen und was zu essen abzustauben, es enthüllten sich aber ganz andere Motive, als er eines Tages nach dem Braten plötzlich auf die Knie fiel und meiner armen verwitweten Mutter einen Heiratsantrag machte. Ob sein Angebot von echter Zuneigung angefacht wurde oder nur seine unerwartete Anbetungshaltung rechtfertigen sollte, konnten wir nie mit Sicherheit feststellen, obwohl die Tatsache, daß er bereits verheiratet und Vater von vier Töchtern war, uns letzterer Erklärung den Vorzug geben ließ; darüber hinaus entdeckten wir, als sich die Familie um ihn versammelte und ihn über sein Bankguthaben verhörte, daß dieses, wenngleich durchaus ansehnlich, weit hinter den Erwartungen der Mutter zurückblieb. Dr. Spole kam nie wieder zu Besuch und gab in der Folge, wenn wir ihn auf der Straße trafen, immer vor, ein ausländischer Tourist zu sein. Mutters Erwartungen erwiesen sich übrigens als völlig berechtigt, als sie meinen Stiefvater Mr. Duddy, den Effektenmakler und leidenschaftlichen Eisenbahnfachmann, kennenlernte (seinen Vornamen haben wir nie erfahren, nicht einmal, ob er überhaupt einen hatte).

Antrim verbinden, somit Blutsbande und infolgedessen einen Anteil am Familienvermögen geltend machen sollte –, nicht mehr als (beeilte er sich, bescheiden hinzuzufügen), sagen wir, ein Fünfzehntel, oder £ 15 000 000, zahlbar in fünfzehn Jahresraten à eine Million, annähernd –, wobei die Zahlung eher eher als später beginnen sollte, vielleicht noch diese Woche? Tom Maher war ein breitschultriger Bursche, für keinen Mann ein leichter Brocken, aber als die Mannschaft der *Alkibiades* die Ärmel wieder herunterkrempelte und davonstolzierte, erkannte seine eigene Frau, die auf dem Weg zum Einkaufen an ihm vorbeikam, ihn nicht wieder; im Gegenteil, sie hielt ihn für »wieder einen von diesen versoffenen Pennern, die anständigen Menschen das Geld aus der Tasche ziehen«, und verpaßte ihm einen ordentlichen Tritt in die Klöten, als er stöhnend auf den ölglatten Kopfsteinen lag. »Efcharistó polí«, röhrten die Rabauken (oder doch Wörter dieses Sinnes) vom Heck der in See stechenden *Alkibiades Junior* herüber, die Kurs auf Frankreich genommen hatte, Heimatland derer de Narcus und von Pheidippides' neuer Freundin, dem soeben am Filmhimmel aufgegangenen Sternchen Babette Fessay.

Das Erlebnis verwandelte Tom Maher aus einem Träumer in einen Tatmenschen, entschlossen, nie wieder über sich verfügen zu lassen. Bevor sich seine Frau noch dafür entschuldigen konnte, daß sie ihn unwissentlich verletzt hatte, war sie ihre sämtlichen Ersparnisse los, die er dazu verwandte, zwölf Bungalows auf ein schmales Grundstück mit Blick auf die Kläranlage zu bauen, deren Anblick und Geruch, so sagte er präzise voraus, eine hohe Mieterfluktuation und entsprechend rasche Mieterhöhungen garantieren würden. Weitere Käufe folgten, so der eines schönen alten georgianischen Herrenhauses, *the Udder House,* welches in nur wenigen Tagen abgerissen wurde, um Platz für ein weiteres Dutzend aus Balsa-Rauhputz zusammengeklebte Bungalows zu schaffen, an die frisch umbenannten Oxtail Corners herangruppiert, »ein aktuelles Wohnprojekt«, wie es in den Werbebroschüren hieß. Gegen Ende des Jahrzehnts war Tom Maher der kommende Mann, dem ein ansehnlicher Teil der innenstädtischen Bausubstanz gehörte, von wenigen geliebt und von vielen gefürchtet; unter dem Spitznamen »der Grieche« wurde er zur stadtbekannten Gestalt, und seine Markenzeichen waren eine Tweedmütze aus Donegal (um eine Delle auf seinem Schädel zu verbergen, welche die getreuen Fahrensleute von der *M/S Alkibiades* dort hinterlassen hatten) und ein dicker Wollpullover von den Aran-Inseln (um seinen Brustkorb zum Zwecke der Einschüchterung, d. h. beim Auf-die-Straße-Setzen von Mietern, beim Austausch feindseliger Blicke mit rivalisierenden Hausbesitzern, beim Überragen von Gerichtsvollziehern usw. umfänglicher erscheinen zu lassen).

Die Sonntagvormittage fanden ihn meist spät zu Bett liegend, Mütze auf dem Kopf, munter schmauchend, und der Sonntagvormittag nach dem Gewitter machte da keine Ausnahme, nur hatte sich diesmal der Tee verspätet, und sein Magen lärmte nach seiner Frühstücksration Speck mit Toast.

»Mach den Tee naß, Frau«, brüllte er ohne echte Hoffnung, von seiner Gattin gehört zu werden, befand sie sich doch aller Wahrscheinlichkeit nach anderthalb Meilen entfernt in der Kirche des Hl. Oinsias; der Grieche indes hatte noch nie Hemmungen gehabt, seine Stimme einzusetzen, und versuchte es ein weiteres Mal mit Horrido und Hussassa, doch ohne Erfolg. Sonntag war schließlich Sonntag, hielt er sich vor Augen, schwang also die Beine aus dem Bett und ging zur

Küche hinunter, wo – Lulle fest an die Unterlippe geleimt, Mütze verwegen schief – er herumhantierte und die Elemente eines Frühstücks zusammensetzte. Bald erfüllte dicker schwarzer Rauch die Küche und wogte aus dem offenen Fenster in das linde Morgenlicht, während der Grieche sich mit einem Extra-Speckstreifen verwöhnte, extra-durchwachsen, auch Superman, den Kater, mit einem Schälchen Sahne und einem Knorpel oder Stückchen Schwarte belohnte. Nachdem er die letzten Überbleibsel seines Frühstücks mit einem altbackenen Kunst, von dem das Eigelb troff, verschlungen hatte, lehnte sich der Grieche zurück, rauchte mit dem Behagen, das ein voller Bauch gewährt, und verdaute hörbar. Aus der Ferne wehte der Wind den flüssigen Sonntagsklang von Kirchenglocken herüber und brachte Gedanken an idyllische Schlupfwinkel mit, an rauschende Kiefern und leere Berghänge und an all die Ferienhäuser, die ein Mann in eine Gegend bauen mochte, in die der normale irische Urlauber gern fährt, wie Italien,[3] mit der richtigen Unterstützung und genug billigen Arbeitskräften –; Polen wären ideal, oder Protestanten aus Ulster. Süditalien war schwer im Kommen, aber ja, das hatte er schon ein paarmal gehört ... Wie von einem Gedanken getroffen, sprang er auf, ging in die Diele, ergriff das Telefonbuch und mur-

3 Bei den Grundstückspreisen da drüben? Sie machen doch Witze. Sogar Sean MacBride hatte Schwierigkeiten, als er sich seine 230 Hektar bei Rimini gekauft hat, und das mit seinem makellosen italienischen Akzent! Ja, ich weiß, was Sie jetzt sagen werden: was nützt einem ein italienischer Akzent auf englisch, wenn die Einheimischen, und so fängt's doch schon mal an, keine einzige gottverdammte Silbe Englisch verstehen, stimmt's? *Musha,* da haben Sie gar nicht mal so unrecht, Eamon, dagegen läßt sich nicht viel sagen. Übrigens, wenn man denen, die es wissen, Glauben schenken will, war Seans Akzent auf italienisch reinstes West-Cork, mit einer Spur Carlow.

melte vor sich hin. In der Küche hielt Superman mit seinen Waschungen inne, um den grollenden Manntönen aus dem Korridor zuzuhören, aber – Katze, die er war – menschliche Wörter vermittelten ihm nichts, außer den Schlüsselwörtern, die wie »Superman« klangen oder wie »Fessi-Fessi« oder wie »Happa-Happa«,[4] und tatsächlich kam es ihm, flüchtig, so vor, als wären alle drei dieser Klänge während des Monologs des Mannes geäußert worden, da sich aber nichts in Form von eßbaren Kleinigkeiten, Resten, Milchprodukten usw. materialisierte, setzte er mit katzenhafter Präzision und größtmöglicher Geringschätzung gegenüber allem menschlichen Dingsbums das Belecken seiner Magengegend fort.

4 Nicht ganz das Vokabular, das der Alte verwendete, wenn er das Wort an seinen Kater Theobald richtete. Wortlos war ihr Zwiegespräch, nur hin und wieder etwas Nachgeäffe: AAAARRGH vom Da, IIIIJUU vom pingeligen Theo, oder umgekehrt, wenn Menschenfuß auf Katzenschwanz traf.

7

Milo erwachte in der verschwitzten Panik des Lohnsklaven, der verschlafen hat.

»Ach, Jesus«, sagte er. »Ach, Allmächtiger Gott.«

Durch die Fenster schlug ihm, von keinerlei zugezogenen Vorhängen behindert, das Sonnenlicht ins Gesicht, als er aus dem Bett purzelte, um sich sofort von den Kobolden des Katers, bewaffnet mit Amboß und Butterfaß, bearbeiten zu lassen.

»Hölle auch«, sagte er. Die anschließende Reise ins Badezimmer war eine benommene und vollzog sich unter so heftigem Brechreiz, daß seine Augen sich vorübergehend aus ihren Höhlen entkorken zu wollen schienen. Fließend Wasser besserte die Dinge ein wenig, doch das Gesicht, das aus dem Rasierspiegel zurückstarrte, war eine kränkliche Parodie seiner selbst: Grau verblich ins Fischbauchweiße, dazu Augäpfel und Lider in passendem Pink.[1]

1 Klingt wirklich schlimm. Ich habe mal so ein Gesicht gesehen, und ich wünschte nur, ich könnte sagen, es wäre meins gewesen, aber warten Sie, bis ich es Ihnen erzähle. Ich war in einem kleinen Hotel südlich des Strangford Lough abgestiegen, damals, als ich noch viel reiste –, Gott, wie die Zeit fliegt. Als ich mich jedenfalls hinhaute, hatte ich einen harten Tag auf der Straße hinter mir, verstehen Sie, und konnte eine ordentliche Mütze voll Schlaf vertragen, als plötzlich alles an mir kribbelte oder, und ich die Augen noch gerade rechtzeitig öffnete, um ein Gesicht zu sehen, das sich am Fußende des Bettes erhob, von unten irgendwie graugrün angeleuchtet, mit rosa Augen, wie bei unserem Freund! Also, ich gebe es nicht ungern zu, da war ich zum erstenmal in meinem Leben richtig baff und sprachlos, keinen Ton habe ich heraus-

»Heiliger Christus«, ächzte Milo. Hastiges Kratzen mit stumpfiger Klinge und noch ein bis zwei Spritzer kaltes Wasser brachten tellweises Wohlergehen zurück, obwohl sich die Schmetterlinge in seinem Bauch wie kreisende Vögel anzufühlen begannen – texanische Bussarde über dem Edwards-Plateau z. B., oder das Herumgeaase von Aaskrähen, die die fleischfarbenen Tupfer von Nachgeburt auf dem Weideland erspähen, in das der Lenz seinen Einzug gehalten hat –, oder gar wie Raben, mit einem Rabenhunger auf Reste.[2] Das Frühstück, entschied er, mußte warten, ebenso die üblicherweise muntere Morgenzigarette. Bereits in einem Stück anzukommen wäre Herausforderung genug. Stoisch kämpfte er wiedererstehendes Würgen nieder, zog sich eilig an und überprüfte alles doppelt, um angemessene Schließung von Hosenschlitzen, Taschen usw. sicherzustellen. Ein flinker Kamm durch dürres

gebracht, wie taubstumm. Ich lag da und glotzte wie ein *eejit,* während das Gesicht durchs Zimmer schwebte, meine Habe inspizierte, aus dem Fenster sah, sich im Spiegel bewunderte ... Dann, so wahr Gott mein Zeuge ist, fuhr es herum, machte den Mund auf und richtete heiser flüsternd, mit deutlichem Belfaster Akzent, das Wort an mich. »Bist du etwa rööömisch-kathooolisch?« sagte es, bevor es sich in dünne Luft auflöste. Jungs, da habe ich vielleicht einen Bammel gekriegt, das kann ich euch aber sagen. Da hilft nichts so sehr wie ein halbes Dutzend doppelte Whiskeys, und zwar doppelte – glücklicherweise waren mir meine Jameson-Pröbchen eingefallen –, und selbst dann bekam ich in der Nacht kaum ein Auge zu. Am nächsten Tag erfuhr ich dann vom Wirt, daß Sammy Marx, ein UVF-Brigadeführer, der vor seinen Kameraden auf der Flucht war, sich haargenau in dem Zimmer aufgehängt hat, so daß ich immerhin wußte, daß ich nicht vollends den Verstand verloren hatte. Wo nun Sammy herkam und wohin er ging –, nun, das zu entscheiden ist weder an Ihnen, noch an mir, stimmt doch, oder?

2 Na, *vielen* Dank. Ich weiß nicht, wie das bei Ihnen ist, aber mein Mittagessen sitzt jetzt weniger bequem. BRRWOÄXX, falls Sie verstehen, was ich meine.

Haar schuf einen Pompadour-Effekt auf der Rechten, und er sah aus wie ein einbalsamierter Schlagersänger der '50er, dachte er, als er mit Widerstreben sein Spiegelbild einschätzte.

»Du bist ein Bild des Jammers, mein Alter«, brach es brutal aus ihm hervor. Auf seinem Weg hinaus, von plötzlichem Durst angefallen, riskierte er ein Schlückchen Orangensaft. Es roch ein bißchen abgelaufen, aber es war naß, immerhin, und es löschte ihn erstmal, hob sogar eine Spur seine Laune. Er pfiff pro forma eine Melodie, als er in eine zwitschernde Welt aus sonnenhellen Pfützen und Herbstblättern trat, knallte die Haustür in bestem männlichem Stil hinter sich zu und machte sich klar, daß es schon schlimmer um ihn gestanden hatte, viel schlimmer, und das vor gar nicht allzu langer Zeit: letzte Woche Montag, z. B., als dieser Verderbensgestank die Wohnung überfallen hatte, oder letzten Freitag, als er dies echt nicht schlechte Kathy-Mädel angelächelt hatte – die Journalistin, hinter der Murphy auf seine unsubtile Weise her war –, und dann knallrot geworden war, als er merkte, daß seine Nase sich die ganze Zeit still selbst geschneuzt hatte: die Hölle, kurz, noch höllischer gemacht, weil Murphy zusah, die Schultern in stummem Spott gehoben ... Naja, sann Milo. Die Straße ist lang, die keine Abzweigung hat, wie man so sagt, es kommt auch noch mal wieder anders, und er fand, das war bei ihm längst fällig, anders und vorzugsweise besser –, obwohl das natürlich ganz und gar nicht sicher war.

»Natürlich«, wiederholte Milo bei sich, bitter. Mit bewußtem Einsatz der Muskeln sorgte er in seinen Eingeweiden für Ordnung, zumindest bis er sich in Nachbarschaft einer Toilette befand.

Toiletten gab es die Fülle in Spudorgan Hall, und vieles andere auch. 1894 an Killoyles höchstem Punkt als Zweitresidenz eines Earl errichtet, dessen postalischer Erstwohnsitz das Hôtel du Casino in Divonne-les-Bains gewesen war, hatte Seine verschwenderische Lordschaft sie 1926 versteigern lassen, und seitdem war sie immer ein Hotel unterschiedlicher Qualität gewesen, mit einem Tiefpunkt in den späten '70ern, als sie als »The Rat Palace« bekannt war; die hohen Einstufungen jedoch, mit denen sie in jüngster Zeit von den Panditen der Reiseindustrie bedacht wurde, reflektierten die gründliche Renovierung, die ihr jetziger Besitzer, Fred Carfax, der Jockey, Mitte der '80er Jahre vorgenommen hatte.[3] Mr. Carfax, ein Einwohner von Disney Beach (Florida), überließ das tägliche Management einem Team unter Vorsitz des Verwaltenden Geschäftsführers Emmet Power, des Leitenden Lebensmitteleinkäufers Wolfetone Grey, einer Entertainment-Koordinatorin namens Una und der in Cork ansässigen Anwaltsfirma MacSmarmy, MacSweeney & Gallowglass. In dieser Hierarchie befand sich Milo Rogers etwa zwei Drittel auf dem Weg nach unten, direkt unter Petey Murphy, dem Oberbarmann, aber deutlich über Leo Gómez, dem Treppenhausputzer; Ragu Gupta gar nicht zu erwähnen, die gebeugte indische Frau, die mehrmals täglich einen enormen Mop durch die öffentlichen Räume schob.

3 **im Internationalen Reisebegleiter von Mault-Giroux 1989; ein kleines französisches Landhaus, von einer Rosette und zwei Garnituren gekreuzte Messer und Gabel flankiert, im Michelin desselben Jahres; »Das Ritz des Südostens: für irische Verhältnisse überragend«, heißt es bei Barry Vorster in Vandervalk's Double-Dutch Guides. Ich habe da auch mal übernachtet, auf Spesen. Es ist nicht schlecht, aber die Tapeten ...! Der Nachtportier fragte mich prompt, ob ich mich beschweren will, und ich entgegnete naturgemäß: »Ein Genie wie ich hat kein Beschwer!« Armer Mann: vor Kummer wurde sein Haar ganz golden.

An der Wand hinter der Rezeption in der getäfelten Empfangshalle hing ein Ölgemälde, welches Mr. Carfax in seiner Jugend als Jockey zeigte, wie er weit oben auf einem Pferd kauerte, mit jubelnden Menschenmassen im Hintergrund und vielfarbigen Fahnen, die unter den dahinjagenden Wolken eines westirischen Himmels an ihren Seilen zerrten.[4] Vor dem Gemälde stünde an jedem normalen Morgen der Geschäftsführer persönlich, Mr. Power, mit einem Scherz für den Gast und einem Stirnrunzeln für den säumigen Unterling, doch an jenem Morgen, als Milo sich eilends, unter verräterischen Märzhasenblicken auf seine Uhr (eine Swass aus blauer Plaste), auf dem Stundenzettel eintragen wollte, wurde er von Murphys strahlendem Gesicht begrüßt.

»Darf ich Ihnen helfen, Sir?«

»Null Power heute, oder?« sagte Milo.

»O doch, Sir. Die Lichter brennen, wie Sie selbst sehen können, Sir.«

»Laß den Scheiß, Murphy. Was machst du hinter der Rezeption?«

»Und darf ich Sie fragen, was Sie vor der Rezeption zu suchen haben?«

»Laß das. Ich bin jetzt schon zu spät dran. Gib mir den Stundenzettel.«

»Es ist Sonntag, Junge. Du kommst erst um vier.«

Seltsam, dachte Milo. Es hat sich gar nicht angefühlt wie ein Sonntag, wahrscheinlich weil er es geschafft hatte, in der Hälfte der Zeit aufzuwachen, sich anzuziehen und zur Arbeit zu kommen, die er normalerweise brauchte, um sich zu kratzen. Er starrte Murphy ein

4 Versuchen Sie's mit der anderen Küste. Das Pferd war Temeraire; das Rennen war der Tom Moore Cup; der Ort war Punchestown; das Jahr war 1964.

paar Sekunden lang an, bis ihn die volle Wucht der Offenbarung traf: es *war Sonntag!*

ER KONNTE NACH HAUSE!

Oder ein kleines Katerbekämpfungsgetränk zu sich nehmen.

(Oder beides.)

Mit einem von der El-Greco-Schule inspirierten Gesichtsausdruck (Augen nach oben gerollt, Lippen geschürzt) hob und senkte er ein unsichtbares Getränk in seiner rechten Hand.

»Kannste vergessen, Milo. Die Bar ist bis Mittag geschlossen, wie du sehr wohl weißt. Geh nach Haus und schlaf es aus.«

Die süßen Worte der Vernunft waren für den verkaterten Milo jedoch eine Fremdsprache. Von Ekel und Kopfschmerz war er zur dritten Phase des Zustands fortgeschritten, zumindest wirkte sie sich bei ihm so aus: alles-verzehrende triebhafte Gier, die sich in glatten Handflächen und schnellem Herzschlag äußerte. Als Junggeselle verschaffte er seinen Frustrationen meist im tröstlichen Heim ein Ventil, in Bett oder Badezimmer, von visuellen Hilfen umgeben, aber in der Hall mußten die Dinge taktvoller geregelt werden. Er wußte, daß es einen Vorrat zerlesener alter Ausgaben von importierten Hochglanzmagazinen gab, die meisten in der Nachbarschaft Leo Gómez', und die Kabinen des Herren-WCs gegenüber dem Hauptspeisesaal kamen kurzen Aufenthalten von fünf bis zehn Minuten sehr entgegen, solang man die Stimme gedämpft hielt und das Rascheln der Seiten auf ein Minimum beschränkte.[5]

Ohne Zeit zu verlieren, fuhr Milo mit dem Aufzug in den Keller, ein matt erleuchtetes Labyrinth aus Korri-

5 Ja, na ja, da schrubbe ich erstmal drumrum. Sagen Sie Bescheid, wenn ich wiederkommen kann.

doren und Nischen, in den Tagen des »Rat Palace« bevorzugte Orte für ein Stelldichein, jetzt aber meist leer und von der dunklen Unermeßlichkeit der Jahre widerhallend. Die steinalten Magazine lagen in ihren üblichen zerzausten Stapeln gleich neben der Tür von Leos Besenkammer, nicht nur *Crusader* und *Leather Mistress*, wie zu erwarten, sondern auch alte Ausgaben von *Dominatrix* und *Quest*, sowie *El Caballero* und *Desnudísima* aus Leos frisch resexualisierter Heimat. Mit kundigen Fingern schied Milo erotischen Weizen von pornographischer Spreu, blätterte die obersten Exemplare im Stapel durch und verwarf solche, in denen Gruppensitzungen oder Geräte zur Schau gestellt wurden. Auch Paare waren nicht sein Fall, geschweige Strand-Klappis, die sich aerobictreibend gaben. Innen-*déshabille* war, was er suchte, und er fand es in einer Quest von 1983, deren Titelgeschichte, Glück muß der Mensch haben, sich dem Thema »Die Mädchen vom Lande: Irinnen in England« widmete.

Auf dem Herren im Parterre, einem gekachelten Reich rieselnder Ruhe und eichener Trennwände, machte es Milo sich bequem, um mit Muße seine Erwerbung zu studieren. Die irischen Mädchen der Titelgeschichte waren recht hübsch, auf eine ungeschminkte Weise, hellhäutig und zum Rundlichen neigend, einige mit naiv schmollendem Ausdruck, andere mit dem bröckligen Lächeln der Londoner Karrierefrau, die bereit ist, alles zu tun, was kein direkter Verstoß gegen bestehende Gesetze ist, um voranzukommen –, harte Gesichter, aber weichere Konturen, wie er erfreut feststellte. Seltsam, stellte er außerdem fest, wie soviele dieser Pin-up-Mädchen einander zu ähneln schienen, physiognomisch wie anatomisch: Fiona, die Bardame in Archway, zum Beispiel, sah Sheila sehr ähnlich, der Frisöse in Birmingham, und Rosie, die Dan-Air-Stewardeß, war das genaue Abbild der Go-Go-Tänzerin Sinéad in St. Anselms. Was nun Kate, den guten Geist der Redaktion, betraf, so wies sie eine so auffallende Ähnlichkeit auf, daß sie in Milos Hirn lärmte und ihn von der erotischen Essenz seiner Recherche ablenkte: blond, langgliedrig, für den modernen Geschmack (aber nicht für Milos) einen Hauch zu großzügig beschenkt, eher große als kleine Nase –; an wen erinnerte sie doch gleich? Oder war es eine andere Version ihrer selbst, der sie ähnelte, eine frühere Inkarnation, auf die er in einem anderen Hochglanz-Ausklapper gestoßen war, an einem anderen verkaterten Sonntag, oder ebenfalls einsamerweise alltagnachts als Alternative zu Fernsehprogrammen über Mistkäfer oder verhungernde Afrikaner ... Als die Antwort schließlich tosend die Oberfläche von Milos Denken erreichte, ließ er verdutzt die Zeitschrift fallen und schnappte sie sich dann wieder, um die Fakten noch einmal zu überprüfen.

»Kate ist ein echtes Landmädel«, brabbelte das Käseblatt. »Auf der Farm ihres Vaters unter Schafen und Ziegen aufgewachsen, ist ihr seit ihrer Mädchenzeit nichts Natürliches fremd. So war es auch ganz natürlich für sie, die strengen Sitten auf den Hügeln am Meer mit dem so gar nicht sittenstrengen London zu vertauschen – und mit einem Job, den sie liebt. In der Redaktion des Gesellschaftsblattes *Fave* sind die faszinierenden Menschen, die sie kennen lernt, das Tollste an ihrem Job.[6]

6 Gar keine schlechte Publikation, wirklich, wenn Sie die Bemerkung entschuldigen. Haben die nicht den Mike Halle/Prinzessin Chasbin-Skandal aufgedeckt? Ich hatte früher auch ein Abonnement, weil in jeder Nummer eine Verlosung war. Wir haben einen RailPass in die Benelux-Länder gewonnen –, ach, die Ardennen! Ostende! Esch-sur-Alzette! Unser Fremdenführer war ein Herr namens – bleiben Sie dran, es liegt mir auf der Zunge – Joop den Uyl, das war der Name. Netter alter Vertreter, aber mehr als nur ein bißchen schwerhörig. Immer, wenn wir

Männer? Viele, sagt sie, aber nichts Ernstes (jetzt aber mal ernsthaft, Leute!), zumindest nicht zur Zeit. Kate ist also noch zu haben und wollte uns zwar nicht ihre Telefonnummer geben, aber hier sind ein Paar genauso wichtige Zahlen, an die man sich halten kann: 87-70-88!«

Es war unverkennbar, dachte Milo. Die ausgezogene Kate aus *Quest,* Juni 1983, war die gutangezogene Kathy aus der heutigen Salon-Bar in der Hall, die Dame von der Presse, für die er von allem Anfang an eine Vorliebe gehabt hatte, die, deren Männe von einer Klippe gefallen war oder was, als er für den einen oder anderen Bestseller-Roman recherchiert hatte! Unter Schafen und Ziegen aufgewachsen, ach ja? Viele Männer, unser guter Geist, aber nichts Ernstes? Übers Meer zu *Fave?* Mit Entzücken erkundete Milo die bildlichen Einzelheiten. Dabei wurde sein Mund trocken, sein Atem ging flach, und ausnahmsweise fand er Weichzeichner nicht so toll.[7]

Das Verlassen des Gevierts kündigte sich durch die Tarngeräusche voluminösen Spülens und bedeutsamen Geräuspers an, blieb aber in der Sonntagsträgheit unbemerkt, die nur von Ragu gestört wurde, die im Gefolge

ihm eine Frage stellten, steckte er sich die Finger in die Ohren und rief: »Waat?« Sogar ein bißchen pampig wurde er manchmal; einmal hat er sogar hinter unserem Rücken Grimassen geschnitten, der alte Wagehals! Trotzdem, er war ein königlicher Mann, und weder in Ihrem noch in meinem Leben werden wir seinesgleichen je wieder zu sehen kriegen.

7 Je weicher, desto besser, wenn Sie mich fragen. Klar, bei denen geht es nur um Sex, wenn Sie mir ein offenes Wort verzeihen. Besessen, das sind sie nämlich, mit ihren Senkfüßen und ihrem billigen Makeup. Dutzendweise sieht man sie den Grand Canal entlang stehen (das Komische daran ist: die meisten sind von Liverpool herübergekommen, englische Punze für irische Punt, wie der Da immer sagte, samstagabends spät, wenn er einen Tropfen getrunken hatte).

ihres Mops auf hindi nörgelnd durch die Empfangshalle schlurte. Hilfskellner flitzten lautlos durch den Hauptspeisesaal, von Milo ignoriert, ihn daraufhin ignorierend.

Murphy stand immer noch hinter der Rezeption, aber seine Energie ließ nach.

»Gott, das war eine harte Nacht«, sagte er durch die Tränen eines unterdrückten Gähnens hindurch, zu einem Kommentar einladend. Milo wich der Einladung aus.

»Och, ich weiß nicht. Sobald der Regen aufgehört hatte, habe ich geschlafen wie totgeschlagen.«

»Aber ja. Wie totgesoffen, meinst du wohl. Ich dagegen ... Sagen wir nur soviel ... Ich bin erst spät zur Ruhe gekommen.« Seine Augenbrauen ließen auf Ungesagtes schließen wie ein Signalmast. Milo gab nach.

»Na gut, na schön. Wer war denn die Glückliche?«

Murphy beugte sich vor.

»Aber nur unter uns, paß auf, Milo. Du wärst ein zutiefst lausiger Freund, wenn du die Klappe aufreißt und mich verpfeifst.«

»Ach, nun mach schon.«

»Du kennst doch Kathy Hickman, das Journalistenmädel? Die mit dem großen Haus?«

Das Haus ist nicht alles, was groß an ihr ist, dachte Milo und verdünnte die Bitterkeit des neidischen Junggesellen (Murphy war ein bißchen weiter gediehen, als er geargwöhnt hatte, ränkeschmiedende Ratte, die er war) mit dem süffisanten Wissen um ein Geheimnis, als ihm plötzlich klarwurde, nachdem er bereits vorgehabt hatte, die Zeitschrift aus der Brusttasche zu ziehen und Murphy zu zeigen (das Maul stand bereits halb offen, um die Entdeckung anzusagen), daß er genau das lassen würde.

»Was du nicht sagst. Nun, nun, ich kann nicht sagen,

daß mich das überrascht«, log Milo. »Hatten deine Augen nicht immer so etwas Klebriges, wenn sie in der Nähe war?«

»Selber Klebauge. Ist dir aufgefallen, wie oft Milady in letzter Zeit vorbeischaut, und das nicht nur wegen der Aussicht?«[8]

»Ah, das hast du schön gesagt, Murphy. Richtig schön gesagt hast du das.«

Murphy glomm vor Selbstzufriedenheit. Unterdessen bewohnte Milo zwei Meinungen, deren jede eine Möglichkeit einer Alternative darstellte. Die verschlagenere, faustischere Herangehensweise wäre, die Geheiminformation zum eigenen finanziellen Vorteil zu verwenden, indem er qua anonym verfaßte Mitteilung oder beiläufig fallengelassene Anspielung oder schlau eingesetzte Koketterie andeutete, daß seine Diskretion, wie jede andere Ware auch, gekauft werden konnte, sagen wir fünfhundert Pfund in Zehnern, in einen Schuhkarton gestopft –, nein, lieber eine runde Summe, tausend Pfund in Zwanzigern (oder noch rundere zweitausend?), in den blauen Mülleimer Oxtail Yard Ecke Uphill Street Sonntag um 5 Uhr morgens geworfen –, nein, das war nicht gut, Gedränge war der beste Schutz, das sagten die Filme auch immer: 12 Uhr mittags Parnell Parade Ecke King Idris Road West (also gut, sagen wir fünftausend –; wennschon-denn-schon immerhin!).

8 Wirklich *magnífico*, besonders bei einem erstklassigen Frühstück aus gehackten Kaldaunen, gekochten Einsiedlerkrebsen und fleischlosem Diät-Speck (mit einzwei Täßchen Darjeeling ohne Tannin zum Runterspülen): zu Ihrer Rechten die sechs Hügel von Killoyle, gekrönt von der granitenen Turmspitze der Kirche des Hl. Oinsias (1172, restauriert 1833), zu Ihrer Linken die Königin-Anne-Mole (1711), die sich bis hin zum Con-Leventhal-Leuchtturm (1904) erstreckt; noch weiter zu Ihrer Linken: das Meer, das Meer (und Wales, irgendwo daherum).

Schweiß perlte bereits beim bloßen Gedanken an die damit verbundene Logistik auf seiner Braue. Die bequemere Möglichkeit war, die ganze groteske Angelegenheit zu vergessen, die Zeitschrift in Leos Kabuff zurückzubringen und weiterzumachen wie üblich. Beide Optionen waren ihrem Wesen nach gleichzeitig gut und schlecht;[9] die aktive versprach Abenteuer und erforderte Gerissenheit, wies aber den Weg zu jener abschüssigen Straße, die ins Laster und in die moralische Verkommenheit und zur Verhängung von Haftstrafen führt, während das passive Vorgehen den Vorteil hatte, daß nichts verschlimmert wurde, sondern daß verdammt alles nur besser werden konnte.

Es war ein Dilemma, wie maßgeschneidert für Zauderer, und Murphys nächste Bemerkung verschlimmerte nur alles.

»Solosein ist vorübergehend ganz in Ordnung, lieber Herr Meinliebermann, aber bald vergißt man die Spielregeln«, intonierte er mit nur schwer erträglicher Überlegenheit. »Du solltest dir eine Frau zulegen.« Er komplettierte diese Aussage mit einem Gähnen, daß die Kinnlade knackte.

»Du bist ein ganz scharfer Typ, Murphy. Gerade vorhin habe ich noch gedacht: der Murphy, der Murphy ist ein rattenscharfer Typ.« Milo lächelte verquollen, ein Lächeln, das zu seinen Innereien paßte![10]

9 Ein bißchen wie das Leben selbst, wenn Sie den Zwischenruf gestatten.

10 Manchmal wünsche ich mir, ehrlich gesagt, daß Milo stärker indoktriniert und weniger verzärtelt worden wäre. Also, wenn (zum Beispiel) mein Onkel Francis bei dem Burschen *in loco parentis* gewesen wäre, da wäre, und das können Sie mir glauben, ganz was anderes aus ihm geworden, und wir müßten jetzt nicht Zeugen dieses Schauspiels von menschlichem Verfall und moralischer Diarrhö werden; aber *c'est la vie*, falls Sie mir soweit folgen können.

8

Während der Mechaniker den Schaden an der Windschutzscheibe des Rovers studierte, sondierte er nachdenklich jedes Nasenloch mit motorengeöltem Zeigefinger. Kühne Kleckser schmückten die Flanschen (oder Spurkränze) seiner Nase, als er sich umwandte, um Kathy mit seinem Verdikt zu konfrontieren.

»Zweihundert macht das.«

»Zweihundert? Himmel noch mal. Ich hatte mit der Hälfte gerechnet, höchstens. Also zweihundert? Aha.«

»Stimmt. Wie ich Ihnen gerade sagte, Missis, werden Sie in Killoyle keine andere Werkstatt finden, die an einem Sonntag Reparaturen macht, aber wenn Sie mir Ihre zweihundert aushändigen, in bar oder mit Karte, kriege ich Ihnen das bis zum Abendessen gemacht, versprochen.«

»Ja Schornstein noch eins. Und wenn ich den Wagen morgen vorbeibringe?«

»Tja, nun, hää, montags haben wir geschlossen, nämlich, und, Gott segne Sie, donnerstags könnte man meinen, es wäre Hurling-Finale, so verzweifelt bedrängt uns der Pöbel, so sieht's nämlich aus.«

Er schnüffelte dringlich an der Luft, hundeartig –, genau wie in diesem Augenblick nämlich Strongbow, der Terrier, der urinäre Ecken erkundete, nasentechnisch. Kathy fluchte, einmal stumm (»Arschlöcher!«), einmal laut (»Mist!«), dann überreichte sie dem Mann ihre Kreditkarte.

»Das war Diebstahl«, erklärte sie Strongbow, als sie die Werkstatt verließen. Unbewegt hielt der Hund inne, um das Bein an einer umgekippten Mülltonne zu heben, und blickte voller Gleichmut seine Herrin an. Sie entzündete eine Zigarette und inhalierte eifrig, ihm gegenüber so gleichgültig wie dem Anblick von Killoyle, inszeniert unter Mitwirkung von Partiell Parade und King Idris Road (W), einer Ansicht, wie sie auf vielen Ferienpostkarten festgehalten ist (»Greetings from Killoyle« steht unter geduckten Dächern, sechs Glockentürmen, dem silbrigen Strand). Menschliche Ängste, die Strongbow nie erraten konnte, beschwerten Kathys Gemüt, und das fing mit den zweihundert Eiern für die blöde Windschutzscheibe an, die sie abschreiben konnte, was die Versicherungsheinis betraf, des war sie gewiß, mit ihrem Sündenregister (drei Neujahrsunfälle hintereinander), da konnte die halbe Nation Zeuge sein, daß das Gewitter der eigentlich Schuldige war ... Na und, schlagen wir eine neue Seite auf, sagte sie sich. Es wäre nicht die erste Abschreibung, und es gab ohnehin Trüberes, Vermurksteres, Mörphigeres, worüber sie nachdenken mußte. Sie war weiß Gott kein Snob, aber mit einem Barmann ins Bett war ein bißchen viel, ganz und gar nicht, was man tat, jedenfalls nicht, wo sie herkam[1] – oder war es einfach Murphy selbst? Seine Berechenbarkeit, wildwuchernder Paddy, der er war, ewig nach Bier riechend, ehrgeizig

1 Ganz und gar nicht, was man tat, was? In der Grafschaft Louth? Meinem eigenen Heimatland? Machen Sie Witze oder was? Warten Sie, bis ich es Ihnen sage. Sieben Barmänner gab es in der Landgemeinde Colmcross, die mich hervorgebracht hat, und sieben treulose Ehefrauen, um ihnen wochenendnachts Gesellschaft zu leisten, und sieben gehörnte Ehemänner, die sich in den sieben Kneipen der sieben Barmänner berauschten, an sieben Abenden in der Woche; und in siebenzig mal sieben Nächten erwachte keiner dieser Trottel je, um die Hörner an seinem Haupte zu bemerken, was die Ehefrauen fröhlich stimmte, bis es wieder von vorne losging. Glauben Sie mir, sowas geschieht ständig im gesegneten Hinterland.

nur, wenn's um sein Häuschen und Äutchen und die sechs bis acht Pints einer Samstagnacht und ordentlich Gelaber in den Kneipen und eine Frau ging, als Schmuck für das imitationslederbezogene Bänkchen (rot oder grün) neben ihm: eine Frau zum Schmusen, eine Frau zum Beeindrucken, aber letztlich – unvermeidlich – eine Frau zum Vergessen? Da war zuviel von ihrem verstorbenen Ehemann drin, und Phelim war realistischer gewesen, und auch ein ganzes Ende schlauer. Murphy war ein Träumer, kein Macher, wie ihre eigenen drei Brüder, und deshalb lungerten die auch immer noch in Ballykilloran (Grafschaft Louth) herum, während sie ein bißchen von der Welt gesehen hatte, wenn nicht sogar die ganze.

»Er ist ein Nichtsnutz, und das stimmt«, vertraute sie dem ernsten Strongbow an. Brünftig genug war Murphy ja zwischen den Laken, und das gehörte nicht unbedingt zum Geburtsrecht des durchschnittlichen irischen Mannes, aber ein Nichtsnutz war er trotzdem.

Frau und Hund gingen weiter die Straße entlang, gegen Hiebe der Seebrise und scharfen Ozon in der Luft abgehärtet. Ein bläulicher Wolkenbrei säumte die teedunklen Wogen, und das Spiegelei der Sonne glitzerte in der umgestülpten Pfanne des Himmels. Irgendwo dort draußen war Wales, und irgendwo anders – Frankreich! Näher dagegen war die Parnell Parade, die sich sanft von der King Idris Road West fortneigte und dann am unbevölkerten Strand entlang. Bänke saßen stoisch mit ihrem Meerblick da, in strategischen Intervallen von siebzehn Fuß oder mehr postiert, mit Seetang bedeckt, den das Unwetter der letzten Nacht hereingeblasen hatte. An die Königin-Anne-Mole grenzte die Bronzestatue von General Michael Collins, der einen Eid auf die unteilbare Republik leistete, eine Hand napoleonisch in die Weste gesteckt, die andere auf den Con-Leventhal-Leuchtturm und noch weiter, bis zum Kosmos, deutend.

An den *Big Fella* anschließend, sich der Länge nach in beide Richtungen auf der landeinwärtigen Seite der Partiell Parade erstreckend – zu Füßen von Kirchen und MacLiammoir Hill – waren die Läden,[2] deren jeder stolz ein Schaufenster sein eigen nannte. In einem der Fenster schätzte Kathy sich ein: windgezaust, Mantelkragen hochgeschlagen, Zigarette nach Art einer französischen Kabarettsängerin von der Unterlippe abhängig. Ihre Erscheinung paßte zu ihrer verstörten, mürrischen, leberbestimmten Laune. Die kam teilweise natürlich daher, daß es spät geworden war (und als wäre das noch nicht genug, was tat Murphy danach anderes als darauf bestehen, ihnen beiden noch je einen doppelten Bushmills auf Eis einzuschenken), und teilweise am Rauchen; sobald sie ihre willkürlich festgesetzte Grenze von zwanzig *per diem* überschritten hatte, bereute sie es am nächsten Tag, und gestern waren es mindestens fünfundzwanzig gewesen (und dann auch noch Murphys widerwärtige Gold Flakes, um alles abzurunden bzw. den Brunnen endgültig zu vergiften!).

Dann war da noch ihre Laune, nur so. So, wie es war, so war es nicht genug, so einfach war das. Diese kleine Wochenendromanze mit Murphy mußte abgestellt und durch etwas Ambitiöseres oder gar nichts ersetzt werden. Ja, sie wäre lieber wieder ganz allein, wenn man sich als Alternative wie ein Tresenschrubberflittchen

2 Vor Ort als »Die Läden« bekannt. Mein Lieblingsladen ist Beano's, wo das ganze Jahr ein Koalabär im Schaufenster steht. Probieren Sie da irgendwann mal die Nüsse –, nicht von dieser Welt! Nebenan machen die Hundertwassers unvergeßliche Hüte, die ganz toll zu dem Diamantendiadem passen, das Sie sich gerade bei van Veen & 'ter Horst ausgesucht haben, und wenn Sie nach dem vielen Shopping eine kleine Stärkung brauchen, gibt es Picos, die Hib-Mex-Cantina, und La Grande Salade, das berühmte provençalische Steakhaus: ich kenne – im Vertrauen – außerhalb von Kowloon nichts Günstigeres.

vorkommen mußte, und vielleicht war erzwungene Einsamkeit sowieso das, was sie brauchte, um Ordnung zu schaffen. *Glam?* Das Haus? Killoyle selbst? War alles Verhandlungssache, soweit es sie betraf. Zwei Punkte nicht: Strongbow, Gott segne ihn, und ihr Ehrgeiz, eines Tages (sei er nun nah oder fern) eine vermögende Frau, eine Frau von Substanz zu sein, Jemand, den man nicht leichthin abtut, ein Ernsthafter Mensch – eine Dichterin?

Alles war möglich, in Grenzen.

»*Ach,* nicht schon wieder«, sagte Kathy nunmehr, als Strongbow über einen Streifen Begrünung grätschte. Nahbei stand ein Schild mit der Aufschrift *Rasen nicht betreten – Ball- und andere Spiele verboten – Kinder und Hunde sind fernzuhalten.* Kathy sah sich verzagt nach anklagenden Zuschauern um, aber die Straße – die Brendan Behan Avenue, welche die unteren Ausläufer der Partiell Parade bis in den Pollexfen Walk und die mittlere Oberstadt verlängert – wimmelte lediglich von Kirchgängern, die in Zweier- und Dreierreihen unterwegs waren, um der erzenen Vorladung von Mad Begg Folge zu leisten, der großen Glocke vom Hl. Oinsias.[3] Kleine Gruppen standen vor der Kirche und warteten darauf, daß es zehn schlage

3 Im Jahre 1642 von D. Hampster in Durham aus einer Garnitur reiner Bronze-Schürhaken gegossen, stimmte Mad Begg ihren ersten Ton anläßlich der Re-Inthronisierung von Karl II. an, und seitdem läutet sie sozusagen ununterbrochen –, aber warten Sie, bis ich Ihnen folgendes erzähle: Eines Sonntags im März 1837 fielen die Bürger von Killoyle (damals noch schlicht Westsüd genannt) vor Staunen aus dem Bett, weil sie ganz deutlich hörten, wie ihre geliebte Glocke eine übermäßige Quarte läutete, womit sie in direktem Widerspruch zum überkommenen Wissen jener Zeit stand, welches sämtliche übermäßigen Halbtöne für Kirchenglocken, die mehr als 750 Pfund wogen, ausschloß! Da natürlich die menschliche Natur nun mal so ist, wie sie ist, gab es Menschen, die bestritten, daß es je geschehen war, und im Oktober des folgenden Jahres brachen Aufstände aus, das Rathaus von Westsüd wurde von einer Meute Anti-Übermäßiger-Quartisten in Brand gesetzt, welche die

und Pater Doyle, oder sein Kurat, Pater Skelly, oder beide, aus dem Pfarrhaus kämen und über den dazwischenliegenden Rasen schritten, den Kopf (oder die Köpfe) gesenkt, das Meßgewand (oder die Meßgewänder) sanft in der Brise (oder im Wind) flatternd. Kathy zuckte zusammen, denn uralte Schuld zischte ihr *Messeschwänzer!* ins Ohr. Als sie in Ballykilloran aufwuchs, war die Sonntagsmesse unbeugsame Routine für die kulturell Benachteiligten gewesen, und nicht nur für jene, die mangels Kultur, sondern auch für jene, die mangels Gesellschaft schier umkamen – Witwen, Witwer, unverheiratete Brüder und deren unverheiratete Onkel und Vettern –, war der tägliche Kirchgang die Norm gewesen, worauf in den meisten Fällen ein Besuch des Hinterzimmers von Milligans Destillieranstalt nebenan erfolgte, wo ex-officio sonntägige Verkostungen ebenso zum örtlichen Ritus gehörten wie Hochzeiten und Beerdigungen –, d. h. für die Männer, nicht für Frauen, und ganz gewiß nicht für Mädchen. Die junge Kathy konnte nur, wie ihre Altersgenossinnen, beobachten und bestaunen, wie die Männer kamen und gingen, jeder einen anderen Schwips unterm Hut, aber die gleiche Zote auf der Zunge, in der Kirche fromm wie Heilige, krasse Sünder draußen, freudig des Priesters (d. h. Gottes) Anordnungen mißachtend, predigten sie ihre eigene Form von Reformation, gleichwohl darauf dringend, daß die Mädchen und jungen Frauen von Ballykilloran ihren Katechismus lernten – geht zur Messe – spendet großzügig – bei den Mahlzeiten

sofortige Hinrichtung des Oberbürgermeisters Sir Jocelyn de Beef forderte, eines glühenden Mitglieds der Pro-Übermäßige-Quarten-Partei. Schließlich mußte die Armee von der Kneeland-Kaserne aus in Marsch gesetzt werden, aber ihr Eingreifen geschah zu spät, um Sir Jocelyn zu retten, der zu St. Michaelis 1838 von der Menge gelyncht wurde. Seine letzten Worte lauteten angeblich: »Ihr besch ...enen D ...köppe.«

Blick gesenkt und Hände auf den Tisch – betet zum Allerheiligsten Herzen Jesu – verehret das Kindlein von Prag – hoffet auf Ehemänner voll Kraft und christlicher Tugend (und, wenn daraus nichts wird, auf einen Typ mit fünf Hektar und einem Auto). Diese Stimmen aus dem Längstvorbei ließen sich leicht von Kathys kirchenglockengeplagtem Gewissen abrufen:

Die alte Mrs. Boyle von nebenan: »Ach sicher, gegen ein Getränk als solches läßt sich gar nichts sagen, aber hat uns nicht Mrs. Farrell gesagt, daß Vater gestern abend nach dem Tee noch zwölfe obendrein und zusätzlich zu sich genommen hat?«

Onkel Tim, der Junggeselle: »Ist zwar nur Buchwissen, das allerdings reichlich, was die Patres besitzen, aber sie sind nicht besser als die Schweine auf dem Hof, wenn sie einer jungen Gans den Kopf zurechtsetzen.«

Ihr Vater: »Duhaltsmaul.«

Ihre Mutter: »Hör du mir doch auf, du Schlampe, der Mann hier herum, der dich heiratet, wäre verhext, und wenn dein Hintern mit Rubinen gepflastert wäre, daraus wird nichts, dazu stecken sie zu tief bei den Pfaffen drin. Für dich, mein Kind, gibt's nur Dundalk, oder gleich Dublin.«[4]

Irgendwann überwogen die Widersprüche die Glaubensgründe, und Kathy ging gar nicht mehr in die Kir-

4 Da überprüfen Sie mal lieber noch mal Ihre Folklore, Mister; Ihre Wiedergabe klingt weit mehr nach Monaghan als nach Louth, jedenfalls für meine Ohren –, ich bin aber auch ein bißchen zu pingelig, höre ich Sie bereits vorbringen! Das wären Sie aber auch, wenn Sie in einem Dreckloch sechs breit drei tief aufgewachsen wären, nur mit den Schnecken und dem Dung zur Gesellschaft in den langen Winternächten! Kein Wunder, daß die anderen abgehauen sind, solang sie noch konnten: Terence nach Delaware, Onkel Mike nach Ceylon, die Brannigans auf die vom lauten Bienengesumm widerhallenden Lichtungen von Innisfree.

che. Sechs Monate später, mit dem Ruf, der ihr vorausging, und Ballykillorans bösen Wünschen, die sie hinter sich ließ, zog sie nach Dundalk, Rebellenstadt des Grenzgebiets; dort fand sie Jobs, um die Miete zu zahlen, und lernte das Handwerk des Überlebens in einer Welt, von fleißigen Männerhänden eingegrenzt. Sie wurde reifer, ihre Sehnsucht nach erweiterten Horizonten wuchs, wieder zog sie um, diesmal nach Süden, und setzte die Lektionen, die sie im grabschenden Dundalk gelernt hatte, in Dublins fester Umarmung in die Tat um.

Doch noch nach all diesen Jahren und lebenslangen Umzügen hierher und drübenhin wurde sie immer noch von ihrem eigenen Unglauben belagert!

»Herrjemine, ich würd ja in die Messe gehen, wirklich wahr, wenn du nicht wärst«, maulte sie vorwurfsvoll Strongbow an, der Hund aber, nach erfüllter Pflicht, strebte weiter. Kathy schnitt ein Gesicht, nahm ein Kleenex und tat wiederum ihre Pflicht als Killoylerin mit Bürgersinn. Wenigstens mit dieser Tugend, der Reinlichkeit, die der Gottesfurcht bekanntlich am nächsten kommt, gesegnet, sowie mit einer nunmehr herumtollenden Entschuldigung dafür, daß sie die Kirchenschwelle nicht überschreiten konnte, gestattete sie sich, von der metallischen Strafpredigt Mad Beggs fort-, die geneigte Behan Avenue entlang- und in eine der Teestuben auf der Parnell Parade hineingeführt zu werden.

9

Hotelgäste mit Mahlzeiten zu versorgen war ein langweiliger und undankbarer Job, nur was für Narren, Einfaltspinsel und Versager, wie Wolfetone Grey oft genug Gott gegenüber bemerkte, wenn Er in Hörweite war; anderen dagegen drückte er Entzücken über seinen Beruf aus und behauptete, Seelenfrieden und Zufriedenheit an diesem ersehnten stillen Ort zwischen Ehrgeiz und Tod gefunden zu haben. Die Wahrheit lag woanders, wie sie das fast immer tut. Vorwiegend war Wolfetones Job wie jeder andere, absolut in seinen Ansprüchen und relativ in seinen Gewinsten, obwohl natürlich die Routine wohltuend gleichförmig war, und die vierhundert Pfund, die alle vierzehn Tage auf seinem Konto bei der Allied Irish Bank im Pollexfen Walk eingingen, waren willkommen – ja, wesentlich, wenn die Hypothek der Greys überhaupt eine Chance haben sollte, vor der Jahrhundertwende abgezahlt zu werden. Je früher das vorbei und ausgestanden war, desto besser, wenn man Wolfetone fragte, denn ohne Eigenheim war das ganze Leben Schrott. Er litt Qualen, wenn er nur an die Instandhaltungsrechnungen der elenden Baracke, die sie Haus nannten, dachte, und dann auch noch die wirtschaftliche Lage der Nation, die telefonischen Anrufbeantworter, die neue Treppensteuer, die mürrischen Weibsleute, die überbezahlten Schweinegesichter von Vorgesetzten usw.!

Sonntage boten normalerweise ein willkommenes Nachlassen all dessen, aber an diesem ganz bestimmten Sonntagmorgen war Wolfetone irgendwie wütend, nach einer Nacht mit leichtem Schlaf und schweren Alpträumen. Im *Weekly Harbinger* stand eine Besprechung des Buches *Rauf und runter und raus* des russischen Seelenschnüfflers Leonid Glossowitsch.[1] Wolfetone hatte es gierig, lüstern verschlungen, obwohl er es eigentlich besser wußte; trotz jahrelang genossener feinster Gesamtschulbildung hatte er sich einst – was gar nicht so lange her war, wenn denn die Wahrheit ans Licht soll – Glossowitschs These zu eigen gemacht, wie sie im vorher erschienenen Buch des slawischen *savant, Rauf und runter und im Kreis herum,* dargelegt worden war, daß nämlich ein kleiner, ausgewählter Teil der Weltbevölkerung (den Autor eingeschlossen) sich bald in dünne Luft auflösen würde –, *aber nicht wirklich!* Laut Glossowitsch ist das, was wir »dünne Luft« oder »Luft« nennen, nicht mehr als ein undurchlässiger Vorhang aus Sumpfgas, welcher die »Nahe Welt« oder das »Ein Haus weiter« von »Mächtigen« oder »Großen Jungs«, also Menschen wie wir selbst, nur besser (er weist auf die »Golbki« oder Irrlichter hin, die im Wolga- und Dnjepr-Delta so verbreitet sind), d. h. die Erwählten oder »Lieblinge« Gottes (oder »Seine«) – also praktisch Gottes Reisebüro, um es abzukürzen – durch welche (oder welchen) Erleuchtung »jenseits des Vorhangs« einer Elite von 104 000 Sterblichen, die Nachnamen mit *G*, wie Glossowitsch, Goethe, Gandhi, Grey ..., tragen, zuteil wird, unsichtbar macht.

1 Erschienen bei Blank Books, Ltd., Wolverhampton und Ulan Ude. War bei Drucklegung in der neunundsiebzigsten Woche auf der Bestsellerliste der *Sunday Post.* Glossowitsch hat ein paar interessante Theorien, gewiß, aber wußten Sie, daß er fünfzehn Jahre allein in einer Jurte in den Bergen von Tadschikistan verbracht hat? Er nennt das Erleuchtung, aber ich stelle mir vor, Sie oder ich haben ein anderes Wort dafür. Stimmt jedenfalls nachdenklich.

Wolfetone legte das Blatt beiseite, zog ein letztes Mal an seiner Pfeife und stieß den Rauch gereizt wieder aus. Ja, er saß ziemlich in der Tinte, und es war ihm egal, ob das jemand merkte. Mrs. Grey merkte es, ganz gewiß. Sie war Expertin im Erkennen der Symptome. Wenn plötzliche rosige Flecken auf der ragenden Nase und dem gespaltenen Kinn ihres Gatten auftauchten, wenn Glucksgeräusche aus der Tiefe des Bauches und feuchte Rülpser (pfeifenbedingt) in der Luft widerhallten; wenn, besonders, der elende Bursche sich einer unansehnlichen Gewohnheit hingab, die er mit den Jahren verfeinert hatte, sich wie in Meditation vorzubeugen und, scheinbar unwissentlich, einen stetigen Sabberfaden tabakgefärbten Speichels fußbodenwärts abzuscheiden –, zu solchen Zeiten zog sich Mrs. Grey unter mißbilligendem Räuspern zurück.

»Zeit für die Kirche«, sagte sie, selbst eine unerschütterliche Nichtkirchgängerin, über die Schulter. Draußen läuteten Glocken in einvernehmlichem Einklang. Wolfetone sah auf die Uhr.

»Menschenskind, du hast recht«, sagte er und lebte bei der Aussicht auf Abwechslung, wie vorhersehbar auch immer, auf.

Zwanzig Minuten später stand er in seiner üblichen Kirchenbank beim Hl. Oinsias. Pater Doyle las bereits seit geraumer Zeit aus den Episteln, denen die Predigt folgen sollte; entsetzlich langweilig, dachte Wolfetone. Immerhin, es war schließlich ein Hochamt, und nichts durfte ausgelassen werden, schon gar nicht sein gewohnter Bericht an den Allmächtigen mit detaillierten Angaben über die telefonischen Missionen der vergangenen Nacht.

»Ich hab den Scheißkerl angerufen und ihn die Furcht – also Deine Furcht, praktisch – gelehrt«, sagte Wolfetone zu sich (und Gott). »Und zwar alles Deinetwegen! Warte, bis Du siehst, wie er im Karree springt. Wundert mich sowieso, daß er heute nicht hier ist.«

Von seinem günstigen Aussichtspunkt ganz hinten überwachte er die anderen Schäfchen der Gemeinde. Emmet Power war nirgends zu sehen, aber es war trotzdem gut besucht, überlegte Wolfetone zufrieden, als hätte er die Einladungen persönlich herausgeschickt.[2] Ein volles Haus sah immer besser aus. Davon hingen Wohlstand und Zuschüsse von der Regierung und die Hoffnung zukünftiger Generationen ab. Wo wir gerade von Wohlstand und Regierung sprechen: Benedict Ovary, der Oberbürgermeister, stand mit seiner Familie in der ersten Reihe, seine beiden jungen Töchter hübsch wie ein Bild in ihren blaugoldenen Jeans-Anzügen, die Bürgermeisterin überwältigend in Kaschmir und Spitze, der Sehr Ehrenwerte deklamierte die Antworten in einem dienstbeflissenen Bariton. *Gardai*-Hauptkommissar Nugent nebst Gattin und deren fünf starke Söhne hielten die Bankreihe dahinter besetzt, und gegenüber von den Nugents stand Conan, der Lebensmittelmann, ein frommer Witwer, neben dem Apotheker, Mr. O'May, verheiratet, aber notorischer Schwerenöter; sogar jetzt durchstromerten seine Augen die Versammlung auf der Suche nach leichter Beute.

»So etwas widert mich an.« Wolfetones Stimme ließ die Köpfe in der Reihe vor ihm herumschnellen. Er maulte Entschuldigungen und widmete sich fromm der Verlesung der Episteln.

2 Das meine ich aber auch. Als ich das letztesmal überprüft habe, war unsere Gemeinde daheim in Colmcross auf die drei Brüder Calloon zusammengeschrumpft, Seamus, Petey und Jean-Christophe, und sie gaben offen zu, daß sie nur gekommen sind, weil es beim Hl. Ferdinand die besten Oblaten in der ganzen Grafschaft Louth gibt (da sie Pioniere sind, waren sie naturgemäß nicht allzu scharf auf den Meßwein).

»Und möget ihr wandeln mit Ihm, so der von Gott Gesalbte ist, sagt Paulus den Korinthern«, tönte Pater Doyle wie ein Muli. Sonnenlicht, durch das farbige Glas der nicht-normannischen Altarfenster in Strahlen von Blau und Rot gefiltert, beleuchteten seine beginnende Platte, auf welcher ungekämmte Haare träge in der Zugluft wehten, wie Seeanemonen.[3] Ihm ministrierten Pater Skelly, der Kurat, und Jim Pat O'Moon, der Neffe von Wolfetones einstigem Opfer und seitheriger Nemesis, Kenneth O'Moon. Ein unbeholfener Jungmensch von etwa dreizehn, überragte Jim Pat Pater Doyle bereits um einen Zoll, und die Ärmel seines Meßdienergewandes erstreckten sich nur halb bis zu seinen Handgelenken, was seiner Erscheinung etwas schlaksig Frankensteinisches verlieh, zu seinem (und seines Onkels) Charakter passend, fand Wolfetone.

»Warum Pater Doyle einen schwachsinnigen Tölpel wie den zum Meßdiener bestellt hat, ist mir ein totales Rätsel«, murmelte er und entsann sich der Zeit, als der

3 Bleiverglast, eingefärbt und in der original nicht-normannischen – d. h. hiberno-romanischen – Kirche circa 1299 vom Meister von Ouest Sud eingesetzt, wurden die nicht-normannischen Altarfenster von 1794 (als die alte Kirche von zu Besuch weilenden französischen Touristen geplündert wurde) bis zur Weihe der neuen Kirche des Hl. Oinsias im Jahre 1833 in den Kellerräumen von Mad Molloys Taverne aufbewahrt. Sie stellen bedeutende nicht-normannische Ereignisse der mittelalterlichen Geschichte dar, von der Besetzung Antwerpens durch burgundische Truppen unter Herzog Heston IV. im Jahre 1015 bis zur Unterzeichnung der Verkündigungsbulle durch Papst Bonifaz VIII. im Jahre 1298, einschließlich der Ermordung William Rufus' im Neuen Walde (1100), sowie des Todes des umbrischen Malers Dino von Umbrien in Folge von Darmverschlingung im Jahre 1206. Der Kunsthistoriker Lord Clark sagte über die Fenster von Killoyle: »Sie sind unglaublich widerwärtig, eine Schande von Weltformat, gläserner Scheißdreck, Gott, mir wird schlecht, wenn ich an sie denke.« Also sehen Sie bei Ihrem nächsten Besuch genau hin.

junge O'Moon auf einem Moped durch die Hintertür der Greyschen Residenz herein-, den Korridor entlang-, zur Haustür hinaus- in die Lostwithal Road und wieder zurückgefahren war, nicht nur einmal, sondern mehrmals, von Wolfetone und seinem Weibe, die im ersten Stock schliefen, unbemerkt; nur Auge und Zunge (beide scharf) von Mrs. Cane von nebenan bewahrten danach den Wohnsitz der Greys vor weiterem Eindringen. Es hatte dreier Wochen und einer Gallone Swipe bedurft, um die Reifenspuren aus dem Korridor zu entfernen.

»Ein Rüpel ist er, dieser Jim Pat O'Moon.« Wolfetone schürte retrospektive Wut und ließ sie laut manifest werden. »Ein nichtsnutziger, arbeitsscheuer Tölpel von einem Dumpfsack ist er, und ein donnernd blöder Riesenpferdearsch.«

»Machen Sie den Lärm weg«, sagte eine stämmige Dame auf der angrenzenden Kirchenbank.

»Nu machen Sie sich mal nicht ins Hemd«, sagte Wolfetone. Ein Handgemenge schloß sich an, welches in erröteten Wangen, schwerem Atem und zerzaustem Haar resultierte, wie nach dem Liebesakt. Pater Doyle trat hinter das Kanzelpult und hämmerte mit der Faust.

»*Whisht!* Werdet ihr wohl während der Messe eure Schlägerei einstellen, um der Liebe Gottes willen?« rief er. »Das dulde ich in meiner Kirche nicht. Seid still, ihr, sonst bitte ich Hauptkommissar Nugent, daß er euch alle aufschreibt.«

Er kehrte zum Altar zurück, nachdem er die Krawallmacher durch die Kirche und zum Portal hinaus begleitet hatte, woraufhin Jim Pat mit lautem Schall den Hostienteller fallenließ, was Anlaß zu Gekicher bot.

»Friede sei mit euch«, gebot Pater Doyle, und die Gemeinde echote, Wolfetone mittendrin. Er fühlte sich von den Vorkommnissen des Vormittags gekräftigt.

Eine ordentliche Keilerei war genausogut wie Telefonieren, damit der Blutdruck stieg –, obwohl es natürlich nicht schön war, daß sowas im Gotteshaus passieren mußte, aber so waren die meisten Menschen nun mal, ganz ehrlich jetzt (und wenn ich's recht bedenke, hat diese Nase da, Jim Pat, nicht einen eigenen Eintrag im Telefonbuch ...?).

»Denn Dein ist das Reich und die Kraft und die Herrlichkeit, in Ewigkeit amen«, skandierten die Gläubigen, und keiner herzhafter als Wolfetone Grey.[4]

4 Jetzt warte aber mal einen Augenblick, mein Junge, ist das hier ein katholisches Hochamt oder die gottverdammte K. von I.? Für meinen Geschmack hören sich diese Antworten schwerstprotestantisch an, selbst heutzutage, da die Wrackteile des II. Vatikanischen Konzils überall um uns herumschwimmen –; ich meine, der Papst sagt, er ist Traditionalist und alles, aber erst letzte Woche habe ich gehört, daß es mit dem Priestermangel in Gambia so schlimm geworden ist, daß sie planen, Medizinmänner nach Rom zu fliegen, um denen im Intensivkurs Taufen und Letzte Ölung beizubringen. Ist doch eigentlich typisch, oder? Petrus bestehlen, um Paulus zu bezahlen – oder sollte man Johannes Paul sagen? –, wenn die linke Hand nicht weiß, was die rechte tut, und so weiter. Was für eine Verkaufstaktik.

10

»Sagen Sie Bescheid, Herr Pfarrer«, sagte Emmet Power. Ohne das geringste Interesse an ihrem Inhalt blickte er abwesend auf die soeben geöffnete Flasche Bushmans Black Bull. Hierin war er das genaue Gegenteil von Pater Doyle, der sich schmirgelnd die erwartungsfrohen Hände rieb, während er mit der berückenden Bernsteinfärbung des Lebenswassers liebäugelte.

»Keinen ganzen Doppelten, Emmet, aber doch so gut wie fast, so ist es recht, und – Bescheid! Guter Mann.« Der Priester überwachte das Einschenken mit Mikrometerblick, aber sobald der Whiskey bereit und wartend dastand, greifbar da, setzte er sich auf dem Barhocker zurecht, sah sich beiläufig in den Räumlichkeiten um und zündete sich mit dem Rücken zum Getränk, als könne nichts von weniger Belang sein, eine flotte Zigarette an. Diese geheuchelte Gleichgültigkeit war ein sicheres Zeichen für den Schluckspecht *de luxe,* wie Emmet Power aus lebenslanger Beobachtung des Genus wußte, namentlich seines eigenen Vaters, der – obzwar theoretisch immer noch am Leben – in diesen vierzig Jahren ständig gründlich in Sauer eingelegt gewesen war. Pater Doyle war ein weniger akuter Fall, wie sich das für einen immer noch aktiven Priester gehörte, aber sichere zehn zu eins, wettete Emmet mit sich selbst, daß stets eine offene Flasche auf der Anrichte in der Sakristei stand.

»Und wie war die Messe heute morgen, Herr Pfarrer?« sagte Emmet mit einem so gut wie unmerklichen

Kräuseln der Oberlippe, wie ein Vegetarier unter Fleischfressern. Pater Doyle täuschte Überraschung beim Anblick seines Whiskeys vor.

»Ah, da ist er ja.« Er hob das Getränk ins Licht. »Die Messe? Ich weiß gar nicht mal, ob ich Ihnen das sagen sollte, Emmet. Meiner Meinung nach wären Sie persönlich gekommen, wenn Sie so interessiert wären –, was Sie nicht sind, ebenfalls meiner Meinung nach.« Seine Augen waren eloquent, als er den ersten Schluck trank, er selbst aber sagte nichts und ließ nur den allerschwächsten Seufzer der Befriedigung frei. Na, mach schon, wenigstens ein kleiner Schmatzer, drängte ihn Emmet stumm; aber Pater Doyle blieb hartnäckig und zog es vor, die Scharade bis zum Ende durchzuspielen.

Natürlich gehörte Selbstverleugnung zum Tagewerk der Klerisei, überlegte Emmet.

»Aber wenn Sie schon fragen. Ich habe den Ersten Brief des Paulus an die Korinther gelesen und die Gemeinde mit Konfetti aus dem Markus- und dem Lukas-Evangelium zum Thema Machtmißbrauch überschüttet, was bei Ben Ovary auf keinerlei Verständnis zu stoßen schien; dann habe ich den Frage- und Antwortgesang zwischen mir und der Gemeinde bei guter Stimme durchgeführt und einen bis zwei Rüpel in den hinteren Reihen gezüchtigt – da sitzen sie immer; in der Schule saßen die Rabauken auch immer in den letzten Bänken, erinnere ich mich –, und schließlich habe ich mich einer langatmigen Predigt über die Schönheit des angemessenen Todes entledigt, wodurch gute zwanzig Prozent vor Gottesdienstschluß durch das Seitenportal vertrieben wurden.« Hier hustete er kraftvoll. »Ich schlage vor, den nächsten Schwung Kirchgänger mit haargenau derselben Predigt ins Bockshorn zu jagen, und wenn sie ihnen nicht gefällt, können sie gern mal auf Skellys alte Leier über auferstandene Engel und gefallene Frauen vorbeischauen. Am Arsch lecken können sie mich sowieso.« Er erhob sein Glas wie zu einem Trinkspruch, und diesmal ruckte sein Adamsapfel dreimal, bevor er das Glas sinken ließ.

»Was genau ist denn der angemessene Tod?« fragte Emmet. Pater Doyle sah verschwörerisch nach links und rechts und nahm den Anblick des gläserpolierenden Murphy, welcher am anderen Ende des Tresens gähnte, ebenso in sich auf wie den dreier weiterer präprandialer (oder aperitivischer) Kunden, zwei davon mit sichtbarem Zittern, tief über ihre Getränke gebeugt, in Ehrfurcht oder Trunkenheit.[1]

»Der angemessene Tod ist die größte Gabe von allen«, sagte er. »Er bedeutet, daß man abkratzt, wenn man seinen Frieden mit Gott und den Menschen – sowie, wenn man Glück hat, auch mit den Frauen – gemacht hat. Bißchen viel verlangt, oder?«

Emmet grunzte. Scheiß-Pfaffen, letztlich, sagte er bei sich. Die mußten immer das letzte Wort haben.

»Womit ich nicht meine, daß man auf einer Wolke gen Himmel fährt, wobei ein Chor das Ave Maria singt«, fuhr Pater Doyle fort. Er starrte Emmet wie festgenagelt an und erfüllte ihn mit der Furcht vor der Sünde. »Obwohl das Spaß machen würde. Nein, ich spreche über eine Verbindung von Dingen, die uns normalerweise nicht zur Verfügung steht: die richtigen Menschen, der richtige Ort, der richtige Glaube.«

»Hört sich an wie eine von diesen blöden Selbsthilfesendungen im Fernseh«, murrte Emmet.

»Genau. Könnte es ja auch sein, selbst ist der Mann und so weiter. Da ich aber bin, wer ich bin, glaube ich natürlich, daß alle Hilfe, die wir brauchen, von Gott

1 Oder beides?

kommt, ursprünglich, nur daß Sie und ich für die Einzelheiten verantwortlich sind, daß wir z. B. uns und/oder unsere Familie ernähren, uns unsere körperliche und geistige Gesundheit erhalten«, – hier stieß er schockierenderweise einen Schluckauf aus, der laut genug war, die beiden Zitterer aufzuschrecken (»Heilige Muttergottes«, sagte der eine, »ein Pfarrer!«) – »und im Leben Erfüllung finden und dabei gleichzeitig dem Gesetz, also Gottes Gesetz, wie auch dem Gesetz der Menschen gehorchen.« Er stöhnte leidenschaftlich und unterdrückte weitere Aufwallungen. »Worauf die allgemeine Reaktion wäre: zeige mir einen Mann, auf den all dies zutrifft, und ich zeige dir einen Heiligen oder Lügner.«

»Schon wieder Rätsel, was, Herr Pfarrer?« sagte Emmet, nun wieder Herr der Lage. Dies war schon eher nach seinem Geschmack, dies war wie Sonntagsschule. »Auf Rätsel sind Sie ja immer scharf, Sie Herren von der Geistlichkeit.«[2]

»Das ist überhaupt kein Rätsel. So drückt sich nur der Ungläubige auf die billige Tour. Der christliche Moralkodex ist das beste Rezept für ein moralisches Leben, ohne Ausnahme, selbst wenn Sie ein Mistkerl von einem Buddhisten sind. Ich glaube, es führen mehr Menschen ein Leben simplen Anstands als Zyniker wie Sie, bitte vielmals um Entschuldigung –, denn Sie sind ein ausgezeichneter Gastgeber, Emmet, und ein besserer Mann, als Sie selbst glauben, dafür würde ich notfalls Kaution zahlen –, es gibt mehr solche Menschen, wie

2 Hier ist eins für Sie: Was wäre, wenn sich herausstellte, daß der Allmächtige Boß soviel Humor hat wie der normale Boß oder Bürovorsteher, d. h. *nicht den geringsten?* Kein erfreulicher Gedanke, finde ich auch, aber einer, den man durchaus mal andenken sollte, wenn man so sieht, wie es ganz allgemein um die Dinge bestellt ist, und so weiter.

ich gerade sagte, als Zyniker wie Sie – oder sollte ich sagen Freidenker – willens sind zuzugeben.«

»Und der angemessene Tod?«

»Daß man glaubt, man sei, wo man hinwollte, selbst wenn man's nicht ist. Daß man einen letzten Blick auf die elendiglichen Arschlöcher wirft, mit denen man sich herumschlagen mußte, und einen Grund findet, sich in ihrer Gesellschaft wohlzufühlen, und sei es nur, um sie auszulachen. Daß man sich an verlorene Lieben erinnert, wenn man allein ist. Daß man an ein Leben voller Zweifel und Sünde zurückdenkt und einem klar wird, daß man trotz allem immer den Glauben hatte. Dann Schluß und ab nach Hause«, dies mit einer Handbewegung aufwärts – himmelwärts.

Emmet grübelte und kämpfte gegen ein Gefühl des Versinkens an.

»Sehr wahrscheinlich, Herr Pfarrer. Einen Tick zu esoterisch für einen schlichten Hotelwirt wie mich allerdings.«

»Esoterisch? Reden Sie doch nicht, Mann. Das ist doch klar wie Kuhpisse. Die Hälfte der Probleme dieser Welt wäre weg, wenn wir alle Gott akzeptierten und, nachdem wir Ihn akzeptiert haben, zugäben, daß wir Ihn die ganze Zeit gesucht haben.«[3]

Ach je ach je ach je lautete Emmets wiederholter stiller Verzweiflungsschrei; dann fiel ihm der Anruf von ver-

3 Hört, hört. Genau, was mein Onkel Francis zu sagen pflegte –, Tantchen Nualas Mann? der Sekretär des Kardinals? richtig, der ist es –, und der pflegte etwas ganz ähnliches zu sagen, wenn wir als Kinder Böses im Schilde führten. O ja, ein moralischer Mensch war er, unser Onkel Frank, wohl wahr, jedenfalls glaubten das alle, bis diese Wichs-O-Rama-Videos in seinem Geräteschuppen entdeckt wurden. Nach sechs Wochen in Lough Derg bereute er, und Tante Nuala bekam den Schuppen und die Videos als Teil der außergerichtlichen Einigung (und dann wurde es erst richtig lustig, aber das ist eine andere Geschichte).

gangener Nacht ein, und er versuchte, Pater Doyle in weniger eschatologische Regionen zu steuern.

»Da mögen Sie wohl rechthaben, Herr Pfarrer. Ich hatte übrigens eine Frage an Sie.«

Aber Pater Doyle entsann sich einer schattigen Straße zwischen der Via del Corso und der Piazza Navona (Garibaldi? Cavour? eine der beiden), wo das Spezialbekleidungsgeschäft für Kleriker war, neben der Trattoria, in welcher der junge Phil Doyle, dieser wildfremde Mensch von vor hundert Jahren oder noch früher, den nur wenig jüngeren Tancredo Barberim kennenlernte, jetzt Monsignore im Übersee-Sekretariat des Vatikans – Spezialist für Französisch, wenn das Gedächtnis nicht trog (zwanzig Jahre in Paris, als Geistlicher für Geistliche) –, wobei das Treffen bei einer gekühlten Flasche Frascati an einem milden Maientag mit dem Hauch einer Brise vom Tiber herüber und dem Geknurr von Fiats und Vespas draußen von der Straße stattfand; als nächstes ein zahnschmerzendes *gelato* und einen aufgeladenen *cappuccino*, natürlich, zum Schluß ein jugendlicher Ausbruch von Optimismus angesichts der Welt und Gottes und des zukünftigen verschlungenen Pfades zu Rechtschaffenheit und reichem Lohn, bevor man ins Gregorianum zu einem Nachmittag Kanonischen Rechts oder Dogmatischer Theologie zurückkehrte …

»Er sagte, er sei Redemptorist, glaube ich, ein Reisender Redemptorist oder sowas in der Art.«

… buon giorno, Roma!

»Ein Handlungsreisender, der Erlösung verkauft, was? Erzählen Sie mir nichts –, ein Yank, wie? Einer dieser Mormonen?«

»Nein, nein, nein«, sagte Emmet gereizt. »Sie haben nicht zugehört, Herr Pfarrer. Ich fragte gerade, ob Sie jemanden namens Pater Patrick MacCarthy kennen, der sagt, er sei Jesuit von der Reisenden Redemptoristenmission oder von der Redemptoristischen Reisemission oder vom Tournee-Orchester Pisherogue oder wie er das zum Teufel genannt hat.«

»Beruhigen Sie sich doch, Emmet. Ein Jesuit, ja? Ziemlich riskant, einen Weltgeistlichen wie mich zu fragen. Das sind die ganz harten Burschen, die S.J.s. Wieviele Divisionen hat der Papst, sprach Onkel Joe. Zählen Sie die Jesuiten und multiplizieren Sie mit zehn, erwiderte Pius.[4] Patrick MacCarthy? Ein Name, wie er oft genug in dieser Gegend vorkommt ... Nein, ich glaube nicht; es sei denn, Sie sprechen von Pat MacCarthy, dem Ultratraditionalisten in Youghal. Der könnte Jesuit sein, oder aber auch nicht. Dann gibt es noch Paddy MacCarthy, den Mann aus Ballymahone, aber der könnte nie einer sein, so, wie er immer kichert, als wäre er ein Fall für die Nervenklinik, sobald man auch nur mit der Augenbraue wackelt. Dann gibt es natürlich immer noch Padraig MacCarthy, den lieben alten Bischof von Derrymoyle, aber wenn der Jesuit ist, bin ich Mr. Universum. Ich bezweifle, daß Seine Eminenz sich ohne Erlaubnis seiner Haushälterin den Hosenschlitz zu öffnen traut, Gott segne ihn. Nun, das ist die Liste *in toto*, es sei denn, Sie zählen P.J. MacCarthy mit, den China-Missionar in der Nähe von Slaneford (wir nannten ihn immer die Missionarsstellung) ... Ich *glaube* nicht, daß er je formell aus dem Priesteramt ver-

4 Ja, aber dann (und dies wird durch Augenzeugenberichte und einen Leitartikel in *L'Osservatore Romano* bestätigt) barg Pius das Gesicht in Händen, brach in Tränen aus und stürmte wütend aus dem Zimmer, wobei er ein dünnes Wehklagen ausstieß, welches viele der Anwesenden fälschlich für eine Stuka oder den Prototyp einer V-1 hielten, weshalb sie sich hinter den Bellini-Tapeten versteckten und planten, erst wieder herauszukommen, wenn die Gefahr vorüber war, was nie geschah: sieben starben, an Erstickung (keine S.J.s).

stoßen wurde, aber von mir haben Sie das nicht, Emmet. Ich habe gehört, er sei sogar Monsignore gewesen, aber beschwören möchte ich das nicht.«

»Slaneford sagen Sie?« Emmets Zunge sprang wie auf Zehenspitzen von Zahn zu Zahn, lebhaftes Zeichen seiner Konzentration, während er sich Namen und Adressen in einem Notizbuch eintrug, wie ein Verkehrspolizist. »Aber in Killoyle selbst gibt es keinen? Stimmt das?«

»MacCarthy, MacCarthy. Lassen Sie mich mal sehen. Nein, das sind alle, die mir einfallen. Es sei denn – ja, natürlich, wie konnte ich denn bloß den jungen Kanonikus Patric (das ist Patric, nur mit c) MacCarthy vergessen? Als ich das letzte Mal von ihm hörte, war er in Frankreich – er ist ein ziemlicher Bonvivant –, aber vielleicht ist er ja wieder da. Für gewöhnlich findet man ihn in der ehemaligen Bischofsresidenz in Ballyduff, kein schlechtes Quartier, unter uns – da ist jetzt irgendein Kolleg untergebracht, oder Seminar –, und eins kann ich Ihnen sagen, meiner Meinung nach ist er von der ganzen Blase am ehesten der Jesuit. Wenn ich es recht bedenke, ist er einer. Ich hätte übrigens auch einer werden können, wenn ich gewollt hätte.«

»Mensch, Herr Pfarrer, jetzt haben Sie mir schon fünf Namen gegeben«, sagte Emmet. »In ebensovielen Gemeinden. Sind das dann alle?«

Pater Doyle ignorierte die Frage, von seinem eigenen geistigen Abbild des eifernden Philip Doyle von der Gesellschaft Jesu abgelenkt, der nie für seinen schnellen Witz und seine blitzenden Augen bekannt gewesen war (aber leicht hätte sein können), der fließend viele Sprachen sprach, mager und muskulös gebaut war, asketisch in seinen Gewohnheiten (dachte er und blickte durch den Rauch seiner Zigarette den Whiskey vor sich an: o ja, das wäre das Beste daran gewesen, keine

Lullen und ein keusches Glas Wein pro Tag), konzertreifer Geiger, Polo- und Cricket-Champion (besser für's Image als Gælic Football oder Hurling),[5] intim mit Prinzen und Prälaten – übrigens privater Beichtvater bei den Orsinis oder den Colonnas (oder bei beiden) – und, *last,* aber gewiß nicht *least,* Autor eines halben Dutzend (oder mehr) pointierter Bücher über Glauben, Dogma und Weltanschauung der katholischen Christenheit nach dem II. Vatikanischen Konzil! Ein Renaissancemensch, die Art Typ, alles in allem, und das Komische war, er war überzeugt, daß es wirklich so hätte sein können, mit einem kleinen bißchen mehr Glauben und einer ganzen Menge mehr Anstrengung –, aber auch wieder nicht mehr Anstrengung, wie sie sich jeder junge Mann abverlangt, wenn er ehrgeizig genug ist, was er nie gewesen war (New Nubia, ja ja ja!).

Tränen drohten. Es war Zeit für die Ein-Uhr-Messe.

»Prost, Emmet.«

Emmets Abschiedsgruß fiel kaum gefällig aus. Er starrte seine Liste an. »Fünf Paddy MacCarthys«, sagte er. »Da brauche ich die ganze verdammte Woche.«

»Gehen dir die Whiskeypriester auf den Docht, Emmet?« sagte Murphy.

»Du hältst dich da raus. Die Nachmittagsmeute ist auf dem Weg; also mach einen frischen Eindruck.«

»Zu Befehl, Herr Kommandant.«

Emmet ging nach Hause. Dort setzte er sich auf seinen Sessel, starrte das Geschlängel des elektrischen Kamins an und wägte im Geiste die MacCarthys gegeneinander ab.

»Was ist los?« Seine Frau klappte Hutkrempe und

5 Wessen Image? Die Gælic Athletic Assoziation beugt vor niemandem das Knie, Bürschchen.

Mantelärmel auf dem Sprung in die Ein-Uhr-Messe beim Hl. Oinsias nach unten.

»Nichts«, sagte Emmet.

Sie ging. Er grübelte. Pater MacCarthy oder nicht (und Pater Phil konnte sich sowieso verpissen, von wegen »Sie sind ein besserer Mann, als Sie selbst glauben«: danke, Padre, keine Ursache); es gab noch anderes, was er seiner Frau gegenüber nie erwähnt hatte, und da an allererster Stelle, noch vor der gelegentlichen kleinen Wette bei Muldoon und jenen Extra-Pints manches Abends, kam jener voll-und-ganz-unvergeßliche Beinahe-Ehebruch des Jahres '89, als – auf dem Heimweg vom Weltkongreß des Hotellerie-Verbandes in Lausanne – er im eingeschneiten Flughafengebäude von Genf-Cointrin mit hundert oder noch mehr anderen Passagieren gestrandet war, unter ihnen Fiona O'Malley, Geschäftsführerin des Edward M. Kennedy Hotel & -Schänke in Westport, Grafschaft Mayo: ach, Fiona!

Mannomann, das war ganz schön knapp gewesen, grämte sich Emmet und fuhr sich mit den Fingern durch das immer dünner werdende Haar; und doch welche Schulschwänzer-Erregung, immer noch, sich die Möglichkeiten auszumalen! Doch, Adressen und bezeichnende Blicke *waren* ausgetauscht worden, sowie oberflächlich harmlose Plauderworte über das Hotelgeschäft und dessen Auf und Ab, mitsamt einem kühnen Kommentar von Emmet, durch donnerndes Dröhnlachen abgestützt (welches wiederum auf dem soliden Fundament von Schweizer Kirschwasser und elsässischem Riesling aufbaute, mit frdl. Empfehlung von Helvetair), und zwar in dem Sinne, daß er schon immer eine Vorliebe für Rothaarige gehabt habe, wo doch Fionas Zottelmähne von einem eindeutigen Rostrot gewesen war! »Wirklich?« hatte sie, keusch kapierend, erwidert und ihren Blick, vom Feuer der Sinnlichkeit leuchtend, mit dem seinen, der von Kirschwasser und Gier glomm, verschränkt. Irgendwann – unweigerlich, unerbittlich – sagte der Lautsprecher (dreisprachig) das Ende ihres verschneiten Stelldicheins und Helvetair Eins-Null-Einsens prompten Abflug nach Heathrow und Cork an, was Hast und Handgemenge um die besten Fensterplätze auslöste, in deren Verlauf (hélas!) die imaginären Liebenden durch eine Sitzreihe voller bezechter Hoteliers aus Nordengland, laut vor unbegrenztem *Cardinal*-Bier nebst Kurzen, voneinander getrennt wurden; nur ihre Augen sprachen Bände, über das Gejohle in den Akzenten von Liverpool und Newcastle hinweg (welches sich folgerichtig, beim Landeanflug auf Heathrow, in Gestöhne verwandelte). So lebe denn wohl, Fiona O'Malley, schluchzte Emmet, damals wie jetzt überwältigt.[6] Einst ein treuer Besucher des Westport Festival, traute er sich dort nicht mehr hin, und der Name F. O'Malley, letztes Osterwochenende ins Gästebuch von Spudorgan Hall eingetragen, hatte zu einem Anfall geführt, der ihn fast im Delirium zwei Tage lang ans Bett gefesselt hatte, während derer seine Finger schwach an der Tagesdecke rupften und er von der liebenden Roisín gepflegt wurde, die nichts ahnte, aber (nach Art der Eheweiber) alles wußte …

Dieser Gedanke führte zur Entscheidung. Er würde persönlich unter den eingeborenen Patres MacCarthy diskrete Nachforschungen anstellen. Sobald er den

6 Ja. Armer Emmet. Da kommt einem der letzte Vierzeiler von Hoolihans »Ode an eine in Vergessenheit geratene Dame, aus dem dritten Jahr eines fünfjährigen Knastaufenthaltes wegen bewaffneten Raubüberfalls, Staatliche Justizvollzugsanstalt Maryland, 1901« in den Sinn:

Adhu, acushla, edle Frau,
Ich bin ein imperfekter Ritter ohne Adel,
Doch bald vergeht auch dieser Jammer sonder Tadel
Im Kahn allhier, wie auf des Artus vielbesung'ner Jenseits-Au!

Schuldigen festgenagelt hatte, wollte er ihm sagen, er möge sich zu den Feuern der Hölle scheren und all seine Mit-Jesuiten oder -Redemptoristen mitnehmen; dann wollte er sich hinsetzen und Roisín alles gestehen: die Extra-Pints in der Kneipe, die Spielchen bei Muldoon, die falsche Orangenmarmelade, die überhöhten Hotelrechnungen, jenen Tag in Genf ... *alles.* Es war das einzig Anständige, was man tun konnte. Eins war sicher: bis dahin würde ihm sein Gewissen keine Ruhe lassen.

Emmet überprüfte seine Entscheidung. Drei Tage sollten genügen, um alle fünf Priester aufzustöbern, und Wolfetone Grey konnte die Hall derweil leiten. Dies war eine Möglichkeit, die Emmet selbst vielleicht nicht gewählt hätte, aber laut den rigiden hierarchischen Regeln des Unternehmens, wie sie Mr. Carfax aufgestellt hatte, kam der Catering-Chef sofort nach dem Leitenden Geschäftsführer (und doch, und doch! Emmet hegte, was Wolfetone betraf, immer noch Zweifel an dem Kerl in seiner Gesamtheit: die Stimme; die Moral; diese Mittelhandknochen, wie sie nur durch unterwürfiges Ringen der Hände entstehen): so daß es, letztlich, hierauf hinauslief.

»So ist es, und so sei es«, sagte Emmet abschließend. Seine Worte wurden vom Läuten des Telefons gedrosselt. Er hob vorsichtig ab.

»Ja?«

Der Anrufer stellte sich als Thomas Maher vor, »aber Sie kennen mich vielleicht als ›den Griechen‹, hää hää hää.«

»Nein, ich glaube, eher nicht«, log Emmet unwirsch, wohl um den Ruf des Mannes als öffentlicher Übeltäter und Vertreiber verunreinigter Getränke in seiner Bar, Mad Molloy's, wissend; von dieser Eröffnung bereits alles andere als angetan, war es freilich noch weniger wahrscheinlich, daß er je Mahers Einladung »auf ein Krügerl«, wie der andere es derb ausdrückte, Folge leisten würde, noch dazu drüben im nämlichen Mad Molloy's, meilenweit weg am anderen Ende der Stadt, an einem Sonntagnachmittag, mit noch ungegessenem Mittagessen und noch ungelesenem *Sunday Recorder!*[7]

»Geschäftlich«, erwiderte der Grieche, zu seinen Motiven befragt, und deutete gediegene Möglichkeiten für Männer vom Schlage eines Emmet Power an –, Männer nämlich mit Gespür und Urteilsvermögen, ihm selbst nicht unähnlich (brutal ausgeatmete Heiterkeit), und kennzeichnete sich im weiteren als Erschließer von Bauland und Grundstücksmakler von einiger lokaler Bedeutung. Emmet gähnte; der einer Narkolepsie nicht unähnliche Anfall, den das Wort *Grundstücksmakler* bei ihm hervorrief, drohte, ihn direkt in ein Koma zu versenken. Wachsam, wie der Geschäftsmann, der er war, gegenüber nachlassendem Interesse war, wurde der Grieche dringlich, einschmeichelnd, verführerisch.

»Zuzüglich Spesen«, sagte er mit einem weiteren widerhallend unehrlichen Lachen. »Mit anderen Worten: die feinsten Burgunder des Hauses aufs Haus, Mr. Power. Oder Clarets, wenn Sie die vorziehen. Power's Whiskey natürlich auch, sowieso, auf Eis oder auf Grundels, hää hää hää.«

»Nun, ich bin kein großer Trinker, Mr. Maher«, sagte Emmet tugendsam. »Und fast nie am Sonntag, falls Sie wissen, was ich meine.«

»Aber ja, aber ja. Also Tee? Oder stünde Ihnen der Sinn mehr nach Kaffee?«

7 Da soll er doch froh sein, meiner Meinung nach. Der sogenannte *Sunday Recorder* ist nicht mehr oder weniger als ein kreischendes Transvestiten-Käseblatt der Oberschicht, nur zum Abwischen meines Sie-wissen-schon (wenn überhaupt) geeignet.

»Ja, das klingt wirklich verlockend, da ich zufällig heute morgen meinen Kaffee verpaßt habe, und ich bin immer in einem schrecklichen Zustand, wenn man mir meinen matutinen Java mißgönnt, Gott helfe mir.«

»Nun, was würden Sie dann zu einem Tröpfchen Arabica spezialgemahlenem Mokka-Zitrone belgischen Schokoladen-Café viennois mit gebranntem Zimt drunter sagen?« kam einladend das seidige Schnurren.[8]

»Gebrannter Zimt …? Hören Sie bloß auf, Maher. Also na schön. Aber nicht bei Molloy's. Zum Teufel mit dem Kaffee, der in der Spelunke getrunken wird, wo der ganze Keller unter Schwarzgebranntem steht, wie jedermann weiß –; wird da nicht sogar versucht, das Zeug am Tresen zu verscherbeln? Nein, lieber etwas anderes, etwas näher, und bequemer zu erreichen.«

»Das ›Erkerfenster‹«, schnappte der Grieche und legte auf.

8 Lecker, lecker! Erinnert mich an damals bei Bewley's in der Grafton Street, wenn wir drei uns nach dem Kino zusammensetzten und jeder dem anderen zehn oder noch mehr Portionen Zucker in den Tee gekippt hat! Wo der arme Toby mit neunzehn an Diabetes eingegangen ist und Stevie ihm bald darauf nachfolgte, frage ich mich manchmal, ob der Kelch nicht ziemlich nah an mir vorübergegangen ist, aber ich bin jetzt runter auf zwei Eßlöffel pro Tasse, und der Doktor ist ganz optimistisch (aber nicht zu sehr).

11

Das Erkerfenster vom »Bay Window« (also vom »Erkerfenster«) bot einen überwältigenden Blick auf Parade, Strand und das graublaue Meer.[1] Kathy saß auf dem Stuhl am Fenster, ideal, um Fähren zu bewundern, die von Rosslare nach Cherbourg aufgebrochen waren, und Spießenten und Krickenten, die auf den Wellen grasten, und Silbermöwen, die sich von den geballten Wolken eines taubengrauen Himmels abhoben, aber nach anderthalb Stunden begann der Blick eine gewisse Eintönigkeit anzunehmen. Sie zog reizbar an ihrer *Grand Pagnol*-Zigarette und trichterte den Rauch in die Höhe, vom nichtrauchenden Strongbow weg, der sich zu ihren Füßen hingelümmelt hatte. Auf dem Tisch vor ihr standen Kaffeesachen aufgereiht (Tasse, Löffel, Zuckerdose usw.),[2] die durch einen mit Kekskrümeln übersäten Teller vervollständigt wurden. Sie war bei ihrer zweiten Tasse mittelmeerischen Kaffees angelangt und bereit, zur Werkstatt aufzubrechen, um ihren frisch refenestrierten Rover abzuholen.

Am Nachbartisch saß bei kaltem Toast eine alte Frau, stumm, bis auf das gelegentliche betäubende Bronchialmanifest, ihr Lohn für ein in der feuchten und verräucherten Luft Irlands verbrachtes Leben. Noch einen Tisch weiter lächelte ein amerikanisches Paar etwa des gleichen siebten Lebensjahrzehnts friedfertig über But-

1 Hinter welchem das Nichts liegt, zur Linken und zur Rechten von Eurasien.

2 Tee? Zucker? Nicht schon wieder.

tergebäck mit Marmelade, und am letzten Tisch saß ein vereinzelter junger Mann, bärtig und blaß, hinter dessen *Sunday Other* sich blaue Bänder aus Pfeifenrauch emporkringelten. Auf der anderen Seite des Raumes, hinter dem Gebäckbuffet, welches unter dem Bank-Holiday-Ansturm von Vanillewaffeln, Stachelbeertörtchen und siebenschichtigen Müslikuchen ächzte, war Emmet Power, Murphys Boß, den Kathy gut genug kannte, um ihm zugenickt zu haben, tief mit einem anderen Mann von rötlicherer Gesichtsfarbe, den sie hie und da gesehen hatte, ins Gespräch vertieft. Der andere Bursche trug stur (und unhöflich, fand Kathy) eine Tuchmütze, als wolle er den ersten Eindruck, den man von ihm gewonnen hatte, es handele sich bei ihm um einen hochrangigen Kotzbrocken, noch verstärken. Dieses Individuum hatte das eigentliche Reden übernommen, und der andere Gent beobachtete ihn, wie er die Wunder seines Themas, was es auch sein mochte, in die Luft modellierte.[3] Kathy war es egal; Kathy langweilte sich. Sie hatte mehr als genug Zeit gehabt, es war ihr aber nur gelungen, in einem Riesenbammel zu versinken. Sie mußte es Murphy sagen, je früher, desto besser, aber sie freute sich nicht darauf, denn nach ihrer Erfahrung waren Männer mehr wie Frauen als umgekehrt –, anders ausgedrückt, beschrieb der Anblick von Frauen, wie er in den niederen Spielarten beliebter Belletristik verbreitet war, als launische, keuchende Geschöpfe, leicht dem Melodrama anheimgegeben, wenn ihnen etwas durchkreuzt wurde, besser den Mann, der sich das ausgedacht hatte, als jede Frau, die sie je gekannt hatte, außer einer bis zwei Tanten.

Phelim war auch so ein Fall gewesen, möge Gott ihm

3 Vielleicht etwas mit Immobilienpreisen? Aber ich greife weit vor, mein Kleiner.

die ewige Ruhe geben. Sie entsann sich zweier Vorfälle: einmal war er einem Reporter, der ihn wegen irgendeines Presseknüllers belästigt hatte, nach Hause gefolgt, hatte ihn den ganzen Weg bis Ballsbridge mit Beleidigungen angebrüllt, dann dreist abgestritten, daß es je geschehen war, bis die Anwälte des Mannes ein Video der Episode hervorzogen, das ein vorbeikommender Wichtigtuer, der seine neue Minicam ausprobierte, angefertigt hatte. Dies Beispiel männlichen Verhaltens hatte eine fünfstellige Delle in ihr Bankkonto geschlagen, Kosten exklusive. Dann hatte er ihren Nachbarn in Sandymount angeklagt, Unionist zu sein, weil der in sein Rosenbeet noch zusätzlich blaue und weiße Iris gepflanzt hatte, zufällig (oder eben gerade nicht, behauptete Phelim) am selben Wochenende, an dem Prinz Charles heiratete; nur der Intervention von Phelims Boß, dem Herausgeber des *Clarion* (Ex-Stadtverordneter und Ferner-liefen-Kandidat für den Dail), war es zu verdanken, daß sie keinen neuen Prozeß am Halse hatten. Es lag zugegebenermaßen eine köstliche Ironie darin, daß der nämliche Nachbar später auf der Titelseite des *Clarion* erschien, weil er nicht Iris, sondern Seintex zu Füßen des Parnell-Standbildes in der O'Connell Street gepflanzt und somit gleichzeitig seine unionistischen Sympathien enthüllt und den stolzen (sowie launischen, zu Zornesausbrüchen neigenden, auf gar keinen Fall zu verachtenden) Phelim Hickman in dessen Verdacht bestätigt hatte.

»Was hab ich euch gesagt? Was hab ich euch gesagt? Na? Hatte ich recht oder nicht? Aber ihr habt euch über mich scheckig gelacht, etwa nicht, aber wer zuletzt lacht, lacht am besten, und wer lacht jetzt zuletzt, wenn ich mir mal die Frage erlauben darf?«

Nein, übertriebene Selbstkritik hatte ihm nie sonderlich gelegen, und die Kritik, die ihm von anderen wie

z. B. seiner eigenen Frau verpaßt wurde, schon gar nicht. Dies war ein weiterer Charakterzug, den alle Männer, die sie gekannt hatte, teilten: Eitelkeit. Unüberraschenderweise hatte Murphy eine ganze Ladung davon abgekriegt, nur daß sie sich bei ihm mit Verfolgungswahn mengte, wozu Menschen, die sich auf den niedereren Sprossen der sozialen Leiter abmühen, neigen, und er konnte ein ziemlicher Scheißkerl sein, wenn sie versuchte, seine Gefühle zu schonen, indem sie ihm ihre unehrlich optimistische Meinung zu seinen Karriereaussichten (fragwürdig, günstigstenfalls) mitteilte.

»Hör auf, Süße. Was weißt du denn schon von harter Arbeit? Scheiß doch auf alle. Mir geht's gut, ich kann nicht klagen, laber laber. Nö, ich krieg das schon geregelt, wirst schon sehen.«

Dazu verdammt (wie es schien), die Fehler ihrer Vergangenheit zu wiederholen, wollte sie erstmal nur die ganze Bande vergessen und dabei mit Murphy anfangen –, dies mit Hilfe von Strongbow (guter Hund! er hatte sie schon immer vor ihm gewarnt), eines bis zweier lesbarer Bücher und – im Augenblick am allermeisten – ihrer getreuen Satellitenschüssel samt des Fernsehers. Kathy war nicht fernsehsüchtig, sie war aber auch kein Snob: die Glotze war ein Vergnügen, eine Flucht, sogar ein Beruhigungsmittel, wenn man sie mit Maß benutzte und sich nicht jeden Kack andrehen ließ. Schließlich mußten die Signale, die von kreisenden Objekten im Weltraum abprallten, nach Aberhunderttausenden zählen, aber weniger als hundert davon schafften es bis in ihren Fernseher, und von denen lohnten vielleicht drei die Anschaffung der Satellitenschüssel (£ 500,– Anfangsauslage, danach monatliche Raten à £ 12,50 bis ins Jahr 2006) -. der deutsche Sender für militärische Dokus (SiegKanal, Zweibrücken), der italienische Spiel-Show-Sender (Canale *Boum!*, Milano) und der Kostümdramawiederholungssender (Yorkshireman TV, Hutton-le-Hole, East Yorkshire). Diesen letzteren einzuschalten, wollte Kathy nun plötzlich eilig nach Hause zurück. Um halb zwei am Nachmittag sollte die gesamte Miniserie *Dr. Menace* wiederholt werden, eine ihrer Lieblingssendungen. Wenige Fernsehsendungen (oder auch Filme), die sie gesehen hatte, hatten so liebevolle Erinnerungen in ihr hinterlassen. Dr. Menace selbst, von Tex MacGroyne gespielt, war der typische gebeugte, ergrauende, mittelständische Quacksalber mit einer abgewirtschafteten gynäkologischeu Praxis bei der Lower Falls Road (Belfast) am Hals, aber seine Patientinnen waren zum Brüllen komisch, besonders die Arbeitslosen, von Randi Wadd und Titi Ben-Gurion gespielt –, obwohl, ganz ehrlich, in ihrer ersten Folge das Husten so heftig ausfiel, daß Kathy schon versucht war, für alle Zeiten auszuschalten, aber bevor sie es selbst merkte und schneller als ein Lidschlag (oder das Schlagen der in Frage kommenden vier Lider) war sie vom Sofa gefallen und kringelte sich buchstäblich auf dem Fußboden vor Lachen![4] Klar, es war törichte Zeitverschwendung, und der intellektuelle Gehalt war etwa so hoch zu veranschlagen wie bei *Glam* (mit einem Worte: zéro), aber wenn man mal schön in sich hineinlachen wollte, gab es nichts Besseres, und wenn sie jetzt

4 Ich erinnere mich noch gut daran. Meine Lieblingsfolge war die, in der Dr. Menace eine Frau sucht und auf der Ostseite der Shankill Road einen Harem findet, und die Hälfte der Weiber hat permanent Lockenwickler in die Kopfhaut implantiert -; die anderen waren natürlich kahl, die armen Schätze (oder doch wenigstens so fast kahl, daß der Unterschied auch nicht groß war). Jungs, was haben wir gelacht! Der Da war drei Tage später immer noch ganz krumm, und der nächste Chiropraktiker zwanzig Meilen weit weg und das auch noch bei dem Wetter! Macht nichts. Ein Lächeln wiegt tausend Schluchzer auf, sagt der Chinese.

etwas in sich hinein gebrauchen konnte, waren das ein paar Lacher.

»Nur die Rechnung, bitte«, sagte sie, um der drohenden Teekanne der Kellnerin zuvorzukommen. Strongbow spürte Aufbruch und bebte vor Aufregung. Auf dem Weg hinaus drehte er sich um und musterte die versammelte Gesellschaft feindselig.

»WAAAFF! WUUUFF!«

»Komm mit, Junge«, sagte Kathy. Strongbow gehorchte, begierig auf das olfaktorische Kaleidoskop der großen Welt dort draußen.

12

»Scheiß-Hunde«, sagte der Grieche. »Zu Füßen oder an der Kehle, stimmt's? Nehmen wir dagegen Katzen; das ist ja rundherum eine überlegene Spezies. Meine ist ein Kater. Den sollten Sie sehen, wie er's den Mäusen besorgt, wenn sich die Gelegenheit bietet! Pack sie, Super, sage ich zu ihm –; er heißt nämlich Super ...«

»Kommen Sie, Mr. Maher«, sagte Emmet. »So gern ich mir alles über die Heldentaten Ihres Katers anhören würde, finde ich doch, daß Sie mir die auch ein andermal erzählen können.«

»Wie Sie meinen, Mr. Power. Schon verstanden. Habe ich Sie zu diesem Rang-dee-wuu gebeten, um meine Katze zu erörtern? Habe ich nicht, wie Sie so treffend geltend machen. Nein, ich wollte etwas ganz anderes erörtern, Mr. Power. Etwas, was zu tun hat mit ...«, hier pausierte er melodramatisch, »Sanierung.«

Emmet gähnte höflich, Faust gegen klaffenden Mund gepreßt. »Am Telefon sagten Sie ›geschäftlich‹«, sagte er. »Sanierung mag ja durchaus ein Geschäft sein; es hört sich nur nicht an wie meins.«

»Sanierung ist jedermanns Geschäft, der sein Sparkonto ein bißchen auspolstern will, und wer will das nicht?«

So stark war die Begeisterung des Griechen, als er sich zur Erläuterung vorbeugte, daß seine Augen in meßbarem Abstand vor seinem übrigen Körper angebracht zu sein schienen. Sobald er sich unter Kontrolle hatte, holte er tief Atem und gestand, daß er Spudorgan Hall niederreißen und durch Ferienbungalows ersetzen wolle, ein glattes Dutzend oder dreizehn, je nach Bodenpreisen und Fiskus. »Es ist mein Traum, um vollkommen ehrlich zu sein.«

»Hört sich für mich wie ein Alptraum an«, sagte Emmet. »Soso, Spudorgan Hall niederreißen. Wer glauben Sie, wer Sie sind, Klug Kong?«[1]

»Bitte nicht in diesem Ton. Es ist mein voller Ernst. Das einzige Hindernis ist Carfax, und wenn Sie mich ausreden lassen, werden Sie mir zustimmen, daß er gar kein so großes Hindernis ist.«

»Och doch, ein ziemliches Hindernis bleibt er, dächte ich. Ihm gehört der Laden, müssen Sie wissen.«

»Schon, aber er hat Gelder veruntreut und ist ein Steuerflüchtling. Außerdem wohnt *er* in Amerika. Sie sind der Geschäftsführer, und *Sie* sind genau hier, in Killoyle.«

Geduldig skizzierte Emmet roh seinen Aufgabenbereich, legte die Grenzen seiner Machtvollkommenheit dar, welche (wie er sie verstand) mit der Schwelle von Mr. Carfax' letztlichem Plazet identisch waren. Sogar aus dem fernen Merika (welches schließlich, im Zeitalter von Faxmaschinen und Computermodemen, so fern nun auch wieder nicht war) mußte Mr. Carfax persönlich alles gutheißen, was mit permanenten Veränderungen oder »weitreichenden Verbesserungen« zu tun hatte, was er gewöhnlich nicht tat.

»Zum Beispiel wollte ich letztes Jahr die Trennwand zwischen Speisesaal und Bar wegkloppen und einen durchgehenden Salon bauen.« Emmets nach innen gewandter Blick beschlug bei der Erinnerung. »Die Pläne waren fertig, die Blaupausen waren gezeichnet, der Bauunternehmer hatte den Auftrag. Wir konnten los-

1 Ein altehrwürdiger irischer Name, läßt sich bis auf die gleichnamige Baronie und Seitenlinie verfolgen.

schlagen. Dann rief der olle Carfax an, an dem Tag, als es losgehen sollte, und schiß mich am Telefon sowas von zusammen, weil ich eine eigenmächtige Entscheidung getroffen hatte. Er hat so laut gebrüllt, daß es eine japanische Reisegruppe hören konnte, und die fanden das natürlich rasend komisch, die kleinen Bastarde.[2] Egal, diese Sorte Mensch ist er jedenfalls, Maher. Nicht mit zu spaßen.«

»Was Sie nicht sagen. Ein ganz harter Bursche, was?«

Die Augen des Griechen verschwanden in Säckchen der Erheiterung. Hastig fischte er ein Zigarettenetui mit Zigarillos aus seiner Jacke.

»Niederländische«, sagte er. »Van Hoot extramilde Schimmelpennincks; Gallogly hat letzte Woche eine Lieferung reingekriegt. Ich versuche nämlich, mir die Fluppen abzugewöhnen. Nehmen Sie eine. Wie ist übrigens Ihr Kaffee?«

Emmet stimmte einem Nachschenken zu, wählte zur Begleitung einen Zigarillo und akzeptierte sogar Feuer aus des Griechen hingerecktem Dunhill-Feuerzeug (eine Spur vulgär, wie der Mann selbst, dachte Emmet). Forsch paffend, um seinen Zigarillo zu entfachen, warf Emmet einen flüchtigen Blick durch den Rauch und glaubte, im Auge seines Gegenübers einen gelben Glanz zu bemerken, so daß er sich plötzlich fragte, ob das Böse[3] wohl eine echte Bedeutung habe, von seinen

2 Zweifellos. Das muß man sich mal überlegen: in nur hundert Jahren haben die sich von unergründlichen Spinnern mit Hochfrisur und Bademantel, die ständig Selbstmord begingen und sich gegenseitig zerhackten wie nichts Gutes – und dann auch noch diese grauenhafte Plink-Plank-Plonk-Musik im Hintergrund –, zu dem entwickelt, was sie jetzt sind, nämlich ergründlich wahnsinnig, wie wir alle (wenn man natürlich von den Verbeugungen absieht).

3 Gehörnte Teufel, fauchende Dämonen, das Verlangen, seinem Nächsten eine zu scheuern, usw.

religiösen oder biblischen Konnotationen einmal abgesehen; er war sogar schon nahe dran, den Griechen um dessen Meinung zu dem Thema zu bitten, als ihm klarwurde, daß er, der Grieche, der genaue Gegenstand seiner Überlegungen war, wie absurd das auch erscheinen mochte –, so absurd jedenfalls, daß Emmett in schallendes Gelächter ausbrach, ungeprobt.

Der Grieche hielt sich einiges darauf zugute, ein ziemlicher Gedankenleser zu sein.

»Wie ich sehe, schätzen Sie die Lage richtig ein.« Er lachte kurz und verständnisinnig. »Carfax ist ein mieser alter Kacker, soviel ist schon mal richtig. Die Frage lautet, wie gaunern wir ihn aus seinem eigenen Besitz heraus? Tja, vielleicht brauchen wir das gar nicht. Ich habe beim Finanzamt Nachforschungen angestellt, wo ich so meine Kontakte habe, und Sie wären überrascht, was ich über die Zahlungen – oder sollte ich eher sagen über die nicht erfolgten Zahlungen? – unseres Freundes ans Tageslicht gebracht habe, bevor er das Land verließ.«

Emmet war hin- und hergerissen. Klatsch über den Boß würzte stets den faden Fraß des Angestellten, aber es schickte sich nicht, fand er, wie ein schnatterndes Waschweib herumzusitzen und die kleinen Mißgeschicke oder nur allzu menschlichen Fehler anderer Leute zu zergliedern.[4] Spirituell war es etwa so, als sähe man tagsüber fern oder läse Zeitung und vergeu-

4 Kaum die exklusive Domäne von Weibern, um gerecht zu sein. Ich meine, das schlimmste Plappermäulchen, das ich je kannte, war ein Mordstrumm von Hurling-Spieler aus Kilkenny, der einem am Telefon die allerneuesten Informationen über die persönlichen Gewohnheiten seiner Mannschaftskameraden, ihre Bankkonten, Garderoben, Trinksitten, Lieblings-Autos usw. erzählte, bevor man Croke Park sagen konnte. Seltsamerweise war alles großer Quatsch. Richtig, er erfand alles. Seinen Verein kostete das einen Torhüter und zwei Mittelstürmer, bevor sie ihm auf die Schliche kamen, aber früh übt sich, wer zuletzt lacht, wie

dete seine gottgegebenen Fähigkeiten mit Abgestandenem und Aufgetakeltem, anstatt einen frischen Blick auf das Leben zu werfen und sich um eine neue Ehrlichkeit sich selbst und anderen gegenüber zu bemühen; er hatte, anders ausgedrückt, den Umschwung nicht freudig begrüßt, als es an der Zeit gewesen wäre, wie jetzt, bei sich selbst, immer mehr, immer seit dem gottverdammten Anruf …, und hier war nun dieser bekackte Maher und versuchte, ihn dazu zu kriegen, daß er ihm die Schlüssel von Spudorgan Hall überreicht.

»Als Geschäftsführer sind Sie der juristische Verwalter des Besitzes, was bedeutet, daß Sie das Recht haben, den Laden dichtzumachen, wenn Ihnen Beweise für rechtswidrige Handlungen seitens des Eigentümers vorliegen. So lautet das Gesetz, und Sie können es nachschlagen, wenn Sie mir nicht glauben«, sagte hitzig der Grieche. »Sie glauben doch wohl nicht, daß ich mich Hals über Kopf mit der Pistole in Vorderraststellung in so etwas hineinbegebe? Ich habe meine Schularbeiten gemacht, o ja. Meine Untersuchung hat noch manch anderen Unrat zutagegefördert, wie die Nichtzahlung von Vermögenssteuer, die Verschiebung von Geldern durch eine geheimnisvolle Investment-Firma auf den Kanalinseln, Nummernkonten in Liechtenstein –, sehr zweifelhaft, das alles. Zuallermindest erklärt das die plötzliche Emigration von unserem Mister Schlagmichtot Carfax nach Amerika, ich meine, nicht, daß er nicht die Kohle gehabt hätte, als diese Zahlungen fällig wurden. Wußten Sie, daß er zweimal hintereinander in

man so schön sagt: einer der Ex-Torhüter stellte ihn als Ehebrecher und Frauenhelden der übelsten Sorte bloß (Klosterschülerinnen, zwei gleichzeitig, in den Prüfungsräumen des University College zu Cork). Das letzte, was ich von ihm gehört habe, ist, daß er Aufseher in Letterfreack war, und das ist nun auch schon eine ziemlich kleine Weile her. Moral: Laß die Futterluke dicht, außer in Notwehr.

Haymarket gesiegt hat, '67 und '68 – auf einem Pferd namens Belly Up, wenn Sie das mal eben auskosten wollen –, und beide Male belief sich das Preisgeld auf einen sechsstelligen Betrag? Wenn ich bei diesen Rennen mitgewettet hätte, würde ich jetzt selbst die Hälfte der Küstengrundstücke von Florida aufkaufen. Bei Gott, Power, unser Mann muß in 18-karätigen Unterhosen herumgelaufen sein, ohne daß die Steuer je davon Wind bekommen hat, während hunderttausend Iren versuchten, Leib und Seele mit Schwarzgebranntem zusammenzuhalten! Es ist unmoralisch!«

O über die Zungenfertigkeit des Teppichhändlers, die Krokodilstränen des Gleisners!

Trotzdem, wenn man annahm, daß Maher die Wahrheit sagte, mußte Emmet zugeben, daß durchaus Raum für ein wenig ethisches Ts-ts-ts war, aber auch dies nur unter Voraussetzung des Prinzips, daß nur wer einer ist, einen solchen als solchen erkennt.

»Na, für einen Ausbund an Tugend habe ich Carfax zwar nie gehalten«, sagte er, »aber schummelt nicht das halbe Land bei der Steuererklärung, auf die eine oder andere Weise?« Als er dies sagte, wurden ihm zwei Dinge klar: erstens, daß er noch nie bei der Steuererklärung geschummelt hatte, bei allen sonstigen Schwächen; und zweitens, daß er, im Angesicht der Niedertracht (gab es ein anderes Wort dafür? vielleicht Zweckdenken? oder Geschäftssinn?) soeben zum Rückzug geblasen hatte – Reißaus genommen – sein Heil in der Flucht gesucht – Fersengeld gegeben – genau wie die geduckte Mehrheit von Drückebergern und Simulanten, die nicht erkannten, was zu tun war, und wenn es sie angesprungen und ihr in den kollektiven Hintern gebissen hätte.[5]

5 Diese wulstlippigen, ölhaarigen, schmucktragenden Schweinehunde, mit ihrer schwedischen Massage und ihren italienischen An-

Er kämpfte um Fassung, wobei ihn Maher, der Grieche, mit naturwissenschaftlicher Distanz beobachtete.

»Nicht, daß ich das stillschweigend duldete, natürlich nicht. Wir sind sogar, jetzt, da Sie's erwähnen, auf ein paar Unregelmäßigkeiten in der Kontenführung gestoßen, ist schon etwas länger her, aber alles deutete auf einen Angestellten hin, den wir später gefeuert haben, einen ziemlichen Streithammel namens O'Moon –; ich meine, gute Fahrt und guten Wind, ich will ihn gar nicht wieder einstellen, aber wenn ich es recht bedenke, war die Kontenführung von Mr. Carfax abgesegnet worden, bevor wir die Diskrepanzen entdeckten … Nein, nein, das genügt nicht, das genügt ganz und gar nicht, ganz und gar nicht.«

Indem er es zuließ, sich so leicht in Indiskretionen hineinmanövrieren zu lassen, wie ein Kind auf Süßigkeiten hereinfällt, wurde Emmet klar, daß er der Haupt-Taktik von Geschäftsleuten und Spionen zur Beute geworden war. Natürlich war er immer ein krasser Amateur in den sogenannten Künsten der Geschäftswelt gewesen –, aber war er nicht letztlich ein Power, und waren die Powers nicht zuerst und zuvörderst Männer von Ehre gewesen, selbst wenn es das eigene Leben galt? Wie sein rebellischer Vorfahr, Edmund Power aus Dungarvan (beinahe nachmaliger Lordsiegelbewahrer in der geplanten Selbstverwaltungsregierung von Tone, McCracken, Bonaparte und Co.) an jenem winterlichen Morgen des Jahres 1798 vom Schafott herunter verkündete, »Für Power kommt der Tag«, wo-

zügen. Ich habe genug von dieser Sorte gesehen, daß es mir für's ganze Leben reicht, und wenn ich soviele Leben hätte wie eine Katze, besonders bei den Four Courts oder im Phacochère, wo sie sich auf Spesen die dicken Mittagessen in den Gierschlund stopfen –; ja, mein lieber leidender Jesus, hat dieser Abschaum denn nicht auch eine Mutter?

durch er der Welt einen Aphorismus und den Powers einen Familienwahlspruch schenkte.[6] Auch Emmet hatte sich immer als Typ gesehen, der für die Dinge einstand, an die er glaubte, als anständige alte Haut, als einen Mann, dem man seine Frau anvertrauen konnte, oder seine Tochter, oder sämtliche Ersparnisse, als rundherum vernünftigen, soliden Menschen und jemanden, der sich eindeutig nicht von einem glubschäugigen Scheißer hereinlegen ließ, der ohne Empfehlungsschreiben nicht auf eine öffentliche Toilette durfte ...!

»Jetzt hören Sie mal zu, Maher«, sagte er bestimmt. Der Grieche warf einen raschen Blick auf eins der zahlreichen Zifferblätter seiner goldenen Uhr.

»Schon halb eins? Wenn's am schönsten ist, Emmet, soll man bekanntlich aufhören, aber ich habe es wirklich eilig, ich will also schnell meine Karten auf den Tisch legen, und dann muß ich los.«

Die Karten, die er auf den Tisch legte, unverdeckt, beliefen sich auf insgesamt £ 15 000 jährliche Grundbezüge, *zuzüglich* zu Emmets laufendem Gehalt;[7] den Titel Vizepräsident (emeritus) von Maher Enterprises GmbH, Vergünstigungen wie Auto, Chauffeur und monatliche Diners im Mariners' Club in Youghal eingeschlossen; mehrmals jährlich Reisen in luxuriöse aus-

6 »Beidh la eile ag an bPaorach!« im Original. Zwei ulkige Paradoxa widerfuhren damals dem armen Edmund, erstens die völlige Abwesenheit von Irischsprachigen unter den versammelten Vertretern der Regierung Seiner Majestät (obwohl, zum Glück für die Nachwelt, ein geheimer Schreiber aus der Gæltracht in der jubelnden Menge der Markttag-Gaffer stand) und zweitens und traurigstens, daß ihn seine prompte Hinrichtung sämtlicher weiterer Tage beraubte, es sei denn, ihm hätte »jener Tag, der niemals endet« auf der anderen Seite vorgeschwebt.

7 Kursive Hervorhebung durch ihn.

ländische Hauptstädte; die Möglichkeit, sich Doktor zu nennen …

»Doktor?«

»Jawoll. Tradition bei uns Immobilienleuten, wenn Sie mir folgen können. Doktor dies, Doktor das. Für die Hälfte der Grundstücksmakler im Südosten bin ich Doktor Maher. Alle anderen nennen mich übrigens den Griechen. Denken Sie jedenfalls mal drüber nach.«

»Und was würden Sie dann von mir dafür verlangen?«

»Überhaupt nicht viel. Was die finanzielle Situation des Hotels betrifft, so sitzen Sie ja in der ersten Reihe –; na, Sie wissen schon, Beweise für frisierte Bilanzen und so weiter. So werden wir den Steuerprüfern den Weg ebnen, und dann – Bingo! Er wird zwangsverkaufen müssen, und raten Sie mal, wer bei der Versteigerung in der ersten Reihe sitzen wird! Emmet, mein lieber, alter Freund, Sie werden ein Vermögen verdienen, seien Sie dessen getrost.«

Der Grieche knöpfte sich die Jacke zu, versetzte seine Mütze in forsche Schräglage und ging. Von einem uncharakteristischen Durst ergriffen, rief Emmet die Kellnerin heran.

»Haben Sie eine Lizenz, Miss?«

»Ja, Sir. Bis zwei Uhr.«

»Dann bitte einen doppelten Black Bush. Auf Eis.«

13

»Haben Sie keine Alkohol-Lizenz?«

»Doch, Sir. Aber sonntags erst ab sechs.«

»Gott, das ist ja wie bei uns im Mittleren Westen und Süden.«

Wie die meisten Iren fühlte sich Milo teilweise als Amerikaner, weil das immer noch besser war als teilweise, oder zur Gänze, Brite zu sein, und dies trotz seinen unerquicklichen Erfahrungen in New York und der großen Zahl widerwärtiger amerikanischer Gäste, meist irischer Abstammung, im Hotel. Natürlich waren die meisten Hotelgäste berüchtigt und mindestens genauso schlimm, es waren nur mehr Yanks da als, sagen wir mal, Deutsche (die lautesten) oder Japaner (die geizigsten).

Dieser war Amerikaner, aber.

»Nun, Sir, soweit ich mich erinnere, wird sonntags im Staate New York vor zwölf Uhr mittags weder Bier noch Wein ausgeschenkt, und in bestimmten Bundesstaaten ...«

»Ja, aber New York ist sein eigenes Gesetz. Ich bin aus Chicago, in Illinoi, oder Illi*noise,* wir ihr sagen würdet. Und trotzig, wie ich in diesen Zeiten landesweiter Hypochondrie bin, nehme ich jeden Tag vor dem Abendessen einen steifen Scotch zu mir, manchmal sogar zwei. Jetzt kommen Sie und sagen, das geht nicht.«

»Wenn Sie nicht noch zwanzig Minuten warten.«

»Auch gut. Sie machen ja die Gesetze nicht. Hey, wo sind Sie her, Niles? Ist doch Niles, oder?«

»Eigentlich Milo. Ich bin aus Dublin.«

»Aus *Duh-ublin's fair city / Where dah göh-örls are so pretty?*«

»Haargenau.«

»Ich selbst bin Italiener. Tony Mastronardi. Das ist Trish, meine Frau. Sie ist die irische Hälfte.«

»Schön, Sie kennenzulernen, Miles.«

»Eigentlich Milo.«

Und so ging es weiter, ununterscheidbar von hundert anderen Pseudobekanntschaften zwischen umgänglichem Oberkellner und hartsaufendem Gast, und führte unweigerlich nach dem Essen an die Bar und zu einer Serie von Doppelten auf Spesen und geschrieenem Gespräch über großartige geschäftliche Möglichkeiten hie oder da und wie grün oder ländlich/kalt oder milde/rückständig oder vielversprechend/wunderschön oder melancholisch (oder alles bisher Gesagte) Irland doch war, sowie zu – falls es sich um Hiberno-Amerikaner handelte – lautem Lamentieren über die gute, alte, grünere Zeit vor Kabelfernsehen und zwei Autos pro Familie;[1] auch darüber, was für ein kultivierter Kerl Milo war, für einen Kellner. Warum war er noch nicht verheiratet? Warum steckte er beruflich in einer solchen Sackgasse? Deshalb: warum schickte er seinen Lebenslauf nicht an die Firmenzentrale in Atlanta oder New York oder London – oder Chicago?

»Elmwood Park, um genau zu sein. Ist ganz in der Nähe.«

1 Sind sie nicht genauso wie unsere Meute in Tweed und in Grün? Ich bin ja alt genug, um mich noch an De Valeras Große Wirtschaftsoffensive zu erinnern, als man immer nur Geplapper über behagliche Hütten und glimmende Kamine und ein liebes, kleines Märchenland von keuschem, kirchenfrommem, torfbetriebenem Erin zu hören kriegte (vom Schwarzgebranntem ganz zu schweigen). Diese Bande konnte mich damals schon am Arsch lecken, und zu dem Zweck kann sie sich heute immer noch in der Schlange hinten anstellen.

»Hört sich toll an, Tony. Ich hab ja selber auch mal in Amerika gelebt, in New …«

»Och, ich weiß nicht, Mike. New York ist langweilig, wenn Sie's genau wissen wollen. Da würde ich lieber wie der Blitz hierher umsiedeln, wenn es sich einrichten ließe.«

»Nur über meine Leiche«, sagte die Gattin, welche zu Lebzeiten, fand Milo, durchaus einen eiligen, verdeckten Blick wert war, wie sie so in Richtung Damen schritt und die bluebejeansten Hüften schwingen ließ; da er jedoch das Risiko ehemännischer Überprüfung spürte, gestaltete er gewandt sein heimliches Spähen zu den erhobenen Augenbrauen gelassener Fragestellung um, als er Murphys ansichtig wurde, der am Eingang zum Restaurant stand und fuchtelte wie ein Taubstummendolmetscher.

Milo entschuldigte sich.

»Ich bin völlig fertig«, sagte Murphy. »Könntest du meine Schicht übernehmen, wenn die Bar aufmacht?«

Nach zähen Verhandlungen willigte Milo ein, solang er die Trinkgelder behalten durfte. Es war gegen die Regeln, daß das Personal Jobs tauschte, wurde aber an Sonntagen oft genug praktiziert, wenn die Geschäftsleitung weg und das Trinkgeld der Sonntagstrinkerzunft großzügig war. An diesem Sonntag jedoch hatte Milo kaum alle Oberkellner-Pflichten auf seine beiden Untergebenen übertragen und hinterm Tresen Stellung bezogen, als auch schon die Geschäftsleitung erschien, in Gestalt von Emmet Power.

»Abend, Sir.« Milo verzog sich seitlich, damit es nicht den Anschein hatte, er stünde offiziell hinter der Bar.

Power schnickte befehlend mit den Fingern.

»Rogers, bringen Sie mir eine Kanne Kaffee ins Büro. Schön stark.«

Dies waren an jenem Abend die letzten Worte, die man von der Geschäftsleitung hören sollte. Power nahm den Kaffee mit einem Grunzen entgegen und klappte die Tür vor Milo wieder zu. Vor lauter Fleiß die Nacht zum Tage zu machen (oder zumindest die 19-Uhr-Variante), das, sann Milo, kam selten vor –, tatsächlich erinnerte er sich nicht, den Boß je am Sonntag im Gebäude gesehen zu haben, oder überhaupt außerhalb der Dienstzeit, hingebungsvoller Familienvater (oder öder Stubenhocker), der er war. Gab es Ärger zu Hause? Oder im Hotel?

Milo kehrte auf seinen Posten hinterm Tresen zurück und beobachtete, wie sich die Fernsehsüchtigen rechtzeitig zu Eurosport am Sonntag versammelten.[2] Die beiden Amerikaner waren fort, zweifellos nach oben gegangen (er wehrte Visionen von Blue Jeans auf dem Fußboden ab) ..., na, auf jeden Fall war es nicht der richtige Zeitpunkt, den Mann um Vorschuß zu bitten, soviel war klar, obwohl Powers Ärger, worin er auch bestehen mochte, nichts mit ihm, Milo, zu tun haben konnte, wie er sich selbstgefällig versicherte; klar, selbst wenn der Laden am Rande des Bankrotts oder zum Ausverkauf an Araber oder kurz vor dem Abriß stand, würde er woanders einen anständigen Job finden, wenn er mußte –, und das mußte er, eher früher als später, wenn er wollte, daß sein Dasein in etwas gipfelte,

2 ELF-TV Satellitenkanal 6, sonntags um 19:15 h, live aus Amsterdam (oder ist es Rotter ...?). Ich weiß, es ist europaweit die Fernsehsendung mit der höchsten Einschaltquote, aber a) ist Popularität mir wurscht, und b) konnte ich diesen Billigheimer von Moderator noch nie ausstehen, diese Joop-den-Uyl-Type mit seinem zweireihigen Blazer und seiner verspiegelten Sonnenbrille. Er hat mal im Off den Erzähler für *»Bring's!« – Mein Hund lernt Apportieren. Nach P. G. Wodehouse* (oder war es Wood ...? auf UTV 2 gesprochen, und sein Akzent war natürlich so dick, daß sie auch noch Untertitel verwenden mußten.

was um einiges großartiger war als professionelle Unterwürfigkeit oder endlose Samstagnächte.

Er war, immerhin, Dichter *à ses heures.*[3]

Ein kantiger Vertreter von Ende Zwanzig – Burberry, burgunderfarbener Pullover, angeklatschtes Haar – kaufte eine Pint und einen Gin Fizz für sich und seine nicht schlecht aussehende, aber (schätzte Milo) ganz leicht verruchte Freundin, wobei diese ganz leichte Verruchtheit genau der ungebetene Anstoß war, damit sich das alte Lied in der einen Spur seines Gemüts drehen konnte: *o Sex, wo ist dein Stachelachelachel?* Nicht lang, und er dachte, unvermeidlich, an Martine, dann – überraschenderweise – an ein Mädchen, das vor jener French Connection datierte, eine gewisse Millicent von der Insel Man, ehemals vom Straßenstrich in Dublin (Baggot Street, Quays, Canal), beruflich als *Manx Minx,* das Biest von der Insel, bekannt, Absolventin des Polytechnikums zu Douglas in (purer Zufall) Französischer

3 Nicht, daß *das* eine Entschuldigung wäre, egal, was es bedeutet. Na gut, na schön, wenn Sie drauf bestehen. Beispiele, bitte, Beispiele, wie der Schulleiter zu sagen pflegte! Hier ist eine von Milos nüchternen Leistungen (und Sie und ich haben sich gerade gefragt, warum die arme Seele trinkt?):

Frechheit und Züchtigung: Eine Hommage an König Malcolm X von Orkney und Shetland (1244–1312)
Och, aye, sagte stramm Malcolm-der-Knapp'
– Der Teint mahagoni, so silbrig der Bart –,
Tam -Tam, unser Hofnarr, ging fort in sein Grab
Durch meine königliche Hand. Seine Strafe war hart,
Denn die Bundhose legte dreist ab er und hin
Und zeigte seinen Pimmel der Königin!
Vorbei seine Possen, er fiel durch mein Schwert,
Dachte, Milde tät' ihm erwachsen.
Die Königin erhob sich, sagte anmutig: »Hört!«
(Hellhäutig und süß, nach Art stets der Sachsen)
»Ihr tatet recht, keine Gnade walten zu lassen.
Niemand wird Euch am 1. April dafür hassen!«

Literatur und Keltischen Sprachen, inzwischen Ko-Moderatorin einer feministischen Rundfunksendung, die in die unbedarfte Gæltacht ausgestrahlt wurde – wo der Mißbrauch der eigenen Gemahlin wild wuchert, besonders in den kalten Samstagnächten –, sowie auch in südöstlicher Richtung nach Frankreich, mitten hinein in die chauvinistische Redoute ... Millie war nun auch schon lange her, fast so lang wie seine Entjungferung mit etwa neunzehn. Diesen Dienst hatte ihm jedoch eine viel ältere Dame erwiesen: Edna Gallagher, aus Balbriggan, damals siebenunddreißig, Krankenschwester bei Milos siechendem älteren Bruder Tim (das Bauwesen – wacklige Leiter – haushohe Gehirnerschütterung).[4] Für den jungen Milo vielleicht unglücklicherweise hatte Edna, als sie sich an einem Novembersamstag des Jahres 1979 bei Tee und Toast kennenlernten, gerade die Gesammelten Werke von Don O'Liffey fertiggelesen, in denen jede Krankenschwester, Gouvernante oder Lehrerin als rasende Nymphomanin porträtiert wird.[5] Da ihre Bildung zu

4 Hören Sie doch auf. Leitern hatten überhaupt nichts damit zu tun, wacklig oder nicht. Tim war schlicht und einfach drogensüchtig. Peroxidkonzentrat war sein Lieblingsgift; als nächstes kam Pseudo-Ephedrin, in Gelkapselform, leicht zu schlucken; Haschisch, geraucht; eine 7%ige Lösung aus ungestrecktem Kokain; Aspirin (Marke Thayer), 750 mg/Std., mit ganz viel schwarzem Kaffee und möglichst billigem Whiskey. Wenn Sie mich fragen, geschah ihm das ganz recht, nicht mehr und nicht weniger.

5 *Der Muskat-Mann, Immer wenn er Wein trank: Der Standhafte Stanislaus, Ein Mann in Bausch und Bogen, Der den Vogel Strauß fraß* usw. Der Effekt, den O'Liffeys Romane auf die lesende Öffentlichkeit der '50er Jahre hatte, war elektrisierend, aber unerheblich. Er hat sich übrigens gleich neben dem Haus meines Onkels eine Reparaturwerkstatt gekauft und hatte den Vorsatz, für die Midlands der Hauptvertragshändler für Borgwards und Hispano-Suizas zu werden. Als Onkel Mike ihn vom längst erfolgten Hinscheiden dieser beiden Nobelmarken infor-

flickwerkartig war, als daß sie den Kram hätte dem passenden Subgenre zuordnen können – d. h. neo-viktorianischer romantischer Schund, durch Nacktheit aktualisiert –, hielt Edna, wie so viele Autodidakten, Fiktion für Faktum und machte mit Milo noch am selben Tag das Tier mit den zwei Rücken, und dies Wunder wiederholten sie jeden Samstagabend sechs Wochen lang, bis sich eines Tages Tim im Bett aufrichtete und nach Blaumann und Mörtelkelle rief, gesund wie ein Fisch im Wasser.

Ednas Eifer (oder, wie O'Liffey es ausgedrückt hätte, »ihr brüllend brausender Brunstbrenner«) drohte zeitweilig Milos Wachstum zu hemmen oder doch zumindest sein Interesse an normalen Mädchen zu verringern. Glücklicherweise gelang ihm dies nicht; tatsächlich entwickelte Milo, als Ergebnis seiner Erfahrungen mit Edna, eine so heftige Besessenheit von Mädchen jeder Altersklasse und Gesichtsfarbe, wie sie für einen Mann, der außerhalb einer geschlossenen Anstalt überleben will, gerade noch tragbar ist –, besonders von blonden, aber auch von Rothaarigen und von solchen mit tintenschwarzen Locken »wie die Vorhänge der Mitternacht«. Brünette hatten natürlich ebenfalls ihre Reize, und was die Schwarzafrikanerinnen anging, nun, hatte er Queenie Sheba, die mit einem Oscar ausgezeichnete Schauspielerin und Erbprinzessin von Ganda, nicht immer als das *ne plus ultra* an Weiblichkeit

mierte, schlug Don ihn mit seinem Schwarzdornknittel – das gekünstelte Bühnen-Irentum hatte es ihm ziemlich angetan – und schrie Beleidigungen in breitestem Brooklynesisch. Der Fall kam letzte Woche vor das Bezirksgericht von Sligo. Bei Drucklegung hatten sich die Geschworenen immer noch zur Beratung zurückgezogen und saßen sequestriert im Aufenthaltsraum des Richters, wo sie dessen Drucke, Hurling-Pokale, Padraig-Pearse-Erstausgaben usw. bewunderten.

bezeichnet?[6] Edna wiederum machte guten Gebrauch von der Erfahrung und spezialisierte sich weiter auf die sexuellen Störungen bei heranwachsenden Männern, bekam die Ehrendoktorwürde von einer Universität in Saskatchewan zuerkannt (wohin sie später emigrierte) und veröffentlichte zwei Bestseller zu dem Thema.[7]

»Einen Ricard bitte, mit Eis.«

Milos Gehirn ging in Habtachtstellung. Ihm gegenüber stand dieses Kathy- oder Kate-Mädchen, oder vielmehr (viel mehr!) diese Frau, die nach links und rechts blickte, als suche sie ...

»Murphy? Der ist nach Hause gegangen.«

Milo machte sich an seinem Drink zu schaffen.

»Ist er schon lange weg?« fragte sie.

»Ehhm, ja«, sagte er. »Er fühlte sich ein bißchen müde«, sagte er, mit einem wissenden Fastblinzeln. »*Völlig fertig* war die Formulierung, die er verwendete.«

Sie ignorierte ihn, zündete sich eine Zigarette an und atmete den stechenden Qualm einer ausländischen Marke aus.

»Ah ja. Danke«, als er den Drink auf den Tresen stellte. Sie hielt ihn hoch, runzelte die Stirn. »Ähm – das Eis?«

»Oh, tut mir leid«, sagte Milo. Er griff nach dem Drink, als sie ihn ihm hinhielt, verschüttete etwas da-

6 Ich dachte immer, Parnell hätte sowas gesagt, aber egal. Jedenfalls, wenn Sie meine ehrliche Meinung hören wollen, sind mehr als die Hälfte dieser sogenannten Afroamerikaner mindestens so schwarz wie die Protestanten in den Sechs Grafschaften, wenn nicht noch schwärzer, und zwar *schwarz* im Sinne von, äh, *schwarz*.

7 *Jetzt alle zusammen* und *Hosen runter, junger Mann. Ein Handbuch;* sie behauptet, eine Gesamterfolgsquote von 98,6 Prozent gehabt zu haben, bei chronischen Wichsern und Spannern geringfügig niedriger. Immerhin, das Mädel tat ihr Bestes, wie der Da immer sagte –; oh, er war ein großer Fan. Ihre Fotografie schmückte das Innere seines Schuhschranks, bis die Ratten schließlich drangingen, kurz bevor er verstarb.

von auf den Tresen, das meiste auf ihre Bluse. »Allverdammtmächtiger Jesus Christus. Das tut mir jetzt aber wirklich leid.« Er streckte ihr ein feuchtes Geschirrtuch entgegen und vollführte damit schrubbende Bewegungen in der Luft. »Hier.«

»Nein danke. Ich geh einfach auf Damen und wasch es ab.«

Lakritzgestank erhob sich von dem Geschirrtuch, als Milo die Spillage aufwischte und sich dabei verfluchte.

»Na«, sagte er unhörbar, »das hat ja wieder ganz toll geklappt, Mister. Da hast du ja mal wieder richtig schön Takt und Anmut an den Tag gelegt, aber hallo. Hast es im Keim erstickt, bevor auch nur ein Keim zum Ersticken dagewesen wäre, du unglaublich besch ...«

Überraschenderweise kam sie zurück.

»Das geht, äh, ein, aufs Haus.« Milo ließ einen Eiswürfel in den nachgefüllten Drink plumpsen. Sie lächelte, und allen Erwartungen zum Trotz bekam seine Begierde Auftrieb und wurde zu Liebe.

»Lassen Sie nur«, sagte sie. »Ist nicht nötig.«

»Ich bestehe darauf«, sagte er kühn.

»Ach, na gut.«

Sie zuckte die Achseln und ging mit ihrem Pastis in die dunkelste Ecke, weg von der Fernsehmeute – und, so weit sie konnte, weg von ihm, grübelte Milo und nickte resigniert, überzeugt, daß es so war. Frauen waren nun mal so, und es machte keinen Unterschied, ob man sie gesehen hatte, wie Gott sie schuf, oder nicht –, was er natürlich hatte, da war er sich ganz sicher, dank *Quest* (aber diese Nase?) und der finanziellen Notlage, in der sich das arme Mädchen zweifellos vor jenen vielen Jahren befunden hatte, so daß es sich für Geld hatte ausziehen und jeden Hügel und jedes Tal in voller Pracht und kodachrom feiern müssen; das leicht leidende Lächeln, das er bereits lieblicher fand als das der Mona Lisa; das volle blonde Haar; die unerwartet feste Linie der Kinnbacken, die dazu diente, die weichen Fleischtöne zu akzentuieren! Ah (kicherte er *sotto voce,* und seine Fingernägel gruben sich in seine Handflächen), dieses Arschloch Murphy würde er schon noch fertigmachen, mit dem dokumentarischen Beweisstück oder ohne es: sie im Evaskostüm, splitterfasernackt für gleitmittelglatte Publikationen posierend –, jedoch, auf dieser plötzlich höheren, reineren Stufe der Entwicklung seiner Gefühle empfand Milo milden Ekel angesichts der schieren Existenz solcher Bilder, doch vermischte sich dieser ungut mit Aufwallungen geschlechtlichen Begehrens, die jede überstürzte Aktion ausschlossen, z. B. das Mistblatt in Leos Kabuff zurückzulegen oder es einfach wegzuschmeißen. Jedenfalls (gab er sich selbst zu bedenken) war sein Leben so unerfüllt wie sein Bankkonto, es war also genug Platz für diese Rubens-Schönheit, der nur Rubens selbst (oder Botticelli –, oder war es Tintoretto?) hätte Gerechtigkeit widerfahren lassen können –, außer natürlich Renoir, welcher die Erdbeeren mit Sahne der Boulevard-Beautés so schön im Bilde festgehalten hatte –, und möglicherweise noch dieser andere impressionistische Kollege, der mit dem Weihnachtsmannbart – Manet oder Monet, oder war es Gauguin (nein, das war der mit den hawaiianischen Striptease-Tänzerinnen); Monet, natürlich, der Mann der nur allzusterblichen grauäugigen Camille, deren Weisheit, einer Pallas Athene gleich, darin lag, daß sie einen Mann heiratete, dessen Talent olympisch genug war, um sie in Ölfarbe unsterblich zu machen und nicht auf den Seiten eines Phantasiemagazins für Solisten.[8]

8 Was hat er denn verdammte Hacke jetzt schon wieder? So, wie ich das sehe, hat das Geschöpf lediglich pudelnackt für ein Sex-Magazin posiert – und war nicht der gefeierte Star von Paris.

Hatte Kathy (oder Kate) eigentlich auch graue Augen (oder waren sie blau)?

»Hey, Mike. Können Sie für Trish einen Irish Coffee klarmachen und für mich einen doppelten Bushmills on the rocks?«

Und so ging das Gewäsch in die nächste trübselige Runde, und diesmal war die Gattin bewußt kokett, mehr um ihren Mann in Verlegenheit zu bringen, als aus animalischem Verlangen nach Milos puddingartigem Körper. Er wußte das, aber er spielte mit.

»Verheiratet? Einmal war ich ganz nah dran.«

Milo spielte seine Rolle bis zum Anschlag, fast als wäre er der derb-herzliche Murphy selbst.

»Äää! Hat sie Sie im Stich gelassen, Mike?«

»Eigentlich Milo. Nein, sie gab die Beziehung auf, als hätte sie schlechte Arbeit geleistet.«

Still verließ Kathy die Bar; ihre Abwesenheit blieb unbemerkt, bis Milo über Trish Mastronardis Schulter spähte – leeres Glas – verwaister Stuhl – zweimal benutzter Aschenbecher. Sie war zu Murphy gegangen, dachte er mit krampfartiger Eifersucht, während er äußerlich Entzücken über Tonys Geschichten von Chicagoer Wintern und Aderlässen auf dem Börsenparkett heuchelte; dann prallten Besorgnis und Sehnsucht in seinem Herzen aufeinander, und einen Augenblick lang war es wie in alter Zeit, als er darauf wartete, daß Martine ja sagte (oder zumindest *peut-être*).[9]

9 Also diese Martine Dingsbums, wenn Sie dazu meine Meinung hören wollen, hat sie nur soviel gekriegt, wie sie wert war, mit sechs Bälgern am Hals und einer schwachen Pumpe, wo Gott ihr doch immerhin die Chance gegeben hatte – naja, Kindersegen ist auch ein Segen (aber ein schwacher Trost) –, aber sie war wohl zu gut für ihn. Na, vielleicht war sie das wirklich, aber sehen Sie sie sich jetzt mal an.

14

Wolfetone Grey saß auf seinem Lieblingssessel und blätterte eifrig in Leonid Glossowitschs Klassiker *Rauf und runter und im Kreis herum.* Eine wollene Schlafmütze, Pyjama, Bademantel und abgewetzte Pantoffeln schabrackierten seine Gestalt von jeweils Kopf bis Zeh, und Pfeifenlutscherspeichel rann an seinem Kinn herunter, wo er Tröpfchen formte, die sanft auf die ausgetretenen Fliesen vor dem Kamin fielen. Ein Dunstschleier aus bläulichem Rauch umgab seinen Kopf wie ein Heiligenschein. Außer dem leisen Gebröckel der Torfbriketts im Kamin und einem weit entfernten Muh-Ton, wie von einer ungemolkenen Kuh, aus dem Schlafzimmer seiner Frau im 1. Stock (sie hatten getrennte Schlafvorkehrungen getroffen und beibehalten, seitdem Mrs. Grey ihre Absicht kundgetan hatte, jeden Tag mit einer Handvoll *Supersleep*-Tabletten zu beenden), brach nur sein Murren die ihn umgebende Stille.

»Wo ist es, verflixt?« Seine Finger wühlten sich ungeduldig durch die Seiten. »Ich weiß doch, daß es hier irgendwo ist.« Er suchte die Stelle, wo Glossowitsch sich seines ersten Telefongesprächs mit Gott entsinnt, mit neunzehn Jahren. Einstmals rot filzstiftumrahmt, inzwischen zu Rosa verblichen, sprang ihm die gesuchte Passage von der Seite entgegen, als Wolfetones Kummer sich gerade in Achselschweiß und beschleunigte Herztätigkeit zu übersetzen begann.

»Oh, dem lieben Gott sei Dank.«

Mit einem Seufzer der Erleichterung lehnte er sich zurück und schlürfte behaglich an seiner kalten Pfeife.

Die vertraute, flegelhafte Zwanglosigkeit im Stil des Autors und die unvorhersehbaren Launen der englischen Übersetzung hatten ihn bald wieder in ihren Bann geschlagen.

Es war im Verlauf des Sommers '37, in der winzigen Datscha meines Großvaters im Oblast Komsomolgorodok, als ich meinen ersten Kontakt mit dem Allerhöchsten Großen Jungen und seinen Boten hatte, erzählt Glossowitsch.[1] *Ich war zu der Zeit neunzehn und studierte Reptilo-Amphibische Biologie an der Lyssenko-Akademie der Naturwissenschaften in Omsk. Ich war deshalb sehr interessiert an Experimenten mit Fröschen, Kröten, Wassermolchen und ihren Freunden, wie Echsen und was sonst noch alles. So! Da war ich, damals, im lang verstrichenen Sommer '37, mit etwa zehn von jeder Spezies in einer Serie von unetikettierten Schachteln, und hoffte, die Arten zu kreuzen und die Überlegenheit der sowjetischen Wissenschaft zu beweisen (um die Wahrheit zu sagen, rechnete ich mit einem Leninpreis, vielleicht gegen Ende des Jahres). Jedenfalls, als mein Großvater Einwände vorbrachte, meldete ich ihn der OGPU als ernsthaft revisionistischen Abweichler, und es gelang mir, ihn in einem anderen Haus unter Hausarrest stellen zu lassen. Mamuschka und ich waren deshalb allein auf den endlosen, hallenden*

1 Ach, noch etwas über den alten spirituellen Spürhund: er hat seine eigene Tante geheiratet –, nicht wegen ihres Vermögens, welches sowieso von den Kommis beschlagnahmt worden war, und auch nicht wegen ihrer üppigen Oberschenkel, die auch nicht üppiger waren als die so mancher russischen Frau: er hat sie, sagte er, geheiratet, weil sie a) nach *kumis* roch, vergorener Stutenmilch, und weil sie b) Genosse Stalins Beraterin in übersinnlichen Angelegenheiten war, den sie immer liebevoll »Gans« nannte, nach seinem richtigen Namen (Dschugaschwili). Dieser Trick ging nach hinten los. Zwei Tage nach ihrer Hochzeit denunzierte sie Glossowitsch als religiösen Irren und ließ ihn erschießen, aber – mysteriöserweise – waren die Flinten des Exekutionskommandos mit Platzpatronen geladen, und er entkam nach Tadschikistan oder so ähnlich.

Korridoren der kleinen Datscha, aber sie war schon viele Jahre tot gewesen – seit vor dem dritten Fünfjahresplan, um genau zu sein –, so daß nichts da war, was meine Konzentration hätte stören können, außer den Fröschen, Kröten, Wassermolchen etc., welche herumhüpften und -krochen. Ich stellte fest, daß ihre soziale Aktivität, im großen und ganzen, hoch war, bemerkte aber mit Trauer, daß interspeziärer Verkehr, d. h. Fortpflanzung, praktisch gegen Null tendierte. Um völlig freimütig zu sein: ich war frustriert, ich fühlte mich als Versager; ich stand sogar auf und fluchte, wobei ich den damals verbotenen Namen »Gott« verwendete.[2] *Urplötzlich klingelte das Telefon. Dies war nun als solches kaum ein außergewöhnliches Ereignis, hatte Großvater doch einen Partei-Anschluß und konnte deshalb bei Tag und Nacht und auch dazwischen mit Anrufen von Kommissaren, regionalen Generalsekretären, Armeekorps-Kommandanten, Partei-Ideologen etc. rechnen. Als ich also den Hörer abnahm, hielt ich die grollende Stimme am anderen Ende der Leitung für eine jener Nullitäten und – verärgert, weil man mich in einem Moment störte, in dem mein Experiment sich einer Krise näherte, da ich gerade bemerkte, wie eine Kröte einen Laubfrosch bestieg, oder war es umgekehrt? – kündigte, eher wegwerfend, an, ich würde auflegen, und zwar (wenn ich mich des genauen Wortlauts erinnern kann) in sein »dummes, scheußliches Gesicht, welches die Nachbildung des Gesichts eines Wasserbüffels ist, mit Ausnahme von großer, dicker, roter Nase wie eine Tomate« (oder doch sinngemäß) hinein, aber als mein Gesprächspartner nur lachte, gefror mir das Blut in den Adern. Schließlich war Großvater Kommilitone von Wladimir Iljitsch an der Universität von Kasan und Faustkämpfer der Revolutionären Box-Schwadron während sowohl der Revolution von 1905 als auch von '17 gewesen, später fünfmal an einem einzigen Tag dekoriert! Wenige*

2 Im Original auf englisch.

würden es wagen, den Enkel eines solchen Mannes auszulachen, selbst wenn dieser erst vor kurzem als revisionistischer Abweichler etc. entlarvt worden war! Tatsächlich nur sehr wenige!! Tatsächlich NUR EIN EINZIGER*!!!*

Aber meine erste Vermutung war falsch. Unser heldenhafter Generalsekretär hatte eine hohe Quäkstimme, als Gegensatz zu seinem kühnen Schnurrbart, und dies war ein tönender Bariton, etwa von der Art, wie sie vielleicht einem großen Typ mit einem langen weißen Bart gehört –; das alles hätte ich natürlich augenblicks erkannt, wäre ich im verweichlichten Westen aufgewachsen und hätte Hollywood-Filme gesehen, zum Beispiel die von D. W. Griffith oder C. B. de Mille; gewiß hätte ich den modus operandi erkannt, als er anfing, mir Befehle zu geben und dabei die 2. Person familiaris sowie sehr antiquierte Grammatik verwendete, selbst für Russisch.

»Du sollst dich in die Berge begeben, um dort allein mit Mir zu hausen.

Du sollst von den Bergen herabsteigen und drei Männer um dich sammeln, und Weiber gleichermaßen, und ihre Familiennamen sollen mit G anfangen.

Du sollst die Welt in Meinem Sinne umwandeln, dein unglückliches Land aber soll das erste Schlachtfeld sein.«

An diesem Punkt – ich begann erst mählich zu verstehen, was da vor sich ging, und, glaubt mir, ich mußte plötzlich sehr dringend aufs Klo – kreuzten sich die Verbindungen, und ich konnte hören, wie die volltönende, großartige Stimme ihre Gebote (denn um solche handelte es sich) der Telefonistin der Schuhfabrik »25. Oktober« in Komsomolgorodok übermittelte, die natürlich annahm, sie habe es wieder einmal mit einem mittelhohen Apparatschik zu tun, der zuviel Wodka intus hatte, und den Anruf zu unserem örtlichen Milizposten durchstellte …

»Hölle!«

Dies als Reaktion auf eine plötzliche Kaskade bräunlichen Sputums direkt auf die entscheidende Passage.

Wolfetones nervöse Bemühungen, es abzuwischen, verteilten den Fleck lediglich auf dem Dünndruckpapier und wellten es und machten den Text fast völlig unlesbar, bis auf ein Satzglied, welches verführerisch am alleruntersten Seitenende baumelte:

... in einem schicken Moskwitsch-Sportwagen, den ich dem ermordeten Polizisten abgenommen hatte, verließ ich die große, unübersichtliche Datscha mit ihren Erinnerungen an Mamuschka und Babuschka und gemeinsam getanzten Kasatschok (Hey! Hey!) und machte mich auf in die weite Welt, um das Wort von »Bolschoi Maltschik«, des Allerhöchsten Großen Jungen des Kosmos, zu predigen!

»Ach, Glossowitsch, du Genie.« Wolfetone schüttelte den Kopf, teils aus Verwunderung über die schiere Tollkühnheit des Russen, teils aus Neid auf den nur allzu offensichtlichen heißen Draht, den der Mann zu den höheren Regionen hatte! Ja, diese Kritik in der Sonntagszeitung hatte alles zurückgebracht: den Ehrgeiz, das Feuer, den Schwung, das bittersüße Aroma billigen Benzins, in Schwaden von der warmen Junibrise herangetragen ...

»Ach, Gott«, rief Wolfetone aus, in Nostalgie verfangen.

Plötzlich erschütterte das metallische Kreischen des Telefons die weiche Trägheit der Nacht. TRIIIIIIIIIING-TRIIIIIIIIIING! gab es bekannt. Wolfetone, dessen Kiefer vor Entsetzen erschlafften, entließ seine Pfeife auf den Fußboden.

»Nein, nein, nein«, wimmerte er und schaukelte auf seinem Sessel vor und zurück.

»Geh doch mal an das Scheiß-Telefon«, donnerte Mrs. Grey schnell oben auf der Treppe.

»Mach den Lärm zu, Frau. Ich hab hier das Kommando. Hallo?«

»Grey? Sind Sie das?«

Ganz kurze Panik: dann erinnerte sich Wolfetone gerade noch rechtzeitig, daß der Anruf vom Anrufer ausgegangen war.

»Ja? Hier Wolfetone Grey. Das sind Sie doch, Emmet, sind Sie das?«

Emmet Power zögerte; hörbar war Geklapper von Löffel/Tasse/Untertasse.

»Emmet?«

Wolfetone schmeckte kurz seine eigene Arznei: ein nächtlicher Anruf, die Doppeldeutigkeit einer halbvertrauten Stimme …

»Grey, jetzt hören Sie mir mal zu«, sagte Emmet entschlossen.

Erleichtert hörte Wolfetone zu und erfuhr, daß er drei Tage lang – pünktlich um halb neun am nächsten Morgen beginnend – das Kommando über Spudorgan Hall übernehmen solle, in Powers Abwesenheit.

»Geschäftlich. Ganz überraschend, verstehen Sie. Wurde ganz plötzlich abberufen, sozusagen. Sie sind zweiter Befehlshaber, also sind Sie leider dran. Aber soviel gibt's da gar nicht zu tun. Achten Sie einfach darauf, daß alle ihren Job machen. Das wird kinderleicht, da bin ich ganz sicher. Eigentliche Verwaltungsarbeit als solche wird es nicht geben, und Sie bekommen eine gute Entschädigung, natürlich zum Überstundentarif. Ich werde ein paar Kontobücher zum Durchgehen mitnehmen, für die Steuererklärung und so weiter, eh, haha?«

»Was soll das denn? Das ist doch noch Monate hin.«

»Ja, ja, ich weiß, ich weiß, Grey. Aber Mr. Carfax hat Instruktionen geschickt. Neues Procedere, Vorbereitung auf das neue Computerdingsbums. Netzwerk? Na, egal, ich sag Ihnen alles, wenn ich wieder da bin, aha, haha.«

Er lachte flatterhaft und legte auf. Wolfetone fluchte. Typisch Emmet Power, daß er seine Verantwortlichkeiten hinschmiß, ohne den Vorstand auch nur davon in Kenntnis zu setzen, damit er eine kleine Spritztour unternehmen konnte, wahrscheinlich (man kannte ihn ja) mit seiner Geliebten (oder Freundin);[3] es war überaus ungewöhnlich, ohne jeden Präzedenzfall, schlicht falsch. Nicht zuletzt hatte Wolfetone keine Ahnung, was von ihm erwartet wurde. Er wußte nur, daß er sich hinter dem großen Schreibtisch im Büro des Geschäftsführers übel unbehaglich fühlen würde, wenn er Leuten Befehle geben mußte, die ihm sonst den ganzen Tag Grimassen schnitten oder ihn einfach ignorierten oder seine Menüzusammenstellungsvorschläge wegwarfen, wenn ihnen der Sinn danach stand, diese unverschämten kleinen Scheißkerle –, anderseits natürlich (wo er gerade drüber nachdachte) hatte dieser plötzliche Status-Schub *durchaus* seine Vorteile! Als Fungierendem Geschäftsführer würden die Menschen etwas mehr Notiz von ihm nehmen müssen, oder? Wenn auch nur drei Tage lang. Natürlich mußte er die Rolle richtig spielen, wenn er erwartete, daß seine Untergebenen ihm Respekt entgegenbrachten. Indem er die Falten seines Bademantels ordnete, erhob er sich zu voller Größe und übte befehlende, geschäftsführerische Gesten: das gebieterische Ausholen mit dem Arm; die erhobene Hand; das lässige Entlassungswinken …

Seine Probe wurde durch das jähe Auftauchen einer quälenden Frage abgekürzt: WER SOLLTE DIE LEBENSMITTEL EINKAUFEN!?

3 Ein vorschnelles Urteil, wie üblich. Typisch, oder? Mal wieder von vorne bis hinten das Peter-Prinzip, wenn Sie mir folgen können. Das erinnert mich daran, wie oft die Burschen auf dem Arbeitsamt mich als stellungslosen Reisebürokaufmann vorgemerkt haben, nur weil ich zugegeben hatte, ein- oder zweimal mit der Fähre nach Holyhead gefahren zu sein.

In einem Hotel von der Größe von Spudorgan Hall war mit der Fressalienbeschaffung nicht zu spaßen, selbst wenn der Speisesaal nur zu einem Viertel besetzt war. Diese Viertelbesatzung konnte ganz schön unversöhnlich sein, wenn die Anchovis ausgegangen waren, oder die Sahne geronnen war, oder das Brot altbacken, Schrecken, denen man in genormten Herbergen mit Routine begegnet, aber unfaßbar im ersten Haus am Platze in einem Bezirk, der wegen seiner Rinder, Schafe, saftigen Weiden, Sardinenzuchten usw. einen Ruf genoß! Um Unbehagen seitens der Gäste vorzubeugen, begleitete Wolfetone für gewöhnlich Jean-Marc Wenger, Spudorgan Halls Schweizer Koch (Schweizer Hotelfachschule, Lausanne; zwei Jahre Le Cuspidor, Marseille; Assistent von Gaston Le Flatulet, Chez Hervé, St.-Etienne [Haute-Loire], jeden Dienstag zur Morgendämmerung an die Marktstände auf dem Haughey Circle und überwachte die Einkaufsstrategie der anstehenden Wochenvorräte, wobei er die taktischen Details Maitre Wenger überließ, dessen Brillanz so radikal war, daß sie den Ekel streifte. Allein zum Beispiel in jener Woche hatten die ersten groben Züge seiner Speisekarte folgendes beinhaltet: Bücklinge mit Spargeln und Sahnebaisers; junge Ente in Truthahnsauce an Blumenkohlmedaillons; doppeltes Rinderlendenstück in Curry; Tamarindenschalen *à la mode genevoise,* mit Petersilie und roter Bete garniert; Garnelen aus dem Lough Belfast an einer Sauce aus Sligo; Berner Lachs nach Basler Art; Reissoufflé mit Fisch, Eiern und gewürfeltem Ingwer; Schollenkoteletts in Aspik; Torte von wilder Himbeer-Julienne *en croûte;* usw. Ziemlich ekliges Zeug, Wolfetones Meinung nach,[4] aber die

4 Damit steht er nicht allein. Ich komme gerade selber vom Abort zurückgetaumelt.

Gäste mochten es, und man munkelte sogar von einem Stern im Guide Michelin des kommenden Jahres ...; jedenfalls konnte Wenger es vermutlich auch alleine schaffen (wohl kaum), aber es war mal wieder typisch Emmet Power, mit Anordnungen um sich zu werfen wie mit Blumensträußchen und keinen Augenblick lang daran zu denken, wie sie wohl befolgt werden mochten ...!

Wolfetone beschloß, ihn zurückzurufen und nach Einzelheiten zu fragen. Mit einer Ambidextrie (oder Beidhändigkeit), wie sie aus der Erfahrung erwächst, schlug er Powers Nummer im Telefonbuch nach und wählte sie gleichzeitig.

Unerwarteterweise meldete sich eine Frau. Ihr Benehmen war schroff.

»Er ist nicht da.«

Wolfetone wollte bereits die üblichen banalen Danksagungen äußern und auflegen, als plötzlich die Inspiration aufblitzte und seinen Weg erhellte, wie das Erwachen des Paulus auf der Straße nach Damaskus oder ein Sommergewitter auf den hohen Matten von MacGillicuddy's Reeks![5]

Er reduzierte seine Stimme zu einem Tröpfeln und unterdrückte das Beben der Erregung.

»Könnten Sie ihm bitte ausrichten, daß Pater Patrick MacCarthy angerufen hat?«

5 Hohe Matten? In den Reeks? Versuch's mal mit den Alpen, mein Sohn.

15

Obwohl millionenschwer, sang Luciano Pavarotti fast so gut wie di Stefano, besonders Puccini, besonders die »Nessun' dorma«-Arie aus *Turandot,* die unerwarteter- (und absurder-)weise vor ein paar Jahren als Themenmusik der einen oder anderen törichten Fußball-Welt- oder Europameisterschaft in die Schlagerhitparade gekommen war; macht nichts, dachte Pater Doyle, besser, die hol polloi bekamen ihre Kultur durch die Tür der Umkleidekabine als gar nicht. Jedenfalls war di Stefano immer noch der Beste: diese Stimme, so stark und geschmeidig wie die innersten Sehnsüchte eines Mannes –, oder war er nur, weil er di Stefano tatsächlich einmal gesehen hatte, im Teatro Santa Cecilla, wie er mit Maria Callas Arien austauschte, so sicher in seinem Urteil?[1] Übrigens seltsam, wie die Römer ihre Zuneigung auf die für einen Nordeuropäer kaum vorstellbare Weise (lag zweifellos am protestantischen Einfluß) unhöflichste Art bekundet hatten: knisternde Papiertüten, Buhrufe, sogar ein Chor aus Zischlauten, als die beiden Stars sich zum

1 Ohne jeden Zweifel. Ich meine, etwas Besseres als Pavarotti gibt es doch gar nicht. Außerdem habe ich noch nie was von diesem di Stefano gehört, damit fängt's schon mal an, und darüber hinaus, ist es, meiner Meinung nach, wenn ein Mädel Typenrollen singt, nur noch ein Schritt zum verdammten Transvestitentum, und es ist mir egal, ob das jemanden stört. Nennen Sie mich ruhig altmodisch, aber so ist das eben. Jedenfalls, wenn Sie Pav in *Cav* und *Pag* gehört haben (nehmen Sie die IMI MC/CD: Pav und Joanie und das Hyde Park Philharmonic unter Sir Charles Coelecanth – oder war das Colin?), schmeißen Sie alles andere in die Ecke, falls Sie verstehen, was ich meine.

Liebe-und-Tod-Duett aus *Tristan und Isolde* einschifften. Tancredo hatte sich dem Krawall *con gusto* angeschlossen, mit Priesterkragen und allem, was seinem *amico irlandese* einiges Unbehagen bereitete, aber wie er später mit hochrotem Kopf bei einem Galliano oder so in ihrer Lieblings-*bar/gelateria* nahe der Stazione Termini erklärte, war gerade diese Musik einfach zu deutsch, so kurz nach dem Krieg ('47, '48 oder so herum): kurz, zu verdammt wagnerianisch, mit den üblichen, damals noch nicht banalen Assoziationen von gereckten Armen, Triumph des Willens, Massenmord und so weiter. Keine christliche Vergebung für diese Bande, jedenfalls nicht, bis die Kriegsgeneration ausgestorben war, sagte der junge Padre Tancredo, und in seiner *passione antitedesca* strafften sich seine Nackenmuskeln! Wie hatte der Mann damals die *Jerries* gehaßt. Wahrscheinlich haßte er sie immer noch, falls nicht all die Jahre in Paris seine harten Kanten abgeschliffen hatten. Die Franzosen waren, im großen und ganzen, ein kompromißlerisches Pack, etwa nicht? Weniger zu unterdrückter Wut neigend als die Italiener (nicht, daß er viele persönlich kannte, aber immerhin) …; auf jeden Fall war eine solche Leidenschaft für weltliche Dinge etwas, was Pater Doyle mit seiner zunehmenden Verachtung der Alltagswelt als Bühne für Mittelmaß und Ignoranz und Käuflichkeit aller Art, seine eigene nicht ausgenommen, nie zu teilen vermocht hatte –, zum Beispiel die Flasche, die er, zusammen mit einer Packung Craven »A« (guter Name, das), in seinem Schreibtisch versteckt hielt, beide jetzt sanft vom rauchverschleierten Licht der Schreibtischlampe illuminiert –, tatsächlich mit seinen eigenen Schwächen angefangen und auf diesem dürftigen Fundament aufbauend, damit auch alle Heuchler, Nebuchanten und Wichtigtuer angesprochen waren, aus jedem Bereich des (ach ja) Lebens; des *Lebens?* Für die meisten Menschen war es nur wenig mehr als die

Abwesenheit von Tod, allem Anschein nach eine reine Wiederholung von Kommen und Gehen, durch Fernsehen belebt. So sehr er die erträglicheren Aspekte des Lebens liebte, so sehr verabscheute Pater Doyle dessen allgemeine Verbilligung, und das Fernsehen war der schlimmste Verbilliger, gleich nach unverhohlenem Atheismus, politischem Gemauschel, Geldscheffelei und ähnlichem; das Fernsehen war das Ding an sich (oder sollte es der *Dung* an sich heißen?) der Popkultur, und nur wenig rief bei ihm ein heftigeres Gefühl von Ekel und Verrat hervor. Popkultur, aber hallo! Was für ein Schwindel. Wenn er die Zeitungen las oder (versehentlich, oder wenn auf BBC ein Kostümdrama gezeigt wurde) in den Idiotenkasten glotzte oder Radio hörte (außer bei den Opern und Symphonien auf RTE 3, mit einem Spritzer irischer Volksmusik), fühlte er sich nackt und allein in einer grellen Arena aus Lärm und Grobheit und – am allerschlimmsten – *Mode,* sie alle Feinde des Geistigen und der Kunst und des Ewigen: Satans Werk, um mal ein bißchen schnurrig zu sein, sehr gut ausgeführt, vielen herzlichen Dank, von nicht denkenden Günstlingen, die es selbst nicht merkten –; sie würden es nie kapieren, sie würden abstreiten, je etwas Schlimmeres getan zu haben, als ihre Familie ernährt oder die Wirtschaft des Landes angekurbelt oder für einen behaglichen Ruhestand auf den Balearen oder in Torquay (oder Killoyle) vorgesorgt zu haben; aber Pater Doyle war gut trainiert; sein immer noch scharfes Auge blickte durch die falsche Alltäglichkeit hindurch, die kalkulierte Banalität, die sogenannte Reale Welt, welche Herrn und Frau Jedermann in den Traum vom halben Doppelhaus mit allem mod. Zubeh. (zwei Autos in der Garage, Kabelfernsehen, Mikrowelle) lullte! *Er* wußte, daß hinter alldem der alte Gottseibeiuns steckte, moderner als das prunkvoll galoppierende Hörner-und-Schweif-Wesen von einst natürlich, man konnte dem alten Meph nicht vorwerfen, er wäre nicht auf dem neuesten Stand, nein, er hatte uns gut studiert, er hatte gelernt, unsere Eigenheiten nachzuäffen, er hatte sich in eine Myriade von Naturwissenschaftlern und Fernsehpersönlichkeiten und Popstars und Journalisten verwandelt, und jetzt – *voilá!* Alles ging nach seinem Willen, d. h. direkt in die Hölle: die Kirchen leerten sich, die Verbrechensrate stieg, Hindu- und Eskimo- und animistische und nur Gott wußte, was für andere Götter vertrieben den Einen Wahren (die Wiederkehr der Heiden: Paris Rache), Sex hatte sich in die reductio ad absurdum aller menschlichen Sehnsucht verkehrt, die Schulbildung war zum Scheiterhaufen unserer Hoffnungen verkommen, Schönheit unbekannt, Häßlichkeit vergöttert, (kurz) jeder eilte in heillosem Durcheinander jener spirituellen Brache entgegen, aus welcher man nur als Diener des Gefallenen Engels wieder auftaucht!

Zumindest schien es Pater Phil so, in seiner nachdenklichen Stimmung.

Er pausierte in seinen Erwägungen, um, als die nächste Auswahl erklang, seine Stimme derjenigen Pavarottis beizugesellen.

»Nicht jetzt, Herr Pfarrer«, ersuchte ihn Mrs. Delaney, seine Haushälterin, aus dem Nebenzimmer. Lautes Bummern unterstrich ihre Forderung, aber trotzig schraubte er sich in immer höhere Höhen, dem Falsett nah:

»UUU-na fuuurtiiiivaaa LAA-cri-MAAAH.«

Ungeduldig wartete ein Husterer. Er hörte auf zu singen und entließ, statt dessen, durch die entgegengesetzte Öffnung einen Laut, nicht unähnlich dem einer Gummiente, wenn sie schwer mit Füßen getreten wird.

»Dies gilt Ihnen, Mrs. Delaney«, knatschte er.

Wie jammervoll, von seiner Haushälterin eingeschüchert zu werden, um Gottes willen! Schlimmer, als ein Pantoffelheld zu sein,[2] denn es gab keinerlei angebliche Entschädigungen –, angeblich, wie gesagt, doch auf keinen Fall garantiert, nach allem, was er so gehört hatte. Hatte nicht sein eigener großer Bruder seine Missis (eine halbe Portion, aber stärker, als sie aussah) vor die Schranken des Gerichts geschleift, unter der Anklage, sie komme nun schon seit sechs Monaten ihren ehelichen Pflichten nicht nach? Und ihre Entschuldigung hatte, jederzeit schluchzbereit, gelautet immer wenn Ronnie ... *das* wolle, sei es Samstagabend, und er habe einen Tropfen zu sich genommen und sei in keiner Weise in der Lage, weitere Kinder zu zeugen, nicht zusätzlich zu den fünfen, die sie bereits hätten, und sie sei nicht bereit, unmündige Trunkenbolde in dieses Jammertal zu setzen, und sie tat ihr möglichstes, den Richter mit Tränen zu bestechen, aber ihr Charme verfing nicht bei den Geschworenen, zehn harten Männern und zwei noch härteren Frauen, die ein Urteil sprachen, welches schuldig im Sinne der Anklage lautete, und sie dazu verdonnerten, eheliche Gefolgschaft zu schwören –, mit anderen Worten: Beine breit, Mädel! Es war dies eine Verfügung, der sie offenbar unverzüglich Folge leistete, und das Ergebnis war Phils neuer Neffe Festus, der genau nach Ablauf einer Schwangerschaftsperiode geboren wurde und die Gesamtsumme der Brut auf sechs erhöhte (ein weiteres Balg soll bereits unterwegs sein); und eine gute Woche lang nach dem Prozeß hätte man doch annehmen können, Ron sei der König der Great-Blasket-Insel persönlich, mit seinem Triumphgebrüll und Geprotze in allen Kneipen der Stadt![3]

2 Und es gibt nichts Schlimmeres, es sei denn, man wäre eine Pantoffelheldin.

3 Wie der Da immer sagte: die Intelligenz eines Mannes sollte umgekehrt proportional zur Lautstärke gemessen werden, mit der er spricht –, und trauen Sie nie einem Mann, der höher spricht als die

»Gott, was für ein Arschloch«, maulte der Priester, durch eine Gewitterwolke von Zigarettenrauch hindurch. Er hatte sich nie besonders viel aus seinem großen Bruder gemacht, wenn denn die Wahrheit ans Tageslicht soll. Muttis Augapfel – bah! Ihr Alter hatte sich jedenfalls nicht täuschen lassen. Er hatte seinen Erstgeborenen schon an dem Tag durchschaut, als er ihn hinter der Ligusterhecke der Rennbahn in Brookeborough erwischte, wo er Pferdehintern mit einem Luftgewehr pfefferte, womit er sich einen zusätzlichen Fünfer von Pferdewettern verdiente, die sich nicht zu fein dafür waren, Zossen, auf die sie nicht gesetzt hatten, ein zusätzliches Handicap zu verpassen. Natürlich bekam Ronnie nach dieser Episode seinen eigenen Hintern ordentlich gegerbt, aber glauben Sie bloß nicht, er hätte nun seine Lektion gelernt; nein, wenn ein Dummkopf wie Ronnie Doyle je auf die Stimme der Vernunft gehört haben sollte, dann hat die sehr gedämpft – sotto voce – oder gar nicht gesprochen, nicht nur mit ihm nicht, sondern auch mit vielen anderen nicht, wenn man darüber nachdachte, was Pater Doyle gerade tat, und zwar mit enervierender Häufigkeit, da er selbst, seiner Meinung nach, nicht gerade der fähigste Schüler von Vernunft und Erfahrung war. Die Gesamtsumme dessen, was er in seinen achtundsechzig Jahren gelernt hatte (wenn man von der Wahrheit in der Bemerkung jenes alten Griechen absah, er wisse, daß er nichts wisse), war, trotz allen Gegenbeweisen, an den Glauben zu glauben und auf diese Weise das Beste aus einem schlechten Handel zu machen, den Deich gegen den satanischen Zweifel aufzuschütten, oder an die Ungläubigen zu glauben: *Herr, hilf Du mir aus meinem Unglauben!*

Mittagspausenpfeife der Guinness-Brauerei! Die Weisheit dieses Mannes spottet jeder Beschreibung, aber ehrlich.

Wenn es nur im normalen Verlauf der Dinge leichter wäre, mit klarem Kopf, auf normalen Straßen, an einem normalen Tag, in normalem Gedränge. Manche ertrugen es nicht, Freddie Stripling zum Beispiel, von unsichtbaren Stimmen angekeift, bis er sich in den sechsten Stock begab, um sich aus dem Fenster zu stürzen, woran er im letzten Moment von (na, von wem schon?) seiner Haushälterin gehindert wurde. Ein trauriger Fall, aber der Monsignore war ein gestrenger und gequälter Mensch. Er hätte sich lieber hin und wieder gehenlassen sollen, die Beine hochlegen, eine Zigarre rauchen, fernsehen –: *aha! wie subtil sein Netz er spinnt!*

Pater Doyles eigenes nächtliches Trinken und heimliches Rauchen (so heimlich in der abgestandenen Luft des Morgens danach nun auch wieder nicht) waren, wurde ihm klar, Symptome desselben Balanceakts, genau wie die Fehler, die ihm, öffentlich und privat, unterliefen. Klar war er nicht mehr so jung wie einst, aber den größten Teil der Predigt zu vergessen, wenn er sie bereits zweimal gehalten hatte –: Allmächtiger Gott, was stellte er wohl als nächstes an? Sich während der Beichte einnässen? Einmal hatte er das schon getan, zuerst das Gefühl nicht erkannt –, es für a) Gas gehalten oder für b) seinen Leistenbruch, der sich aufwickelte (dann der Fleck, der Ruch, die Scham) ..., und sonst? Die nächste Zeile des Vaterunsers auslassen? Nicht unvorstellbar: er hatte sein Paternoster noch in der groß- und einzigartigen Ursprache gelernt, nicht im vulgären *Sachsún*.[4] Gemeindemitglieder begrabbeln? Unwahrscheinlich. Dieser Diener Christi nahm sein Gelübde so ernst wie nur je ein Priester (oder sogar ernster als je ein Priester, wenn man bedenkt, daß die Frömmigkeit erst vor relativ kurzer Zeit in der Kirche eingeführt worden

4 Irisch für: Sächsisch.

war; ich erinnere nur an die Medicis und Klosterorgien und Päpste wie Leo X., den Henry Ford des Reliquienhandels, der damals schon, so etwa 1500, sagte: »Dieser Mythos Christi war uns sehr von Nutzen«, während er sich über die Jahresbilanz scheckig lachte: Generalablaß links, Reliquien rechts) ... und dennoch! Was hatte es für einen Sinn, sich der Sünde zu enthalten, wenn der Begriff als solcher bereits Verhandlungsmasse war? Die Abtreibung wucherte, Heiligstes wurde in den Schmutz gezerrt –, und das überall,[5] aber wie die meisten Trends hatte es jenseits des Atlantiks begonnen, wo Priester Bestsellerschund schrieben und die eine Hand in der Hose und die andere in der Ladenkasse hatten ..., nicht, natürlich, daß Irland frei von sowas wäre, wo sich der Schwerpunkt der Nation vor jedem Referendum, vor jeder Parlamentswahl, nach Armagh verlagerte, in die Kardinalsresidentur; als läßliche Sünden blieben dem verwirrten, aber rigorosen Priester, der er war, nur der Whiskey und der Tabak, erprobte und erwiesene Freunde dessen, der keine Freunde hatte, lustige Gesellen der Junggesellennächte, Großtag, Stütze manches Wirtsvermögens und angesoffenen Soldatenmuts, unschuldige Fehlbarkeit zumeist, von Gott und Menschen mit einem Zwinkern begünstigt –, war es etwa nicht der älteste aller keltischen Bräuche, der bis zur Zeit des wildhaarigen Brehon zurückging, mindestens, die einzige Schwäche eines guten Mannes zu übersehen, wobei der gute Mann durchaus auch gern Priester sein konnte, Barde oder Murmler von Mumpitz, gesprochen oder in Schriftform, betrunken

5 So so, überall. Vielleicht bei Ihnen, aber nicht bei mir. Ich gehe nun schon mit Abständen seit 1934 zur Beichte (seit '68 mit größeren Abständen), und eins habe ich in meinem Leben gelernt, nämlich daß die irische Kirche ein ganz schön harter Brocken ist.

oder nüchtern. Um es mit den Worten von Pater Phils eigener Mutter zu sagen, an Sams- und Markttagen unweigerlich wiederholt: »Dein Vater ist so ein feiner und anständiger Mann, so, wie er ist, und wenn der Suff nicht wäre, wäre er ein gottverdammter Scheiß-Heiliger.«[6] Ließe sich das auch über den Sohn sagen? Mit dem Urteilsspruch seiner Berufung, kinderlos zu sterben, eine unbenutzte Lokomotive auf einem überwachsenen Abstellgleis, *vom Leben abgeschnitten ...?* Dieses Bild ließ ihn innehalten. Er griff nach der Flasche, schenkte ein, nippte; dann griff er nach der Metapher, betrachtete sie auf Armlänge, drehte sie um und untersuchte sie von allen Seiten, bis er sie als eins der vielen Zubehörteile seiner Sturm-und-Drang-Epoche wiedererkannte, als den Gepäckwagen der Jugend, an den Belfast-Dublin-Expreß angehängt, über Lisburn, Dundalk und Drogheda ...; das Original dieses metaphorischen Abstellgleises war, wenn Erinnerung irgendwas anrichten konnte,[7] außerhalb von Drogheda, und gegenüber stand eine Ziegelmauer, hinter welcher die Schorn-

6 So sind die doch, die Väter und Onkel, oder? Nehmen Sie zum Beispiel meinen Onkel Francis: es ging das Gerücht, er sei bei diesem Opus Dei Mitglied. Na, vielleicht war er das und vielleicht auch nicht, auf jeden Fall hatte er immer eine Vorliebe für schwarze Hemden und Pullover, und eines Nachts habe ich ihn dabei erwischt, wie er sich selbst im Spiegel salutierte, mit nichts als schwarzen Socken am Leibe! Jedenfalls führte er nach dem Video-Skandal ein zurückgezogenes Leben, meist in den Olivenhainen um Sevilla, wo er den Schafhirten predigte und Kämme und Zahnstocher aus heruntergefallenen Ästen schnitzte. Die bringen jetzt ein ganz hübsches Geld ein, seitdem er seliggesprochen wurde.

7 »Einmal Eingebrocktes zum Auslöffeln, Sir«, wie der Da zu sagen pflegte, wenn Gläubiger kamen. Einmal sagte er es zu Des Neeson, dem Gerichtsdiener, der das gar nicht gut aufnahm und, Drohungen murmelnd, auf der Schwelle stehenblieb, bis es zu dunkel war, um noch etwas sehen zu können; *dann* haute er ihn mit einem Räumungsbefehl! Es versteht sich von selbst, daß der Da zurückhaute, es hat ihm aber nichts genützt.

steine einer Villa, ebenfalls aus Ziegeln, über die Baumkronen ragten wie Eselsohren. Wo das Abstellgleis endete, stand ein verwittertes Schild mit der Aufschrift *Dillrea Manor Halt* –, zutiefst überflüssig, denn nichts auf Schienen hatte je in Dillrea Manor seit den Tagen der Gaslaterne und des zweirädrigen Einspänners gehalten. Es war der passende Ort für das Gemüt eines jungen Mannes, um ihn mit Gespenstern zu bevölkern, und er war als Metapher für des Lebens Unhappy End nur logisch, ähnlich wie das Standbild von Henry Grattan auf dem College Green, sowie, weiterführend, die allumfassende Geschichte Zentral-Dublins, von der Wikingerzeit (die Quays) zur anglo-irisch protestantischen Vorherrschaft (Grattan und sein Parlament) über das Elisabethanische Zeitalter (die Tore des Trinity College und das College selbst), die immer vor seinem geistigen Auge auftauchten, wenn das Thema Geschichte, irische oder sonstige, in Worten oder Erinnerung angeschlagen wurde, obwohl die (zugegebenermaßen nicht sehr häufige) Erwähnung von H. Grattan, Esq., per se unlogischerweise dazu neigte, ein erhabenes geistiges Bild des Marktplatzes von Omagh (Grafschaft Tyrone) erstehen zu lassen, Vaterstadt nicht Grattans, sondern von Benedict Kiely, des einst so armen Gelehrten; und bei jenen seltenen Gelegenheiten, da Ben Kielys gedacht oder Erwähnung getan wurde, geschah dies immer in überaus komischem Sinn (da Ben ein ziemlicher Nationalist gewesen war), und in Pater Doyles Psychokino lief eine alte, ruckende Filmspule mit Union-Jack-geschmückten Fährbooten ab, die von Dün Laoghaire aus in See stachen, als es noch Kingstown hieß und an jedem Fahnenmast in Irland, Nord wie Süd, der Union Jack wehte![8]

8 Hoch die Republik, wie mein Onkel Mike immer sagte, sonntagmorgens, wenn ich ihn mit den nassen Handtüchern pflegte.

Aber wenn er an die Jugend dachte, dachte er an Rom.

Zufällig ging es Pavarotti, als Pater Doyles Gedanken jener Stadt zustrebten, genauso, mit dem Ergebnis, daß beide, Mrs. Delaney ignorierend, dem Geist des Trevi-Brunnens »Arrivederci Roma« darbrachten, eine der wenigen heidnischen Taten, die Pater Doyle sich je gestattet hatte. Wieviele Pennys hatte er schon in diesen Brunnen geworfen? Bestimmt mehr als den Gegenwert eines Pfundes, in jenem Jahr nächtlicher Wanderungen unter dem possenreißerischen Mond und täglicher Gänge in der imperialen Sonne; und doch – obwohl er soviel investiert hatte – war er nie, außer, wie jetzt, in seinen Träumen, dorthin zurückgekehrt. Es war lächerlich, absurd, unverzeihlich! Kanada hatte er gesehen, und Amerika, und das erbärmliche New Nubia; Venezuela und Surinam und Brasilien ebenfalls; von Europas katholischem Herzen kannte er das Elsaß, das Rheinland und Bayern; sogar Polen und das Wallis und die niederländische Provinz Limburg, Belgien auch, und mehr iberische Provinzen, als man zählen konnte; aber nach einem Leben des Umherstreunens hatte er es in den gesamten dazwischenliegenden mehr als vierzig Jahren kein einziges Mal geschafft, seine italienischen Wanderungen weiter als bis (sagen wir mal) Rimini oder Siena auszudehnen!

Trotzdem, wenn an diesem alten Märchen irgendwas dran war, würde es noch klappen.

Pavarotti verstummte. Um die Stille zu übertönen, sang Pater Doyle die ersten Worte von »Drei Münzen im Brunnen« und kleidete sich im Geiste sommerlich weiß ein, komplett mit breitkrempigem Hut (Papst Phillip I.?), um auf der von einer süßen Brise durchwehten Fläche der Piazza del Popolo im Lichte eines Raffael-Himmels zu schlendern …

»Darrei Münzen im Barrunnen …«, knödelte er. Plötzlich krümmte er sich zusammen, teilweise wegen des unvermeidlichen Gedankens an italoamerikanische Schnulzensänger und deren so scheußlich mit Juwelen behängten Anhang[9] und teilweise (eigentlich hauptsächlich) weil ein nagelneuer Schmerz sich diesen Augenblick ausgesucht hatte, eine kurze, aber denkwürdige Probe seines Könnens zu geben. Er sprang flink von seinem rechten Schulterblatt in die ungefähre Gegend seiner Leber, oder die Region um die Bauchspeicheldrüse herum, wickelte sich um sein Zwerchfell wie ein Lasso aus Stacheldraht und stach ihm mit einem glühendroten Finger in den Brustkorb und erzielte die volle Wirkung, als sich das Lasso kurz zusammenzog und der Finger tief genug sondierte, um ihm den Schweiß auf die Braue zu treiben. Nach wenigen Sekunden, die sich zu Mikro-Ewigkeiten dehnten, ließ der Schmerz nach und hörte dann, abrupt und komplett, völlig auf, und nur noch Restschmerzchen flimmerten seinen rechten Arm hinauf und hinunter –, seinen *rechten* Arm, wohlgemerkt, es war also kein …

Pater Doyle stellte sein Getränk mit ganz leicht zitternder Hand ab.

»Sack und Eier«, keuchte er.

Später, im Bett, sprach er vertraute Worte des Trostes, für sich und noch jemanden, und begrüßte sie, die voller Gnaden war. Es gab da eine Kirche, erinnerte er sich, in der Via Bonifacio, nahe dem Gesù, wo sich die Bettler versammelten, einer der vielen Schreine der Heiligen

9 Ich weiß, was er meint. Wir waren mal in Las Vegas, und der Schmuck! Ich konnte die Hand kaum vor Augen sehen, so stark glänzte es da. Der Arzt sagte mir später, meine Symptome seien mit Schneeblindheit identisch, und verschrieb mir getönte Kontaktlinsen oder eine Hornhautoperation, um den Augapfel aufzublasen.

Jungfrau – Santa Maria del Cielo? Della Grazia? Santa Maria d'Irgendwas. Der Priester da – Bob Whalen, erinnerte er sich, vom Irischen Kolleg – war eine gute Seele, der Mutter Maria auf altmodische, noch nicht vom II. Vatikanischen Konzil geprägte Weise zutiefst ergeben; er behauptete sogar, sie habe ihn von der Malaria geheilt, die er sich als Missionar in Zentralafrika zugezogen hatte, sowie von einer Reihe geringerer Gebrechen: Nebenhöhlenentzündung, Asthma, Bronchitis –, obwohl das natürlich auch am römischen Klima als Kontrast zu seinem heimischen Donegal (oder war es Sligo?) liegen konnte. Er müßte jetzt, wenn er noch lebte, Ende siebzig oder Anfang achtzig sein *(tempus fugit, irreparabile tempus!)*, und es war leicht zu glauben, daß er, mit seinem unerschütterlichen Glauben an die Heilige Mutter und das Glück, das sie ihm geschenkt hatte, immer noch wohlauf war. Das war bestimmt alle Heilung, die ein Mann brauchte! Daß er in diesem Augenblick seit Jahren zum erstenmal an Bob Whalen dachte, erfüllte Pater Doyles Seele, merkte er, mit Neid, und er beschloß, ihn zu büßen, indem er unverzüglich, am allerersten Tag, wenn er wieder in Rom war, Santa Maria di Sowieso und ihren Hirten aufsuchte.[10]

10 Im geistlichen oder im weltlichen Rom? Doch, das ist wichtig (siehe weiter unten).

16

Murphy war müde, aber nicht zu müde, auf das Lächeln eines hübschen Mädchens zu reagieren, und obwohl er seine Zweifel an Doreen Greys Intellekt haben mochte, gab es keinen Zweifel, daß sie aus Gesicht und Figur das Beste machte.

»Ich war auf dem Nachhauseweg«, sagte Murphy. »Hab nur auf einen kleinen Drink vorbeigeschaut.«

»Och, komm«, sagte Doreen. Sie trug einen blauen Pullover, der für einen Sonntag ziemlich stramm saß. Er versuchte, nicht hinzusehen, bis es offenbar wurde, daß sie genau das wollte.

»Du siehst gut aus, Doreen. Kriegst wohl viel Bewegung?«

»Jede Menge. Wo hast du dich denn versteckt?«

»Versteckt? Hab ich gar nicht.«

Dies Duell der Doppeldeutigkeiten war natürlich so alt wie die Täuschung selbst.

Murphy spürte, wie sich die Mattigkeit des Gewohnheitsverführers auf seine Schultern senkte, und einen Augenblick lang war alles, was er vom Leben verlangte, ein Sessel, eine Dose Helles und ein guter Film auf Video: ein Moment der Ruhe, mit anderen Worten, des Ausruhens von der nicht enden wollenden Jagd, obwohl es bereits zu weit mit ihm gediehen war, wie er freudig (aber nie gegenüber einem Mädel) zugeben würde. Dadurch unterschied er sich von der breiten Masse. Einmal ein Don Juan, immer ein Don Juan, selbst wenn er dereinst in ferner Zukunft das Spiel zugunsten von Ehrbarkeit und einem besseren Job in einer anständigen Stadt aufgeben würde, wo der Einsatz höher war, und die Gutaussehenden von Killoyle wären in Dublin oder London Mauerblümchen![1]

Er kaufte ihr einen G-T auf Eis. Er selbst nahm eine Pint –, Murphy's natürlich.

»Vorsicht mit dem Schaum«, sagte er mit strenger Autorität. Die Angestellten hinter dem Tresen von Mad Molloy hatten noch einiges über gutgezapftes Stout zu lernen.

Sie fanden einen Tisch in der Ecke gleich beim Daddelautomaten, von den stimmgewaltigen Stammgästen etwas abgesetzt. Doreen präsentierte der Flamme aus Murphys Feuerzeug eine Zigarette, inhalierte scharf und exhalierte durch die Nasenlöcher, daß sie aussah, als hätte sie Stoßzähne.

»Viel Glück«, sagte Murphy.

»Prost.«

Sie war rothaarig, aber ohne die Sommersprossen. Ihre Augen waren groß und blau und hätten zu Vergleichen mit Puppenaugen angeregt, wenn ihr Blick nicht so flüssig gewesen wäre. Murphy starrte zurück, bewunderte sie offen, und ihm wurde klar, daß er sie eigentlich doch einigermaßen mochte; sie war zwar nur Verkäuferin bei Woolworths, aber wie er war sie ehrgeizig, und es war natürlich für sie, daß sie über sie und ihn sprach, und ebenso natürlich war es für ihn, daß er ihr ein verständnisvolles Ohr lieh und sogar selber sprach.

»Wir sind Großstadtmenschen, Doreen. In diesem Land ist Dublin die einzige Stadt, die für uns in Frage kommt.«

»Um dir die Wahrheit zu sagen, würde ich am liebsten so bald wie möglich ganz das Land verlassen«,

1 Die Großstadt, was, wo die Typen Schultern haben, breit genug, die Tanzpaläste zu füllen, und die Mädels bestehen von den Hüften abwärts nur noch aus Beinen –, oder ist es umgekehrt? Egal, wie, ich werd beim Kleinstadtleben bleiben, vielen herzlichen Dank.

sagte sie. »Ich habe eine Kusine in Kanada. Sie hat mir gesagt, es gibt jede Menge Iren da drüben.«

»Könnte deine Familie nicht helfen?«

»Hör bloß auf. Mein Vater wurde wahnsinnig, weil ich zu Hause ausgezogen bin. Wenn ich ihn um ein Flugticket nach Kanada bitte, enterbt er mich.«

»Ja, er ist ein ziemlicher Spinner, dein Da.«

»So weit würde ich, glaube ich, nicht gehen.« Verärgert sah sie weg.

»Ich meine ja auch nur, daß er ein bißchen exzentrisch ist«, sagte Murphy. »Daran ist doch nichts verkehrt. Ich bin sehr für Exzentriker –; das ist doch eine großartige irische Tradition, oder? Egal, dein Da ist mir lieber als jedes andere höhere Tier in der Hall, das kann ich dir sagen.«

Da sie beide Befehlsempfänger waren, fuhren sie fort, sich über ihre Vorgesetzten zu beklagen. Für einen Boß war Emmet Power nicht übel, nur einen kleinen Tick launisch, und geizig wie ein Presbyterianer, wohingegen Doreens Geschäftsführer ein echter Presbyterianer aus Cavan war und sich bei Make-up, kurzen Röcken, oder wenn man sich mal einen Tag freinehmen wollte usw., anstellte wie Oliver Cromwell (»Hinter seinem Rücken nennen wir ihn sogar so: Cromwell.«). Dies führte wieder dazu, daß sie die engen Grenzen von Killoyle an dem unbegrenzten Horizont ihres Ehrgeizes maßen, d. h. schnelleres Leben, dickere Scheckbücher, größere Städte usw., was die Unterhaltung im Kreise zu ihren Träumen von der Zukunft und einer weiteren Runde brachte, welche Doreen zahlte wie ein echter Kumpel.[2]

2 Dieses Rundenausgeben wird der Tod der irischen Nation sein; merken Sie sich meine Worte. Einmal wurde ich so hereingelegt, daß ich während eines einzigen feuchten Mittagessens elf Runden ausgeben mußte, und außer mir war niemand in der Bar!

Als die Glocke zur Sperrstunde läutete, waren sie immer noch so tief ins Gespräch über Themen von gemeinsamem Interesse vertieft, daß es logisch schien, woanders weiterzumachen –, sagen wir, bei ihr (näher; sogar beinahe nebenan)? Oder bei ihm (geräumiger; keine schnüffelnde Wirtin)?

Diese verschämten Fragen der Geographie waren dem schlußendlichen Entschluß in keiner Weise abträglich. Das hatte ohnehin, sobald Murphy Mad Molloy's betreten hatte, festgestanden, wie beide anerkannten. Was jedoch nur Doreen bereits zu diesem Zeitpunkt klarwurde, war, daß für Murphy ein Tempowechsel anstand, und daß der näher war, als er vielleicht gehofft hätte.

17

Laut dem Wetteramt waren die ersten Tage dieser letzten Oktoberwoche für die Jahreszeit die wärmsten in Südostirland seit 1898, was einem Tiefdrucksystem geschuldet wurde, welches sich über die europäische Landmasse heranbewegte, über dem Golfstrom um die westlichen, sogenannten Britischen Inseln aufzog und die Temperatur in Killoyle und Umgebung auf die Rekordmarke von 89,9° Fahrenheit (32,6°C) am Dienstagmittag hochtrieb. Am Strand wurden an jenem Tag Bikinis gesichtet, und die makellosen Rasenflächen der Parnell Parade waren mit halb-ausgezogenen Körpern geschmückt, manche so grell weiß, daß Roisín Power auf dem Weg zu *den Läden* geblendet plinkern mußte.

»Meine Güte, das ist Ja wie Spanien«, murrte sie, an ihre letzten langen Ferien erinnert, vor drei Jahren. Die Strände der Costa del Sol waren eine einzige große Masse hibernobritannischer Touristen gewesen, die langsam in der Sonne brieten, ein guter Teil von ihnen auf der kritischen Liste, sobald der Effekt des Bieres nachließ;[1] es gab tatsächlich Gerüchte von Todesfällen und mindestens einem Selbstmordversuch. Wenn diese jungen Leute sich nicht vorsahen, dachte sie, waren sie bald so rot wie Hummer, mit Brandblasen übersät, sich wie gepeinigte Seelen windend! Das Bild, ikoneninspiriert (das Allerheiligste Herz Jesu, der Heilige Sebastian usw.), war zuviel für sie.

1 Bestimmt Watneys' Red Barrel, vor Ort als *el barril rojo de Torremolinos* bekannt, ein feines Gebräu, welches ich mit Genuß in Shaw'schen Mengen, wie man sagen könnte, schluckte. Ach, was haben wir uns

»Ich hoffe, Sie verwenden Sonnenöl«, sagte sie zu einem enthüllten Pärchen, das sich nahe dem Bürgersteig hingeflegelt hatte.

»Tolle Idee, gute Frau, Sie haben nicht zufällig was dabei?« sagte der junge Spund.

»Ich wollte dich noch dran erinnern, bevor wir das Haus verließen«, sagte seine Freundin, ein schlampiges Gerät mit Zähnen, die Gerste mahlen konnten. Sie hatte, Roisín mußte sie einfach bemerken, eine Tätowierung auf dem Arm, die vier ineinander verschlungene Gliedmaßen zeigte, von denen mindestens eine weder Hand noch Fuß war, sondern, eher …

»Wie ekelhaft«, zitterte Roisíns Stimme, und fast schrie sie. »Ihr habt keinen Respekt, allesamt.« Sie verspotteten sie mit schrillem Gelächter, als sie davoneilte und stöhnte: o Gott, o Gott, diese entsetzlichen kleinen Geschöpfe, was hatte sie nur dazu gemacht, hatten sie denn gar keine Maßstäbe mehr? Dann erinnerte sie sich an ihren eigenen Sohn Sean, schon seit fünf Jahren im Maze-Gefängnis und drohte immer noch mit Hunger-

amüsiert, aber ja, nur ein übles Mißgeschick trübte unsere Visite im sonnigen Spanien. Ist das nicht immer so? Warten Sie, bis ich's Ihnen erzähle. Also. Am vorletzten Tag fuhr der Da von seinem Besuch beim Ges. Onkel Francis in den Sevillaner Olivenhainen zurück, als der Motor – ein gemieteter Seat-Bus, genau das Richtige, wenn ein echter Busfahrer Ferien macht, um es mal so auszudrücken – kurz vor dem Dorf Los Maricones (oder war es Macarrones? legen Sie mich jetzt nicht fest) den Geist aufgab. Auf jeden Fall murkste er mit den Drähten und dem Steuerrad und was es da alles so gibt herum, aber nichts wirkte, weshalb er den Daumen in die Luft streckte, ob ihn vielleicht jemand mitnimmt. Glücklicherweise (wie er dachte) wurde er sofort mitgenommen (und das in mehr als nur einer Hinsicht, falls Sie mir folgen können), und der Zuckerguß auf diesem Kuchen bestand darin, daß die Fahrerin allem Anschein nach ein echter Klopfer war: ein Juwel, genau die Prinzessin, die kennenzulernen er sich erträumt hatte, seit die liebe Mumsy tot war! »Hallo, großer Junge. Möchtest du in mein Schlafzimmer kommen?« fragte sie, auf streik, wenn die britische Regierung nicht den bedingungslosen Abzug aus den Sechs Grafschaften bekanntgab: guter Gott, man konnte sich nur wundern. *Wozu hatte man überhaupt Kinder?*

Der Gedanke wühlte sie auf, und sie erwog, sofort nach Hause zurückzugehen, aber das Wetter war so schön, und es war so angenehm, im Schatten die Behan Avenue zum sonnenüberfluteten Strand zu gehen, mit weißen Segeln am Horizont und dem Eismann, der mit seinen Glöckchen bimmelte. Sie atmete leichter. Der Strand und alles, was es dort zu sehen und zu hören (und besonders zu riechen) gab, war eine Zeitmaschine, mit der sie in eine noch weiter entfernte Vergangenheit als die Costa del Sol davonbrauste, bis zu einem Sommer in Bundoran im Jahre '56 –, oder war es '57 gewesen? Das Jahr jedenfalls, in dem ihr Vater das erste Familienauto gekauft hatte, einen glänzenden neuen Morris Minor (schwarz, mit Weißwandreifen und roten Ledersitzen), dasselbe Jahr, in dem sie in den neuen Bungalow aus roten Klinkern mit Innenklos zum Spülen und elektrischem

diese dreiste Weise, wie sie Ausländer an sich haben. Na! Wenn sie ihm eine Tasse Tee anbot, war der kühne Da natürlich dabei, aber genau, also begaben sie sich unverzüglich in ihr Penthouse-Zimmer in einem maurischen Anbau bei Granada! Kaum hatten sie jedoch ihre Behausung betreten, als – ohne auch nur ein kleines Wenn Sie mal eben gestatten – sie sich auszog und auf ihn stürzte, wobei sich herausstellte, daß sie von Kopf bis Zeh ein Mann war, einschließlich Sie wissen schon, und der arme, alte Da hatte nur auf ein schnelles Täßchen vorbeischauen wollen! Jungejunge, er hörte nicht auf zu kreischen, bis wir ihn zwei Tage später aufweckten, und danach durfte man das Wort *Spanien* in seiner Gegenwart nicht aussprechen, wenn man wußte, was gut für einen war –, oder auch nur Wörter, die sich so ähnlich anhörten, wie *Spaniel* oder *Span* oder *Spann* oder *Spanner* und sogar *Spillane* (unsere Nachbarn einen Stock tiefer, als wir noch in der Northside wohnten. Es hieß, sie seien Kesselflicker, fahrendes Volk, obwohl weder dies noch das Gegenteil je bewiesen wurde). Trotzdem, wie ich immer sage: bei Ausländern ist eine gute Versicherungspolice die beste Politik.

Heizofen in Raheny draußen gezogen waren; anmutiges Wohnen in vorstädtischer Eleganz, wie Mam so oft und so langweilig gesagt hatte, wenn sie ihr neues Leben mit den grauen gekochten Kartoffeln und der täglichen Tracht Prügel in der Kellerwohnung in den Liberties verglich …, ach, es waren gute Zeiten angebrochen, dachte Roisín und nickte weise, wahrhaft gute Zeiten, besonders die Ferien, diese alljährlich wohlverdienten zwei Wochen in Bundoran für die Ex-Armen aus Dublin! Wie hatte sie es am Ozean geliebt, mit den schaumgekrönten Brechern des Atlantik, herein, hinaus, herein, hinaus, immer und ewig, wie es in dem Song hieß (Bobby Darin? Jimbo MacCloonichan? Elvis?);[2] das Miauen der Möwen und Brachvögel, die über den windigen Himmel geweht wurden wie Papierschnipsel; Dad zog sich bis zur Hüfte aus, Lulle im Mund, und lederte den Wagen noch mal ordentlich mit Wachs ab; beim jungen Petey stand die Stirnlocke *à la* Fabian hoch wie bei der Mähne eines Schaukelpferds; Sissy war bereits halb in Bob, den Anstreicher, verliebt, der später (und trotzdem für alle überraschend) ihr Mann wurde; Sandburgen und Planschkuhlen, und ein Mädchen, das Glück hatte, bekam den ersten Kuß (Tom Kennedy, der Anwaltssohn aus Killiney: das wußte sie noch) –; war das nicht der ideale Sommer, wie ihn jeder verbracht haben sollte, als Kind?

Außer Emmet. Der sprach nie über seine Kindheit,

2 Jimbo ist es. Ich erinnere mich, als wäre es gestern gewesen. »Incoming Out, Forever«: der Hit des Jahres ’57; den hörte man in allen Tanzhallen, sogar im Norden. In dem Jahr war ich eine Woche lang in Portrush, und jede Nacht waren wir auf den Fliesen im Seaview, und die Jukebox spielte den Song etwa 732mal hintereinander. Bald danach habe ich Jimbo geschrieben, aber seine Sekretärin sagte mir, er habe das Singen aufgegeben, um bei der vielbewunderten Army-Revue *Die Freitagsgefreiten* mitzumachen. Was danach geschah, kann jeder nur raten, aber er hatte nie wieder eine Hit-Single.

außer wenn sie darauf zu sprechen kam, und auch dann bestand seine einzige Antwort in einem Grunzen oder einer Grimasse.

»Und jetzt ist er alleine für drei Tage verschwunden, und ich habe keine Ahnung, wohin oder wozu«, sagte sie zu Mrs. Delaney, als sie gemeinsam im Gemüse auf dem Markt am Haughey Circle stöberten. Roisín wählte ein halbes Pfund rubinroter King-Edward-Kartoffeln, Mrs. Delaney eine Steckrübe. Keine hegte jedoch viel Hoffnung, ihr Mannsvolk könne in der Stimmung für *colcannon* oder *boxty* sein.

»Der Pater tröstet sich wieder«, sagte Mrs. Delaney.

»Ach nein. Nicht schon wieder.«

»Doch. Letzte Woche zwei Flaschen, bei denen ich es bestimmt weiß. Wahrscheinlich mehr, gut versteckt. Und was er nachts für ein Theater macht, mit seiner talljeenischen Musik. Sturziös betrunken war er letzte Nacht. Ich habe nur Angst, es wird bei dem armen, alten Mann auf Dauer oder so.«

»Und erstmal mein Emmet«, sagte Roisín. »Vor etwa einer-Woche-zehn-Tagen hat er dermaßen Trübsal geblasen, und wenn ich ihn frage, was ist denn los, sagt er Nichts oder Laß mich zufrieden oder noch schlimmer. Einmal ist er sogar aufgestanden und aus dem Zimmer gegangen, als ich reinkam, wie ein eingeschnappter kleiner Junge. Sowas machen Männer gern, wissen Sie. Als hätten sie nur darauf gewartet, daß sie zeigen können, was für Kinder sie immer noch sind. Und jetzt ist er irgendwo weg und sucht irgendwen oder irgendwas, das ist alles, was ich weiß, und das ist dann auch schon alles. Immerhin hat er mir eine Telefonnummer gegeben. Die bischöfliche Residenz in Ballyduff, ich gehe also mal davon aus, daß er nicht hinter einer Frau her ist. Wissen Sie vielleicht, welcher Bischof das sein könnte, wenn überhaupt, Mrs. D.?«

»Leider nicht, Mrs. P. Ich habe so schon alle Händevoll zu tun, und meiner ist nur Pfarrer.«

Mrs. Delaneys Hingabe an Pater Doyle war die Hingabe einer Ehefrau, dachte Roisín, nicht zum erstenmal. Seltsam, wie viele dieser alten Priester in der gleichen Situation waren, so gut wie verheiratet mit ihren Haushälterinnen, vom Offensichtlichen einmal abgesehen?[3]

»Also, ich fand, der Pater war letzten Sonntag gut in Form«, sagte sie. »Als Predigt hat er uns eine ordentliche kalte Dusche verpaßt, komplett mit Sünde und Tod und daß man seinen Frieden mit Gott machen soll, bevor man hinscheidet. Den angemessenen Tod nannte er das. Das kann ich dir sagen, habe ich da gedacht. Außerdem habe ich mir noch gewünscht, daß Emmet die Predigt gehört hätte, so, wie er sich in letzter Zeit aufführt. Aber er geht natürlich nicht in die Kirche, schon seit Jahren nicht, seit Sean geheiratet hat, vielleicht sogar noch länger.«

Mrs. Delaney schwankte zwischen Kohl und grünen Peperoni, frisch aus Mexiko.

»Der Pater spricht immer sehr gut von Ihrem Emmet«, sagte sie und entschied sich für Kohl als irische,

3 Durch Gerüchte dreht sich die Welt, was? Gab es nicht sogar Gerede über Pater Dunne, unseren Priester in Colmcross, und Danuta, seine fünfundzwanzigjährige Haushälterin und ehemalige Miss Polen? Ich persönlich habe diese alten Geschichten keine Sekunde lang ernstgenommen. Pater Dunne war ein heiligmäßiger Mann, praktisch entrückt. Als diese Mrs. Stallion von nebenan klagte, sie habe Danuta nur mit einer Schürze (wenn überhaupt) bekleidet bei der Hausarbeit gesehen, nahm Pater Dunne das Mädchen mit auf eine zweiwöchige Pauschalwallfahrt an den Lough Derg und zum Croagh Patrick, und als sie zurückkamen, beide echt super braungebrannt, gab Danuta in ihrem entzückenden gebrochenen Englisch bekannt, sie habe sich entschlossen, den Kleinen Schwestern der Seelenqual beizutreten, einem Klosterorden mit Stammhaus in der Bogside. Pater Dunne hinwiederum war ein ganz neuer Mensch und wurde noch im selben Jahr Bischof.

d. h. bekannte Größe und nicht so leicht zu verschmähen. »Er sagt, für einen Ungläubigen ist er ganz schön tolerant, sagt er.«

»Ach ja«, sagte Roisín. »Sagt er das wirklich?«

»Ja. Natürlich findet der Pater, daß jeder Ungläubige sich in einer ständigen spirituellen Krise befindet, und Emmet ist da keine Ausnahme. Aber mit seinem Beichtvater befreundet zu sein, ist, wie wenn man für einen Verwandten arbeitet, sagt der Pater. Da kommt für alle Beteiligten nichts Gutes dabei raus. Wer etwas loswerden will, soll am besten jemandem beichten, den er nicht kennt. Ich glaube, genau das hat Ihr Emmet gemacht, wenn es Ihnen nichts ausmacht, wenn ich sowas sage.«

Einen Augenblick lang machte es Roisín etwas aus. Schlimmer noch, sie war bestürzt. Mrs. Delaneys elliptische Herablassung schien stille Wasser anzudeuten, die nicht nur tief waren, sondern an Schlingpflanzen erstickten, die von der Oberfläche aus unsichtbar blieben. Konnte es wahr sein, fragte sie sich; konnte das, was sie von ihrem Mann wußte, so oberflächlich sein?

»Sie meinen, Emmet hat sich zur stillen Einkehr zurückgezogen, ohne mir was davon zu sagen? Emmet, der Freidenker, der sich seit zwanzig Jahren nicht bekreuzigt oder ein Gebet gesprochen hat? Naja, alles ist möglich, Mrs. D.«, sagte sie kalt. »Es ist nur leichter, ein Seemannsgarn zu spinnen als feine Baumwolle, wie man so schön sagt.«

Sie hatte jedem weiteren Gespräch mit Mrs. Delaney den Rücken gekehrt, bis letztere eine wiedergutmachende Bemerkung über die enorme Hitze ihres unerwarteten Altweibersommers machte.

»Ja, brütend«, sagte Roisín distanziert. »Brütend heiß.«

»Dreiundneunzig in Dublin auf dem Flughafen, habe ich gehört.«

»Wirklich? Dreiundneunzig, meine Güte. Ich habe

nur neunundachtzig gehört, aber das war natürlich hier für die Region.«

Somit war ihr Bündnis neu geschweißt, und Roisín Power und Mrs. Delaney vervollständigten ihren Rundgang durch *die Läden* gemeinsam, Mrs. Delaney, um die Ingredienzien für Pater Doyles Abendessen zu versammeln, Roisín, um Vorräte gegen die Rückkehr ihres Gatten anzulegen: die King Edwards zum Stampfen oder für *boxty* oder Fritten; ein halbes Dutzend Jumbo-Eier, Handelsklasse A, um zu einem sahnigen Omelett von Jumbo-Dimensionen geschlagen zu werden; verschiedene Gemüse und in der Erde gewachsene Pilze, ebenfalls für jenes mannsgroße Omelett bestimmt; als Appetitanreger gemischte Nüsse – einschließlich Cashew-, Wal- und Para- – und importierte deutsche Brezeln, von Hand aus deutschem Teig gedreht: 16 Unzen feingemahlenen ecuadorianischen Kaffees und eine halbe Flasche Champagner, um vorher Erwähntes herunterzuspülen; ein Pfund gehacktes Charolais-Rindfleisch für Pastetchen oder Klopse; und 11 Unzen importierte luxemburgische Schokolade von Madame Charybdis als Dessert, ein echter Luxus, auf den sie normalerweise keinen Penny verschwendet hätte, aber was es auch war, was den Mann, mit dem sie seit fünfundzwanzig Jahren verheiratet war, aus dem Haus getrieben hatte, es mußte besiegt werden, und bei ihm ging, wie bei vielen anderen, die Liebe durch den Magen.[4]

4 Ach ja, das Gefühl kenne ich. Wenn Nahrung der Liebe Musik ist, spielt weiter, sozusagen. Es ist wohlbekannt, daß meine einzige Sünde, wenn ich denn zum Sündigen neigte (und Bescheidenheit erkennt man an der Bescheidenheit, wie Mam immer sagte), die Sünde der Völlerei wäre, besonders zu Weihnachten, wenn der Plumpudding hereingetragen wird; einmal bin ich über den alten Pud hergefallen, sobald er durch die Tür kam, und hatte das ganze Ding im Mund, mit Flammen, Stechpalmenzweigen und allem Drum und Dran, bevor sie mich wegzerren konnten! Ich war immer schon entsetzlich, wenn was mit Zucker

Plötzlich von der vollen Wucht der Krise getroffen – ein rotgesichtiger Mann, der sich beim Verlassen einer Wein- und Spirituosenhandlung verstohlen umsah, erinnerte sie an Emmet –, verdoppelte sie ihren Champagner-Einkauf, wobei sie von ihrer frugalen Gefährtin mit großen Augen beobachtet wurde.

»Würden Sie mir glauben, wenn ich Ihnen sagte, daß ich das Zeug noch nie außer einmal probiert habe bei der Hochzeit meines Cousins Artie vor zwölf oder ist es jetzt schon dreizehn Jahre her?« sagte Mrs. Delaney. »Oben im Pfarrhaus sind wir weiß Gott keine Abstinenzler, aber eins, was ich ihn noch nie habe trinken sehen, ist Champagner. Er ist natürlich keiner, der großes Getue schätzt, aber nein, ganz und gar nicht, der Herr Pfarrer …, und das habe ich auch nie angedeutet!«

»*Musha,* Mrs. D., keine Minute lang hätte ich angenommen, daß Sie das angedeutet hätten. Es ist nur so, daß, was für eine Biene Emmet auch unter der Haube hat, sie eher davonbrummen wird, wenn er sich zu Hause am Kamin ein Fläschchen Schampus genehmigt hat, als wenn er in die Kneipe geht und sich mit den Jungs einen ansäuft.«

Roisíns Betrachtung, die sie umgehend bereute (wann hatte sich Emmet zum letztenmal mit den Jungs einen angesoffen, um Gottes willen?), brachte Mrs. Delaneys zehn Jahre alte Witwenschaft dazu, daß sie schmerzhaft pochte wie eine offene Wunde, so anschaulich erstand ihr dahingegangener Declan vor ihr, wie auf einer sepiagetönten Fotografie der halbvergessenen Vergangenheit, da er am Freitagabend durch die Aue schritt, der Kneip' entgegen, voll derben Geläch‐

war, wie Sie wissen. Trotzdem, ist doch nicht schlimm, man lebt nur einmal, und entsprechend (oder auch nicht) ist auch Weihnachten nur einmal per annum, oder?

ters und Rennbahnklatsch und zu großzügig im Rundenschmeißen, als gut für ihn war,[5] wie sie ihm so oft zu sagen versucht hatte, aber sie gehörte zu jener archaischen, chinesischen Generation von irischen Frauen, die sich ihrem Mannsvolk in allem unterzuordnen hatten: bei Politik, Religion und Tischgespräch, natürlich, aber auch (besonders) bei dessen Marotten und Eigenheiten, Marotten und Eigenheiten, die für gewöhnlich gebraut und auf Flaschen gefüllt waren.

Unglücklicherweise – oder vielleicht auch wieder nicht – war der dröhnende Declan Delaney mit dem breiten Brustkorb, obschon in der Öffentlichkeit ein Schwerenöter bis an den Rand des Ehebruchs, in Wahrheit so impotent wie ein Stein gewesen, so daß sie nicht das übliche Haus voll Bälger am Hals hatte, und ihre seltenen ehelichen Scharmützel waren meist in donnerndem Schnarchen (seinerseits) und stillem Häkeln (ihrerseits) versickert.

»Aye, Gott verderbe sie«, murrte sie. »Die Männer.«

»Ach, ich weiß nicht«, sagte Roisín und verstaute ihre Einkäufe in zwei klirrenden Taschen. »Man braucht ihnen nur zu sagen, was sie machen sollen, dann sind sie schon froh. Wie Hunde. Hatten Sie schon mal einen Hund, Mrs. D.?«

Mrs. Delaney hatte noch nie einen gehabt. Declan konnte keine Hunde ausstehen, und der Pater war allergisch.

5 Genau wie einige andere, die ich namentlich erwähnen könnte. Dieser Typ kommt mir vor wie noch nicht ganz abgestillt, entschuldigen Sie den Ausdruck.

18

Emmets kleine Spritztour näherte sich ihrem Ende, und es wurde auch allmählich Zeit: Freidenker, aber wirklich! Er war netter zu diesen Priestern als die meisten ihrer Gemeindemitglieder. Es war zwar leicht gewesen, den harten Mann zu spielen und zu schwören, jetzt sei man es leid, jetzt werde man Köpfe einschlagen gehen, wie er das vor seinem Aufbruch getan hatte, aber wie konnte er das durchhalten, wenn alle ihn viel zivilisierter behandelten, als er wahrscheinlich verdiente? Es war schließlich kein alltägliches Vorkommnis, daß irgendein wildfremdes Arschloch auf der Schwelle erscheint und fragt, ob man ihn angerufen habe, wie ein Butler in einem Theaterstück: Sie haben geläutet, Sir? Worauf die natürliche Antwort etwa Verpissen Sie sich oder Danke nein, wir brauchen keinen oder doch zuallermindest Warum haben Sie denn nicht *angerufen,* um das zu klären? gelautet hätte. Warum sind Sie den ganzen langen Weg hier herausgefahren?

Aber bisher hatte keiner diese Fragen gestellt: Höflichkeit, vermutete er, oder schlichte irische Perversität, Gleich und Gleich reagiert gern aufeinander.

Auf jeden Fall hatte er zwei der fünf Patres MacCarthy von seiner Liste gestrichen, nachdem er den einen besucht und vom anderen, Pater Pat, dem Ultratraditionalisten aus Youghal, gehört hatte, er liege nach einer Serie von Schlaganfällen vor sechs Wochen steif wie eine Planke im Krankenhaus; nachdem er der Oberschwester sein Mitgefühl ausgedrückt hatte (sie hatte gefühllos die Achseln gezuckt), nahm Emmet die anderen in geographischer Reihenfolge durch, von SSW nach NNO. Der erste Name im SSW-Quadranten war der von Pater Paddy MacCarthy, dem Hirten von Ballymahone, der ihn im staubigen Salon seines Pfarrhauses empfing, während er seine Bündel schnürte, um zu einer neuen Mission aufzubrechen.

»Die Gemeinde Ballbelong, Sir, in Queensland. Unbewohnt, bis auf die Känguruhs und ein paar hundert Schafzüchter mit ihren Familien, um die ich mich kümmern soll. Manche mögen es einen Abstieg nennen, nicht so ich, ich plane, mich zu amüsieren. Soviel Platz, und keine verdammten Sümpfe, und, so Gott will, weit und breit kein Ire in Sicht. Ich habe unsere Landsleute satt, Sir. Satt bis hier. Natürlich nichts Persönliches. Bei meiner Seele, Mr. Powers, ich habe keine Ahnung, wer Sie angerufen hat, irgendein alter Streithammel, der Ihnen einen Streich spielen will. Aber so sind die Iren. Eine Bande von Sumpfbewohnern und geschwätzigen Vollidioten, die ihren Allerwertesten nicht von einem Loch im Boden unterscheiden können, bitte vielmals um Entschuldigung, Sir.«

Emmets nächster Halt, zwölf Meilen weiter, zielte darauf ab, P. J. MacCarthy zu treffen, den ex-chinesischen Missionar, inzwischen auch Ex-Priester –, aber noch nicht aus dem Priesteramt verstoßen, wie Pater Doyle reißerisch angedeutet hatte. Er hatte einfach in all den Jahren seinen Glauben verloren[1] und sich vom Priesteramt zurückgezogen, um seine Memoiren zu schreiben. Drei Jahrzehnte in China hatten seinem Liffey-Akzent nichts anhaben können, geschweige dem kristallinen Blick des Dubliners auf die Absurditäten der Welt. Als Emmet ihm von dem Telefonanruf berichtete, gackerte er vor Vergnügen.

1 Einfach ist daran gar nichts, Jungchen. Glauben Sie mir, ich weiß, wovon ich spreche, mit meinem Onkel Frank als Beispiel.

»Noin, das war ich nicht, aber ich woiß nicht, warum ich nicht selbst darauf gekommen bin!«

Bei grünem Tee warf er sich kopfüber in eingespeichelte Reminiszenzen an glückliche Tage, den mächtigen Yangtze hinauf und hinab.

»Neununddreißigmal so groß wie der Liffey, haben Sie das gewußt? Koin Witz, Wort für Wort wahr. Ah, das waren noch Zoiten, das kann ich Ihnen sagen, Zoiten waren das, moin lieber Mann. Damals hatte natürlich noch niemand Telefon, koinerloi Telefon, gar nicht dran zu denken, koin wie auch immer geartetes Telefon, jaja, Gott segne Sie, seltsame Gesellen sind sie, die gelben Männer, das sind sie wirklich, doch, das kann man sagen, o ja, aber Gott segne sie alle trotzdem und Sie ebenfalls, A-men. Hoiliger Jesus, dieser grüne Tee ist oine widerwärtige Plörre. Wollen Sie nicht lieber oinen anständigen Earl Grey?«[2]

Emmet verbrachte eine unruhige Nacht in einem Hotel in der Nähe von Cobh. Am Morgen rief er Roisín an, um ihr zu sagen, er sei abends wieder zurück.

»Um Jesu willen, was ist los mit dir, Emmet?«

»Überhaupt nichts, *acushla.* Mach dir keine Sorgen. Ich bin ja bald wieder da.«

Frage nicht, dann wirst du nicht belogen, sagte er sich, womit er sein Gewissen nur teilweise beschwichtigte.

Nach dem Frühstück schaute er bei Padraig MacCarthy vorbei, dem Bischof von Derrymoyle. Eine dünnlippige alte Dame führte seine Exzellenz am Ellbogen ins Wohnzimmer. Er befand sich eindeutig auf dem nach unten führenden Abhang des Lebens und legte an Ge-

2 Naja, geht so, obwohl man es aus der Entfernung für den Akzent von Cork halten könnte. Oder für polnisch. Ich lasse es mal durchgehen.

schwindigkeit zu. Sein Mund arbeitete mehrere Minuten lang mühselig, und er starrte Emmet an wie ein Baby ein neues Spielzeug. Als er endlich sprach, geschah dies mit deutlichem Lispeln, welches bei einem Telefonat noch verstärkt worden wäre.

»Hallo.«

»Wind Wie der Mann von der Verwicherung?«

»Ich bitte um Vergebung, Euer Exzellenz. Ein unbedeutender Vorfall. Ich werde Sie nicht lange in Anspruch nehmen.«

»Effie, wer ift diewer Mann? Iffef wegen def Wagenf? Warum trägt er keinen Schlipf?«

Er wiederholte die Frage nach der Krawatte und glotzte nur, als Emmet versuchte, seine Angelegenheit zu erklären. Die alte Dame lenkte ihn wieder hinaus und deutete wortlos auf die Haustür. Emmet verstand die Andeutung und seufzte vor Erleichterung.

Damit blieb nur noch Kanonikus Patric MacCarthy in Ballyduff, im Norden der Grafschaft Killoyle, etwa eine Stunde auf der landeinwärts gelegenen Straße über karge Hügel und durch grüne, mit kleinen Bergseen durchsetzte Täler, an verlassenen Häuschen von um 1840 und bräunlich schwefelverfärbten Felsbrocken vorbei. Emmet hoffte, durch die Fahrt einen etwas klareren Kopf zu bekommen. Obwohl es entspannend und als solches ein besserer Vorwand war, um mal vor die Tür zu kommen, wenn man am Steuer seines nagelneuen Peugeot 707TSI chauffierte, als die Jagd auf den Mitternachtsanrufer (was sich anhörte wie irgendein albernes Fernsehdrama, Himmel noch mal), lastete doch eine Angelegenheit von beträchtlichem Gewicht auf Emmets Gewissen, d. h. ob er seinen Arbeitgeber bei den zuständigen Stellen melden sollte. Nachdem er den Großteil der Sonntagnacht damit verbracht hatte, die offizielle Version (der Steuerbehörde) mit der inoffiziellen (von Spudorgan Hall), was die fiskalischen Abgaben des Hotels betraf, verglichen hatte, waren seine schlimmsten Verdächte bestätigt. Klaffende Diskrepanzen zwischen den Summen in den Kontobüchern und den offiziellen Steuererklärungen, und das seit fünf Jahren, waren ein deutliches Zeichen dafür, daß Carfax mit seinen adhäsiven Fingern schon seit geraumer Zeit tief in die Keksbüchse griff. Es war ein Schock –, tatsächlich dämmerte es Emmet erst jetzt, wie schockierend (sowie unmoralisch, feil, verworfen usw.) die ganze Sache war. Noch schlimmer war das bereits angedämmerte, nunmehr vollendete Innewerden, daß seit fünf Jahren, er, Emmet Power – von der Sippe der Powers, vom Stamme der Gælen, Vater dreier prächtiger Söhne *(tapfrer Sean! beherzter Jim! schlauer Tim!)*, Gatte der holden Roisín; dieser Mann, der es aus eigenem zu etwas gebracht hatte, Freidenker und Moralist –, all diese Jahre, sage ich, hatte E. Power, Esq., froh und dumm im Dienste eines Betrügers – eines Diebes – eines Steuerhinterziehers – eines Defraudanten hoch n geschuftet! Als er daran dachte, wurden seine Fingerknöchel am Steuerrad weiß, und er wich einem gellend hupenden Bus aus, der Touristen nach Cashel trug.

Bald kam er nach Ballyduff. Kanonikus Patric MacCarthy, S. J., war ein flotter, freundlicher Mann Ende Dreißig mit glattrasiertem, angenehm schweineartigem Gesicht und kraftvoll geäußerten Meinungen zu den meisten Dingen, mitternächtliche Telefonanrufe inbegriffen.

»Reisende Redemptoristen? Nie gehört. Tee?«

Mit bleichen, priesterlichen Händen geleitete Kanonikus MacCarthy Emmet in eine Laube im Garten der sogenannten Bischöflichen Residenz, einem viktorianisch-gotischen Herrenhaus mit Schulbetrieb –, tatsächlich eine vor kurzem in Betrieb genommene Filiale des Mussenden & Downhill Priesterschulungskollegs, und Kanonikus MacCarthy war, wie er bescheiden (Kopf über eisbrechende Teetassen gebeugt) einräumte, dessen Ehrensekretär, d. h. (ein Kichern) Oberspendensammler. Das Haus bot stolz zwanzig Studenten Unterkunft sowie eine schöne Aussicht, welche die sonnengesprenkelten Hügel der nördlichen Grafschaft Killoyle und, in der verschleierten Ferne, die vieltürmige Stadt selbst einschloß, wie sie ihren silbrigen Strand umgürtete. Am Fuße des nächsten Hügels befand sich ein Steinkreis aus dem Neolithikum, eine touristische Attraktion, erinnerte sich Emmet, wegen eines angeblich erotischen steinernen Abbildes, den alten Gælen als sheila-na-gig bekannt.[3] Diese alten Felsen und das Kolleggebäude selbst legten Zeugnis davon ab, daß die Geschichte Ballyduff nicht verschmäht hatte.

Kanonikus MacCarthy lümmelte sich auf einen der Stühle in der Gartenlaube, eindeutig froh über die unerwartete Gelegenheit zu einem kleinen Schwatz. Feinster Darjeeling-Tee von den Gebirgsausläufern Assams diente ihrem Diskurs als Schmiermittel.

»Wissen Sie, ich neige inzwischen zu der Ansicht, daß es doch jemand war, der sich für einen anderen ausgegeben hat«, sagte Emmet. Er lockerte seinen Kragen, krempelte die Ärmel auf und hob das Gesicht in die Sonne, die so gar nicht der Jahreszeit entsprach und unvernünftig heiß war. Er fühlte sich entspannt, zuversichtlich, fast wieder wie er selbst. »Nur, wer wäre so

3 Und nicht nur den alten, mein Junge. Ich habe den Namen schon gekannt, als ich noch kniehoch war, nicht höher als ein Hundepimmel. »Angeblich« ist übrigens genau das richtige Wort, es sei denn, man wird beim Anblick eines mondgesichtigen (und wahrscheinlich sternhagelvollen) neolithischen Pärchens naß, das verkehrtrum aufeinander liegt und es doch irgendwie schafft, nebeneinander zu sein, falls Sie verstehen, was ich meine.

ein, äh, verdammter, äh, Johannes, entschuldigen Sie bitte, Herr Pfarrer, daß er mich nach 23 Uhr anruft und behauptet, er wäre Sie, oder einer Ihrer Namensvettern, dann wieder anruft, wenn ich nicht zu Hause bin, und meiner Frau noch mal dasselbe ausrichtet?«

»Ich möchte wetten, Mr. Power, daß der in Frage stehende Johannes unsere beiden Namen aufs Geratewohl ausgewählt hat. Ich meine, meiner ist kaum originell, außer, was die Schreibweise angeht, ich weiß nicht, ob Sie das bemerkt haben? Patric mit c, wie ich, seit ich denken kann, jeden Tag zehnmal wiederholen muß. Meine Leute haben mich damit belastet, damit ich mich von der Menge abhebe, nehme ich an, und man läuft ja auch im heiligen Land Irland durchaus dem einen oder anderen Patrick MacCarthy über den Weg, stimmt's? Besonders in dieser Gegend. Jedenfalls habe ich ein Alibi, Mr. Power. Ich bin kaum je zu Hause. Wir akademischen S.J.s reisen viel, wissen Sie, Sie hatten Glück, daß Sie mich überhaupt erwischt haben. In ein paar Tagen muß ich nach Österreich, und letztes Wochenende – als das Verbrechen begangen wurde, haha – war ich in einem Dorf in Italien namens Chleti in den Albaner Bergen, ganz in der Nähe von Rom –, ah, dieser Ort ist wie eine Vision vom Paradies, das können Sie mir glauben. Pinien, See, Wasserfall, römischer Tempel, alles. Was das für einen Ferienort abgeben würde! Ich habe natürlich nicht gefaulenzt, die haben da ein ganz aktives Schulungskolleg mit Hotel nebenan –; die suchen übrigens händeringend einen anständigen Geschäftsführer, wissen Sie. Sie wären wohl nicht zufällig zu haben, wie?«

Emmet zuckte die Achseln.

»Ich müßte die Frau fragen, aber ich hätte nichts dagegen, nach Italien zu ziehen, wenn da ein anständiger Job winkt.«

»Ich werde Sie also im Auge behalten. Außerdem

suchen sie einen Direktor für die Schule, und da sie so viele irische Seminaristen bekommen, sähen sie es am allerliebsten, wenn ein echter Ire aus Maynooth den Laden schmisse! Nun ja, ich war versucht, o doch –, aber ich will Sie nicht mit Gefachsimpel langweilen. Nun zu Ihrem Anrufer. Ich habe das leise Gefühl, da wollte irgendein Nichtsnutz sternhagelvoll einem geachteten Bürger eins auswischen und hat sich dafür, aus Gründen, die wir nicht kennen, Sie ausgesucht. Noch ein Tröpfchen Tee?«

Emmet willigte ein, obwohl er fürchtete, ein längeres Verweilen könnte dazu führen, daß er diesem liebenswerten Priester sofort und auf der Stelle seine Sünden beichten wollte. Was er hingegen, nach einem weiteren Schluck rauchigen Darjeelings, beichtete, war, daß Pater MacCarthy etwa soviel mit dem, was man sich gemeinhin unter einem Jesuiten vorstellte, zu tun hatte wie Ballyduff House mit seiner, Emmets, Vorstellung von einem Jesuitenkolleg.

»Das darf ich wohl als doppeltes Kompliment auffassen«, sagte der Priester. »Letzteres traditionell ein Horror aus rotem Backstein, ersterer ein Schriftgelehrter und Pharisäer, was? Nun, damit stehen Sie, dächte ich, nicht allein da, Mr. Power. Die Gesellschaft Jesu ist wohl so vertrauenerweckend nicht, da wäre ich der Erste, der das zugäbe. Doch das geht inzwischen den Priestern aller Richtungen genauso. Der Westen macht gerade einen seiner periodischen antireligiösen Zyklen durch, fürchte ich, ziemlich schlechtes Timing, wo die Moslems sich zu Djihads und wer weiß wozu noch rüsten, aber so ist es nun mal. Da ist für uns nicht viel zu machen, außer aussitzen, wie wir es in der Vergangenheit immer gemacht haben.«

»Aber hinüber ist es doch? Das Christentum, meine ich?«

»Meine Güte, das kann nicht Ihr Ernst sein, Mr. Power. Darf ich übrigens fragen, ob Sie überhaupt Kirchgänger, oder sollte ich sagen, ein gläubiger Mensch sind? Nein? Ah, das hab ich mir gedacht. Nur ein Ungläubiger, hatte ich mir gedacht ...; na, wie auch immer. Das ist ein schweres Thema.«

Emmet stellte seine Teetasse auf dem Beistelltisch ab und beugte sich vor.

»Nein, nein. Das heißt, wenn es nicht zu aufdringlich ist. Ich meine, ich weiß, daß ich nur Hotelmanager bin, nicht gerade das intellektuelle Niveau, auf dem Sie normalerweise die Klingen kreuzen, bestimmt nicht, aber lassen Sie uns doch noch ein wenig mit der Diskussion fortfahren, wenn es Ihnen nichts ausmacht.«

»Solang Sie wollen. Bis zur Beiratskonferenz um halb vier habe ich ohnehin nichts vor. Wollen Sie nicht zum Mittagessen bleiben? Wir können es hier draußen einnehmen, im Solarium. Mir wäre, wenn man das Wetter bedenkt, nach einem Salätchen, und die machen hier eine sehr gute *salade niçoise* –, und dazu vielleicht einen schönen Vouvray?«[4]

»Äh –, Kaffee hätten Sie wohl nicht zufällig?«

»Anschließend natürlich Kaffee, aber ja doch. Welcher verdammte Barbar trinkt denn Kaffee zum Essen? Ehrlich. Das ist noch schlimmer, als wenn erwachsene Männer herumsitzen und den ganzen Tag Pepsi Cola

4 Wir gaben immer Château Yquem ('45, '46, '50) den Vorzug, wenn wir zu Hause ein elegantes Diner ausrichteten, dagegen vielleicht einem Lynch-Bages ('52, '56; die Jahrgänge '61 bis '64, wenn wir uns in einem finanziellen Engpaß befanden), falls der Anlaß den Da einschloß, der zeitig vom Haus des Busses heimgefunden hatte –; er mischte den Claret natürlich mit Flaschen-Stout und Kurzen, wovon er sich durch uns auch leider nicht abbringen ließ. Immerhin, einen Versuch war es wert, wie ein gewisser Mr. Bonaparte sagte, als er von Moskau zurückkam.

trinken wie in Amerika. Nein, ich glaube, ich werde mich für einen Vouvray entscheiden. Ich weiß nicht, ob Ihnen das aufgefallen ist, aber ich finde, Bocksbeutel neigen zu einem etwas pappigen Abgang, besonders an einem warmen Tag.«

Emmet wußte nicht, ob ihm dies je aufgefallen war, da er nicht genau wußte, was ein Bocksbeutel war (Boxbeutel? oder der Hodensack einer männlichen Ziege? war es ein Witz?), aber Kanonikus MacCarthy, der sein Zögern sah, vollführte in der Luft kurvenreiche Gesten, um gedrungene Flaschen mit schlankem Hals zu beschreiben, dann sprach er das Wort *Grün*, und plötzlich war alles wieder da: jener Tag auf dem Flughafen von Genf mit Fiona O'Malley, mit den besten Empfehlungen der Fluggesellschaft, eine elegante grüne Flasche mit goldenem Etikett und einem fruchtigen Geschmack, der direkt zu Kopfe stieg –; es war Wein!

»O ja. Ist mir auch schon aufgefallen, jetzt, da Sie es erwähnen.«

»Da war ich mir auch ganz sicher, Ihnen, dem Geschäftsführer der renommierten Spudorgan Hall.«

Emmet studierte seinen Gastgeber genau auf Herablassung und/oder Sarkasmus, aber Kanonikus MacCarthy, entschied er, war ein ganz seltener Mensch: er meinte, was er sagte. Dies bestätigte sich, als sie ihre Diskussion wieder aufnahmen und der Priester, die Argumente Emmets und die aller »Ketzer«, wie er sie nannte, humorvoll, aber mit dem allergrößten Ernst abtat.

»Das mit dem Wort tut mir leid, Mr. Power, aber es führt wirklich kein Weg darum herum. Wenn Sie öffentlich Partei für Überzeugungen ergreifen, die der Kirchendoktrin zuwiderlaufen, sind Sie ein Ketzer, Punkt. So einfach ist das, leider, es sei denn, man ist dafür, sich nach der Decke zu strecken, um den Tagesmoden zu genügen, und das bin ich, mit allem Nachdruck, nicht.«

»Demnach glauben Sie an Exkommunikation?«

»Natürlich. Aber nur als letzten Ausweg; erst tut der Priester seine priesterliche Pflicht und versucht, das verirrte Mitglied der Herde zurück in den Pferch zu führen, was ein Weilchen dauern kann, manchmal ein ganzes Leben lang, aber Sie wären erstaunt, wie oft es am Ende doch noch klappt. Unnötig zu sagen, daß man denen angesichts ernsthaften, organisierten Trotzes oder offenen Schismas noch eine letzte Chance gibt, und dann –, ja, dann fährt man die groben Geschütze auf, Mr. Power. Was kann man denn noch tun? Wie sonst die Kirche intakt halten? Überredung? Bestechung? Es ist doch nicht so, als wären diese Methoden in der Vergangenheit nicht angewandt worden, und die Exkommunikation als solche war einst so üblich, wie sie heute unüblich ist, im Spätmittelalter zum Beispiel (so üblich, daß sich in Mittelitalien ganze Provinzen exkommuniziert fanden, weil sie sich auf irgendwelche törichten Territorialstreitigkeiten mit dem Papst eingelassen hatten), aber ich behaupte ja auch gar nicht, daß die Kirche keine Fehler gemacht hätte, o nein, nichts läge mir ferner, sie hat sogar ein Gutteil ihrer Geschichte damit verbracht, alles mögliche in den Sand zu setzen.«[5]

5 Also, ich habe sowas nie gesagt, obwohl ich nicht leugne, es durchaus das eine oder andere Mal gedacht zu haben. Onkel F. war natürlich auch so ein Fall, aber damit hört es ja noch lange nicht auf: was ist mit dem Ex-Kardinal von Krakau, einem Mann mit ausgeprägtem Verstand, der gleichwohl nicht weiter blickt als bis an die Spitzen seiner eigenen Wimpern? Oder mit den *Knights of Iona*, die zwei Millionen für die Erweiterung ihres Tanzsaals in Lisdoonvarna ausgegeben haben? Oder mit dem amerikanischen Erzbischof, der sich anhört wie ein Mitglied des trotzkistischen Flügels von Fine Gæl, wenn er über schwule Geburtenregelung blökt und über die unterdrückten Massen und über die Pflicht der Kirche, nicht nur den langweiligen alten Katechismus und

»Da würde ich Ihnen nicht widersprechen.«

»Nein, bestimmt nicht, aber ich weiß, was Sie jetzt denken, daß das nur ein weiterer Grund ist, nicht zu glauben, was? Das gehört zur Argumentation des Freidenkers, stimmt's? Daß wir, weil die Kirche nicht vollkommen ist – und wie könnte sie, wird sie doch von Sterblichen betrieben –, genausogut auch auf sie verzichten können, stimmt's? *Pisherogues*, Mann. Warum verzichten wir dann nicht auch darauf, in den Supermarkt zu gehen, oder ins Wettbüro, oder in die Kneipe, mit derselben Begründung?«

»Das ist doch ganz was anderes, Herr Pfarrer, aber wirklich. Erstmal sagt einem das Wettbüro schon mal nicht, daß man in alle Ewigkeit brennt, wenn man sich nicht an die Hausordnung hält.«

»O doch, das tut es, auf seine eigene Weise. Das Gefängnis ist eine Art zeitlich begrenzter Hölle, stimmt's? Und genau dort landet man, wenn man, sagen wir mal, den Laden überfällt oder Gelder unterschlägt oder mit den Geschäftsbüchern herummacht, oder? Zumindest in der Theorie.«

Die Carfax-Krise ragte plötzlich wie ein Felsblock auf dem Weg, den ihre philosophischen – um nicht zu sagen jesuitischen – Gedankengänge nahmen, von welchen sich Emmet nun ohne Warnung verabschiedete.

»Wo wir gerade von Unterschlagung sprechen, Herr Pfarrer, da gibt es etwas, was ich Ihnen gern –, naja, wenn es Ihnen nichts ausmacht. Es ist tatsächlich ein bißchen aufdringlich, ich weiß.«

die Bibel, sondern auch Politik zu predigen? Gott steh' uns bei. Im Debattierklub der Trinity Student Union hatte ich beim Gähnen schon mal mehr Spaß, wenn Milo eine These vertrat (z. B.: »Dies Plenum ist der Ansicht, daß Ehemann und Ehefrau genau gleich groß sein sollten und keinen Zoll größer oder kleiner.«).

Kanonikus MacCarthys jungenhaftes Gesicht fiel in sich zusammen, ordnete sich dann jedoch zu einem friedfertig priesterlichen Lächeln, als bedaure er – guter Jesuit, der er war –, daß ihr Glaubensduell ein so jähes Ende gefunden hatte, während er gleichzeitig dachte – guter Priester, der er zu sein versuchte –, er habe in Emmet nichts Ketzerischeres erkannt als den vergeblichen Kampf eines Laien gegen den Drang zur Beichte.

Er schob – symbolisch – seine Teetasse beiseite.

»Sollen wir lieber ins Haus gehen?« Er bemerkte eine gewisse Verblüffung und erläuterte: »Es ist nicht gerade üblich, die Beichte in einer Gartenlaube abzunehmen.«[6]

»Beichte? Sachte, Herr Pfarrer. Wie kommen Sie denn darauf?«

In der Seele des Kanonikus schnitt Erleichterung der Enttäuschung den Weg ab: der Mann war also doch eine harte Nuß! Er griff nach seiner Teekanne, während Emmet, seine Tasse in die Höhe haltend, sich das Hirn zermarterte, um ihm Beredsamkeit abzupressen –, indes vergebens.

6 Obwohl der Kardinal das immer machte, die ganze Zeit, bei Regen und bei Sonnenschein! Es geht sogar das Gerücht, daß er sich auf diese Weise die Erkältung zugezogen hat, die ihn dann schließlich umbrachte, eines Nachts gegen elf, als er in seiner Gartenlaube saß und Onkel Francie die Beichte abnahm, und dazu gab es Tee, Kekse, Smarties usw.

19

Sie merkte, daß er plänkelte, wie es Männer taten, die glaubten, sie flirteten urban: das anzügliche Grinsen als solches wurde vermieden, aber Doppeldeutigkeiten wurden dick aufgetragen.

»Mit so einem Namen können die ja wohl nur glamouröse Damen von Welt einstellen, wie? Ich meine, wohlgerundete Frauen wie Sie, aha ha?«

»Kaum. Glamourös? Sie sollten mal die Feature-Redakteurin sehen. Die sieht meist aus, als hätte sie die Nacht unter einer Hecke verbracht.«

»Aber die eigentlichen Schreiberinnen sind doch eher ganz schön, äh, kosmopolitisch?«

»Naja, ich war ein paarmal im Ausland, und die haben tatsächlich Korrespondentinnen an relativ abgelegenen Orten wie New York und Mailand.«

»In Paris auch, nehme ich an?«

»Natürlich. Und dann gibt es noch einen Mann in Genf, der über Mitteleuropa und Südfrankreich berichtet.[1] Aber ich komme nicht oft aus Killoyle heraus.«

1 Ah, großartige Orte, edle Städte, ehrwürdige Namen. Jetzt sagen Sie mir ehrlich, kann man, wenn man jung ist, vierzehn Sommertage schöner verbringen, als am Rande einer baumgesäumten Landstraße (außerhalb von Reims, sagen wir mal, oder hart bei Dijon) zu stehen, mit dem Duft von Kuhdung und Autoauspuff in den Nasenlöchern, während man mit dem Daumen eine Mitfahrt an Punkte zu erlangen trachtet, die so herrlich weiter südlich liegen? Zum erstenmal einen legendären Namen auf einem alltäglichen Schild sehen: Carcassonne, oder Avignon, oder Dubonnet; dann, sobald man da ist, gesehen,

»Nein? Hölle auch, jetzt hat er mich gebissen. Au –, meinen Sie, Sie kriegen ihn da weg?«

»O nein. *Böser* Hund.«

Strongbows Strafe dafür, daß er die Hacke von Milos linkem Schuh benagt – und damit, hélas, auf dessen abgewetzte Oberfläche und den Archipel aus Flecken, der eine Seite verdunkelte, aufmerksam gemacht – hatte, war ein scharfer Klaps aufs Maul und das Timbre des Tadels in Kathys Stimme. Der Hund zuckte gehorsam zusammen, befürchtete das Schlimmste, aber knappe fünf Minuten später war alles in Ordnung, in einer trübe beleuchteten und wunderbar duftenden Ecke von Magilligan's Lounge auf dem Pollexfen Walk. Als Zeichen der Entschädigung bot Kathy an, einen auszugeben, und Milo starrte die Rückansicht ihres weißen Pullovers und ihrer schwarzen Jeans an, als sie am Tresen stand und auf die Getränke wartete, und er bewunderte die Üppigkeit jener prosaischen und doch poetischen Kulmination der Kurven einer Frau, wie sie so verlockend in den Gemälden von Boucher (oder war es Renoir?) festgehalten waren, wie auch auf den Fotoseiten ungezogener Magazine, besonders eines ganz bestimmten; aber es gab eine Zeit zu sabbern und eine Zeit zu handeln, ermahnte er sich streng. Die Gelegenheit hatte gepocht, in Gestalt des Zufalls, und hatte ihre Schritte an denselben Ort gelenkt (Parade, Ecke Pollexfen Walk), und das zur selben Zeit (18:00 h), allerdings aus verschiedenen Gründen: seine, daß es eine Abkürzung zu Magilligan's war, der billigsten Pinte der Stadt; ihre, daß es direkt zum wichtigsten Gassigeh-Areal des Strand führte.

selber zurücksehend, in einer Menge, oder auf der Terrasse eines Cafés ..., ihr heiligen Heiligen dort droben, wie die Zeit *fliegt*, wie der alte Priester sagte!

Ja, er mußte sich der Lage gewachsen zeigen oder fortan mit dem Bedauern leben.

(Sie hatte ebenfalls eine Pint bestellt, bemerkte er billigend.)

»Sie haben demnach in London gelebt?«

»Ja, hab ich. Woher wissen Sie das? Habe ich mir einen Akzent angewöhnt?«

»Äh. Nein. Es ist nur wegen der Zeitschrift, und daß – man London mit dieser Art Leben in Zusammenhang bringt, falls Sie wissen, was ich meine.«

»Also hat unser Freund Murphy getratscht. Dabei sind doch angeblich Frauen die großen Tratschmäuler. Aber, naja, Sie haben recht. Ich habe einige Zeit dort verbracht. Sechs Monate in einem möblierten Zimmer in Kilburn und zwei Jahre in einem halben Doppelhaus draußen in der Finchley Road. Kennen Sie es? London, meine ich?«

Unendlich gut, beteuerte Milos weises Nicken. Sie erhoben die Gläser und sprachen gleichzeitig dasselbe Wort.

»Prost.«

Milo schrägte seine Pint so, daß der Winkel dem Trinkerritual des Die-erste-geht-in-einem-Zug-runter am ehesten entgegen kam, entsann sich dann der Umstände und ließ das Glas widerstrebend sinken, wobei er sogar den Standardseufzer der Zufriedenheit unterdrückte. Abwesend musterte er sekundenlang seine Pint, als erschlösse sich ihm der Sinn all dieses Getrinkes noch nicht so recht. Kathy beobachtete diese Übung und deutete sie korrekt als Heuchelei. Scheiß-Iren, sagte sie bei sich, indem sie außerdem noch beobachtete, wie verzweifelt Milo sich bemühte, das lastende Schweigen zu brechen. Milo seinerseits bemerkte, wie sie ihn bemerkte. Als alles so weit ins Unbehagliche abgeglitten war, warf sich Milo mit Smalltalk in den

Kampf, über London und die unermeßlichen Schätze jener großartigen Stadt, wo, wie er erklärte, ein »stattlicher« Teil seiner Jugend verbracht (»oder vergeudet, ahaha?«) worden sei, davon wiederum viel auf dem und um den Russell und den Soho Square herum, die meiste Zeit jedoch (natürlich) im Lesesaal des British Museum, aber auch – in der Freizeit – im Museum als solchem, wo er die Marmorplastiken der Elgin-Sammlung, Tizians *Jahreszeiten*, Houdons *Voltaire usw.* bewundert habe, sowie verschiedene Artefakte aus assyrischer Herstellung; dann, an einem normalen Tag, nach dem Tee, grazil der Gang, ein leichtes Lied auf den Lippen, hinaus ins Lamb in der Lamb's Condult Street, eine der großartigen Kneipen von London (kannte sie es vielleicht?), mit diesen Milchglas-Fensterscheiben, die den Tresen unterteilten, und dem wunderbaren Shepherd Creame mit dem Cashewnußgeschmack, das sie dort zapften –, echtes Ale, auch wenn man zwei Pfund für die Pint anlegen mußte (leer blickte sie und unschockiert) –, nicht, daß er natürlich so viel Zeit in der Kneipe verbracht hätte, wie denn auch, wo doch so machtvoll rivalisierende Attraktionen wie das Museum und die Inns of Court und die Läden in der Oxford Street nur Steinwürfe entfernt waren![2]

»A ja«, sagte sie. »London.« Wagemutig ergriff er sein Getränk und verschluckte es in einem Zug; Schuldgefühl jedoch, oder Umsicht, verboten alle Bekundungen von Genuß. Ihm begann klarzuwerden, daß mit der Frau seiner Träume einen zu heben ein Balanceakt war, der klaren Kopf und wendige Zunge erforderte, da man

2 Ich weiß zuverlässig, daß der kleine Heuchler so sicher ins British Museum gegangen ist, wie ich seine Oma bin, und die Gesamtsumme seiner Londonkennerschaft ließe sich auf der Reibfläche einer Schachtel Swan Vestas unterbringen.

die Grenze zwischen der Diskretion des Gentlemans (d. h. nichts sagen, was *risqué* wäre, aber auch nicht weiterkommen) und der unverstellten Begehrlichkeit, wie sie sich in glotzenden Augen, zuckenden Lippen usw. äußert, ziehen mußte, und das stellte, wie er wußte, die zu vielen Pints von Magilligans hervorragendem Porter innewohnende Gefahr dar. Darüber hinaus empfand er einen perversen Groll dem Schicksal gegenüber, weil es dies Rendezvous arrangiert und ihn so seiner übelriechenden (abgestandenes Bier, Tabak), aber angenehm abgeklärten wenigen Stunden maskuliner Kneipenträgheit beraubte, jener dienstagabendlichen Institution, die aus dem Werfen von Darts, dem Lesen derselben Meldungen in drei bis vier verschiedenen Zeitungen, dem Gaffen aus großer Entfernung, dem Rauchen von zehn bis fünfzehn Zigaretten (oder mehr: genug auf jeden Fall für ein morgendliches Brustkorbrasseln), dem Hochschnellen ins Empyreum des Geistes in alkbeflügelten Flügen, solo oder in Gesellschaft anderer zechender Träumer, bestand; dann, gegen neun, schaute man im Koh-i-Noor auf dem O'Connell Square auf ein Vindaloo vorbei, holte sich danach noch bei Mooney etwas zum Mitnehmen, um den Abend mit Sessel und Fernsehen weiter zu begehen und gegen Mitternacht bierselig wegzudriften, eine anspruchslose, aber angenehme Routine, die nun auf die herkömmliche Weise in ihren Grundfesten erschüttert wurde, mit dem Auftritt des Weibes.

Das Gute daran war, daß sie ziemlich normal wirkte, gar nicht etepetéte, und sogar ja sagte, als er anbot, eine zweite Runde zu kaufen.

Der Hund knurrte, als Milo aufstand.

»Braver Junge. Irischer Terrier, stimmt's? Wird bestimmt gut gefüttert.«

Strongbow wollte sich auf ihn stürzen, zum Glück

für Milos Füße wurde er aber von seiner Leine und von Kathys Wortwahl, die ihren Anspruch auf Vorherrschaft bekundete, zurückgehalten.

»*Böse. Sitz. Platz.*«

Sie sah zu, wie Milo einen flinken Twostep machte, um Strongbows Biß auszuweichen, und weiterging und sich auf den Tresen stützte. Er wandte ihr den Rücken zu und tauschte Worte des Erkennens mit anderen Stammgästen aus, meist Altgedienten mit Zigaretten, die von nikotinfleckigen Fingern umklammert wurden, und mit Nasen, die vom Trinken rot und lila glühten. Einige blickten verstohlen zu ihr herüber und wandten sich dann ab, um unter schallendem, von Husten unterbrochenem Gelächter zu konspirieren.

»Steck ihn dir in die Nase, Cyril«, sagte Milo und punktete damit nicht schlecht –, aber er sagte es zu laut, als hätte er bezweckt, daß sie es hörte. Kathy lachte in sich hinein. Er war von der bekannten Sorte, dachte sie, in Dublin oder Cork verbreiteter als in einer Kleinstadt wie Killoyle: der vom Pech verfolgte Student oder Halbintellektuelle, der bekundetermaßen keinen Wert auf sein Äußeres legt, gleichzeitig aber sorgfältig das Image des Bohémien und Béhanien pflegt, von geborgtem Zynismus abgebrüht, der tief trank und unmäßig träumte, der sich nur um Liebe scherte, wenn er ein Paar intus hatte[3] –; falls er ein sortenreiner Vertreter seines Typus

3 Ah, da liegt sie ein bißchen daneben, Gott segne und erhalte sie trotz alledem. Milo denkt, wie so mancher junge Arbeitsscheue, nur an das Eine, und das kann man ihm nicht vollständig zum Vorwurf machen, nicht in einer Gesellschaft, die selbst kollektiv kaum an etwas anderes denkt. Klar, als *ich* heranwuchs, wenn wir da Geschlechtsteile erwähnten oder gar freilegten, hatten wir genug Novenen und Bußen und Ave Marias aufzusagen, daß es für einen Trip auf Geschäftskosten mit Air Condition nach Fatima und zurück gereicht hätte!

war, mochte er sogar zugeben, daß Liebe für ihn ohne jede Bedeutung war. Mit den unsterblichen Worten eines weiteren in Massenfabrikation hergestellten Iren, ihres Bruders Jack: »Frauen? Nö. Solang ich meine Pint und meine Lulle habe, brauche ich nichts.« Der Unterschied lag zugegebenermaßen darin, daß Jack das Hirn einer Hackpastete hatte, wohingegen dieser Milo-Typ ein paar Anzeichen von Witz aufwies oder zumindest rudimentär alphabetisiert zu sein schien (Elgin-Sammlung, Voltaire usw.): er war, zuallermindest, immerhin keine Bedrohung, wie der Jack- (oder Murphy-)Typus eine sein konnte oder sein zu können vorgab, mit übertriebenem Machismo und keinem echten Vergnügen am Liebesakt, außer als Mittel zur Dominanzausübung, als Kerbe im Holz, als Gesprächsgegenstand, wenn man mit den Jungs die Biere stemmte ..., nun, dieser Typ war gewiß nicht so; das hätte sich mit seinem die-Kunst/der-Suff-Image nicht vertragen. Anderseits war er als Oberkellner von Spudorgan Hall kaum ein Fortschritt gegenüber dem Barmann desselben Etablissements, und er war ein wenig zu großzügig gepolstert (zweifellos wegen Biertrinkens und Curryessens, wie sie das Junggesellenleben mit sich bringen), um ihre animalischen Leidenschaften anzufachen. Also kein Apoll; eher ein junger Dionysos, wie diese Statue im Nationalmuseum in Athen, angetrunken, aber doch listig –, oder wäre seine Rolle (falls er denn eine spielen sollte) die des kuschligen Teddybären, der eher mütterliche als geschlechtliche Instinkte wachrief? Aber sie ließ es wieder einmal zu, daß ihre Phantasie der Wirklichkeit vorgriff. Komisch, wie sie gerade erst gedacht hatte, was für eine Erleichterung es doch sei, endlich allein zu sein, nachdem sie die Trennung von Murphy amtlich gemacht hatte (ein Abschiedsdrink in der Spudorgan Hall, nur um die Form zu wahren, leichter, als sie gehofft hatte;

egal, daß er ihn ihr nicht mal aufs Haus spendiert hat, der Knicker), und hier war sie und päppelte schon wieder eine Phantasie, nur bestand diesmal die Wirklichkeit aus einem kleinen Fettsack, der in einem Restaurant arbeitete, nichts, womit man sich brüsten konnte, er selbst sich am wenigsten, wenn man von seinem Erscheinungsbild ausging: Cordhose, am Sitz papierdünn abgetragen, und der Torso in einen einst eleganten, aber übergroßen Tweedsakko mit (unvermeidlich) Lederflicken an den Ärmeln gehüllt. Strongbow hatte natürlich auf die Schuhe hingewiesen, die wiederum die Socken mit dem Schottenmuster unterstrichen hatten, welche stopfbedürftig waren, knöchelmäßig.

Er war eine Art Slum auf Beinen, um es unverblümt zu sagen.[4]

Die Servilität war jedenfalls zweifellos in dem Augenblick von ihm abgefallen, da er das Restaurant verlassen hatte, und dafür sei Gott Dank: es war so schon schlimm genug, wenn er flirtete. Nicht, daß er richtig unterwürfig gewesen wäre, aber sie hatte sich im Umgang mit Kellnern und Sommeliers und dergleichen immer unbehaglich gefühlt, da sie selbst eine Zeitlang Kellnerin gewesen war, in einem Bistro in London. Ziemlich instinktiv dachte sie immer: »Das könnte ich sein, die jetzt dort zum Richtplatz schreitet«, wenn jemand sie im Restaurant gnädige Frau nannte und sich verbeugte und verbog, als wäre sie die verdammte Kaiserin von Japan, nur weil sie Trinkgeld gegeben hatte, arme Tröpfe, das.

4 Na na na, wer im Glashaus sitzt, meinen Sie nicht auch? Die ganze Nacht diesen sogenannten Kaffee zu trinken und diese fauligen Zigaretten zu rauchen, ist auch nicht gerade das, was mir so unter Stil vorschwebt –, nicht, daß sie eine schlechte wäre, aber nein. Ich mag das, wenn ein Mädel ein bißchen Schwung hat.

Barmänner waren natürlich etwas anderes. Sie waren wie Priester, in mehr als einer Hinsicht.

»Murphy ist ein richtiger Prachtkerl, stimmt's«, sagte sie, ohne es zu wollen. Milo überreichte ihr eine frische Pint und stellte seine eigene auf dem Tisch ab, welcher vom Grollen eines Hundes auf dem *qui vive* zu vibrieren begann.

»Ihr Hund?« sagte er. »Ein schönes Exemplar. Terrier, stimmt's?«

»Nein, nicht er. Hey! Sei still!« Das Grollen hörte auf und fing einen Augenblick später wieder an, leiser moduliert diesmal. »Ich spreche von Murphy, dem Barkeeper im Hotel. Ihrem Kollegen.«

»Ah! Von ihm persönlich! Vom ganz harten Burschen, stimmt's? Guter alter Murph! *Mein* Kollege, *Ihr* je ne sais quoi?«

Er versteifte sich, von seiner eigenen Unverschämtheit alarmiert. Schließlich war die Frau immer noch Kundschaft, und die Firmenpolitik in der Hall unterschied sich nicht von der in jedem anderen Etablissement, das sich dem Geldverdienen widmet, d. h., wenn der Boß Jesus Christus war, dann war der Gast Gott, schlicht und einfach. Jesus Christus genügte natürlich schon, wenn ein Angestellter einen Gast vertrieb –, wie Milos Vorgänger als Oberkellner es angeblich getan hatte, indem er die Angewohnheit entwickelte, laut und wiederholt das Wort *Hoden* herauszurülpsen, wenn er das Essen servierte (was die Japaner besonders aufgebracht hatte) –, oder, noch schlimmer, wenn sich ein Gast bei der Geschäftsleitung beschwerte. Ja, es konnte sich herumsprechen. Was, wenn er sie mit seinem lässigen Lächeln und seinem schwerfälligen Schwatzen befremdet hatte? Er würde zur Minna gemacht; Power würde durchdrehen; Murphy würde sich schieflachen; und was nun Leo Gómez betraf …!

Sollten sie ihn doch alle am Arsch lecken. Dann besorgte er sich eben einen neuen Job, wurde sowieso allmählich Zeit.

Jedenfalls lachte sie nur und bedachte ihn mit dem ersten echten Frau-sieht-Mann-an-Blick des Abends (aha! ihre Augen *waren* grau – oder weniger blau, als sie auf der Fotostrecke gewirkt hatten, so viel war sicher).

»Je ne sais pas«, sagte sie scharmant. »Jetzt nicht mehr. Dieser kleine Anfall ist vorüber. Ich nehme an, Sie wußten alles darüber?«

»Naja. Nicht alles. Aber.«

»Wie hätten Sie denn vermeiden können, Bescheid zu wissen, wenn ich da ständig hingekommen bin und er sich benommen hat wie die erhörten Gebete einer Frau? Was er übrigens nicht ist, zumindest nicht meiner Gebete. Und das ist alles, was ich zu dem Thema sagen werde. Tut mir leid, daß ich damit angefangen habe. Ich halte nichts von öffentlichen Obduktionen.«

Milo pflichtete ihr von Herzen bei. In der Würdigung ihres eigenen guten Geschmacks vereint, wandte sich die Konversation naturgemäß dem Mangel zu, den andere daran litten, und Milo übernahm mit Reminiszenzen an Hotelgäste die Führung, gewöhnlich Reisegruppen, oft deutsche, namentlich eine aus Hamburg, vor sechs Monaten. Bei dieser Gelegenheit hatten sich die Rentokil-Rechnungen auf über eintausend Pfund belaufen, erinnerte er sich, und kaum jemand vom Personal war der Ausräucherung entgangen.[5]

5 Das erinnert mich an unseren Trip ins liebe alte Deutschland, damals '71 (oder war es '72?). Da und die anderen wollten den Tag im Hofbräuhaus verbringen, naturgemäß, während ich für Dachau optierte. Na, das erste, was ich sah, sobald ich hinkam, war ein widerwärtiger kleiner Dreikäsehoch, der sich gegen einen Baum erleichterte, direkt vor dem Autobahnhof, wie sie da die Central Station nennen. Ich schlug

»Dann war die Hurling-Mannschaft aus Carlow einschließlich Anhang zum Halbfinale gegen Killoyle da. Die hatten die ganze Nacht auf dem Platz gesoffen, und am nächsten Morgen fanden sie es durchaus angemessen, während des Frühstücks eine Kuh im Speisesaal loszulassen. Gott, der Geruch. Daisy fand es allerdings prima. Die anderen Gäste gaben ihr Toast mit Orangenmarmelade, und sie hat sich nur zweimal auf den Fußboden gelöst. Anderseits war ihr Besitzer nicht allzu angetan, als er herausfand, wohin sie verschwunden war. Da er wie die meisten irischen Bauern zu Prozessen neigte, drohte er, die gesamte verdammte Hurling-Mannschaft zu verklagen. Ich weiß nicht, ob er das wahr gemacht hat, aber ich weiß, daß Carlow dann verloren hat.«

Die Kombination aus weiblicher Nähe und Bier – er hatte sich wagemutig ein neues gekauft, während sie noch bei ihrem zweiten war – löste Milo die Zunge und verringerte die Anspannung, bis es fast gesellig, um nicht zu sagen: ausgelassen wurde. Seine Anekdote und deren Pointe – echt irisch, mit Schlag – ließ beide noch mehr auftauen. Kathy lachte: Strongbow spürte die allgemeine Entspannung, verstummte und konnte nun in

ihn mit meinem Schirm, aber der Wicht leistete Widerstand, warf mir vor, einer minderwertigen Rasse anzugehören, Jude oder Türke, ich weiß nicht mehr, welcher – und versuchte prompt, mich zu bestehlen. Sobald ich natürlich diese klettenartigen Hände in den äußeren Bereichen meines Überziehers spürte, verlor ich jedes Maß und schlug zu, dann rief ich die Bullen, oder Polizei, als welche sie die dort drüben so schnurrig bezeichnen. Und nun raten Sie mal. Sie haben recht: sie ergriffen die Partei unseres Freundes und setzten mich in den ersten Zug, der zurück nach München fuhr. Als ich dorthin kam, tilgte der Anblick der törichten Gesichter meiner Familie, wie sie zwischen den Beinen ihrer neuen Freunde hindurchlinsten, den unseligen Vorfall natürlich ohne Rückstand aus meinem Gedächtnis –, d. h. bis eben gerade.

Ruhe Gerüche, Geschmäcker und hohe Töne wahrnehmen und bedenken. Letztere gingen größtenteils von einer Invasion aus Jungen und Mädchen aus, die sich im Endstadium der Adoleszenz befanden.

»Die Jugend ist's, in ihrem Elend«, sagte Milo. »Kaum zu glauben, daß wir auch mal jung waren, was?« Er machte einen hastigen Rückzieher.

»Nicht, daß ich andeuten wollte …«

Sie winkte mit wegwerfender Hand ab.

»Schon gut. Ich versuche, mit meinem Alter nicht zu kokettieren. Ich kann ja doch nichts dagegen machen, oder? Ich bin neununddreißig, soviel zu dem.«

»Ein gutes Alter. Heißt es nicht, das Leben beginnt mit neununddreißig?« sagte Milo vergnügt.

Das mußte man ihm lassen, dachte sie, das war nett von ihm, aber egal. Ohne Rücksicht auf Mode oder gute Manieren war neununddreißig der Punkt, von dem es kein Zurück mehr gab, das letzte Jahr der Jugend und das erste der mittleren Jahre, da die Reife, so lang herbeigesehnt, sich zum Verräter wandeln und zum schlimmsten Feind einer Frau werden konnte, nicht nur als Plünderer von glatter Haut und festem Muskel, sondern (viel schlimmer, Kathys Meinung nach) als eine fast religiöse Selbstbeschäftigung, durch die Zeitschriften wie *Glam* im Geschäft blieben. Kleine Kolumnen wie ihre hatten keine inhärente Berechtigung; sie ritten nur bei den zahllosen Wie-bleibe-ich-Artikeln huckepack, die sich mit Urindiäten oder Handjoggen oder Sex nach neunzig oder einer der anderen Illusionen von endloser Jugend befaßten, die die Einbildung der modernen Frau fütterten, wer sie auch war –, und wer sie auch war, sie würde nie so einfach einem Typ ihr Alter preisgeben! Aber Kathy hegte keine Reue; in dieser Beziehung war sie eine gründlich unmoderne Frau. Egal, diese Offenheit diente jüngeren

Burschen als Warnung – Murphy sowieso, und einigen Freiern ihrer frühen Witwenschaft und vielleicht auch Milo –, die mit schnellen Schnallen wie den Jungstuten, die gerade hereingekommen waren, besser bedient wären. Es war also natürlich dies ein Stichwort für Milo, genauso freimütig sein Alter anzugeben, er ignorierte es jedoch, weil er statt dessen kopfrechnete, wie alt sie gewesen sein mußte, als sie für *Quest* posiert hatte. Mitte zwanzig, schätzte er, und die dazwischenliegenden Jahre sah man. Sie sah aus wie eine völlig andere Person: einmal die Augen, dann die Nase. Nicht, daß sie weniger attraktiv gewesen wäre, ganz im Gegenteil. Nur anders. Nicht kätzchenhaft verspielt, sondern von klassischer Schönheit. Und neununddreißig war wirklich nicht schlimm. Hatte nicht irgendeine schnurrbärtige Koryphäe – Shaw, oder wer, oder Havelock Ellis – etwas über die Reife einer Frau in diesem speziellen Alter gesagt?[6] *Junge* Mädchen hatte er nämlich sowieso satt. Immer waren sie geil auf Erfolg, wenn schon nicht ihren, dann auf den, den man selbst hatte (oder auch nicht): nörgel nörgel nörgel, mit anderen Worten, und das forderte seinen Zoll. Einer richtigen Frau dagegen war sowas

6 Nein, doch nicht diese beiden absonderlichen alten Klepper, der eine keusch wie ein Soundso, während der andere nur die Furchen seiner Bettlaken pflügte, und das mit wilder Hingabe –, was versteht dergleichen denn von normalen Beziehungen? Benjamin Franklin, der glattrasierte Yankee-Romeo, sagte, bei einer Dame seien die anteriore und die posteriore Amplitude (entschuldigen Sie die Ausdrücke, aber es könnte schlimmer sein) die letzten Teile, die über ihr fortgeschrittenes Alter Aufschluß gäben. Die Geschichte habe ich von Onkel Mike, dem alten Libertin. Kein Wunder, daß man in der Grafschaft Kerry immer noch davon spricht, wie er sich in einer Hecke versteckt und Passanten schmutzige Worte nachgerufen hat (komisch; das ist in Roscommon passiert).

sowas von wurscht, besonders wenn sie selbst mehr Erfolg gehabt hatte als der Mann in ihrem Leben; eine Frau eines gewissen Alters, wie die Franzosen so taktvoll sagten, eine richtige Frau mit Erfahrung, die seiner Erfahrung gleichkam oder sie sogar übertraf! Es war aufregend, entmutigend, eine Herausforderung, und die Nase war doch völlig unwichtig.

Hatte er schließlich nicht Barbra Streisand immer toll gefunden, und daneben hatte diese hier doch überhaupt keinen nennenswerten Zinken, oder?

»Also wie alt sind Sie?« fragte sie, indem sie in die Offensive ging.

Milo wurde von Schelmerei gebeutelt.

»Dreizehn«, quiekte er.

Sie zwang sich zu einem Lächeln.

»Wirklich? Sie sind ungewöhnlich reif für Ihr Alter. Sie meinen wahrscheinlich einunddreißig?«

»Genau. Immer kriege ich die Zahlen in die falsche Reihenfolge. Letztes Jahr habe ich allen gesagt, ich sei nulldrei.«

Ihn schauderte vor Selbstgefälligkeit. Sie schauderte nur so, bemerkte sie doch, wie seine Höflichkeit den Bach runter ging, seitdem er die dritte Pint in Arbeit hatte. Er saß taktlos da, die Beine gespreizt, einen Arm über die Rückenlehne hinter ihr geworfen, eine strohige Strähne quer über der Braue. Einige seiner Kumpels am Tresen spähten zu ihnen her, also nahm sie an, er versuche, Intimität zu übermitteln, Besitz gar. Und sie wollte keine dritte Pint. Es war längst sieben vorbei, und seit dem Tee hatte sie nichts zu essen gekriegt. Kein Zweifel, die dritte Pint war die entscheidende, wie sie durch lebenslangen Umgang mit ihren männlichen Landsleuten wußte. Sie führte aus dem immer noch bewohnbaren Grenzland von »ein paar Bierchen« in die heulende Wildnis der Trunkenheit. Nach Nummer Zwei konnte man immer noch unversehrt nach Hause gehen, aber nach der dritten war man wahrscheinlich bis zur letzten Bestellung Teil der Einrichtung, und wenn Milo etwas war, dann typisch –, tatsächlich genau wie Jack schien auch er ganz froh zu sein, wenn er sein Bier trinken und ins Leere starren konnte.

Kathy packte ihre Sachen zusammen.

»Na, dann will ich mal lieber.«

Unerwartet schaltete Milo auf die grobianische Poetentour um: Glanz in die Augen, Hand aufs Herz.

»Noch nie tät' ein Mann geringer drauf brennen, / Den Pokal zu erringen im irdischen Rennen. / Ihn schert's nicht, ob die Narren ihm stimmen / Zu, und er macht sich ans Gipfelerklimmen«, erklärte er mannhaft.

»Hübsch. Von Ihnen?« sagte sie.

Wie er so gaffte, sah er eher aus wie eine Röhrenqualle als wie Dionysos.

»Hm. Woher haben Sie das gewußt?«[7]

»Ach, gehen Sie mir doch weg. Das hört man doch«, sagte sie, wieder beruhigt, zumindest für die Dauer einer weiteren Grand Pagnol. Er zündete sie ihr mit elegantem Schwung an, der von seinem grünen Plastikfeuerzeug Lügen gestraft wurde, und sprach lächelnd Worte, von plötzlichem Jukebox-Lärm unhörbar gemacht, der klang wie Druckluftgeräte auf Baustellen (z. B. die Dampframme auf dem Bau in Queens, New

7 Der Lügner. In Wirklichkeit ist es aus »Ich«, Jasper Hoolihans autobiographischem Sonett, auf seine Schlafzimmervorhänge geschrieben, einen Tag, bevor er abgeholt und in die Ismay P. Stark Gedenkstrafanstalt in Outhouse (Montana) gebracht wurde. Der nächste Gast, ein melancholischer Country-und-Western-Sänger, fand das Sonett vor und verwendete es als Inspiration, um Selbstmord zu begehen. Es schaffte es dann aber doch noch in *The Albatross Book of Modern Verse* (Heathrow 1967).

York, an dem er mitgewirkt hatte –, viel Dampf und wenig Ramm, wie der aus Donegal gebürtige Vorarbeiter immer zu sagen pflegte).

»Noch was zu trinken?« rief er.

Sie machte Gesten der Hinlänglichkeit und deutete zur Tür. Er zögerte. Es war ein Glücksspiel, und er hatte kaum das nötige Bargeld, aber die Geste mußte er machen.

»Zum Inder?« brüllte er und stellte pantomimisch einen Turban, Bart und Flammen dar, die aus dem Mund schlugen. Nachdem sie im Geiste rasche Berechnungen bezüglich Milos Solvenz, Charakter und Moral angestellt hatte, entschied Kathy, daß ihre Kolumne eine weitere Nacht warten konnte, und da es im Fernsehen außer einem Propagandafilm im SiegKanal nichts Anständiges gab – aber sie hatte sie alle längst gesehen, und dieser entsetzliche Rudolf Heß tauchte ja früher oder später auf; das tat er immer –, und daß man es auf ein weiteres Stündchen mit Milo getrost ankommen lassen konnte. Er war ein bißchen unreif, aber harmlos, manchmal, sich selbst zum Trotz, sogar komisch.

Zuversichtlich, daß ein Biryani ein Biryani war und blieb und sie zu nichts Weiterem verpflichtete, gab sie nach.

»Ja, okay, warum nicht.« Sie artikulierte überdeutlich, um das Getöse zu übertönen.

Der anschließend dumm auf Schaueffekte angelegte Uhrenvergleich (seine Swass in plastikblau mit gekreuzten Alphörnern *en lieu* von Zeigern; ihre Tissué, schwarze römische Ziffern auf weißem Zifferblatt mit Goldrand) setzte das Rendezvous auf acht Uhr im Star of Biliar fest, dem neuen Tandoorihaus auf der Parade – da das Koh-I-Noor, entschied Milo, zu vertraut mit seiner üblichen latschigen und verschwommenen Erscheinung in Richtung Heimat war, um ein Ort zu sein, an dem seine Gegenwart hätte Respekt abnötigen können.[8]

»Also um acht«, brüllte er.

Nachdem sie gegangen war, ging er wegen Nachschenkens an den Tresen, um, wenn schon keinen Erfolg, so doch keinen Mißerfolg zu feiern, und kein Mißerfolg war genug, um seine Träume eine gute Stunde lang zu nähren.

8 Respekt abnötigen: ganz schön üppig, oha. Den wird er nie kriegen, und den wird er auch nie verdienen, solang er dem Pöbel sonstwohinein kriecht. Gott im Himmel, wenn der Da wüßte, was als nächstes kommt, würde er ihm mit dem Schürhaken (oder der Feuerzange) ordentlich einen überziehen! »Wir lecken weder Mensch noch Tier am Arsch!« waren seine allnächtlichen letzten Worte, bevor die Lichter gelöscht wurden.

20

G-Day, beschloß Wolfetone, war gekommen. Er überflog den Dienstplan. In der Hall befanden sich elf Personen, deren Nachnamen mit G anfingen.

»Mrs. Gallagher«, murmelte er in die Lautsprecheranlage (zwölf! *Perfekt!*). »Könnten Sie bitte den folgenden Kollegen ausrichten, daß ich sie in meinem – ich meine, im Büro des Geschäftsführers erwarte, sofort?« Er verlas die Liste.

»Gern, Mr. Grey.«

Während er wartete, teilte Wolfetone genüßlich sein Geheimnis seinem Vertrauten mit (»Allmächtiger, was sagst Du jetzt, na? Na?«) und überflog noch einmal bei Glossowitsch die entscheidende Passage.

Einige von uns haben Namen, die Ihm besonders wohlgefallen, Ihm, Dessen Eigene Aussprache Seines Namens, wie Er mir einmal sagte, Jener der sächsischen Stämme am verwandtesten ist – der Engländer, Deutschen, Friesen etc., und zwar das harte Stimmritzen-G – wie in (zum Beispiel) »Golbkij« – und ganz definitiv nicht das verschluckte, verschluderte latino-sanskrit D, wie in (beispielsweise) »Dagenham«, noch das turko-arabische stumm-labiale Uhl, wie in (z. B.) »Uhl«. Übrigens ist Ihm das edle slawische B, wie in »Bog« ein rechter Balsam, aber nur, wenn es zweimal so oft wiederholt wird, wie ein Buddhist die heilige Silbe »Om« sagen muß, bevor volle Entspannung von Schließmuskel, Becken, unterem Teil der Beine so wie der Füße eintritt (fünfundsiebzigmal, nach neuesten internationalen Schätzungen).

Doch nun im Ernst. Wie habe ich das herausgefunden. höre ich meine ehrlichen, einfältigen Leser mit einer Vielfalt

sei sein, des Obristen, australischer Cousin zweiten Grades, Bruce, lustiggemacht hatte.

»Falls Sie mich je wieder anrufen, Sie widerwärtiger kleiner Spritzer Spucke, versohle ich Sie mit meiner Reitpeitsche von hier bis Weihnachten«, hatten seine genauen, unvergeßlichen Worte gelautet, aber Wolfetone glaubte, ihn mit seiner scharfen Erwiderung außer Gefecht gesetzt zu haben: *»Bloody dinkum bugger off, cobber«,* was sich (für ihn) so Down Under anhörte, wie man überhaupt nur klingen konnte, wenn man nicht von da unten war. Ja, das hatte dem alten Kommißkopp ganz schön den Wind aus den Segeln genommen, stimmt. Viel ist ihm dann nicht mehr eingefallen, nur die üblichen langweiligen Drohungen mit Polizei, Gefängnis, den Gerichten usw. –; das muß man sich mal vorstellen, jemanden wegen sowas Harmlosem vor Gericht zu bringen! Manche Menschen (die meisten, um es ganz schonungslos zu sagen) hatten keinen Humor, keine Lust auf Abenteuer, von Bildung ganz zu schweigen … Er legte das Kinn aufs Fensterbrett, beobachtete die *Gutta-Percha,* sie schwankte und wippte wie eine Nußschale auf dem wogenden Busen der See, und Wolfetone wurde beim Gedanken an Reserveoberst Joe Jim Glasnevin und seinesgleichen immer wütender: die ignoranten Schweine! Die angeberischen, anmaßenden, allwissenden Nichtswisser! Die Kanalratten! Die Mogler! Die verdammten Philister …

DIE ATHEISTEN![3]

3 Meine Güte, er hat es, glaube ich, wirklich ein bißchen am Kopf, oder –, aber das hat man ja oft bei diesen Typen von der frommen Streife. Ich meine, daß man herumläuft und allen sagt, sie hätten überhaupt nichts kapiert und nur man selbst sei hinter Das Große Geheimnis gekommen! Jetzt verstehen Sie mich bitte nicht falsch, ich habe mich nie als Atheisten bezeichnet, sowas führt nur zu aller Art von lang-

»Ich hoffe, du ersäufst, du Bastard«, kreischte er. Ein diplomatisches Husten schmeichelte sich in sein Bewußtsein. Wolfetones Pfeife zog einen Kometenschweif aus Rauch und glühender Asche hinter sich her, als er herumschwenkte, um der Störung entgegenzutreten, während ihm bereits die übergewichtige, hornbebrillte, stets mißbilligende Mrs. Gallagher entgegengetreten war, die, hinter ihr in der Tür wartend, ein Spektrum von Fleischfarben mitgebracht hatte, welches vom rosigen Weiß der Mehrheit bis zu Ragu Guptas tiefem Bronzeton reichte, mit Leo Gómez' oliv-grau-braun dazwischen. Augenblicks freundlich gestimmt, begrüßte Wolfetone die Versammlung mit einer Verbeugung.

»Guten Tag, Mr. Grey.«

Dies sagten sie ohne Gekicher; auch schnitt, wie er gern feststellte, niemand eine Grimasse. Überschwenglich hieß er sie auf dem Sofa Platz nehmen. Es wurde eng, hauptsächlich dank den teilweise deckungsgleichen Oberschenkeln des hundertvierzehn Kilo schweren Finbarr Gilhooley, des Oberportiers tagsüber und an Wochenenden, aber sie bewerkstelligten es, indem sie die Knie zusammendrückten wie Schulkinder.

»Galhern, P., Gargnan, M., Gavigan, K., Gavin, M., Geoghegan, P., Gleason, N., Gilhooley, F., Gogarty, J., Gómez, L., Grimes, R., Gupta, R. und natürlich Gallagher, D.«, rezitierte Wolfetone. »Stimmen die Namen

haarigem, hirnverbranntem, polysexuellem Quatsch, den ich keine Sekunde lang unter meinem Dach dulden würde. Nein, Sir, nennen Sie mich einen Agnostiker, wenn Sie unbedingt wollen, aber die Gesamtsumme meiner Einstellung vis-à-vis Gott beläuft sich auf folgendes: vielleicht gibt es Ihn, und vielleicht gibt es Ihn nicht, und woher soll ich das verdammt noch mal wissen? Genausogut könnten Sie erwarten, daß eine fette, verpennte, gestreifte Katze plötzlich aufwacht und anfängt, Heisenbergs Unschärferelationen zu erklären, was immer die auch sein mögen. Ich meine, aber ehrlich.

so?« Nicken und Grunzen. Er strahlte. »Gut. Ihr seid alle gefeuert.«

Sein Gelächter war das einzige, das darauf folgte, und es schwang in ihm eine hohe, unsaubere Note mit, welche mehrere Mienen einen Ausdruck von Besorgnis annehmen ließ.

»Äh, Mr. Grey«, sagte Mrs. Gallagher. »Könnten Sie uns sagen, worum es hier geht? Wir haben nämlich alle zu tun.«

»Natürlich. Verzeihen Sie, Mrs. Gallagher. Ich entschuldige mich. Nur ein kleiner Scherz meinerseits.«

Wolfetone lehnte sich zurück und klopfte seine Pfeife mit einer Serie keramischer Klimperklänge im Aschenbecher aus, bevor er sie so behutsam, als wäre sie aus spinnengesponnenem Spinnwebgespinst, auf den Schreibtisch legte. Er faltete die Hände und lächelte mit onkelhaftem Behagen, während er gleichzeitig (paradoxerweise) die Pose einnahm, die von dynamischen Führungskräften und stimmenfangenden Politikern bevorzugt wird: vorgerecktes Kinn, welchem in aufsteigender Reihenfolge Mund, Nase und buschige Braue sowie die letzten, mitleiderregend brillantinierten Auswüchse einer einst üppigen *chevelure* folgen.

»Also. Als ich gerade Ihre Namen verlesen habe, hat da jemand irgendwas bemerkt?« erkundigte er sich und ließ den Blick über seine Zuhörer schweifen. »Leo?« Unbehaglich verlagerte der Spanier sein Gesäß, zwischen Mrs. Gallagher und Finbarr Gilhooley wie zwischen Buchstützen eingeklemmt.

»Hich weiß ni. Halle Name ßinde geschriebe mit *Chee* viellei?«

»Bravo, Leo. Alle Namen sind mit G geschrieben, wie Sie ganz richtig sagen. Sehen Sie, meine Damen und Herren?« Wolfetone breitete die Hände aus und lächelte. »Es hört sich dumm an, sogar idiotisch, aber unser einfacher

Freund – oder sollte ich sagen amigo? – also unser amigo – *el Señor* Gómez, haha – Leo hat gerade den Finger auf den Grund dafür gelegt, daß ich Sie alle am letzten Tag meiner provisorischen Amtszeit als Ihr Geschäftsführer zu mir gebeten habe. Ich würde sogar so weit gehen, daß unser Leo ungewollt auf einen viel tieferen Grund gestoßen ist, nämlich das Leben selbst, vielleicht sogar auf die eigentliche Bedeutung unserer Anwesenheit auf Erden. O ja, in der Tat.« Er senkte den Blick und betrachtete nachdenklich seine Hände. »Einige von Ihnen werden das reichlich starken Tobak finden. Nun, lassen Sie mich Ihnen sagen, daß ich genau weiß, was in Ihnen vorgeht, denn habe ich etwa nicht genau dasselbe durchgemacht?« Er legte Seelenqual in seine Züge, um einer Sequenz beängstigter Blicke zuvorzukommen. »Ach, verflixt. Ich dringe wohl nicht bis zu Ihnen durch?«

Mrs. Gallagher räusperte sich mit lauten und präzis artikulierten Tönen, wie eine Schauspielerin in einem Stück von Sheridan oder Wilde.[4]

4 Oder zur Not auch Shaw. Jedenfalls irgendein Protestant –, und dabei fällt mir ein. Wenn man darüber nachdenkt, kommt es einem da nicht so vor, als neigte irgend etwas in unseren einst vorherrschenden protestantischen Landsleuten dazu, in Tavernen und Teestuben herumzufaulenzen, obwohl sie sämtlich die eine oder andere Art von Genie sind? Ich meine, denken Sie mal an den alten Jonathan »Coffee Shop« Swift und an Larry »Cheddar« Sterne und an Oliver »Bierchen« Goldsmith, den berüchtigten Tandemradfahrer O. Fingal O'Flahertie »Ex!« Wilde und seinen Verwandten Georgie »Trinkt jemand einen Absinth mit?« Moore gar nicht zu erwähnen, und (natürlich) schon gar nicht unseren alten Schwarm G. Bernard »Ich rauche nicht und trinke nicht und esse auch kein Fleisch –, und ist Adolf nicht irgendwie auch ganz toll?« Shaw. Dann gibt es noch Bischof »Wo bin ich?« Berkeley und den sublimen Roger Boyle ... Ich könnte noch stundenlang so weitermachen, dabei sind *meine* Leute seit den Tagen von An Uaímh röm.kath.! Das muß man den Prottis lassen, aber: sie mögen zwar mehr Zeit auf dem Klo verbringen als wir Papisten, aber sie haben bei Gott das eine oder andere Hirn in ihren Reihen, o doch.

»Mr. Grey, wenn ich mal eine Sekunde unterbrechen darf, ich glaube, ich sollte klarstellen, daß außer Miss Grimes – natürlich kann ich nicht für Miss Gupta oder Mr. Gómez sprechen, aber was uns andere betrifft, bin ich ganz zuversichtlich, daß mir niemand widersprechen wird, wenn ich sage, daß sie – wir – nun, ich glaube, wir sind alle gute Kirchgänger und Katholiken, jedenfalls die meisten von uns, und ich bringe das ja auch nur zur Sprache, weil ich den deutlichen Eindruck habe, daß Sie uns zu irgendeiner Erweckungsveranstaltung zu sich gerufen haben, nehmen Sie's mir bitte nicht übel, wenn ich das so ausdrücke.«

»Natürrli i katholiß«, sagte Gómez. »Sie sage i viellei Ju?«

»See you? Tut mir leid, ich ver ...«

»Nein, nein. You!« Gómez stattete sich pantomimisch mit dem unschicklichen Wahrzeichen einer riesigen Nase aus, die er mit der hohlen Hand aus der Luft schöpfte.

»Was zum – ach so, Sie meinen Jude. Ach Gott. Nein, nein, Gómez, ich meinte doch nur ...«

»Wenn ihr meine Meinung hören wollt, Grey ist sowieso stockwahnsinnig«, gab Mr. Gilhooley bekannt.

»Aber, Mr. Gilhooley, fanden Sie das jetzt eine sehr hilfreiche Bemerkung?« Mrs. Gallagher stand auf, womit sie jäh entriegelten Zwerchfellen Keucher der Erleichterung entlockte. »Mr. Grey tut sicherlich nur das, was er für das Beste hält. Ich fände es überhaupt nicht unangebracht, wenn Sie sich dazu verstehen könnten, sich bei ihm zu entschuldigen.«

Schattierungen von Rot und Weiß wechselten sich auf Wolfetones Gesicht ab und vermischten sich langsam zu Zinnober.[5]

5 Gott erhalte uns, das ist entweder eine Herzgeschichte, oder ich bin Niederländer und heiße Edo de Waart. Die zinnoberrote Gesichts-

»Wahnsinnig, ja?«

»Wie der alte König Sweeney, *mo chara.*«

»Mr. Gilhooley, nach diesen ausfälligen Worten wären Sie Mr. Grey wirklich eine Entschuldigung, äh, schuldig.«

»Nein, nein, das geht schon in Ordnung, Mrs. Gallagher«, sagte Wolfetone, um Fassung bemüht. Nach beträchtlicher Anstrengung kehrte seine normale Blässe zurück, mit einem Spritzer Orange. »Ich verstehe Mr. Gilhooleys Verwirrung durchaus, und natürlich erweist ihn seine Anspielung auf Sweeney, wenn ich das so sagen darf, als einen Mann, der gelehrter ist, als seine Stellung es vermuten läßt ..., aber jetzt hört mir doch mal zu, ihr Streithammel. Ich weiß, daß ihr zu tun habt, einen vollen Zeitplan, Jobs, zu denen ihr euch offensichtlich zurücksehnt, Gott allein weiß, warum –, aber genau darum geht es doch, stimmt's? Jobs, Arbeit, die Art und Weise, wie ihr euer Leben verbringt –, kurz: Gott. Vielleicht ist das der richtige Einstieg. Also möchte ich Sie, einen nach dem anderen, fragen: warum?«

Vorsichtig, wachsam näherte sich Mrs. Gallagher dem Geschäftsführerschreibtisch, auf dem zwei Telefone standen, eins rot, eins schwarz, wobei das rote sich

farbe –, das ist doch der Da bis zum Tüpfelchen auf dem i, jeden Morgen zwischen den Eiern mit Speck und seiner dritten filterlosen Carrolls Deluxe oder Woodbine Volle Kraft (aber nach seiner zweiten Kanne Earl Grey, neun Stück Zucker pro Tasse). Es war jedoch seltsamerweise nicht die Pumpe, die ihn zum Schluß geschrägt hat –, es waren Eruptionen auf den Langerhansschen Inseln, ausgerechnet, und die bewirkten Effekte wie nach der außer Kontrolle geratenen DNA-Mutation bei ausgewachsenen antipodischen Känguruhratten, d. h. äußerste Erschöpfung; jedenfalls haben uns die Quacksalber das hinterher erzählt, und Sie, lieber Leser, wissen wahrscheinlich auch nicht weniger als ich, was die zum Teufel überhaupt gemeint haben.

einer direkten Verbindung zum Garda-Präsidium am Haughey Circle rühmte –, selten gebraucht, aber durch seine Anwesenheit beruhigend, falls es zu Überfällen, unbefugtem Eindringen oder Androhung körperlicher Gewalt gegenüber der Person des Geschäftsführers (oder anderer Personen) kommen sollte.

»Warum was, Mr. Grey?«

»Warum seid ihr alle so verdammt erpicht darauf, abzuhauen und die Treppe zu fegen oder Koffer zu tragen oder ans Telefon zu gehen oder was ihr sonst so macht? Ich werde euch sagen, warum: nur weil ihr dafür bezahlt werdet, stimmt's? Na? Una, meinen Sie nicht auch?« Er zielte mit seiner Frage auf Miss Grimes, die den Unterhaltungssektor unter sich hatte, aber sie wich der Frage mit Leichtigkeit aus, da sie zu den wenigen Angestellten gehörte, die unter Ehrgeiz litten.

»Ganz und gar nicht, Mr. Grey«, sagte sie. »Ich kann von mir ehrlich sagen, daß es mein Bestreben als Leiterin des Unterhaltungssektors ist, Spudorgan Hall im Südosten zu *dem* führenden Ferienhotel für die ganze Familie zu machen.«

»So ein Kack«, sagte Mr. Gilhooley.

»Ach –, Sie!« Miss Grimes' Verzweiflung ließ ihre ohnehin bereits verkniffenen Züge zur Maske eines Dachses oder anderen Röhrenbauers schrumpfen.[6] »Sie, Mr. Gilhooley, nehme ich natürlich gern davon aus. Ich meine, Sie sind jetzt seit über zwanzig Jahren hier, und nach allem, was ich gehört habe, besteht der einzige Fortschritt, den Sie in der ganzen Zeit gemacht haben, darin, daß Sie früher im Empfang gesessen haben und die Gäste ihre Koffer selber tragen mußten, während Sie sich jetzt in der Portiersloge breitmachen und Ihre

6 Maulwurf, Frettchen usw.

jungen Männer Gargnan und Gleason herumkommandieren, damit die Ihnen die Arbeit abnehmen. Wirklich eine großartige Karriere!«

»Hört, hört«, sagte der junge Mann Gargnan.

»Ich habe also gefaulenzt, ja? Fünfzehn Jahre habe ich diese Koffer geschleppt«, röhrte Gilhooley, wozu er pfeifend Luft holte. »Fünfzehn Jahre lang habe ich mir Leistenbrüche und Bandscheibenvorfälle zugezogen, aber es war ehrliche körperliche Arbeit, und jetzt habe ich es geschafft und bin Chef-verdammt-Portier tagsüber und an Wochenenden und brauche hier nicht zu sitzen und mich von einer hergelaufenen hochgedienten Sekretärin belei ...«

Wolfetone stand auf, hob ekklesiastisch die Hände und gebot Ruhe.

»Kommen Sie, kommen Sie«, sagte er. »Das genügt.«

Nach begrenztem Flüstern und Murren wurde es still. Solche Folgsamkeit nicht gewohnt, zögerte Wolfetone; dann, unsichtbar von einem Allmächtigen Finger – oder von seinem eigenen Missionsdrang – gestupst, begann er zu reden, und bald erläuterte er mit, wie er verblüfft feststellte, relativer Geläufigkeit und Zuversicht, daß der große russische Seelenkundler und -schürfer Leonid I. Glossowitsch mehrere entscheidende Entdeckungen über Mensch und Gesellschaft gemacht habe, Entdeckungen, die nicht nur seine, Wolfetones, Weltanschauung verändert, sondern auch zu einer radikalen Umkehr in seinem, wie er es nannte, »Selbstbild« geführt hätten. Seine Beredsamkeit feierte dies Apogäum, diesen Höhepunkt, in jenem glorreichen Augenblick, da Gott, Grey und Glossowitsch, kurz gesagt, eins wurden.

»Denn was wir die Luft nennen, oder Atmosphäre, ist in Wirklichkeit ein Vorhang aus undurchdringlichem, aber unsichtbarem und geruchlosem Sumpfgas«, sagte er, ohne die verstohlenen Blicke und das Grausen in seinem Publikum zu bemerken. »Hinter diesem Vorhang liegt die ›Nahe Welt‹ oder das, was Glossowitsch ›Das Nebenan‹ der ›Erhabenen‹ oder ›Großen Jungs‹ nennt. Das sind Burschen wie Sie und ich, nur besser, ein bißchen wie unsere eigenen kleinen Leute – die Leprechauns, Clurichauns und so weiter, nicht wahr. Diese Großen Jungs sind nun Gottes Erwählte oder ›Lieblinge‹, Seine Vorverkaufsstellen, wie Glossowitsch sagt – nie um ein *mo žüst* verlegen, der Mann, Sie sollten dies Buch übrigens mal lesen …«, und zeigte den hinteren Schutzumschlag vor, mit einem Foto, auf dem Leonid finster blickte –, »aber egal, wie ich gerade sagte, bei diesen Vorverkaufsstellen können Sie oder ich einen Platz im Theater buchen oder sich einen Tisch in einem feinen Restaurant reservieren lassen. Es ist allerdings, und das wird Sie freuen, ein ziemlich exklusiver Klub. Die Erleuchtung ist nicht für jeden ollen Tomdickharry, Hans und Franz oder Seamus erhältlich, o nein! Die Welt hinter dem Vorhang gehört einer Elitegruppe von 104 000 Sterblichen, die allesamt Nachnamen führen, die mit G anfangen. Sie allein sind bemächtigt, die 452 Lücken im Vorhang zu finden und den Übertritt zu schaffen. Soweit alles klar?«[7]

Mrs. Gallagher arbeitete sich vorsichtig an den Schreibtisch heran. Sie nickte, als hätte sie alles verstanden, sogar gebilligt.

»Und ausgerechnet Leo hat es bemerkt«, frohlockte Wolfetone. »Gut gemacht, Leo! Alles steht und fällt mit den Gs, wissen Sie. Lassen Sie es mich einmal ganz einfach ausdrücken. Laut Glossowitsch sind gewisse Na-

7 Kristall –. Eine Frage hätte ich aber: Wo war das KGB, als wir es brauchten?

men, die mit G anfangen, heilig, und jene, so die Namen tragen, sind, obwohl sie es vielleicht nicht wissen, von Ihm dazu gesalbt, die Finder der Lücken und Seine persönlichen Bevollmächtigten auf der anderen Seite des Vorhangs zu sein.«

Nachdem er kurz die Sumpfgastheorie rekapituliert hatte, straffte Wolfetone seine Pose – Kinn streng geradausgereckt, Arme in die Hüften gestemmt – zur Wiedergabe einer Großer-Führer-Haltung, Version Peking/Pjöngjang, in eitler Erwartung der Fragen aus dem Publikum. Man scharrte mit Füßen und Gesäßen, die Jugend (Gargnan, Gleason) feixte, und Gilhooley verwandelte hastig ein dröhnendes Gelächter in einen Hustenanfall, der das schüchterne Kichern der athletischen Miss Gavigan, Empfangs-Assistentin (wochentagnachmittags/abends), sowie mildere Äußerungen von Heiterkeit und/oder Unglauben seitens der anderen übertönte, mit Ausnahme von Miss Gupta, welche lediglich starrte.

Wolfetone, der spürte, daß sein Augenblick vorbei war, setzte sich.

»Nun?« schnappte er. Er fühlte sich ausgelaugt, erschöpft, ausgenutzt. »Ist das jetzt klargeworden oder nicht? Heraus mit der Sprache, ihr Mongoloiden.«

»Es ist sehr interessant«, sagte Miss Gupta. »Ich denke da an Mahatma Gandhi.«

»Ja, in Ordnung, aber was ist mit Goebbels?« sagte Mrs. Gallagher.

»Mit wem?«

»Goebbels. Und Göring, wo wir gerade dabei sind. Diese Nazi-Blödmänner.«

»Genau«, sagte Gilhooley, dessen Bauch vor unterdrücktem Gelächter wabbelte. »Und was ist mit Ginseng-Khan und seinen Horden, wo wir gerade von Mongoloiden sprechen?«

»Aha, verstehe.« Wolfetone strahlte, kurzfristig vom Parade-und-Ausfall-Spiel ehrlicher Debatte belebt. »Sie meinen, was mit richtig gräßlichen Schweinehunden ist, die rein zufällig einen Nachnamen haben, der mit G anfängt? Eine ausgezeichnete Frage. Nun, das ist ganz einfach. Dafür gibt es zwei Erklärungen, vielleicht sogar mehr. Erstens, gewisse Namen, die scheinbar mit G anfangen, könnten tatsächlich mit H anfangen, und umgekehrt.«

»Wie Hoebbels?« sagte Mrs. Gallagher. »Und Höring?«

»Ganz genau. Hering ist in der Tat bei den Fischersleuten an der Ostsee ein weitverbreiteter Name, sowie auch in den …«

»Und Hitler, à propos«, unterbrach Miss Grimes. »Wollen Sie damit sagen, daß er in Wirklichkeit Gitler hieß?«

»Auf russisch, ja.« Wolfetone lehnte sich zurück und drückte die Fingerspitzen gegeneinander wie ein Dozent. »Aber Glossowitsch schließt ausdrücklich das nicht-slawische *H* aus, welches auf russisch nämlich in Wirklichkeit ein falsches G ist. Gitler, wie Sie ganz richtig angemerkt haben; außerdem Galifax, Gemingway, Gooligan und so weiter. Aber wir sind keine Russen und brauchen uns darüber keine Sorgen zu machen.«

»Na, da bin ich aber er*leich*tert«, sagte Miss Grimes.[8] Das leichte Lächeln des Sarkasmus auf ihrem Gesicht wandelte sich zu Mrs. Gallaghers Nutzen in ein semiotisches Zucken der Augenbraue um. Diese Dame, die nun diskret bis parallel zum Geschäftsführungsschreibtisch vorgestoßen war, ließ mit Mühe ein Stirnrunzeln und Kopfschütteln ahnen.

8 Kann man aber auch sein. Die sind ein ziemlich merkwürdiger Haufen, stimmt's? Ein bißchen wie wir, wenn ich es recht bedenke (lieber nicht).

»Dann gibt es natürlich noch die anderen falschen Gs. Sie haben vollkommen echte Gott-Namen, aber sie wurden von Sie-wissen-schon-vom-wem in unsere Mitte gesandt, um Verwirrung zu säen.«

»Och nö, jetzt langt's mir aber«, sagte Gilhooley.

»Vielleicht sollten Sie etwas genauer zuhören?« schlug Miss Gupta vor.

»Diesem Gequatsche? 104 000 Erwählte? Namen, die mit G anfangen? Ist doch alles fürn Arsch, Ragu-mein-Schatz. Der Mann hat sie nicht mehr alle.«

Purpurrot vor Wut, schlug Wolfetone mit der flachen Hand auf den Tisch. Schweiß perlte auf seiner Braue, Adern pochten an seinem Hals. »Clowns wie Sie sind die Ausnahmen, die die Regel bestätigen, Gilhooley«, sagte er so schrill, daß er es fast rief. Das schwache Bimmeln des Telefons in dem ihn umgebenden Getöse seines Zorns blieb ungehört. »Sie werden nicht zu den 104 000 Erwählten gehören, so! Wie finden Sie das? Hä?« Er holte tief und therapeutisch Luft und zählte bis drei, bevor er fortfuhr, dann erhob er sich langsam von seinem Stuhl, bedrohlich starrend, ohne einen Lidschlag. »Sie sind ein Narr und Pharisäer, aber ich danke Ihnen trotzdem dafür, daß Sie so erfolgreich Glossowitschs Drittes Prinzip illustriert haben: nie alle Gott-Namen als Gott-gegeben betrachten. Anderseits«, und hier fiel seine Basiliskenstrenge in sanftes Schelten zusammen, als wäre der Geist der Vergebung[9] auf der milden Oktoberbrise durch das offene Fenster hereingeritten, »ist es nie zu spät, Finbarr, mein Freund. Denken Sie daran, Sie haben den großen – den unschätzbaren – Vorteil, G-benannt zu sein, und deshalb stehen Sie, gleichgültig, wie tief Sie heute in Seinen Augen gesun-

9 ... oder der Schizophrenie.

ken sind, gleichwohl auf dem Sprungbrett zur Ewigkeit: o ja, heute mögen Sie noch fallen, aber morgen, wie hoch mögen Sie sich da erheben!«

»Das ist richtig. Spudorgan Hall. Danke.« Mrs. Gallagher lächelte so nichtssagend wie möglich und legte den Hörer mit frohem Bim auf.

Wolfetone fuhr scharf herum.

»Wer war das, Mrs. Gallagher?« Seine Augen verengten sich zu Schlitzen des Argwohns.

»Lieferanten, Mr. Grey. Sie werden bald da sein.«

»Was liefern sie denn?«

»So dies und das. Sie liefern Sachen, wissen Sie.«

»Papperlapapp liefern sie, Mrs. Gallagher.« Die Schultern kläglich verquer, sah Wolfetone sie an wie Cäsar einst Brutum. »Sie haben die Polizei gerufen, stimmt's? Sie glauben, ich spinne.«[10]

10 Das kann man laut sagen. Da wir gerade vom Spinnen sprechen, ich wußte doch, daß mich dies Gelaber an etwas erinnert: an meinen Cousin Ferdia D'Alton, der vor ein paar Jahren etwa eine Woche lang als der Mann berüchtigt war, der Owen Parsley gebissen hat. Ferd war ein spitzenmäßiger Automechaniker (Talbots, Reliants, Daimlers), aber nach einer durchzechten Nacht in der Stadt (Magherafelt: Dienstag, 6. November) wachte er auf und merkte, daß ihn ein Typ böse anstarrte, und der, fand er irgendwie heraus, war Gott; egal, bald wurde er religiös, aber in seinem Fall war das eine seltsame Unterabteilung namens Anglislam. Also, soweit ich das kapiere, sind die eine ziemlich orthodoxe K.-von-E.-(oder von-I.-)Bande, nur daß sie an Sufi-Derwische und einen allwissenden heiligen Heini namens Der Verborgene Diakon glauben, der kurz vor dem Jüngsten Gericht auftauchen und alles auf die Reihe kriegen soll. Er ist so ein toller Bursche, daß die wahren Gläubigen ihr ganzes Leben mit der Suche nach ihm verbringen, dämliche Säcke. Egal, eines Tages ließ Hochw. P. auf einer Massenveranstaltung des Ordens der Roten Hand von Ulster in der Nähe von Portrush eine seiner üblichen Tiraden gegen die Hure Rom und den Gemeinsamen Markt und die »Pseudo-Römer«, wie er sie nennt, ab, d. h. Juden, Moslems, Marxisten und überhaupt alle, einschließlich Anglislamisten, die bei Owens eigenen *Wee Frees*, den Freien Presbyterianern, (womit be-

»Nein, Sie spinnen nicht. Überhaupt nicht, Mr. Grey. Sie sind nur ein bißchen überarbeitet, das ist alles.«

Diese milden Proteste vermochten ihn nicht zu überreden, aber bald war Wolfetone, günstigstenfalls, indifferent; ungünstigstenfalls hatte ihm die Belastung durch das Experiment den Kopf freigemacht, und die Erkenntnis seines Versagens – äußersten, absoluten, schmachvollen Versagens – sandte ihm Schauer das Rückgrat hinunter und machte seine Oberschenkelmuskeln nutzlos, wie nach einer Nacht voll Schwarzgebranntem. Beinlos glitt er zu Boden und wiederholte: »Wie hoch.«

»Meine Güte, der arme Mr. Grey. Er tut mir sehr leid«, sagte Miss Gupta.

»Der Mann ist schlicht und einfach hackenstramm«, sagte Gilhooley. »Kein Wunder, daß er einen solchen Scheiß verzapft. Warum hat er verdammt noch mal nicht gleich gesagt, daß er einen Tropfen zu sich genommen hat?«

»Weil er das nicht hat, Mr. Gilhooley«, sagte Miss Grimes. »Seine Sorte braucht das nicht. Die kommen durch Gott auf Hochtouren.«

»Wie hoch«, murmelte Wolfetone.

wiesen ist, was ich schon immer geargwöhnt habe, daß nämlich oben im Norden beide Seiten eins gemeinsam haben: die Kodologie im großen Stil) ein paar Konvertiten zuviel abgestaubt haben; na, inzwischen war Ferdia ein zutiefst gläubiger Kreuzzügler geworden, ohne einen Funken Subtilität im Leibe, und als er den Eindruck gewann, Gottallah rufe ihn dazu auf, diese Beleidigungen zu sühnen, warf er sich auf Hochwürden, als der gerade gehen wollte, weil er sich (wenn ich mich recht erinnere) den Arsch abfror. Die Sicherheitsleute haben ihn natürlich zu Matsch geprügelt, aber er lockerte den Biß nicht, der arme Kerl, und opferte dem Einen Wahren Glauben sein linkes Auge und mehrere Mittelhandknochen. Das letzte, was ich von Big Owen gehört habe, war, daß er immer noch einen Gipsverband mit integriertem Nachtgeschirr trug, aber Ferdy war aus dem Knast raus und irgendwo unter Blinden und als Einäugiger König – oder war es auf den Shetlands? – und auf dem Weg der Besserung.

21

Er begann, wie er es immer tat, indem er seinen Schulterkragen anlegte, der wie ein Schlabberlatz mit weißen Bändern versehen war, die er am Nacken zu einer Schleife band. Die Albe folgte, bodenlang, togaähnlich.

»Salve, Philohippe«, sagte Pater Doyle zu seinem Spiegel-Ich. Mit der Albe sah er besser aus, fand er. Sie war schlicht, neutral und rein, eine Scheuklappe für den neugierigen Blick der Welt. Nachdem er sich den Leibgurt um die Hüfte geknüpft hatte, hielt er inne und beugte sich vor, um sein Abbild genauer in Augenschein zu nehmen, wobei er seine frisch rasierte, ja schockierend entblößte Kinn- und Wangenpartie einzuschätzen versuchte. Durch die Abwesenheit eines Bartes, nach siebzehn Jahren, sah er dicker aus, oder oben ohne, oder irgendwas; auf jeden Fall vollkommen anders und nicht unbedingt besser. Wie er so spähte, entdeckte er eine Hautunreinheit am Unterkiefer, durch die Rasierklinge enthüllt, rötlichlila Grog-Blüten, die aus der Entfernung die Röte vulgärer guter Gesundheit nachäffen mochten, für jeden jedoch, der sich die Mühe machte, näher hinzusehen, eine Leuchtbake darstellten, die von der übermäßigen Einnahme von Genußgiften kündete. Glücklicherweise machten sich nicht viele die Mühe. Die Meßdiener kriegten zwar sowieso nichts mit, aber Skelly, der Kurat, sah ihn hin und wieder so komisch an –; ahnte er etwas? Wußte er etwas? Wieviel wußte er?

Na und? Scheiß doch auf den Scheißkerl.

Er küßte das gestickte Kreuz auf seiner marineblauen

Stola und hängte sie sich um den Hals. Zum Schluß steckte er den Kopf durch das Halsloch des Meßgewands und erschreckte sein nichtsahnendes Spiegelbild mit einem bartlosen Grinsen. Das Meßgewand war burgunderrot, mit weißen Streifen. Er trat zurück und bewunderte die volle Wirkung. In seinem Ornat hatte er sich einst als Delegierten des göttlichen Mysteriums gesehen, als irdischen Engel; jetzt, fand er, sah er ein bißchen wie ein Anreißer auf dem Rummelplatz aus, sogar ohne das Gestrüpp.

Kommse näher, kommse ran! Hereinspaziert, hereinspaziert! Nur hier und nur bei uns zu sehen: das Hostienwunder!

Es war Mittwochvormittag, und der Hirte der Gemeinde von Nord-Killoyle bereitete sich auf eine Sondermesse zur Silberhochzeit von Ted Nugent, dem Garda-Präsidenten der Region Südost (und Youghal), und seiner Frau Moira vor, einer bekannten und weithin bewunderten lokalen Gönnerin und Geberin, bei *Fabfam,* der Stiftung gegen Wundstarrkrampf, Green Cross usw. aktiv; obwohl es für das glückliche Paar und die fünf strammen Söhne[1] ein feierlicher und froher Anlaß war, graute Pater Doyle davor, den ganzen Tag lang höflich und priesterlich sein zu müssen, und er hätte dem jungen Skelly den Gottesdienst überlassen, wenn es sich um jemanden gehandelt hätte, der weniger erhaben gewesen wäre als der städtische Bullenboß. Ted Nugent war zwar wirklich ein anständiger Kerl, aber in seinem Gefolge kamen die gesamten höheren Ränge der besseren Gesellschaft von Killoyle, nament-

1 Ein Versicherungsvertreter, zwei Programmierer, ein Profigolfer und ein Lkw-Mechaniker –, ganz bezaubernde Burschen, besonders Stevie, der Golfer: so tadellose Manieren, daß er sich sogar die Nase mit Oxford-Akzent schneuzt!

lich so eminentes Treibgut wie Ben Ovary, der Bürgermeister, und seine gezierte Gattin; Mr. O'May, der Apotheker, und seine jeweilige Schlampe; der große Tom »der Grieche« Maher, der Immobilienmakler; Oliver MacSmarmey, der Anwalt, und das Skelett Smeagöl, seine Frau; Dr. und Mrs. Start O'Drossa, Besitzer der Kilmainham-Klinik in der Waxford Road; Danny Doheny-Nesbitt, der Fernsehstar,[2] und zuviele solcher *arlecchini*, die man sich bieten lassen mußte, ohne auf einen steifen Drink zurückgreifen zu können. Es war dies schließlich ein Notfall (die unfehlbare Entschuldigung). Die einzige Frage war: wo hatte er den Stoff verwahrt? Er sah sich vorsichtig in der Sakristei um. Das Bücherregal? Die Garderobe? Der Überseekoffer?

DIE BANK AM FENSTER!?

Sie war lange ein bevorzugter Schlupfwinkel gewesen; die bleiverglasten Fensterflügel rahmten einen vergilbten Blick auf den Parkplatz, die Behan Avenue und ein Scheibchen See. Er warf die Kissen beiseite, hob die Sitzfläche und sah hinein. Tatsächlich, unter einen Stapel lange nicht gelesener Kriminalromane – Dino Carr,

2 Ein aufgeblasener Langweiler mit einem Hang zu Jeans-Anzügen und Vorlesungen zu Themen wie die Erosion von Irlands Torfmooren und die Infektionsgefahren durch den Umgang mit schmutzigen Banknoten; ich kann das beurteilen, ich habe einen eintönigen Nachmittag mit ihm im Bus nach Enniskerry verbracht. Ich glaube, ich erinnere mich an ein Fernseh-Quiz, das er in den '70ern hatte, es hieß *Ihre Perücke, Euer Ehren* und wartete mit Denksportaufgaben wie dieser auf: »Nennen Sie den Hinterbänkler von Fine Gæl, der plötzlich während der Jungfernrede von Jack Lynch im Dail ein feuchtes Geräusch mit dem Mund machte. Kleiner Hinweis: später brannte er mit einer Bardame namens Nuala durch.« Daran erinnere ich mich mit gutem Grund, ich war nämlich entsprechend sauer, als ich hören mußte, wie mein liebes altes Tantchen als Bardame bezeichnet wurde. Obwohl sie durchaus die eine oder andere Pint gezapft haben mag, war sie im Herzen doch immer eine Ekdysiastin (und noch viel, viel mehr).

Betty Sprue, J. B. Gaskett u. a. – und eine angelaufene Trophäe vom Gælic Football, die aus den späten '40er Jahren datierte (Philly Doyle, König der Torpfosten!), geschmiegt, zwischen seinem smaragdgrünen *Maynooth!*-Kolleg-Schal mit den gelblich eiweißen Rändern und zwei immergrün-blauen Badetüchern, die er im Hotel Terminus et de la Gare, Lourdes, geklaut hatte, lag eine Flasche japanischer Red Tory Single Malt, dreiviertelleer; oder, wie Pater Doyle es hoffnungsfroh sah, viertelvoll. In beiden Fällen verströmte sie den verheißenen Trost eines Feiertags oder doch der ersten Stunden schwerverdienter Arbeitslosigkeit, und ihr bernsteinfarbener Inhalt schwappte still, als er sie gegen das Licht hielt und sich nach einem Glas umsah, bevor er diesen Gedanken im Hinblick darauf verwarf, daß ein ehrlicher Schluck aus der Pulle das beste Desinfektionsmittel für Mrs. Delaneys Frühstück war, welches ihm schwer wie zwei trächtige Mutterschafe auf dem Eingeweide lag –. Der Himmel wußte, daß es vorher oft genug funktioniert hatte (tatsächlich konnte er – was er auch tat – ihre Küche für seine kleine Schwäche verantwortlich machen, und Gott war sein Zeuge, daß er an einem einzelnen Tag nie mehr als zwei genommen hatte, vielleicht drei als alleräußerstes, bevor sie anfing, ihm in den Rachen zu zwängen, was sie aus dem Kochtopf gekratzt hatte); entsprechend lang fiel der Zug aus, den er aus dem Flaschenhals nahm, den Torso leicht zurück, doch auf den Füßen fest verankert, bis, ohne Warnung, ein Ruck durch seinen Körper schoß. Sein Magen krümmte und hob sich – sein Knochenbau rüttelte – seine Zunge wurde dick – sein Augenlicht schwand, für kurze Zeit. Schluckauf folgte auf Schluckauf, magensauer potenziert, dann drang, klimaktisch, ein Schwall gelbbrauner Kotze ins Freie und wurde ohne weiteres Trara ins Waschbecken befördert.

Pater Doyle wischte sich die Augen und fluchte.

»Oduscheißescheißescheißescheiße. Das ist doch nie und nimmer Whiskey.«

Nachdem er sein Gesicht in kaltem Wasser eingeweicht hatte, fiel es ihm wieder ein. Es war der alte Trick: die Bettpfanne des Junggesellen, Leergut einem guten Verwendungszweck zuführen, damit man nicht alle zehn Minuten aufs Klo rennen muß, wenn man gerade eine schöne Solositzung hat, wie zu Hause im Bett, oder in der Sakristei, was (erinnerte er sich jetzt) letzten April geschehen war, um Ostern herum, als er sich nach einer harten Karwoche auf der Bank am Fenster entspannt hatte ... Demnach lagerte die Flasche seit damals dort!

Ah, er war in blendender Form für eine Messe.

Als er, bald, aus der Sakristei auftauchte, Seifengeruch verströmend, der Torso von winzigen Würgeanfällen bebend, klang das Geläut vom Glockenturm, war die Gemeinde versammelt, standen die Meßdiener auf ihrem Posten. Die anämischen Herbstblumen in ihren Altarvasen, von einem einzelnen Sonnenstrahl erleuchtet, der durch die nicht-normannischen Altarfenster gedrungen war, deuteten ein Beerdigungsspektakel an, das Pater Doyle an sein (und jedermanns) letztliches Ende erinnerte. Er überreichte den Meßdienern die Krügchen und das Räuchergefäß und wandte sich der Gemeinde zu, wobei er versuchte, den doppelten Ekel aus Lampenfieber und Giftanteilen, die er gerade geschluckt haben mochte,[3] zu ignorieren. Die Beteiligung

3 Wußten Sie übrigens, daß dies spezielle Gebräu, wenn man gewissen Hindus glauben will, erzgut bei der Bekämpfung von grauem Star, Tinnitus, offenen Magengeschwüren und Asthma wirken soll? Und würde es Sie überraschen, wenn Sie erführen, daß ich, genau wie Sie, den Hindus gern und unbesehen glaube, jetzt und immerdar, bis die heiligen Kühe zum Melken nach Hause kommen oder bis zum Jüngsten Gericht, was jeweils später passiert?

war nicht schlecht, zu gut für seinen Geschmack, ein volles Drittel der Bänke war mit Feiernden besetzt, die vom glücklichen Paar in der ersten Reihe – Polizeipräsident Nugent uniformiert und bis zum nten Grade medailliert, seine Gattin eine Vision in Seide und Köper – bis zu ihren Mitkoryphäen, an denen sich wiederum Nachzügler und anderes menschliches Randgut festgesaugt hatten, gesellschaftliche Zigarettenkippen, die auf freie Getränke, einen Fuß in einer Mahagonitür oder eine diskrete Völlerei am Buffet hofften: Anwälte, Schriftsteller, Bauunternehmer und dergleichen. Es war ein einschüchternder Anblick, wäre es zumindest gewesen, wäre der Altar eine Bühne, die Kirche ein Theater, die Gemeinde ein Publikum gewesen, aber Pater Doyle mahnte sich – wie immer, wenn der Bammel drohte –, daß er in der guten alten Prä-Vatikan-Zwo-Kirche, in der er großgezogen und zum Priester geweiht worden und der er im Herzen immer noch ergeben war (teils aus Nostalgie, größtenteils aus Überzeugung), der Gemeinde den Rücken hätte zukehren müssen, wodurch das Bühnenelement ausgefallen wäre. Auf jeden Fall war der einzige Zuschauer, auf Den es ankam, Er, Dessen Mysterien jede Messe durchdrangen, und Berufung eines Priesters – sein ganzes Leben als solches – war, ob es einem gefiel oder nicht (und wie *konnte* es einem gefallen?), ein Opfer auf diesem himmlischen Altar; der Taoiseach konnte da sein, oder der Heilige Vater persönlich, und sie mochten nackt herumtollen wie am Tage ihrer Geburt, und in den Augen Gottes wäre es wie das schwächste Zucken des nichtigsten Wurmes unter dem modernden Kompost am äußersten Ende der Gosse gewesen … *oder noch weniger!*

Pater Doyle schauderte und hob den Blick, um der Quelle seines Glaubens und seines Grausens Dank zu sagen. Auf der Orgelempore brachte Dairmuid-der-Organist die Orgel zum Höhepunkt und sandte die Toccata in D von Respighi wühlend und wogend die dröhnenden Gewölbe der alten Kirche hinauf und hinab. Der Respighi war ein richtiges Virtuosenstück, von Pater Doyle den Seelen zur Erbauung und Diarmuid zum Austoben zugedacht, nach all dem modernen Mist, auf den er und Skelly so versessen waren. Die Musik besänftigte seinen Magen und befestigte sein Herz, und beim Hymnensingen fühlte er sich bereits nicht mehr schlimmer als milde verkatert und hatte auch nicht mehr diese vertrackten Schmerzen im rechten Arm; er fühlte sich sogar eigentlich wieder ganz gut, einigermaßen fit, fast schon wieder (dachte er besorgt) wie er selbst …

Zu gegebener Zeit setzten sich alle zur Predigt hin, die so konstruiert war, daß sie peinlich genau die Vorgabe erfüllte, es gäbe eine Parallele zwischen Glauben und Ehe (Mr. und Mrs. Nugent bekamen nett ein runzliges Lächeln ab): in letzterem der oder das Gespons als hilfreicher Gefährte, in ersterem *idem* der Herr –, mit anderen Worten mußte man bei beiden flüchtige Ängste und Zweifel im Interesse jener größeren Liebe beiseiteschieben, die ewig währte.

Wo wir gerade von Zweifeln sprechen, sagte Pater Doyle, und ein bestimmtes Gleichnis kam ihm in den Sinn.

»Die Säue der Gadarener –; das betreffende Gleichnis ist euch allen natürlich geläufig. Thomas? Matthäus? Wie die beiden unserem Herrn von dem Burschen erzählen, der fast von seinen Dämonen aufgefressen wird? Genau, das ist das Gleichnis, ihr kennt es alle, wer kennt es nicht, aber habt ihr es je als Prüfung des Glaubens gesehen? Ich habe es jahrelang in meinen Predigten verwendet, bevor es mir aufgefallen ist. Denkt mal drüber nach. Unser Herr geht zu dem Mann und vertreibt die Dämonen und bewegt sie dazu, in eine Schweineherde zu fahren, woraufhin die Schweine wahnsinnig werden, sich in einen Fluß stürzen und ertrinken. Unser Mann erholt sich schön und bedankt sich bei seinem Retter und Heiland, wie sich das gehört, alles schön und gut –, aber Augenblick mal. Ich weiß nicht, wie ihr das seht, aber ich habe mich plötzlich gefragt: wieviel haben die armen Schweine gekostet? Hätte unser Herr die Dämonen nicht einfach direkt zurück in die Hölle schicken können? Und wie fühlte sich der Schweinehirt, als er sah, wie seine preisgekrönten Säue sich von der Klippe stürzten?«

Er glotzte die Gemeinde an und köderte sie mit seinen eigenen improvisierten Zweifeln.

»Wenn wir hier also mal innehalten, kommt uns die ganze Sache doch ziemlich unfair vor, oder?« fuhr er fort. »Hier ist der Stand: ein Mann gerettet, na prima, aber der Lebensunterhalt eines anderen Mannes ist im Eimer, und eine Herde harmloser alter Schweinchen wird umgebracht, einfach so. Irgendwie Beschiß, höre ich euch sagen –; stimmt, wo liegt da überhaupt die Gerechtigkeit?« rief er, da er einen Kopf in der dritten Reihe entdeckt hatte, der im Schlaf oder aus Langeweile nach hinten gesunken war – mit einem Ruck straffte er sich, aufgeweckt oder plötzlich gefesselt –, »aber das macht diese Geschichte zum Gleichnis, das heißt, zu einer moralischen Lektion in Anekdotenform, nicht nur zu einer Schnurre für die Jungs in der Stammkneipe. Das Gleichnis prüft unseren Glauben, es zeigt uns die Grenzen, es weckt unsere Aufmerksamkeit, und all das brauchen wir, denn ohne Glauben, Brüder und Schwestern, hat nichts einen Sinn, die Gleichnisse nicht, die Wunder nicht, die Geschichte vom Leiden unseres Herrn nicht, das ganze Leben nicht, es sei denn, man ist Atheist oder Heide oder ein rundherum hoffnungsloser Fall. Also muß der wahre Christ Rückschläge, wenn sie sich ereignen, als Teil von Gottes unendlicher Weisheit sehen, nicht nur als schlechtes Blatt beim Kartenspiel –, genauso, wie wir glauben müssen, daß Unser Herr jenseits des vergänglichen Schmerzes dieser alten Schweine und ihres Besitzers die größeren Gründe sah, die demütigen Sündern wie euch und mir verborgen bleiben.«[4]

Träumerisch trieb es ihn weiter, anderen Gleichnissen auf der Spur – die Brotlaibe und die Fische, das Gehen auf dem Wasser, der verlorene Sohn, alle (beharrte er) Fallen für die Ungläubigen, in höherem oder niedrigerem Grade – und schloß seine Predigt mit einer hübschen kontrapunktischen Fanfare, in welcher das ideale Prinzip, das Ehe und Glauben gemeinsam ist, das Prinzip lebenslanger (oder sogar ewiger) Treue, in Kontrast zum real existierenden, praktischen Wahlspruch einer gewissen gesetzlosen Institution oben im Norden gesetzt wurde, die sich angeblich langfristigen Tugenden mit Hilfe kurzfristiger Sünden verschrieben hatte, nämlich: *einmal rein, nie wieder raus!* Die Analogie wurde von der Gemeinde beifällig aufgenommen –, schließlich war Killoyle einst (prä-1923) republikanische Hochburg gewesen –, und laut war das Gelächter, als Pater Doyle sagte: »Nun habe ich meine Aussage gemacht und werde keinen Widerstand leisten, Herr Polizeipräsident.«

»Vorher dürfen Sie noch einmal telefonieren, Herr Pfarrer«, erwiderte Polizeichef Nugent, und so rauh

4 Also, um ganz ehrlich zu sein, ich habe dem Palaver dieses Priesters gelauscht, seit ich *so* klein war, und auf langen Reisen hat es längst nicht so gut geholfen wie eine schöne heiße Ovomaltine oder eine anständige Fiedel im Radio (idealerweise beides) –, aber das geht wahrscheinlich nur mir so.

war die Heiterkeit, die durch dieses feine Beispiel irischer Schlagfertigkeit ausgelöst wurde, daß sich der feierliche Schleier der Messe kurz hob, um einen Salon in Mayfair zu enthüllen, circa 1890, mit Pagen, welche Damen und Herren von untadeligem Stil mit silbernen Tabletten bedienten, wobei die Herren Wilde und Shaw persönlich als Ehrengäste erschienen waren! Die Illusion verflog jedoch, als Pater Doyle sich mit unmißverständlicher Bedeutsamkeit räusperte und die Gemeinde sich erhob, um »Der Herr hat uns den Tisch bereitet« zu singen.

Nach der Messe präsidierten die Frischwiederverheirateten einem Empfang und gesetztem Essen mit Champagner im Balsa-Raum von Spudorgan Hall, Schauplatz vieler hochrangiger gesellschaftlicher Veranstaltungen der Stadt. *Le tout* Killoyle ballte sich in der Mitte, während die gesellschaftlich Begehrlichen es umkreiste wie Hyänen. Pater Doyle, als Mitglied keiner der beiden Gruppen, zog sich in die Randbezirke zurück und ging schonend mit einem leichten Chablis um – Weißwein war der ideale Kompromiß zwischen der falschen Enthaltsamkeit eines analkoholischen Erfrischungsgetränks und dem übertriebenen Pichlertum eines, sagen wir, Double Malt – und bemerkte erstaunt, daß sich ihm der Grieche Maher näherte, die Mütze quer, Ballygowan on the rocks schlürfend.[5]

»Handelsklasse A, Ihre Predigt, Herr Pfarrer«, sagte der Grieche. »Wissen Sie was, ich werde dieses alte Gleichnis nie wieder so sehen wie bisher, und das habe ich Ihnen zu verdanken.«

5 Das ist ein Mineralwasser, falls Sie sich gefragt haben sollten, Irlands Antwort auf Perrier, minus das Kerosin –, oder Benzin? Kommt mir vor, als wäre der alte Maher ein *Junger Pionier*, genau wie mein Onkel Francie, bevor das mit den Visionen anfing.

»Sie nicht, Mr. Maher«, sagte Pater Doyle, »und ich auch nicht.«

Maher bedachte ihn mit einem durchdringenden Blick, der Pater Doyle, ganz spontan, an die Augen von Michelangelos Teufeln in der Sixtinischen Kapelle erinnerte.[6]

»Eher schlecht besucht heute, die Kirche, was, Herr Pfarrer?«

»Etwa Standard für eine Messe mitten unter der Woche, würde ich sagen, vielleicht ein bißchen besser besucht als …«

»Jaja, schon gut, aber ich meine, ganz allgemein, wo doch die alten Leutchen links und rechts abkratzen und die jungen Leute so sind, wie sie sind, dünnt sich das Geschäft ein bißchen aus, meinen Sie nicht?«

»Nun, falls Sie fragen, ob die Menschen heute noch so häufig in die Kirche kommen wie früher, so …«

»Worauf ich hinauswill, Herr Pfarrer, ist dies. Meine Quellen teilen mir mit, daß St. O'Toole ein paar Straßen weiter viel besser dasteht als die gute alte Oinsiaskirche. St. P. und L. ist die kommende Kirche –, die Kirche der Gesellschaft wird sie gern genannt, weil sie auf einem sehr begehrten Grundstück gleich neben dem

6 Da würde ich ja lieber mit einem Reisebus aus Killarney einmal um die Welt fahren, um nicht mit solchen Heinis dinieren zu müssen! Es ist mir nur aufgefallen, als ich sie das erstemal sah (das war immerhin auf einer Klassenreise, und ich war erst in der Untertertia vom Hl. Heiland, aber bereits damals genoß ich den Ruf, mir nicht leicht was vormachen zu lassen), daß sie die Art Körperbau hatten, wie man ihn, offen gestanden, eher als Klappi in einer Zeitschrift wie *Der Bodybuilder* oder *Glam* oder einem ähnlichen Käseblatt zu finden hofft als an den Toren der Hölle! Jetzt nennen Sie mich wahrscheinlich einen Philister und als nächstes einen Kunstbanausen. Nun, *ars gratia artis* –, oder, wie der Da immer zu sagen pflegte, besonders zur Zeit des Waxford Festivals: Der Arsch kratzt den Artisten.

Yachthafen und der neuen Hunderennbahn steht. Ich habe sogar gehört, daß sie sich da unten einen smarten jungen Kuraten zulegen wollen, um Pater Wiehießergleich zu ersetzen, den alten Zausel, der die Schwalbe aus dem Fenster gemacht hat …«

»Ich nehme an, Sie beziehen sich auf Monsignore Stripling.«

»Stimmt, absolut korrekt. Wohingegen Sie in St. Oinsias nicht gerade neben viel liegen, was? Scheiß drauf, wenn Sie mich fragen, entschuldigen Sie bitte, außer der MacLiammoir-Überführung und diesen alten Läden, die letztes Jahr vom Magistrat zum Abriß freigegeben wurden. Es kann sich nämlich alles ändern, mit der neuen Waxforder Autobahn und der Konkordatsneufassung, die Gar Looney durch den Dail peitscht, die Aussicht gar nicht zu erwähnen, die Sie von da aus hätten –, von St. Oinsias, meine ich, mit ein paar geringfügigen Veränderungen, wie einem kleinen Abbruch hie und da … Das wird dann schon, das wird dann schon. Ist das denn die Möglichkeit, Herr Pfarrer«, – er atmete immer näher, bereitete sich auf etwas Vertrauliches vor, seine Augen traten fast[7] wie bei einem Clown aus den Höhlen –, »aber ich habe in der Stadt einige schockierende Dinge gehört.«

»Ach, tatsächlich?«

»Ja. Ich habe zum Beispiel gehört, daß der Staatsanwalt gegen Ben Ovary ermittelt.«

»Na, das ist doch wohl Bens Angelegenheit. Oder die des Staatsanwalts.«

»Nicht unbedingt. Ich habe außerdem noch sehr interessante Dinge über unseren Oberbürgermeister und seine südostasiatischen Investitionen gehört.«

Pater Doyle wurde allmählich gereizt. Es war, als

7 Aber nicht ganz.

wäre er wieder in der Schule, auf dem Schulhof mit einem Rüpel wie Sticky Muldoon (dem späteren Kommandanten der Bogside Brigade), der versuchte, eine Expedition in die Mädchen-Umkleideräume zu organisieren.

Er wich seitwärts aus, aber Maher machte einen Ausfall wie eine Muräne.

»Ich habe auch ein, zwei Bröckchen über dies edle Etablissement«, Augen nach oben gerollt, so auf die Umgebung Bezug nehmend –, »und«, – den Blick wieder herabrollend und dessen Brennweite auf sein wahres Ziel einstellend –, »ich bin sicher, daß Sie schon das Neuste über St. Oinsias gehört haben, wo wir gerade beim Thema sind.«

»Sie sind beim Thema, Mr. Maher, ich nicht. Welches Neueste?«

»Man plant, Ihre Aktivitäten zu unterbinden und Ihnen den Laden dichtzumachen.«

Pater Doyle prustete in seinen Wein.

»Was soll das heißen, Aktivitäten? Halten Sie mich für einen Heroindealer?«

»Aber, Herr Pfarrer, das bliebe doch zwischen Ihrem Gewissen und Ihrem Gott. Aber soll das heißen, daß Sie wirklich noch nichts davon gehört haben?« Maher schmatzte, kostete den Augenblick aus. »Es könnte natürlich sein, daß ich falsch informiert wurde, aber unter uns ...«

»Und wer ist ›man‹? Die Kurie? Die Mafia? Die Hurling-Mannschaft von Killoyle?«

»Also, in einer normalen Branche wäre es die Zentrale oder das Stammhaus, und da Ihr Generalstab in Rom liegt, denke ich mal, es sind die Männer im Vatikan, die die Ansage machen. Klar, ich bin nur der demütige Laie, aber haben Sie nicht die Weihen empfangen und kriegen die ganzen Insider-Infos frisch aus dem *Observatorio Romano,* haha? Ich weiß nur, was ich in der Zeitung lese, wie der Mann im Liede sagt. Wenn Sie meine Meinung hören wollen, Herr Pfarrer, dann würde ich sagen, Geschäft ist Geschäft, egal, was Sie verkaufen, und im Geschäftsleben gibt es ein ehernes Gesetz, keine Nachfrage, kein Angebot. Hä? Ah, da kommt er ja. Na, Sie harter Bursche!«

Plötzlich schien er sturzbetrunken, ein verlumptes Lächeln lief ihm über das Gesicht, als er sah, wie sich Polizeipräsident Nugent näherte –, wobei die Betonung auf *schien* lag, dachte Pater Doyle, denn in Wahrheit war Maher so kaltnüchtern und kalkulierend wie nur je ein Kirchenbürokrat (sollten die ernsthaft planen, ihm so schmutzig mitzuspielen, die Schweine?), was auch seine weiteren Aktionen nahelegten: er entschied, daß die Garda in der Obermacht war, zumindest vorläufig, und versuchte offensichtlich, potentielle Gegenspieler mit der steinalten Kriegslist des irischen Landbewohners zu entwaffnen, indem er den tölpelhaften Clown gab.

»Gott jegne und erhalte Jie, Herr Policheipräjident, grade habe ich noch gejagt, wenn der Jatan einen nicht holt, holt einen die Jittenpolichei.«

Dröhnende Lachsalven ehrten diese makellose Zurschaustellung von Bühnen-Irentum, in welche andere – Dickie Doheny-Nesbitt, die Oberbürgermeisterin, O'May-der-Apotheker – *con gusto* einfielen. Pater Doyle, dem ganz leicht schlecht war, wollte sich gerade zum Gehen wenden, als eine in eine Serviette gewickelte Weinflasche unter seiner Nase auftauchte, welcher die wenig grazile Person von Oberkellner Rogers folgte.

»Noch etwas Wein, *Monseigneur?*«

Pater Doyle war versucht, widerstand aber, vom Gedanken an die größere Versuchung gestählt, der er später erliegen konnte, in der Privatheit des Presbyteriums –, und dann richtiger Whiskey, in einer Pint-Flasche, ungeöffnet, die sich an seine Socken und Hemden im Wäschekorb kuschelte, das perfekte Versteck, falls die alte Kuh nicht schon wieder schnüffelte; sie hatte eine Nase am Leib wie ein Bluthund, wenn es darum ging, seine Vorräte zu finden, weshalb er vielleicht auf dem Nachhauseweg eine Hilfs-Pint kaufen sollte, nur für den Fall, daß –, nein, erst sollte er nach Hause und sich umziehen, er konnte nicht riskieren, daß man ihn sah, wenn er komplett mit Kirchenklamotten in den Schnapsladen ging[8] (aber das hätte bedeutet, daß er Mrs. Delaney über den Weg lief) …

Von Zweifeln und Ängsten geplagt, verließ er unbemerkt, wenn man vom Dichter Rogers (und von Gott) absieht, das Hotel.

8 Gratuliere, aber den Kardinal hat das nie abgehalten, damals. Mit Kirchenfürstroben und allem hat es ihn überhaupt nicht gestört, nach der Polizeistunde durch den Hintereingang in Feeley's Bar zu gehen und mit einer Papiertüte voller klirrender »flüssiger Gemeindemitglieder«, wie er den Magog's Gold Malt und James Johnson's Deluxe-Verschnitt nannte, die er immer als kleine Hilfen für seinen Schönheitsschlaf bevorzugte, wieder herauszukommen. Eines Nachts traf er den Da, der von der Arbeit kam, und griff ungebeten in die Tüte und holte eine Flasche JJ's und zwei Gläser heraus, und die beiden haben es sich »auf den zwitschernden Hängen von Cahill's Hügel / unter dem Gummimond« (Hoolihan, *Grünes Grübeln, Verse und Verdüren,* 3. Gesang) noch richtig nettgemacht! Allerdings sagte man später, Seine Eminenz habe sich damals die Erkältung geholt, die ihn später umbrachte, Gott hab' ihn selig, und von jenem Tag an bis hin zum Ende seines eigenen Lebens sah der Da keine Flasche James Johnson's mehr an, aber für Wein und das neue Bushman's-Programm mit Whiskey-Likören, die nach Himbeere schmecken, konnte er sich begeistern.

22

Rasch und ruhig wie der Star eines billigen Gruselstreifens manövrierte der Grieche seine massige Gestalt auf den trübe beleuchteten Oxtail Yard, wodurch er den Blick auf Spudorgan Hall und die MacLiammoir-Überführung nach Norden verdeckte, selbst aber in südlicher Richtung Oxtail Corners überblickte, die Immobilie, die er am wenigsten schätzte. Mit einer Hand trug er eine Tragetasche aus Plastik von Brown-Thomas in der Grafton Street,[1] in der anderen klimperten Antoschlüssel an einem Daimler-Benz-Schlüsselring. Auf seinem Kopf befand sich nicht seine typische Kappe aus Donegal, sondern eine Wollmütze, die er bis auf Augenbrauenhöhe heruntergezogen hatte. Ein flüchtiger Beobachter hätte vielleicht bemerkt, daß er ausschließlich in die nächtigen Schattierungen der Rugby-Nationalmannschaft von Neuseeland gekleidet war, um um so besser mit dem Hintergrund zu verschmelzen. Es war dreiundzwanzig Uhr, und das Viertel war so still wie ein Sonntag in Coleraine,[2] wenn man vom hohlen Dröhnen eines Fernsehers in Nr. 7b absah. Der Grieche gackelte leise, als er zu den Fenstern tappte, deren Vorhänge zugezogen waren.

1 Schweinemäßig überteuerter Laden voll hochgestochener Lackaffen. Ich habe da mal £ 50 für einen dicken Wollschal bezahlt, aber trotzdem mußte ich dem Verkäufer einen an die Ohren geben, als er mich von oben bis unten musterte und »Ha!« sagte, der unverschämte Scheißkerl.

2 Oder Randalstown (Grafschaft Antrim). Da wurde letztes Jahr ein Mann eingesperrt, weil er an einem Sonntag zu laut gehustet hatte (Strafe zur Bewährung ausgesetzt, £ 50 Geldbuße).

»Hahahaha. Hihihihi.«

Vor Nr. 7b riskierte er einen Blick durch einen Spalt zwischen den Vorhängen und wurde durch das unappetitliche Spektakel belohnt, welches dieser Wichser Rogers in Unterhosen beim Stemmen eines Bieres bot. Der Grieche konnte sogar sehen, wie der Adamsapfel des Burschen wippte, wenn er sein Getränk schluckte –, wahrscheinlich ein Triple X, wie das mit Schwarzgebranntem auf Vordermann gebrachte Hyper-Ale, das bei Mad Molloy an die schweren Fälle ausgeschenkt wurde –, während er gleichzeitig in seinen Feinripp griff, um sich gründlich und kräftig und mit einer Grimasse des Behagens zu kratzen. Der Grieche deckte ihn mit mehreren, rasch aufeinanderfolgenden mißbilligenden Blicken durch die Lücke zwischen den Vorhängen ein. Der elende Handbetriebswirt, wie er sich halbbesoffen vor den Fernseh fläzte! Was war das überhaupt für ein Mieter? Er lebte wie ein Schwein und zahlte nie seine Miete pünktlich, also hatte er verdient, was auf ihn zukam, und was auf ihn zukam, war: GÜLLOFLEX INSTANT!

Mit anderen Worten: Rinderjauche-Flüssigkonzentrat, in der Landwirtschaft gern als Abkürzung längerer Wachstumszeiten vermarktet. Großzügig im ganzen Keller versprüht, würde es, war der Grieche zuversichtlich, wirksamer sein als ein schierer toter Hund, damit Nr. 7b endlich die Botschaft kapierte –, übrigens wäre es auch kein großes Ungemach, wenn Nr. 7c, dieser beschränkte Barkeeper, und Nr. 8, die Pakis, ebenfalls dazu motiviert würden, ihr Ränzel zu schnüren und weiterzuziehen.

Wenn der ganze Block leerstand – falls die Mist-Methode nicht funktionierte, gab es noch andere Möglichkeiten, kurz bevor man tatsächlich Räumungsbescheide zustellen ließ und vor die Gerichte zog (immer riskant): die Vettern Tiny und Stau vom Archway, wahre Künstler mit den Fingerknöcheln, zum Auftakt –, konnte der Abriß beginnen, und was für eine todschicke Zufahrtsstraße zu den Grundstücken von Spudorgan Hall und St. Oinsias aus Oxtail Corners (in Maher Place umbenannt, in Zusammenarbeit mit dem Stadtrat) werden würde, sobald er die ebenfalls ordentlich bearbeitet[3] hatte (Dr. Thomas Maher Esplanade?)!

Kaum zirpte der Schlüssel im Schloß, als der Grieche die Kellertür aufschloß. Vorsichtig schloß er die Tür hinter sich und stand einen Moment reglos, wartete darauf, daß sich seine Augen an die Dunkelheit gewöhnten, bevor er sich an seine Aufgabe machte. Er holte den schwappenden Behälter aus der Tragetasche und prüfte den Fußboden mit der rechten Schuhspitze, um sich zu vergewissern, daß die Oberfläche eben war, da er die Flüssigkeit nicht in ein Loch gießen wollte, in der sie vielleicht abstand – schwärte – die Fundamente durchfeuchtete – Brutstätte für Mückenlarven war – das Objekt dauerhaft einstank – gar die Grundstückspreise (in der ganzen Stadt) verdarb!

Nachdem er forsch einmal durch den Keller getrabt war und befriedigt festgestellt hatte, daß der Boden plan war, hielt er die Tür mit einem praktisch herumliegenden Ziegel offen, stülpte sich ein Taschentuch vor die Nase und startete die Gülleeinleitung, wobei er sich schnell und kauernd fortbewegte, behende wie ein Gorilla oder wie Groucho Marx. Zuerst war der Geruch nur widerwärtig, aber bald schien sich seine Intensität mit jeder Sekunde (oder noch schneller) zu ver-

3 Ordentlich bearbeitet, was? Na, Sie können nicht sagen, ich hätte Sie nicht gewarnt.

doppeln; als er den halben Fußbodenbereich des Kellers bedeckt hatte, erstickte er an der pestilenzialischen Luft, trotz der bescheidenen Ventilation von der Tür her –, aber die Tür, wurde er, innerlich kalt in Ohnmacht fallend, gewahr, befand sich jetzt am anderen Ende des Kellers …

Schlimmer noch, der winzige Luftzug, der durchsickerte, trieb die Dämpfe herein, anstatt sie hinauszuziehen …

»Himmelarsch«, keuchte der Grieche.

Bald war der Gestank so ungeheuerlich, daß er bemerkte, wie er unfreiwillig laut und anhaltend stöhnte, was sich ganz wie das Röhren eines Hirschs anhörte. Sein durchstunkenes Taschentuch war keinerlei Verteidigung mehr, und seine Hände verströmten den Brodem von Methan. Sein Pullover war zu tief ausgeschnitten, um seine Nase zu bedecken, und sein Gesicht war hoffnungslos ungeschützt.

Von Panik gepufft, raste sein Hirn, vom teuflischen Gestank längst überholt. Die Lage war verzweifelt. Es war klar, daß seine einzige Hoffnung, der Erstickung (Tod bei plötzlicher Darmentleerung, er selbst mit dem Gesicht nach unten im Kot aufgefunden) zu entgehen.

Darin lag, sich, ohne auch nur eine weitere Sekunde zu zögern, verdammt noch mal schleunigst zu verpissen; folglich warf er, aufgewühlt hustend, den Behälter zu Boden – auf welchen dieser seinen Inhalt mit dem behaglichen Gurgeln einer entstöpselten Badewanne ergoß – und taumelte zur Tür hinaus, dem ewigen Vergessen nur um Augenblicke voraus. Brechreiz hinunterwürgend, wankte der Grieche auf die Straße wie ein in den Wahn getriebener Bär und machte einen krachend ursinen Abgang durch Ligusterhecken und Dorngebüsch.

Den Oxtail Yard hinauf und hinunter gingen Lichter an, und es dauerte nicht lang, bis der erste Anwohner (Milo nicht) eine unverbindliche Nasevoll nahm und sagte: »Puha! Was stinktn hier so übel?«[4]

4 Bei diesem olfaktorischen Geschwelge kommt einem doch – Ihnen so sehr wie mir, sage ich mal so – unser alter Kumpel Jim Barnacle in den Sinn, den wir noch von seinem *Müffelnden Mantel* her kennen und verehren. Tja, ich kann glücklicherweise berichten, daß jetzt endlich im Peacock Theatre Premiere war, aber die Kritiker kannten – *hélas* – keine Gnade. »Notdurft«, bellte Omar Hogg-Davies von der *Times.* »Barnacle hat einen Schreibstil, daß man meinen könnte, er wäre Anwaltsgehilfe oder dergleichen«, schmollte Sheridan Pyle vom *Independent.* »Wo ist mein Eimer?« erkundigte sich weinerlich Jupiter O'Brady vom *Longfordian.* Ausschließlich unerfreulich jedoch ist auch dies nicht; Jim wird wohl kaum wieder in krummer Körperhaltung in der Kanzlei sitzen und scharwenzeln und katzbuckeln und seine Magengeschwüre pflegen müssen. In der Abbey Street ist zu hören, es würden Verhandlungen mit New Zealand TV über eine fünfteilige Miniserie geführt, und im Gespräch sind Claudia Fiammiferi und Jock MacHooter.

23

Emmet und Roisín ließen sich zurücksinken und sahen einander in die Augen wie wilde Liebende aus den Wäldern von Arkadien, halb fassungslos angesichts der Erkenntnis, daß es, im Alter von jeweils vierundfünfzig und zweiundfünfzig, immer noch möglich war, gemeinsam die Flamme des Sex zu entfachen.[1]

»Wie lang ist es jetzt her – drei Monate?«

»Ach, geh weg. Eher vier.«

»Ich war ein bißchen abgelenkt, *acushla.* Da hat mir einiges keine Ruhe gelassen. Ich weiß nicht, ich war nicht so ganz auf dem Damm.«

»Das habe ich gemerkt, Emmet. Ich bin ja nicht blind.«

»Natürlich nicht. Ich meinte doch nur.«

Süßer leidender Jesus, stöhnte Emmet innerlich, warum war es so schwer in Worte zu fassen, selbst jetzt noch? Er griff nach dem Champagner, den sie unerklärlicherweise eingelagert hatte, während er weg war, und nippte verächtlich, ein widerwilliger Orgiast.

»Ich meinte, daß ich so eine Art moralische Krise durchgemacht habe, wie du es wahrscheinlich nennen würdest.«

1 Zweifellos. Es gibt ja Menschen, die behaupten, mit zunehmendem Alter würde es immer besser, aber ich gehöre nicht dazu. Mir persönlich hat es sowieso nie so sehr viel Spaß gemacht, außer auf die irische Weise (halbnackt, nach schnellem Fummeln, mit dem leisen Pochedipoch des Regens auf dem Dach und dem leichten Aroma von Speck in der Luft).

»Du meinst, wie dein Freund, der Jesuitenpater, es nennen würde.«

»Er hat wirklich sowas in der Richtung gesagt. Aber er hat auch gesagt, er glaubt, daß das ein gutes Zeichen ist. Das Zeichen des wahren Christen, hat er gesagt, ist Zögern, wenn er die Wahl hat, denn das bedeutet, daß man die moralische Tragweite abschätzt. Ich glaube, im Grunde wollte er darauf hinaus, daß Burschen wie Carfax – oder sogar Maher, Gott stehe uns bei – sich sofort draufstürzen, wenn sie den Glanz von Gold sehen, und sich keinen roten Pfifferling um den moralischen Standpunkt scheren. Immerhin hat Pater Pat so gut wie gar nicht missioniert. Er hat gewußt, daß er es mit einem schweren Fall zu tun hat, aber er hat gesagt, die ganze Sache zeige doch, daß ich wenigstens über sowas nachdenke, weißt du, und es nicht zu vertuschen versuche oder bequeme Entschuldigungen finde.«

»Du meinst die Unterschlagung und so.«

»Tja, ja, aber das ist noch nicht alles.« Ein bauchtiefer Seufzer warnte vor unmittelbar bevorstehender Feierlichkeit. »Ich habe dir Dinge angetan, *acushla,* hinter deinem Rücken, von denen ich dir nichts gesagt habe. Dinge, für die ich mich von Herzen schäme.«

»Zum Beispiel?«

Emmet stützte sich auf einen Ellbogen, zuckte zusammen, litt; aalte sich jedoch auch im Martyrium des Moments. Roisín starrte ihn verdutzt an. Als er zur Genfer Flughafen-Episode kam, nach der Ersatz-Orangenmarmelade und kurzen Gedächtnis-Aufenthalten in Muldoons Wettbüro und verschiedenen Kneipen auf der anderen Seite der Stadt – wo er schwerverdientes Geld wie (so drückte er es aus) ein Taugenichts verplempert, sowie gesoffen hatte wie (mit seinen eigenen Worten) »ein Badeschwamm« –, fing sie an zu lachen.

»Du bist so ein oller Dussel, Emmet. Warum gehst du

nicht los und *machst* mal was Niederträchtiges, wenn du so scharf darauf bist, was zuzugeben?«

Kurz gereizt, wandte er ihr den Rücken zu und trank vom Champagner, aber in ihrer praktischen weiblichen Art lenkte sie ihn zur alles beherrschenden Frage zurück.

»Die Unterschlagung, Liebster.«

»Ja. Stimmt.« Sein Blick war offen, unumwölkt, von treuer Gattinnenliebe geprägt. »Tja, das ist irgendwie ganz komisch. Die Unterschlagung als solche hat mich gar nicht so sehr gestört – ich meine, ich würde Carfax natürlich auch nicht für einen Orden vorschlagen, weil er sich um die Nation verdient gemacht hat –, sondern es war mehr die Tatsache, daß einen der eigene Arbeitgeber enttäuscht hat, weißt du, hier ist dieser Scheißkerl, der mir seit Jahren mein Gehalt zahlt, und plötzlich entdecke ich, daß er die ganze Zeit die Hand in der Ladenkasse gehabt hat. In der Kasse seines eigenen verdammten Ladens, um der Liebe Christi willen.«

»Und was wirst du jetzt unternehmen?«

Ah, das war die Frage, die zu beantworten Pater Patric versäumt hatte, außer indirekt, indem er Emmet, als dieser gerade gehen wollte, an jenen nützlichen Unterschied erinnerte, der in den Psalmen zwischen dem, was des Kaisers und dem, was Gottes war, gemacht wurde.[2]

Am nächsten Morgen fuhr Emmet zur Arbeit und dachte über all das und über damit Zusammenhängen-

2 Was dazwischen liegt, macht mir Sorgen –, oder sollen wir davon ausgehen, daß, was dem einen nicht gehört, dem anderen gehören muß? Was ist, wenn eine dritte Partei Ansprüche geltend macht? Was ist mit dem endlosen Hin und Her der Prozesse, die das irische Landleben vergiften? Was ist mit Hunden oder Freudenfeuern oder dem Gurren des balzenden Ringeltaubers (für mich übrigens das süßeste aller Geräusche)?

des nach, wie z. B. die Kurzsichtigkeit, die er bewiesen hatte, als er Wolfetone Grey begründeten Bedenken zum Trotz zu seinem Stellvertreter bestellt hatte. »Zeit, mal einen Spritzer gesunden Menschenverstand zu verwenden, mein alter Power«, riet er sich reuig.

Die Reise zur Hall dauerte länger als üblich, da die gesamte North Side von der Garda abgesperrt war, wodurch sich der Verkehr bis auf die MacLiammoir-Überführung zurückstaute. Nachdem er zehn Minuten hinter einem Auto aus Deutschland verbracht hatte, kurbelte er sein Fenster herunter und rief einen Herumlungerer herbei.

»Was ist denn los?«

»Riechen Sie das nicht?«

Wohl wahr, wie laue Leibesdünste lag es in der Luft, aber Emmet hatte zunächst dazu geneigt, dies seinem Gesprächspartner zuzuschreiben, einem vagierenden Dolichokephalitiker in den mittleren bis späten Fünfzigern mit dem Äderchenmuster des Süchtigen auf den Augäpfeln.

»Sie mußten die ganze Straße unten bei der Kirche evakuieren«, sagte der Mann. »Die Polizei sagt, es war eine undichte Gasleitung, oder ein Laster mit alten Socken ist umgefallen, oder, aber, Allmächtiger Jesus Christus, merken Sie das denn nicht, wie eine ganze Brigade Männer mit ungewaschenen Achselhöhlen mufft das.«

Wenigstens war es keine Bombe, und das war im damaligen[3] Irland immerhin schon mal was. Es liefen ohnehin genug Irre mit Bomben herum, sann Emmet und sandte seinen Peugeot los, in langsamer Verfolgung des Mercedes aus Essen, indem er die Kupplung

3 D. h. letzten Oktober.

trat und schnell in den Ersten schaltete; logisch genug, beschwor die gedankliche Beschäftigung mit Irrsinn ein geistiges Abbild von Wolfetone Grey herauf, und dies lockte ihn in eine wohltuende Geistesabwesenheit, aus welcher er nur auftauchte, um die Vorwärtsbewegung seines Autos bis zu den vertrauten, gefürchteten Toren von Spudorgan Hall zu überwachen, die den Kraftfahrer für gewöhnlich auf einen von zwei Parkplätzen komplimentierten, links für Personal, rechts für Gäste. Emmet fuhr seinen Peugeot behutsam in die Geschäftsführerlücke und ging ins Gebäude. In seinem Büro wartete bereits Mrs. Gallagher.

»Ich habe schon mit Mrs. Grey gesprochen, Sir«, sagte sie. »Sie hat gesagt, er liegt seit etwa zwölf Stunden im Bett, fast bewegungslos.«

»Tot, Gott steh' uns bei?«

»Nein. Offenbar hat er ziemlich viel telefoniert.«

»Ah.«

Eine unbeantwortete Frage schwirrte, summte, piekste und wurde weggescheucht.

»Dann ist da noch Rogers, Mr. Power. Er kann heute nicht kommen.«

»Was ist ihm passiert? Zuviel Wein, möchte ich wetten.«

»Äh – nein, nicht direkt. Er liegt im Krankenhaus. Starke Übelkeit, sagt der Arzt. Seine Wohnung liegt genau über der undichten Gasleitung, wissen Sie –, ach so, vielleicht haben Sie nichts davon …?«

»Ich habe es gerade gesehen. Die eine Fahrbahn war gesperrt. Übelkeit, was? Der arme alte Milo. Na, das Gefühl wird ihm ja nicht gänzlich unvertraut sein, stimmt's? Rufen Sie ihn später mal an, Mrs. G., und fragen Sie ihn, ob er Greys Job will.«

»Milo? Chef der Einkaufsabteilung?«

»Warum nicht? Er ist doch ganz helle. Grey wird jedenfalls nicht zurückkommen. Für den können wir einen Frührenten-Trick ausarbeiten. Grundgütiger, wir können doch nicht zulassen, daß leitende Angestellte dem übrigen Personal ihre durchgeknallten Glaubenssätze aufzwingen. Unerhört, sowas.«

Nachdem sich die Tür hinter Mrs. Gallaghers breitem Strahlen und langsamem Kopfschütteln[4] geschlossen hatte, grübelte Emmet über das Ausmaß nach, in welchem Wolfetones Bekehrungstätigkeit tatsächlich unerhört – unerträglich – unverzeihlich – skandalös usw. war, und das nicht nur, weil es sich um irgendeine neue Religion handelte (russisch, wenn er es recht verstanden hatte), die er da feilbot. Pater Patric MacCarthy wäre der Erste, da war sich Emmet sicher, der von so dick aufgetragenen und unsubtilen Missionierungsversuchen abgeraten hätte, selbst wenn sie von kirchenfrommen Katholiken an Ungläubigen vorgenommen wurden.

»Sehen Sie, Emmet«, hatte er gesagt (und damit den Weg ins lächelnde Hochland der traulichen Anrede mit dem Vornamen angeführt), wobei priesterliche Hände zwischen Zigarren und Kaffee hin- und herhasteten – verdammt guter Kaffee übrigens: brasilianischer Arabica, reich und schwarz –, »es ist nicht meine Mission, den Heiden zu bekehren, obwohl ich natürlich als Jesuit zu dem Orden gehöre, der die halbe Welt christianisiert hat, von den Kopfjägern in Timor bis zu den Guarani in Paraguay; meine Mission befindet sich genau hier, bei den jungen Priestern, die wir ausbilden.« Zwei solche hatten sich ihnen zum Mittagessen beigesellt und sich bald danach, unter gemurmelten Entschuldigungen, wieder zurückgezogen: frischrasierte, wohlformulierende junge Männer, dachte Emmet, eine willkommene Abwechslung von den heutigen Wald-,

4 Verständlich; das arme Geschöpf hatte einen Schock: MILO? CHEF DER EINKAUFSABTEILUNG?

Feld- und Wiesenrabauken –, vorausgesetzt, daß sie keine heimlichen Selbstverstümmler oder gar schwule Säue waren, was bekanntlich bei denen, die sich der lebenslangen Frauenvermeidung verschworen hatten, durchaus vorkommen sollte –, aber diese Burschen waren bestimmt zu asketisch und buchgelehrt für sowas (obwohl man ja nie wußte) …, »*sie* sind diejenigen, die dorthinausgehen und die Feinde der Kirche abwehren werden«, fuhr Pater Pat fort, »während ich hier am Spielfeldrand sitze und sie anfeuere. Immerhin, wenn ich die Chance sehe, diese oder jene verlorene Seele zurückzugewinnen, bin ich bestimmt willens, mich auch mal selbst in den Kampf zu stürzen.«

»Das können Sie vergessen, Herr Pfarrer.« Emmet sprach mit strahlender Offenheit mit diesem so überaus strahlenden und offenen Priester. »Ich bin nicht das verirrte Schaf, das Sie suchen.«

»Doch, das sind Sie, Emmet. Genau das sind Sie. Sie haben ein gutes Gehirn, das mit einem moralischen Kompaß ausgestattet ist, und das ist seltener, als Sie vielleicht glauben. Sie sind ein loyaler Ehemann und Vater und, da habe ich keinen Zweifel, ein fairer Boß, und trotzdem sind Sie ruhelos und unzufrieden. Als Priester führe ich das naturgemäß auf die Leere in Ihrem Innern zurück, das Symptom des Suchenden.«

»Nach *dem* Festschmaus herrscht hier keine Leere mehr«, stellte Emmet anheim, tätschelte seinen Bauch und übernahm sich dabei, indem er nach dem Offensichtlichen haschte, gedanklich. Pater Patric grunzte und vertiefte sein Thema.

»Natürlich *spirituelle* Leere. Als Ungläubiger würden Sie zweifellos einen Euphemismus dafür finden, wahrscheinlich bei der Psychoanalyse ausgeborgt, so etwas wie Dysfunktion oder männliche Menopause oder Midlife-Crisis oder dergleichen –; hat sich doch als schöner

Religionsersatz bewährt, meinen Sie nicht? Allem Elend keinerlei Trost spenden und für das Privileg ein Vermögen berechnen? Ich spreche in der Angelegenheit nicht als Eunuch, falls Sie sich das gefragt haben, sondern als ehemaliger Liebhaber der Naturwissenschaft von der Seele; ich habe sogar in Löwen bei Bischof Joachim Schindler studiert, der wiederum bei einem Schüler von Adler in Zürich studiert hat.«

»Wirklich? Es hat mich nie so richtig angesprochen. Es kam mir immer vor wie die äußerste Form der Selbstbefleckung, ein bißchen als hätte man Croke Park gemietet, um den Leuten, die da auf Pferde wetten wollen, seinen Pimmel zu zeigen. Egal, ich konnte mir nie vorstellen, daß ich einen Wildfremden mit meinen eigenen Sorgen vollabere. Wenn ich das wollte, würde ich in die Kneipe gehen.«

»Solide irische Vernunft. Freud sagte einmal, wir seien die einzige Rasse, die er nie auf die Couch gekriegt habe.«

»Das hat er gesagt. Sehr fundiert. Ähnlich schwierig, würde ich sagen, einen von uns auf der Couch zu *haben*, wenn Sie mir da folgen ...?«

»Eine sexuelle Anspielung. Da haben wir's. Wenn das nicht der Wiener Einfluß ist, was denn dann?«

»Nur meine schmutzige Phantasie, Herr Pfarrer. Um mein Eheleben ist es zur Zeit nicht allzugut bestellt.«

»Na, das sollte sich aber doch ganz leicht beheben lassen. Wie ist Ihr Kaffee?«

Ausgezeichnet, ausgezeichnet, der beste seit dem angebrannten Zimt-Kaffee im »Erkerfenster«, an dem Tag mit Maher –, à propos Maher ...

Emmet setzte sich auf, als hätte ihn der schwirrende Gedanke von einem Augenblick vorher gestochen. Wie seltsam die Menschen sind, daß sie durch's Leben gehen und das Offensichtliche ignorieren! Die Köpfe im

Sand vergraben oder verächtlich abgewandt, wie schmollende Kinder, die ihren Spinat nicht essen wollen: vom Tod zum Beispiel, auf den man nie vorbereitet ist, den man nie wirklich erwartet; dito Täuschung, Enttäuschung, Vertrauensbruch; ebenso Ignoranz und Wahnsinn, sowie Aberglauben, der, als solcher, vielleicht den kulturell Uninformierten eine Zuflucht bietet –; die große Anziehungskraft der Religion beruhte schließlich darauf, daß sie ein Ersatz für den ganzen Kram war, der für den durchschnittlichen Angeber zuviel Zeit und Anstrengung erfordert –; hängt Beethoven, scheißt auf Rembrandt, tretet Plato in den Arsch, da nehme ich doch lieber Rod McIdiot und Brainless Boyne und die *Late Late Show* und lasse Gott alles weitere machen, schließlich haut Er doch die ganze tolle Kunst raus, was? Notre Dames, Sacré Cœurs, Pietàs und was nicht alles –; Bücher lesen? Ich? Würde ich ja liebend gern, Alter, aber ich hab die Zeit nicht, ich hab viel zu viel damit zu tun, Computerprogramme zu schreiben/Dollar in Yen umzutauschen/Häuser anzustreichen/Autos zu reparieren/Hotels zu leiten …[5]

5 Werden Bücher etwa nicht tragbar hergestellt, damit man sie im Bus oder am Imbißtresen oder in der Badewanne lesen *kann* –; ich meine, es ist doch nicht so, als würde von einem verlangt, daß man das gesamte verdammte *Book of Kells* mit sich herumschleppt, oder? Zeit zum Lesen hat man immer. Nehmen Sie mich, zum Beispiel: als ich gebüffelt habe, um bei Guinness den Buchhalterposten (der Stufe II) zu kriegen, bin ich jeden Tag, den die Woche hatte, von Roscommon reingefahren, und in der rechten Pfote, gleich neben dem Steuerrad, war ein schmales Bändchen Plunkett. Auf der Rückreise, jeden Abend, war dasselbe Bändchen in meiner Rechten, und in der Linken qualmte eine Carleton oder die neueste Kreation aus dem Hause Harrison. Dazwischen war mein Kopf; an den Kopf angrenzend war das Steuerrad. Es war ein bißchen knifflig, aber es hat funktioniert. Probieren Sie's doch auch irgendwann mal aus.

Na bitte. Ein bißchen Bildung war gefährlich, besonders wenn sie mit Frustration und Versagen und der gesamten heute üblichen Konfusion gemischt wurde. Resultat: Wolfetone Grey, oder irgendein anderer armer umnachteter Scheißkerl, der erklärte, er und nur er allein sei über das Geheimnis des Lebens gestolpert; anderseits kombiniere man so gut wie gar keine Bildung (oder eher die gerissene Art von Erziehung, die alles durcheinanderbringt und nur das Überleben des Stärksten lehrt, d. h., da Geld alles ist, ist alles eh wurscht) mit dem Gewissen eines Krokodils, und presto! Uns ist ein Carfax gebor'n – oder ein Maher.

Emmet schwenkte auf seinem Stuhl herum und nahm drei Aussichten in sich auf: die auf den Hafen, der im Morgenlicht funkelte; die auf sein Büro, das von der reflektierten Sonne wie weißgetüncht war; und, innerlich, die auf seine Seele, die immer noch von Zweifeln umwölkt war. Er fokussierte sich auf letztere Aussicht und hoffte, klarer zu sehen. Was er sah, als der Nebel sich langsam hob, ähnelte stark dem Innern seiner Aktentasche –, nein, es *war* das Innere seiner Aktentasche, die zwar in genau diesem Augenblick gegen seinen Schreibtisch gelehnt war wie ein erschöpftes Rennpferd, seine Gedanken jedoch völlig in Anspruch nahm, daher das Die-Seele-als-Aktentasche-Bild; um also (figürlich) den ganzen Akt in eine Tasche zu kriegen, enthielt das Objekt selbst drei Hauptbücher, jedes davon mit genug Information und Querverweisen auf tatsächliches Einkommen, allgemeine Ausgaben, Brutto-Kapitalaufwendungen, durchschnittliches Steueraufkommen von Hotels derselben Größenordnung usw. vollgestopft, um Mahers Vorwürfe zu stützen und Carfax wegen Steuerhinterziehung und Veruntreuung von Geldern anzuklagen – oder ihn zuallermindest so in Verlegenheit zu bringen, daß er ein permanentes Exil vorzog. Sie war eine gefährliche

Waffe, diese Aktentasche, aber Emmet mußte sicherstellen, daß sie nicht explodierte und ihm um die Ohren flog, sozusagen. Das konnte aber ganz leicht geschehen, wenn er Carfax' Bluff beim Namen nannte und die Information öffentlich machte –, ah, da sah er Maher doch schon vor sich, wie er als Teufel-aus-der-Kiste sprang, nur Wind und Geschwätz, sein Pfund Fleisch verlangte und mit Abschriften und Zetteln und Kontrollabschnitten von diesen Banken in Liechtenstein und auf der Insel Man wedelte ..., aber *das* war dann natürlich nicht illegal. Jeder Geschäftsmann mit mehr als drei Pfund in der Tasche versuchte es heutzutage mit einem Offshore-Nummernkonto. Nein, mit dem, was innen in den Hauptbüchern drinstand, damit müßte es eigentlich irgendwie hinhauen.

Emmet wollte plötzlich, dringlich, abhauen, wollte seine Roisín mit sich in den vielbesungenen Süden nehmen, oder in den goldenen Osten, irgendwohin mit fernen Schneegipfeln wie zerknüllter Papierabfall an einem ausgedehnten Horizont, unter der blauen Schüssel des Universums, mit dem Duft von Harz und Geißblatt in der Luft ...![6]

Die Fäuste ballend, machte er ächzende Geräusche, jenen verwandt, die mit extremer Darmträgheit einhergehen, und hob den flehentlichen Blick empor zum feuchten Fleck mit dem Umriß von Wales (minus Anglesey, Glamorgan und Teilen von Dyfed) an der Zimmerdecke, die zwischen ihm und (sagen wir mal) Gott lag:

6 Das klingt wie die Knockmealdowns, von Ballybunion aus gesehen, oder der Zwölftonnenstrand. Da gibt es in der Nähe ein schönes kleines Bed-and-Breakfast: »Beelea«, von der Exgattin meines Onkels Francie geführt, Nuala, mit dem zurückhaltenden Wesen und dem gelifteten Angesicht.

Was also soll ich tun? heulte er (z. B.) Gott an, via Wales.

Schmeiß die Hauptbücher weg, min Jung, erwiderte »Gott« durch Wales hindurch mit gallischem Achselzucken. *Danach schmeiß deinen Job hin und verpiß dich.*

Ja, aber man mußte auch an die Zukunft denken: Roisín, ihre gemeinsamen Ersparnisse, seine Rente. Er würde einen neuen Job brauchen, und in seinem Alter bekam man die nicht mehr an der Straßenecke zugesteckt.

Mit dem untadeligen Timing der Verzweiflung erinnerte sich Emmet plötzlich daran, daß Pater Pat vielleicht, ohne es zu wissen, bereits die Antwort gegeben hatte –, nicht darauf, daß man dem Kaiser geben solle, was des Kaisers usw., obwohl er das genau mit der ausreichenden ironischen Emphase auf dem Wort *Gott* bzw. *Gottes* gesagt hatte, um klarzustellen, bei Wem seine Sympathien lagen, sondern als er (wie Emmet damals gedacht hatte) so übertrieben von seinen Reisen gequasselt hatte: hatte er da nicht gesagt, sie brauchten einen *Geschäftsführer* in ihrer Seminar-cum-Jugendherbergs-Kiste in Italien? Oder brauchten sie einen Priester aus Maynooth?

ODER BEIDES!?

Emmet griff nach dem Hörer des schwarzen Telefons (direkte Verbindungen zu Telefonauskunft, Empfang, Tag- und Nachtportier), als das rote (direkte Verbindungen zu Garda-Präsidium, *Bord Fáilte, Bord ná Mona* usw.) klingelte. Die anschließend ertönende Stimme identifizierte sich als Teddy Egan gehörend, von Rettung für Kinder mit Hautproblemen Weltweit, und in der Tat wies diese Stimme eine pulsierende Ernsthaftigkeit auf, die jemanden, der noch nie einen Anruf von Pater Patrick MacCarthy von den Reisenden Redemptoristen bekommen hatte, überzeugt hätte; aber jetzt, endlich, wußte Emmet, daß er seinen Mann hatte.

»Sind Sie das, Grey?«

»Egan, Mr. Power. Teddy Egan heiß ich, und daß Kindern dringend geholfen werden muß, weiß ich. Wußten Sie, Sir, daß das Schicksal von vierzigtausend Kindern mit ernsten Hautproblemen in der Schwebe hängen könnte? Sie haben mich richtig verstanden, Sir: vierzigtausend, hierzulande und im Ausland, arme mißhandelte Kinder, die niemanden haben, an den sie sich wenden könnten, und das alles nur wegen des Hautproblems, mit dem sie geboren wurden, Sir. Völlig korrekt, Sir, ich sagte Hautprobleme. Wußten Sie, daß in einigen Kulturen, Gott errette und beschütze uns, wie bei den Fulani in Westafrika und den Cherokee in Oklahoma, Muttermale auf Nase und Wangenknochen als die Fingerabdrücke des Teufels oder Beelzebubs persönlich angesehen werden, besonders wenn sie nachts sichtbar sind?«

»Ach, um Gottes willen, Grey.«

»Egan, Sir. Ich würde Sie ja nicht bei Ihrem kostbaren Tagesprogramm stören, Sir, wenn ich nicht sehr gute Gründe hätte, und die lauten wie folgt: primo versucht unsere Organisation, bis Ende des Monats einhunderttausend irische Pfund aufzutreiben, um die Adoptionskosten für die letzte Schiffsladung Kinder mit ernsthaften Hautproblemen aus Afrika und Westindien aufzutreiben; secondo ...«[7]

7 Jetzt, wo Sie es erwähnen: die O'Hares ein Haus weiter haben so ein armes Wurm adoptiert, ein Hindumädchen aus Trinidad namens Indra Pal. Ihr einziger Makel war ein Muttermal in Form eines Krummschwerts, das sich vom linken Nasenflügel bis an den Rand des rechten Kieferknochens erstreckte; davon abgesehen, war sie ein echter Klopfer und stellte sicher, daß das auch jeder merkte, indem sie mehrmals den Namen änderte und Stipendien für Schönheitsinstitute in Berlin, Paris und Mailand gewann; indem sie für den Job als Zweitbesetzung von Joan Fondell im Oscar-nominierten Film *Königin der Kartoffelchips mit*

»Selber primosecondo, Grey; Sie sind a) gefeuert; wenn Sie b) auch nur ein einziges weiteres verdammtes Mal anrufen, werde ich ebenfalls anrufen, und zwar werde ich Herrn Polizeipräsident Nugent anrufen.«

»Tut mir leid, daß Sie sich diese Einstellung anmaßen, Sir. Egan heiße ich, Teddy Egan.«

»Dann lecken Sie mich am Arsch, Teddy Egan. Sie sind ebenfalls gefeuert.«

Guten Mutes, weil er unter Drück Anmut – d. h. Genie – bewiesen hatte, rekapitulierte Emmet stolz wenige Minuten später diesen Vorfall für Mrs. Gallagher, als sie mit seinem Vormittagskaffee hereinkam, doch anstatt in das erwartete beifällige Gemurmel auszubrechen, sah sie ihn von oben bis unten und von der Seite an und rief aus – »Doch nicht Teddy Egan, Mr. Power? Der Mann ist aber doch ein Engel in Menschengestalt. Wissen Sie, wieviele schwarze Babys ohne die selbstlose Hilfe dieses Mannes heute nicht mehr am Leben wären? Weiße Babys ebenfalls, darunter einige, da habe ich gar keinen Zweifel, irische, die nur wegen eines Muttermals oder einer Sommersprosse am falschen Ort auf kalten Berg-

Essig-Dip trainierte; indem sie auf den Titeln solcher Veröffentlichungen wie *Glam, Tibetts, Der Ostgote* und *Gischt* erschien; indem sie am Anglo-Trinidadischen Institut Meisterklassen unterrichtete; sowie natürlich, indem sie unter dem Namen P. Pears den Bestseller *Du sollst Vater und Muttermal ehren* verfaßte. Unter ihrer Führung zwang der Eingreiftrupp Menschen und Muttermal beide Häuser, Kongreß und Parlament, zu einer neuen Gesetzgebung, und als das erste offen gezeichnete Staatsoberhaupt, ein Russe namens Gorbatschew (oder -tschow?), gegen seinen Willen zurücktrat, strengte Indra unter dem Namen P. Ploughperson im Auftrag des Eingreiftrupps Menschen und Muttermal (MuMm) vor dem Internationalen Gerichtshof in Den Haag einen Musterprozeß in Sachen Antidiskriminierung an. Zur Stunde wird sie sogar in einem Atemzug mit Lord Irons, Pater Mark Cuspidor, Lola Managua und Omar ben Salaad als Nobelpreiskandidatin gehandelt, aber das bleibt hoffentlich unter uns.

hängen ausgesetzt wurden? Also, ich habe immer für die Kinder mit Hautproblemen gespendet. Das ist nämlich, finde ich, eine Stiftung, die wirklich was leistet. Mr. Power, ich muß Ihnen ganz ehrlich sagen, ich wundere mich über Sie.«[8]

Sie ruckte mit der Dauerwelle und dampfte süperbe hinaus. Emmet schürzte die Lippen und kühlte seinen Kaffee mit kurzen, kräftigen Pustern. Seinem prägefrisch gefaßten Vorsatz, die Hauptbücher zu verbrennen (nachdem er Carfax mitgeteilt hatte, was er wußte) und zu kündigen (nachdem er von Pater Pat mehr über diesen Geschäftsführerposten in Italien erfahren hatte), fügte er einen weiteren hinzu: einen Scheck auf Rettung für Kinder mit Hautproblemen Weltweit auszustellen, nichts übermäßig Großzügiges natürlich, stille drei Stellen, vielleicht vier ..., und doch! Er hätte schwören können!

DIESE STIMME!

Emmet siedete. Warum war es immer noch so schwer, den Unterschied zwischen Leben und Farce zu bemerken, und das im Alter von vierundfünfzig Jahren?

8 Ganz schön happig, aber bestimmt nicht schlimmer als die Fulani, die während der Paarungszeit fest miteinander verbundene Nasenringe aus Messing verwenden, oder die Inuit, die sich den Rücken grün anmalen, um den Eisbären zu verwirren. Ich habe eine ganze Reihe primitiver Völker studiert, einschließlich mein eigenes, und Sie glauben gar nicht, welche luftigen Höhen der Idiotie die Menschen zu erklimmen imstande sind, ohne sich auch nur anzustrengen. Verbringen Sie einfach mal einen 12. Juli auf der Ormeau Road oder einen Ostermontag in Bodenstown –, oder sehen Sie sich, um der Liebe zu allem, was (in Anführungsstrichen) heilig ist, Lourdes an! Dehydrierte alte Leutchen, die schon vor Jahren ins Grab gehört hätten, warten schwächlich zuckend auf das Startkommando für den Rollstuhl-Grand-Prix, wobei jeder einzelne ernsthaft hofft, das Ziel nicht nur als Kerngesunder zu erreichen, sondern auch noch tiefgebräunt und zwanzig Jahre jünger und mit Geld auf der Bank und einem Ferienhaus an der Costa Brava! Ehrlich. Verglichen mit sowas, kommt einem ja sogar Glossowitsch einigermaßen normal vor (naja, vielleicht auch nicht, aber Sie merken, worauf ich hinauswill).

24

»Leiter der Einkaufsabteilung.«

»OBERSTER EINKAUFSABTEILUNGSLEITER?«

»GESCHÄFTSFÜHRENDER DIREKTOR IM BEREICH EINKAUF!«

Milo, tief im Bett, wälzte die verschiedenen Ehrentitel im Munde herum, gemeinsam mit einem Stück Frühstücks-Croissant, auf welches er als offizieller (wenngleich nur kurz befristeter) Gast in Spudorgan Hall ein Anrecht hatte. In Kopf und Eingeweide war Friede eingekehrt. Weit davon entfernt, den Geschäftsführerstiefel am Cordhosenboden zu verspüren, wie er befürchtet hatte,[1] war er statt dessen befördert – erhöht – erhoben – tatsächlich zehn oder noch mehr Menschen vorgesetzt worden, einschließlich (und hier schauderte er, teils wegen der schwindenden Nachwirkungen von *nausea tremens*, teils vor Wonne) MURPHY!

»Murphy?« schnauzte er mit croissantverklumpter Stimme die Wände an. »Mir reicht's! Packen Sie Ihren Krempel! Vamos!«

Als Künstler schuldete er es natürlich den Musen, solche läppischen Ehrungen nicht zu ernstzunehmen, so, wie Evelyn Waugh seinen Order of the British Empire und Beckett seinen Nobel abgelehnt hatte. Immerhin, die Tatsache, daß die Sekretärin des alten Power vorbeigeschaut hatte, um das Angebot zu machen, als

1 Ohne jeden Grund, wie sich zu sagen erübrigt, außer daß er Ire ist und deshalb den Dingen im allgemeinen zutiefst mißtraut – besonders Dingen, die man nicht essen kann, und ohne Mauern oder Äste oder Sitzplätze –, wie Jobs oder Versprechen.

Kathy gerade an seinem Krankenhausbett stand und versuchte, seit jenem Vindaloo-Abend im Star of Bihar die erste Konversation loszutreten –, nun, Frauen mochten den Mann mit Aussichten, obwohl der Unterschied zwischen Oberkellner und Leiter der Einkaufsabteilung zugegebenermaßen für einen Außenseiter nur schwer auszumachen war.

»Na, das ist ja schön«, hatte sie gesagt. »Gratuliere. Brauchen Sie sonst noch was? Ich muß los.«

Milo, erinnerungsfroh, transponierte ein öliges Lachen zu einem tremolierenden Rülpser, der noch leicht nach Croissant schmeckte. Armes Ding, in Wirklichkeit wollte sie eine Lulle; das war nämlich die schlichte Wahrheit! Natürlich wäre er auch nicht erstaunt gewesen, wenn sie ganz einfach eine Aversion gegen Krankenhäuser gehabt hätte, wie die meisten anderen (fruchtbaren, nicht-lesbischen) Frauen, die er kannte und wie auch nicht wenige Männer (meist Raucher), aber soweit es ihn betraf und solang der Staat die Rechnung zahlte, war eine kleine Nacht im halbprivaten Krankenzimmer der alten Mater Misericordiae eine willkommene Abwechslung, und – sobald, dank dem ererbten Glück des Rogers-Klans und dem raschen Eingreifen eines zufällig vorbeikommenden Garda-Sergeanten, das erste würgende, dreschende Grausen des Großen Gestanks abgeklungen war –, war es ziemlich klasse auf der Station gewesen, mit dem Kitzel des Überlebthabens und dem Besuch von Kathy und dem alten Blödmann im anderen Bett, einem gewissen Jams Fogarty, pensionierter Trawler-Kapitän aus Youghal und (angeblich) Läufer der irischen Rugby-Mannschaft bei der Meisterschaft der Fünf Nationen 1959. Der alte Jams war sowas wie ein Dichter oder doch zumindest ein erstklassiger Aufsager von Versen anderer, wenn man es schaffte, seinen Husten zu ignorieren, der mit

Sturmstärke tobte. Sein Lieblingsdichter, sagte er, sei Allingham: prägnant und aufn Punkt.

»*Ein' stolze Flott' der Dichter sandte aus; sie sank. / Gerettet wurd' sein Ruhm durch eine Plank'*.«

»Da hat der Dichter aber Glück gehabt, was? Die meisten von uns wären schon mit einem Splitter zufrieden«, bemerkte er weh, bevor er sich von der mukalen Dissonanz seiner Brustkorbmusik beuteln ließ. Es konnte, *hélas,* keinen Zweifel geben, der alte Jams würde noch vor Ablauf des Monats tot sein, Gott sei seiner Seele gnädig! Dann hinwiederum: zur Hölle mit dem alten Pisser (gnatzte Milo, innerlich)! Gehörte es sich nicht so für jene, deren Durst länger lebte als ihre Leber? Was konnten sie denn noch groß erwarten? Unsterblichkeit? Lebertransplantationen? EINE ZWEITE CHANCE? Denn wie man sät, so wird man usw.: ist ja auch nur gerecht, allermeistens. Wenn er zum Beispiel von seiner eigenen aktuellen Vorliebe für Bier, Curry-Gerichte und Fluppen ausging, sah Milo resigniert sein Leben zwischen etwa neunundfünfzig und dreiundsechzig bergab (oder -auf) gehen, wie das von Philip Larkin, in einem poetischen Ansturm von Reue.[2]

Er stellte seine leere Teetasse auf ihre Untertasse auf dem Nachttisch und legte sich mit lautem Schmatzen und tiefem Gedärmeglucksen der gröbsten Sorte zurück. Es war immer noch früh genug (0835 WEZ) für eine Verlängerung seines kleinen Ausschlafens, eine wohlverdiente Nachgiebigkeit gegen sich selbst nach diesen vielen Monaten gequälten Elends und vierstündiger Nächte. Er barg den Kopf auf dem Kissen und betrachtete durch träge Lider das viereckige, petersiltapezierte Zimmer, das die Geschäftsleitung ihrem

2 Das kann er jetzt leicht sagen. Fragen Sie ihn doch noch mal, wenn er achtzig ist, wie ich.

zukünftigen Einkaufszaren gönnte, während in Oxtail Corners die atmosphärischen Untersuchungen liefen: nach Süden blickte man direkt auf den nach Norden ausgerichteten, also nach innen gewandten riesigen Wasserspeier auf dem Fenstersims (auf den ersten Blick ein beunruhigender Effekt, als mache sich ein Eindringling oder Fassadenkletterer zum Sprunge bereit, aber architektonisch dem übrigen Ensemble von Spudorgan Hall angemessen: eklektisch, mit einer Prise Kitsch). Kiefern-frissons kräuselten sich durch den immergrünen Hain vor dem Fenster und deuteten Wind an. Durch die wogenden Äste hindurch schlug der Glokkenturm von St. Oinsias ein Thema an, welches von den Zwillingstürmen der Hl. Peter & Laurence O'Toole, die über der Unterstadt emporragten, die sich unter sie duckte, kraftvoll aufgenommen wurde. Am wäßrigen Horizont, außerhalb von Milos bettlägerigem Blickfeld, versahen Fähren friedlich ihre Pflicht nach Wales, Frankreich usw. Näher – im selben Zimmer stracks gegenüber von Milos Kopfkissen – befand sich eine Reproduktion von Millets *Abendgebet* von derselben Größe, Qualität und Färbung wie ihre Million oder mehr Genossinnen in Wohnzimmern und Salons überall auf der Insel der Heiligen, Gelehrten und Millet-Liebhaber. Im Kinderschlafzimmer in Drumcondra war eine gewesen, als Milo aufwuchs, eine weitere im Büro des Schulleiters der St. Barnaby's School, und eine hing sogar im Kabuff des Pedells vom Trinity (oder war das über der Herren-Tür in Mulligan's Bar gewesen?) ...; seine Erinnerungen verwischten sich, als er einduselte und schlief, und indem er schlief, träumte er.

Es war ein lebhaftes Traum-Drama, mit dem Bühnenbild eines Stückes aus der Restaurationszeit ausgestattet – Ölporträts von Kavalieren, holzvertäfelte Wände, filigrane Einrichtung – und unter dem Dach der bekannten Traum-Persönlichkeit Mr. Watts O'Wacker wiederversammelt, eines perücketragenden Mitglieds der faulen Stände, welches, wie durchsickerte, wiewohl selber tief schlafend, mit dem Verfassen eines **Bildungsromans** beschäftigt war, dessen Hauptfigur, Myles (oder Milo) Rogerson-Quay (*né* Rogers), ein schlafender Exkellner (oder zukünftiger Schriftsteller), seinerseits einen Schlüsselroman über Mr. O'Wackers Leben im Wachzustand schrieb, wobei es nicht ohne reges Treiben, Täuschung, Lüsternheit, den Besitzer wechselnde Gelder usw. abging, Zustände, die von der kartesianischen Harmonie von Mr. O'Wackers Selbstbild so dramatisch abwichen, daß sterbliche Feindschaft zwischen ihnen sichergestellt war, und der Wettlauf, als erster über den anderen aufzuklären, war in der Tat ein verbitterter; zum Beispiel sollte das Buch des zukünftigen Schriftstellers (oder einstigen Kellners), wenn es fertiggestellt sei (sagte ein winziges Stimmchen hinter der Bühne an), in tara-blaues Kunstleder gebunden werden, was in scharfem Gegensatz zu Mr. O'Wackers Œuvre stand, welches zwischen Buchdeckeln zu erscheinen bestimmt war, so grün gefärbt wie Smaragde, oder der Neid. Die Schlacht tobte. Während Milo sich in einer Agonie Morpheusscher Machart wälzte und schnarchte, hob und senkte sich Mr. O'Wacker, ebenfalls in profunden Schlummer versunken, aber gleichwohl ständig schreibend, auf der verstärkten Matratze seines massiven handgeschnitzten Himmelbetts, Plündergut aus dem belagerten Lustschloß La Zarzuela kurz vor Ausbruch des Spanischen Erbfolgekrieges. Am Bett stand ein kleiner Louis-XIV-*escritoire,* auf welchem ein stetig schwindender Stapel Papier Milos Leben als Mr. O'Wacker bemaß, wobei er einen altmodischen Federkiel benutzte, mit der rechten Hand fließend und wie von selbst schrieb und nur innehielt, um die Spitze des Kiels ins Tintenfaß zu tunken und sich das Nachthemd zwischen die Knie zu stopfen. Sein letzter Knüller handelte in den späten '50er Jahren, als obenerwähnter Myles Rogerson-Quay, Esq., der vier Fächer mit der Mittleren Reife abgeschlossen und vom Trinity College den Titel Gentleman verliehen bekommen hatte, öffentlich und mit vorgehaltenem Messer einen Bus beschlagnahmte – den 12A, von O'Connell Street Richtung Donnybrook – und die weiblichen Fahrgäste zwang, sich »zu ihrem Schutz« auf die obere Etage zu begeben, während er ihre männlichen Mitreisenden auf der unteren, der Nichtraucher-Ebene beim chormäßigen Absingen von »Mack the Knife«, »Helter Skelter« und anderen Schlagern der aggressiven Sorte dirigierte; nachdem er die Kontrolle über den Bus an sich gebracht hatte (ironischerweise von seinem eigenen Vater), fuhr der Wahnsinnige sie alle mit hoher Geschwindigkeit ins Foyer von Jury's Hotel, Ballsbridge, wo Des O'Driscoll vor den Teilnehmern an einem internationalen Polizeikongreß ausgewählte Szenen aus *Camelot* und *Der Mann aus La Mancha* zu Gehör brachte. Royal Flush für die Bullen – Vorhang – Ende unserer Geschichte. O'Wackers unerschütterliches *sang froid* im (sozusagen) Erträumen dieser Schmähung erboste Milo/ Myles und ließ ihn verzweifelte Maßnahmen ergreifen, einschließlich das kühne Einrücken einer dunklen Episode in sein magnum opus, in welche ein verschlagener und durchtriebener Finanzier namens Wackwaters verwickelt war; Abdul Greenhouse, ein korrupter judäo-arabischer Ölmagnat; und mehrere amerikanische Kongreßabgeordnete, die sämtlich in Ketten (und Schande) von FBI-Agenten in weißen Anzügen abgeführt wurden, ein Tableau, zu dem eindeutig a) Rodins *Die Bürger von Calais* und b) zuviele Fernsehnachrichten inspiriert hatten. Dieses gnadenlose

Strategem ließ Mr. O'Wacker keine andere Möglichkeit, als sich in seinem Bett aufzusetzen und seine wahre, wache Identität zu enthüllen, wobei er die Zähne eines Hais in einem geifernden Grinsen entblößte, rosageränderte Augenlider vor hervorquellenden gelbgefärbten Augäpfeln öffnete und sich – indem seine Perücke aus der Zeit Karls II. mühelos zur Donegal-Mütze mutierte – in keinen anderen als DEN GRIECHEN MAHER verwandelte, der seinen Federkiel über dem Kopf schwang wie einen Dolch![3]

Milo schlingerte aus dem Schlaf, schweißüberströmt, bestürzt.

»Dieser Bastard«, keuchte er.

Es war Zeit, den Tag anzugehen.

Rüdes Zischen und Lachen, sowie ein deutliches Furzgeräusch, begrüßten später am Vormittag seinen Vorstoß ins Labyrinth der Beziehungen zwischen Geschäftsleitung und Arbeitnehmerschaft. Bei einer Mittagspausen-Pint in Mad Molloy's beschrieb er Kathy das Erlebnis.

»Es war, als wäre ich wieder in der Schule. Von Rüpeln verarscht werden, wissen Sie. Allerdings mit Ausnahme des Schweizer Küchenchefs, oh, der war sehr höflich. ›Oui, monsieur, non, monsieur‹, ich schätze, den muß ich im Auge behalten, aber ja.«

»Murphy nicht?«

»War nirgends zu sehen. Ich finde, er hat mich ein bißchen im Stich gelassen. Ich hatte mich so drauf ge-

3 Seltsam, aber diese kleine Nummer erinnert mich an eine scharmante Sittenkomödie von Brian O'Brien – oder war es Flann O'Nolan? –, in der es von Pookas und Feen und nächtlichen Gestalten, die einander in die Existenz hinein- und wieder herausschreiben, nur so wimmelt; ihr Einfluß auf das großartigste Buch aller Zeiten, *Die Chronik von Chapelizod* (auch unter dem Titel *Here Comes Everybody* bekannt), sollte außer dem bräsigsten Analphabeten jedem klar sein.

freut, ihn herumzukommandieren, nicht, daß er sich das hätte bieten lassen, klar, das muß man ihm lassen, was er auch für Fehler haben mag, ein Kriecher war er nie, oder? Aber da Sie ihn erwähnen, glaube ich, er ist weg, ich habe ihn jedenfalls mindesten einen Tag lang nicht gesehen –; egal, ich habe den Dienstplan vorgelesen, was auch zu meinen neuen Pflichten gehört – wieder die Analogie zur Schule, nur war das, als wäre ich der verdammte Direx, minus den Respekt –, und er war beide Male abwesend. Es wurde allerdings gemunkelt, er sei mit einem Mädchen abgehauen, das bei Woolworths gearbeitet habe …, o, das tut mir jetzt aber leid, das wollte ich nicht.«

Kathy blickte anheimelnd finster.

»Hör zu, Milo, was der Scheiß-Mister-Murphy von jetzt an anstellt und mit wem, geht ausschließlich ihn was an. Ich bin von sämtlichen Ansprüchen auf ihn und Rechten an ihm zurückgetreten.«

In Milos Lächeln zeigte sich zwiefache Zustimmung: zu ihrer vehementen Indifferenz dem einst so gewaltigen Murphy gegenüber und zu seiner eigenen Fähigkeit, dies Gefühl zu wecken.

»Noch ein schnelles?«

Kathy lehnte mit forschem Kopfschütteln ab. Ein Drink war zum Mittagessen mehr als genug und gewiß mehr, als sie sich früher gestattet hätte –, *früher? Vor Milo?* Nein, das war nicht ganz korrekt, deutete es doch eine emotionale Grenze an, die ihr Leben in eine Prä- und eine Post-Milo-Ära aufteilte, und das war natürlich absurd. Noch war zwischen ihnen nichts vorgefallen, und soweit es sie betraf, gab es keinerlei Garantie, daß je etwas vorfallen würde. Wahrscheinlich blieben sie einfach Kumpels, gingen manchmal einen heben, unterstützten einander mit Trost, vielleicht sogar mit Rat, aber das war's dann auch, nichts Physischeres, obwohl er das natürlich anders sehen würde, er war schließlich ein Mann –, und natürlich war nichts unmöglich, das Timing war nur im Augenblick nicht so gut, besonders in *diesem* Augenblick nicht, da er im Büro des Einkaufsleiters in Spudorgan Hall Dienst hatte (immerhin war er gottseidank nicht mehr Kellner) und sie noch im Tabakladen vorbeischauen wollte, um ihre monatliche Lieferung französischer Zigaretten abzuholen, bevor sie wiederum ihre neueste Kolumne (»Irische Frauen am Arbeitsplatz: Eine stille Revolution«) bei *Glam* ablieferte.

Nachdem sie zu Ehren von Milos Beförderung bezahlt hatte, trennten sie sich, er mit mattiertem Blick, da ihr geschäftsmäßiger Händedruck dem erhofften Kuß zuvorgekommen war.[4]

Kathy lächelte kurz beim Gedanken an die unveränderliche Natur der Männer, während sie geschäftig durch die Stadt mit ihren dunstigen Straßen aus Kopfstein und Oktoberkühle eilte. Seltsamerweise verspürte sie einen obskuren Überschwang, und dies machte ihr (paradoxerweise) angst, legte es doch nahe, daß ihre veränderten Lebensumstände dafür verantwortlich waren –, und was konnte das bedeuten, nur die Abwesenheit von Murphy und/oder Milos Erscheinen? Sie seufzte, voller Zorn. Hätte sie zu lauten Selbstgesprächen geneigt, hätten ihre Worte wohl etwa »Ach, reiß dich am Riemen, Mädel« oder »Wach endlich, um Gottes willen, auf« gelautet, denn sie war in fast jeder Hinsicht eine normale Irin –, deren Intelligenz etwas

4 Geht in Ordnung. Als ich ein Steppke war, konnte man nur einen Kuß kriegen, indem man sich ans Ufer des Grand Canal legte, die Augen schloß, den Mund spitzte und das Beste hoffte –, und glauben Sie mir, es gab nur wenige, die am Samstagabend zu sowas Lust hatten, es sei denn, es ging um einen richtig hohen Betrag.

höher lag als normal, gewiß, aber sonst auf ihre beherzte, fatalistische, vom Leben abgehärtete Weise typisch für die Gattung. Gute Laune war (für ihresgleichen) ein Luxus, der nur an Festtagen entschuldigt werden konnte – Weihnachten, Geburts-, Jahres-, Hochzeitstage –, oder wenn eine reputierliche Zeitschrift einen Text von ihr angenommen hatte, oder wenn drei Dr. Menacc-Episoden hintereinanderweg im Fernsehen gezeigt wurden, oder (und das erfüllte sie irgendwie mit Sorge) wenn eine Romanze bevorstand und das unvernünftige Herz sich auf Wechsel, ja, Verbesserung freute. Sonst war diese keltische Maid mehr oder weniger beständig auf der Hut, galt doch das Prinzip, daß man gar nicht vorsichtig genug sein konnte, wenn man mit dem Leben fertigwerden mußte.[5]

An der Ecke Casement Street (West) Pollexfen Walk (Ost) bog sie rechts in Richtung Parade ab, an den läutenden Glocken, glänzenden Autos, weißen Schleiern und schwarzen Anzügen einer Hochzeit in SS. Peter & Laurence O'Toole vorbei. Das tiefeinatmende Meer war zinngrau und leer, bis auf die weißen Tupfer wippender Möwen, ein Farbschema, das von der verspiegelten Decke des Himmel reflektiert wurde. Auf der kaum sichtbaren Linie, welche die beiden trennte, leckten sich rastlose Wellen mit Schaumkronen die Lippen. Der Wind entlang der Parade war abweisend und kalt, wie ein presbyterianisches Frühstück, aber *die Läden* waren so hell und so herzlich wie eine katholische Weihnacht, und der Tabakhändler Gallogly hatte sein altmodisches Erkerschaufenster mit einer ungewöhnlich reichhaltigen, feiertäglichen Auslage von Rauchergeheimnissen geschmückt: Meerschaumpfeifen, eine Nargileh, Ziga-

5 Wissen Sie was, vom ersten Augenblick an wußte ich, daß sie ein grundsolides Mädel ist, trotz den französischen Fluppen und so.

rettenetuis aus Onyx, Gold- und Platinfeuerzeuge von Jacques Duclos, siebzehnzöllige *Flor Finas aus* Havanna usw. Kathy hielt inne, um all dies zu bewundern, bevor sie hinter einem lauten Türglockenspiel her eintrat, welches den pfeiferauchenden Fast-Zwerg hinter dem Ladentisch – den eponymen Gallogly – von einer Nase an Nase geführten Diskussion mit einem Kunden ablenkte, ebenfalls pfeiferauchend, entschieden größer als Mr. Gallogly, aber irgendwie verhutzelter, dessen übertrieben funktionsbetonte Gesichtsextremitäten an ihrem Ende mit je einem Schweißtröpfchen versehen waren, trotz der Kälte. In einer Hand hielt er ein Buch, den Fans seines Autors als das beste seines Genres bekannt; in der anderen einen Pfeifenkopfkratzer aus schimmerndem Messing, geformt wie eine kleine Kelle. Sein Blick war hellwach auf dieses Utensil gerichtet, als wäre er Naturwissenschaftler und das Gerät eine neue Probe von was.

»Haben Sie den auch in größer, Mr. Gallogly?« erkundigte er sich laut.

»Ich bin sofort wieder für Sie da, Mr. Grey. Ja, Madam? Ah, Mrs. Hickman. Sie kommen doch wohl wegen Ihrer Franzmänner, stimmt's?«

»Guten Tag, Mr. Gallogly. Ja, bitte.«

Mr. Gallogly kam zu Kathy herüber und breitete die Hände zu unterwürfigen Fächern. »Diesmal hatten wir eine kleine Verzögerung mit der Lieferung, Mrs. Hickman. Hat irgendwas mit dem Krieg da draußen zu tun, diese alten Schweizer oder Türken oder Korsen oder wie man sie beim Soundso nennt –, Balkanier, stimmt's, Mr. Grey?«

Typisch, dachte Kathy. Die Frau ignorieren und einen Mann fragen – irgendeinen Mann (wie dieser jetzt hmmte und ähte: Hmm, Hmm, nicht den blassesten hatte der Mann); ja klar, wenn es sich aber, Gott segne und erhalte die armen Geschöpfe, um ernste Dinge wie Weltpolitik handelt, warum sollen sie sich den hübschen Kopf zerbrechen …?[6]

»Okzitanier, Mr. Gallogly«, sagte sie. »Die kämpfen schon seit Jahren gegen die Korsen und die Drakoniden. Da der Absender für meinen Dauerauftrag sich in Marseille befindet, stelle ich mir vor, daß es am Flughafen zu Verzögerungen gekommen ist.«

»Ah ja? Sie sind ja gut informiert, Mrs. Hickman.«

»Naja, ich bin schließlich Journalistin.«

»Ach, sieh mal an.«

»Journalistin?« rief Wolfetone Grey (ja! er war es) dazwischen. »Bei welcher Zeitung?« Als es ihm gesagt wurde, rupfte er die Pfeife aus dem Mund und zog ein Gesicht. »*Glom?* Nie gehört. Haben die auch eine Seite mit religiösen Themen?«

»So für sich genommen, nein«, sagte Kathy. »Aber einmal im Monat beantwortet ein Priester Leserfragen.«

»Pah. Pah! Priester, was? Ich will Ihnen mal was sagen, junge Dame. Die wissen ja verdammt noch mal alles, die Priester. Verdammtverfluchtnochmal alles.«

6 Da bringt sie es auf den Punkt. Das war einer der wenigen Fehler des Da, wenn Sie mich fragen. Wann immer Mum oder eins der Mädchen sich eine Meinung zu (z. B.) nationaler Politik (meistens zur Fianna Fail) erlaubte, stand er auf, legte die Hände in die Hüften (oder steckte sie in die Taschen) und übertönte sie mit einer erstaunlichen Vielfalt an Geräuschen: theatralischem Gelächter, dem intensiven Husten des Unheilbaren, künstlich herbeigeführten Fürzen und/oder Schluckäufen, anhaltenden Vokallauten (gewöhnlich *aaaaah* oder *uuuuuuh*), Zungenschnalzen, Zutzeln, heftigem Ausstoßen von Luft zwischen Lippen und Zähnen, abwechselnd dazu dann plötzlichem, heulendem Einatmen usw. usw. Anderseits war er davon überzeugt, daß das Land mit einer rein weiblichen Regierung besser dastünde: Gott bewahre und beschütze ihn, man kann getrost sagen, daß er wie alle großen Männer reich an Widersprüchen war.

»Das wäre dann wohl Ihre persönliche Meinung, nicht wahr? Nicht, daß ich völlig anderer Ansicht wäre.«

»Wären Sie nicht? Ich heiße übrigens Grey. Ich bitte um Verzeihung …? Und Sie?«

»Ich? Hickman, warum?«

Geknickt stopfte er die Pfeife in den Mund zurück und begann zu nuckeln, feucht und rauchlos.

»Verheiratet oder …?«

»Ja, das ist der Familienname meines Mannes.«

»Vielmals um Entschuldigung, darf ich fragen –, das heißt, Ihr, äh, Mädchenname? Doch nicht etwa … oder …?«

»MacRory, wenn Sie's unbedingt wissen müssen.«[7]

»Aha! Na gut, na schön. Ich hatte nämlich mal einen Cousin –, aber egal. MacRoar? Sehr gut! Fahren Sie fort.«

Kathy betrachtete ihn flüchtig mit zusammengekniffenen Augen, die sich langsam öffneten, als das Pfeifesabbern von seiner Niederlippe abwärts manifester wurde; doch erstaunlicherweise (für ihre Denkungsart) schien er das nicht einmal zu bemerken. Sie war in einer Verlegenheit, wie bei Ausländern, die die Sprache übel zurichteten, oder bei einem Bekannten, der überkrustete Nasenhaare zeigte: sollte sie es erwähnen? Wäre es unhöflich? Sollte sie eine unauffällige Andeutung machen, indem sie sich selbst die Unterlippe wischte, z. B., oder ostentativ ein Taschentuch zückte? Von Natur aus unbetroffen, wie sie war, entschied sie sich dagegen und wandte sich von dem Schauspiel ab, welches sie so entmutigend an das Dorfleben in der Grafschaft Louth erinnerte, wo öffentliches Sabbern seit

7 Anglisiert übrigens Rogers.

Ewigkeiten *en vogue* war,[8] und dem beglückenderen Anblick des Tabakhändlers zu, der ihre Bestellung unter einem Arm trug: vier amphorenförmige Zigarettendosen, in haltbaren provençalischen Tampen gebunden.

»Danke, Mr. Gallogly.«

Sie gab Geld hin, nahm Wechselgeld entgegen und verließ, ohne Zeit zu verlieren, den Laden, wobei sie von einem Augenpaar mit melancholischem Abstand beobachtet wurde, mit kaufmännischer Genugtuung vom anderen.

»Scheiße und Präser«, sagte sie lautlos. »*Das* sind ja Menschen.«

Nachdem sie den Redaktionsleuten bei *Glam* ihr Manuskript ausgehändigt hatte, eilte sie nach Hause in die King Idris Road (West), um dort herzhaften mediterranen Kaffee zu filtern und Strongbows schwanzwedelnde Raserei zu dämpfen. Als das Gebräu fertig war, kickte sie sich die Schuhe von den Füßen und zündete sich eine Grand Pagnol an, dann – das Gesicht vor Abscheu verzogen – eine weitere, dann noch eine, und ihr Gesicht zeigte ein immer stattlicher werdendes Aufgebot an feindseligen Empfindungen. Schlicht ausgedrückt: die Lullen hatten für nichts und wieder nichts feindliche Gefechtslinien über- und tausend Meilen europäischen Festlands durchquert. Jetzt waren sie ausgetrocknet und brannten wie dünne Kerzen. Die Aussicht auf einen Monat voller Virginia-Tabake deprimierte sie unbeschreiblich, und türkischer war noch schlimmer.

8 Wieder gut beobachtet, Mädel. In der Landgemeinde Colmcross, als ich ein Jüngling war an Hoffnung und an Kraft, gab es einen Trampelpfad, der wegen der Unmengen von Speichel, der von begriffsstutzigen Landarbeitern und alternden Pfeifenrauchern (meist in Personalunion) auf ihm bereits vergossen worden war, als Dribbelgaß bekannt war.

Nicht einmal ihr täglicher Trab an den Strand und zurück mit Strongbow und ein unerwarteter alter Lieblingsfilm im SiegKanal (*Triumph des Willens,* L. Riefenstahl, 1936) vermochten ihre Laune zu heben. Sie setzte sich an ihr Textverarbeitungsgerät und versuchte es mit ein paar Zeilen Friedhofspoesie, stellte aber fest, daß sie von *O*s bedrängt wurde, wie in *»O Tubus, tausendfach der Kanalisation / Sprichst zu den Tiefen du des tränentrüben Tags«,* und von *Ah*s, wie in *»Ah, schlaflos die Frau Nachtigall – / Wie ein Bogallen braust sie unterm ungemachten Himmelsbett.«* Brahms, der gewöhnlich beruhigte, quälte nur (»ti-TA-ti-TA-ti-TA – Mannomann!«). Einstgeliebte Romane *(Murphy [!]; Strumpet City; Die Brüder Veen)* waren längst sauber abgenagt, wie Kadaver im *veldt.* Kurz, die Langeweile war offenkundig.

Um viertel vor fünf, das Regenbogenglänzen des Herbsthimmels starb gerade im Westen, nahm Kathy den Hörer und wählte Milos Nummer mit bemühter Fühllosigkeit wiederholten Selbstanschuldigungen gegenüber, welche IDIOTIN! lauteten.

»Er ist im Krankenhaus«, sagte eine weibliche Stimme.

»Was? Schon wieder?«

»Nein, nicht dasselbe wie vorher. Ach, Sie sind die Dame von …? Er wurde erstochen, ins Genick, meine Liebe. In seinem Büro –; naja, er war ja gerade erst eingezogen, stimmt's? Ist aber offenbar nichts Ernstes. Eine Fleischwunde, haben sie gesagt. Der Angreifer war nämlich der Mann, den er ersetzt hat, nimmt ihm seine Frührente übel, sagt er, aber wenn Sie meine ehrliche Meinung hören wollen, ist bei ihm eine ganz gehörige Schraube locker –; wir hatten ja schon ein paar Probleme mit Mr. Grey, o doch, aber mit körperlicher Gewalt hätten wir nie gerechnet.«

»Hatte der Mann ein Messer?«

»Nein, es war irgend so ein Pfeifenreinigungsgerät.«

»Pfeifenreinigungs ...?« Entsetzt erinnerte sich Kathy: Gallogly, das Sabbern ...

»Ja. Kennen Sie bestimmt. Eins dieser winzigen Dinger, die sie verwenden, um ihre Pfeifen auszuräumen. Am einen Ende ziemlich scharf. Na, auf jeden Fall scharf genug, würde ich sagen. Ach, es ist ganz furchtbar. Wissen Sie, habe ich zu Mr. Power gesagt, einen Tag, nachdem wir Mr. Grey aus dem Gebäude entfernen lassen mußten, als er versucht hatte, die Belegschaft zu bekehren – also zumindest die Mitarbeiter mit Namen, die mit G anfangen, ist es wohl zu glauben –, da habe ich gesagt, Mr. Power, wir sollten ihn einweisen lassen, das habe ich gesagt ..., hallo?« Aber Mrs. Gallagher sprach längst nur noch mit dem Amtszeichen.[9]

9 Tja, sieht gar nicht so aus, als bekämen wir je das eigentliche Drama zu hören, was? Ein bißchen wie diese langweiligen alten Stücke, die wir in der Schule lesen mußten, wo irgendein Geck mit Toga oder Kreuzbändern an der Wade immer mit einem Bericht über die wirklich interessanten Sachen reingeschossen kam, die außerhalb der Bühne passierten. Egal, um Sie über die Einzelheiten ins Bild zu setzen, kommt hier ein Zeitungsausschnitt aus dem *Killoyle Clarion* vom 21. Oktober:

MANN LÄUFT AMOK MIT PFEIFENREINIGER

KILLOYLE CITY, 20. Okt. – Wolfgang Graves, frisch pensionierter Einkaufsleiter beim berühmten und historischen Kur-, Sport- und Erlebnis-Hotel Spudorgan Hall, wurde heute nachmittag unter der Anklage, vorsätzlich und in böswilliger Absicht seinen Nachfolger im Amt des Geschäftsführenden Leiters der Einkaufsverwaltung, einen gewissen Milo Rogers, 34, in dessen Büro im Spudorgan Hall tätlich angegriffen zu haben, indem er ihm mit einem Werkzeug zur Reinigung von Pfeifen in den Nacken stach, auf Garda-Revierwache 6 in Gewahrsam genommen. »Er ist ein kleiner Hurenbock und hat mir meinen Job gestohlen«, gab Graves zur Erläuterung seiner Tat an. Rogers liegt im Spital Mater Misericordiae, und sein Zustand wird als zufriedenstellend bezeichnet. Ein früherer Kollege in der »Hall«, Peter Murphy, 34, den wir in einer Gaststätte unweit vom Schauplatz interviewten, sagte: »Ich fand immer schon, der arme alte Mann hatte es ein bißchen am Kopf. Zu Hause lief es ja auch nicht so, wissen Sie.« Murphy soll Mr. Graves' Tochter Doreen anverlobt sein. Andere Augenzeugen sagen, Graves – dessen lachhafte Missionierungsversuche im Namen einer obskuren protestantischen Sekte zu seiner plötzlichen Kündigung am Vortag geführt hatten – habe einen ungepflegten und angetrunkenen Eindruck gemacht, als er heute nachmittag kurz nach 14:30 in der »Hall« erschienen sei und mit lauter Stimme den Aufenthaltsort mehrerer Personen zu erfahren wünschte, welche den Befragten nicht bekannt gewesen seien, einschließlich Ragu Guptu, 56, die angab, sie habe gespürt, »daß Gefahr im Verzug lauerte«. Plötzlich stürmte Graves in das Büro, in dem er selbst elf Jahre lang tätig gewesen war, und stieß laut Priscilla Gallagher, der Chefsekretärin – die in einem angrenzenden Büro arbeitet – Rogers gegenüber Beleidigungen zutiefst persönlichen Inhalts aus, wobei er dessen berufliche Qualifikation anzweifelte und ihn beschuldigte, wahnsinnig, Atheist, Wüstling und so weiter zu sein. Er schloß, indem er sich auf Rogers warf und die Spitze eines Messinggeräts zur Reinigung von Pfeifen in Rogers' Nacken bohrte, während Letzterer gerade mit beiden Händen Hilfe herbeizurufen versuchte, wodurch er sein Vergeltungspotential ohnehin neutralisierte. Der Lärm des Handgemenges erreichte bald die benachbarten Ohren von Mrs. Gallagher, welche ihren Vorgesetzten, Generaldirektor E. Powers, Esq., unterrichtete. Als sie den Schauplatz erreichten, rangen die beiden Männer miteinander, wobei der Pfeifenreiniger offenkundig das Objekt ihres Kampfes war. Die Gardai erreichten den Schauplatz kurze Zeit später, ebenso der Notarztwagen des Spitals Mater Misericordiae, und verrichteten ihre jeweiligen Funktionen, indem sie Rogers ins Krankenhaus bzw. Graves in Gewahrsam brachten. Die Anwälte des Angeklagten bereiten eine Verteidigung vor, die auf Unschuldig auf Grund von Irrsinn hinauslaufen soll, was zu einer Einkerkerung in einer psychiatrischen Anstalt führen könnte, die bei mildernden Umständen in frühe Bewährung umgewandelt werden kann.

Eine Presseerklärung, die uns von Milo Rogers aus dem Mater Misericordiae erreichte, lautete, im vollen Wortlaut: »Scheißkerl Gray« (sic!).

25

»Arrah«, verkündete der Grieche sich selbst, durch einen Mundvoll geschwärzter Speckstreifen mit Ei hindurch. »Yerrah. Arrah.« Vor Schlaflosigkeit und weil situationsinhärente Ängste an seinem Gemüt nagten, mascaralidrig, kaute er an diesem Morgen sein drittes Frühstück in Folge und beobachtete Mrs. Tierney ein Haus weiter, wie sie drei flatternde Boxershorts und vier ärmellose Unterhemden sowie ein T-Shirt mit dem Wahlspruch *¡Watneys, la cerveza brava!* und sechs himmelblaue gerüschte Schlüpfer, die völlig unpassend für so eine üppige, um nicht zu sagen, schweineschmalzgemästete fette Kuh waren, mit einem Arsch, der drei Arschbacken breit war, und Beinen, mit denen man die Hauptpost abstützen konnte, auf ihre Wäscheleine reihte ...!

Die anschließende Gedankenverbindung, tödlich für die Begierde, aber eine Herausforderung an die Heiterkeit, ließ den Griechen mit so gewaltiger Spottlust losprusten, daß verkohlte Speckscherben und gebratenes Albumin abrupt aus dem Epiglottalbereich in die Nasenneben-/Stirnhöhlen gesaugt wurden, wo sie die normalen Atemfunktionen blockierten, was zu einem schrillen, ja, hochtonlagigen Hustenanfall von möbelrückender und fensterrüttelnder Intensität führte. Superman-der-Kater floh alarmiert aus der Küche, und Mrs. Tierney, die ihre Leine mit einem Sesselschoner aus Spitze und passenden Zierdeckchen behängte, lächelte und nickte bei dem Lärmen in grimmiger Befriedigung, war es doch das Lärmen menschlicher

Sterblichkeit, besonders in Irland.[1] Als es vorbei war, versteckte der Grieche sein purpurnes Gesicht in einem Taschentuch von passender Färbung und blies ein nasales Trompetensignal, wie ein Musiker, der sein Publikum mit einer Zugabe blendet. Es folgten Räuspern, kavernöses Schniefen und eine weitere Tasse süßen schwarzen Tees, und im Troß folgte die letzt- und größtmögliche Belohnung: ein Zigarettchen. Dünne silbrige Pfeifkeucher schwebten von den zerfledderten Überresten des Anfalls empor, aber alles in allem schmeckte seine Fluppe toll und scharf, und der Genuß rüstete ihn schon fast für den Tag. Er hatte natürlich immer noch seine Ängste, einige dem Seelenfrieden recht abträglich: zum ersten war vier Tage nach dem Oxtail-Corners-Desaster der von ihm ausgehende Nachgestank so durchdringend, daß Superman es immer noch schlau umging, ihm zu nahe zu kommen; zweitens war seine Frau abgereist, um für unbestimmte Zeit bei ihrem Bruder und dessen Kindern in der Shannon-Industrie-Entwicklungs-Zone zu bleiben.

1 Stimmt, stimmt, genau so ist es. Liegt natürlich an den Lullen, ein bißchen auch an der Pfeife, unsere nationale Schwäche *par excellence,* sozusagen, ausnahmslos, und das Saufen können Sie vergessen. Sind Sie schon mal unter der Woche mit dem 11er oder dem 12er, sagen wir, gegen 7:30 morgens gefahren, und das Gehuste und Gewürge auf dem Oberdeck war so kolossal, daß der alte Bus hin und her schlingerte wie die Fähre nach Holyhead und verdammt beinahe von der Irishtown Road ab- und über die Gaswerke von Ringsend gekommen wäre oder in die Bucht von Dublin als solche gestürzt? Es ist ein Wunder, daß wir überhaupt dazulernen. Obwohl es natürlich auch solche gibt, und Ihr eigener Vater gehört dazu, die sagen würden, daß eine Pint Schwarzbier nie ganz dasselbe ist, wenn ihr nicht ein schönes Zigarettchen den Weg ebnet, und das sagen sie, nachdem sie genau die eben erwähnte Pint mit einem doppelten Jameson heruntergespült haben, ohne Eis, und dazu dann noch einen kleinen Peterson! Was für ein Land.

»Thomas«, hatte sie in jener Nacht gesagt, fast gerufen, Arme auf den Hüften, ganz die Preisringerin, die sie einst gewesen war, »der Allerbarmer weiß, daß es mir auferlegt wurde, in diesem Leben viel zu erdulden, aber ICH WERDE NICHT mit einer wandelnden Wanne Kuhdung in ein- und demselben Hause bleiben und damit Schluß.«

Sie war also weg. Seitdem ließ er es ruhig angehen und hatte die Tür nur den Kammerjägern geöffnet –, nicht den Burschen aus dem Ort, sondern einem Elitetrupp von seinem alten Regiment, der Offaly & Leix Light Infantry. Um ihre Lippen zu versiegeln, hatte er unter dem Tisch, oder unter den Tischen (Küchen- und Beistell-, mit Flaschen Bushmans Single Malt gekrönt) Sonderzahlungen geleistet und diese Zuwendungen mit einem Wettbürozwinkern und einem verschlagenen Zeigefinger, längsseits des Nasenrückens gelegt, begleitet, vertraute und vielgeliebte Gesten, welche die Gesellschaft mehr bezauberten, als sich schildern läßt, und, da war er sicher, ihre Diskretion garantierten. Solang amtliche Ermittlungen liefen, war solche Diskretion (um nicht gleich Geheimniskrämerei zu sagen) des Griechen einziges Verlangen, vielleicht sogar zum Äußersten getrieben, indem er tatsächlich sogar ein Weilchen lang verschwand, d. h. einen wohlverdienten Urlaub in der Sonne antrat oder in die Emigration als solche ging, eine altehrwürdige irische Übung. Wohl wahr, seine Sorgen waren so zahlreich wie die im Himmel massierten Heiligen! Kein Wunder also, daß sein Hirn vor lauter Alternativplänen und dem fieberhaften Ersinnen von Maßnahmen, Gegenmaßnahmen und Verwandtem ins Klimpern geriet.

Er seufzte, wobei er Rauch und ein schwaches Nachrasseln ausatmete, das in seinen Fingerspitzen echote und sich kurz zu einer Schleimkugel verband, bald zermatscht. Zusammenzuckend wandte er sich, um Mrs. Tierney zu gewahren, deren breite Gesäßhälften hinter ihrer übrigen Person her zurück in die Küche eilten, die gebauschten Signalflaggen der Familie Tierney in der episodischen Oktobersonne zum Trocknen zurücklassend. Der Grieche grübelte bei einem letzten tiefen Zug aus seiner Fluppe. Kein Kind von exzessiver oder auch nur moderater Demut, mußte er grollend zugeben, daß er in der ganzen Angelegenheit einen imperialen Scheiß gebaut hatte, vor Eifer, Gier gar; und was war dabei herausgekommen? Nicht nur mußten die Mieter mit einer Mietangleichung nach unten in Höhe von 11 Prozent wieder reingelassen werden – einschließlich Milo Rogers', dieses Kuhstallschwengels –, sondern (laut seiner Insider-Quelle im Rathaus, i. e. Ben Ovary) als Vermieter schwebte er, der Grieche, in höchster Gefahr, formalrechtlich wegen a) grober Vernachlässigung seitens des Hausbesitzers; b) den Behausungsmindestanforderungen Nichtgenügens (da konnte er ja nur lachen: *Anforderungen!?*); c) der Schaffung unersprießlicher Umweltbedingungen; und d) vermittels vorsätzlicher Instandsetzungsunterlassung der Unterstützung und Vorschubleistung des Wirkens natürlicher Kräfte der Erosion, des Alterns und des Hausschwamms belangt zu werden, d. h. weil er Gott bei Gottes Werken behilflich gewesen war …, und Gott war sowieso der Einzige, der wußte, wie das alles enden mochte, genau wie nur Er die Wahrheit hinter der ganzen Affäre kannte, und so sollte es auch erstmal bleiben, eine Sache nur zwischen dem Griechen und seinem Schöpfer (wenn überhaupt). Er war ziemlich sicher, daß er seine eigene Anonymität in der fraglichen Nacht garantiert hatte, mit dem Schuhwichs-Make-up und der schwarzschwarzen Rugby-Montur. Niemand, hoffte er, würde bei einer der rund um die Uhr geschalteten Garda-Spitzelnummern seinen Namen nennen oder bei einer Gegenüberstellung mit zitterndem Finger auf ihn deuten. Am wichtigsten war, daß wegen seiner fälschlich, aber weithin angesagten »Grippe«-Erkrankung kein Amtswalter ihm auf Schnüffeldistanz nahegekommen war, echt Glück gehabt, denn wenn sie je Witterung von dem hartnäckigen Gülloflex instant bekamen, konnte seine Freiheit auf dem Spiel stehen, sein guter Name durch den Schmutz gezerrt, seine Konten gesperrt werden ..., und doch kam man nicht darum herum: seinem Ruf war geschadet worden und damit seiner Marktfähigkeit, zumindest in Killoyle. *Maher ist ein Slumlord! Boykott ist gute Tradition!!! BOYKOTTIERT MAHER!* Ihn schauderte. Oxtail Corners war eindeutig als potentielles Wiedererschließungsgebiet für's erste eher ein kleines Abschreibungsobjekt.

Von Power in der Spudorgan Hall hatte er auch nichts gehört, und da sowieso alles so verzwickt war, mochte es für Maher Enterprises GmbH geraten scheinen, einen strategischen Rückzug einzuleiten – sich umzugruppieren – innezuhalten, um Wunden und Druckstellen zu lecken – Prioritäten neu zu gewichten – Vorgehensweisen stromlinienförmiger zu gestalten – wegen des Erscheinungsbildes ein paar Leute zu feuern – usw.

Ah, die Dinge hatten sich geändert seit den Tagen, als er jung und grün noch an Erfahrung war gewesen, soviel stand fest.[2]

2 Aber nicht genug geändert. Die Hausbesitzer beuten immer noch ehrliche Männer und Frauen aus, damit sie sich eine Loge in der Oper oder den Flug in die Karibik oder eine *cave* voll überteuertem Sudel leisten können. Schade, daß Vatikan II die Hölle abgeschafft hat; ein paar von diesen Herren könnten eine Saison (oder zwei) in der Röstabteilung ganz gut gebrauchen.

Anderseits gab es, ewig, Europa!

Von der Melodie seiner Träume und dem Stimulus des Koffeins/Tannins in einem weiteren Becher Tee (seinem vierten) herbeigerufen, erhob sich jener imaginierte – und doch reale, im Besitz der Kirche befindliche – Berghang im Süden Italiens vor seinem geistigen Auge, einst mit rauschenden Wäldern ausgelegt, aber jetzt, in der idealen, Maherschen Zukunft, rasiert, geschleift und – wie es im Jargon des Gewerbes hieß – »entwickelt« mit Stichstraßen und Parkbuchten und stukkatierten (oder kieselrauhverputzten, sieht so heimelig aus) Ferien-Chalets (Doppelverglasung, 1 Schlafz. oben, 2 Schlafz. unten, Pkw-Einstellplatz, Satellitenempfang und Sauna inklusive, Whirlpool und Raum mit IMAX-Bildschirm auf Wunsch), wie sie der irische Urlauber in Ferienstimmung unter der mediterranen Sonne schätzt, nur einen Steinwurf weit vom moussierenden Meer. Dies Imago wurde noch durch ein ganzes geistiges Cinerama imaginierter Stapel jener italienischen Banknoten verbessert, die wie Ölgemälde aussehen: das war er, der goldne Topf! Und am allerbesten fand er, daß die Itaker so eine entgegenkommende Rasse waren, ganz toll für einen kleinen Bonus an den Büchern vorbei oder einen kleinen Anruf nach Dienstschluß im richtigen Ministerium zur richtigen Zeit. Ja, so war es: das war es doch. Er hatte all die Jahre seine Zeit verplempert, als er auf Killoyles Wachstum zählte und auf seinen zukünftigen Ruhm als irisches Estoril oder Palm Beach oder wie beim Geier die Promo-Heinis es nannten.[3] Europa war für ihn der richtige Ort.

3 Nur der liebe Gott weiß, wie sie das geplant haben, ohne Spielkasinos oder Striplokale und mit herzlich wenig, was als Touristenattraktion gelten könnte, außer *den Läden* (besonders Beano's) und dem silbrigen Strand. Ich meine, ein trübes kleines sheila-na-gig in dreißig

Er trommelte aufgeregt mit den Fingern auf dem Küchentisch.

»Nicht, daß das Kaff kein *Potential* hätte«, erklärte er Superman, der versuchsweise seine Schritte zur Untertasse mit Milch in der Ecke zurückverfolgte, den Schwanz hoch erhoben. »O doch, Potential hat es, hab ich das nicht gerade bewiesen? Wenn das neulich anders gelaufen wäre, würde ich jetzt St. Oinsias und den Oxtail Yard niederreißen, noch dazu gleichzeitig. Aber es ist Zeit für einen kleinen Urlaub, Supi. Zeit, in die liebe, alte Europäische Union zu investieren, stimmt's?«

Gegenwärtig, von Geschmeichel und Geschmauche umkränzt, war er gegen die Wand im Korridor geschlampt und konversierte am Telefon mit Pater Patric MacCarthy, S.J.

»Ja, Herr Pfarrer. Am besten sagt man denen schon mal, daß ich komme, was? Ha, Gott segne Sie, Herr Pfarrer, der alte Daddy Doyle ist sowieso schon so gut wie weg, warum soll man ihn dann nicht warnen, von Mann zu Mann? Schon gut, ich hab halt die Zunge eines Mannes aus Cork im Kopf, es tut mir leid. Arrah, gehen Sie bloß weg mit sowas, Herr Pfarrer, Sie wissen doch, daß ich strikter Antialki bin. Pionier von ganzganz früher her, aber ja. Wichtig ist, daß man in dieser Räuberhöhle immer ein nüchternes Auge offenhält, meinen Sie nicht auch? Wisha, der Laden schreit Ja inständig nach Entwicklung, nach allem, was ich so höre.

Meilen Entfernung zieht die Touristen ja nun auch nicht gerade in hellen Scharen an, stimmt's (siehe weiter unten)? Und was nun den Schrein der Unsichtbaren Jungfrau betrifft, so ist der eher für eine ältere, um nicht zu sagen, geriatrische Sorte von Touristen interessant, nicht wie die rüstigen Hypochonder, die die Umgebung von Lourdes und seine Kathedrale heimsuchen, welche sie übrigens unterirdisch versteckt haben, weil sie so gottverdammt häßlich ist.

Nicht weit von Rom, sagen Sie? Fi-ju-mi-tschi-no? Ist das dieser Japse, der …? Oh, der Flughafen. Na großartig, na wunderbar. Das schreiben wir dann in die Anzeigen, fünfzehn Minuten von Fju-ju-mutschi …, also vom Flughafen entfernt, etwa so in der Art, ach, Gott segne Sie, Herr Pfarrer, ich mach doch nur Spaß, das mit den nur fünfzehn Minuten, eher anderthalb Stunden, ja klar; wenn die Tölpel da sind, und wenn alles so ausländisch für sie ist rundherum, und sie aufpassen müssen, daß sie von den wahnsinnigen talljehnischen Fahrern nicht umgemangelt werden, dann merken die doch nicht mal, wenn der Heiland zum zweitenmal kommt. Und Sie sagen, dieser Hügel ist Eigentum des Kollegs? Und unter den richtigen Konditionen wären die zu Verhandlungen über eine Veräußerung bereit? Durch die Banco di …? Ah ja, L-A-V-O-R- – toll, toll. Ich werde das Geld sofort überweisen lassen.«

Bald erschien er bei Mad Molloy's und betrat es durch die Seitentür. Bucko, der Geschäftsführer, befand sich im Gebäude, aber der Grieche schickte ihn auf einen Botengang zu nicht-existenten Weinhändlern in Weterford und sicherte sich auf diese Weise eine halbe Stunde Einsamkeit, zumindest bis die Kneipe öffnete. Er wartete, bis das Geklöter von Buckos gereiftem Zweitakter DKW Auto Union 1961 verklungen war,[4] dann, indem er sich forsch die sorglich behandschuhten Hände rieb, brach er zu einer habgierigen Inspektionsrunde auf, wobei er einen leichten Jauchehauch von der vorhangverhängten Düsternis des Salons zur noch fensterladenverrammelten öffentlichen Bar bis in den fluoreszierend erleuchteten Versammlungssaal im ersten Stock hinter sich her zog, in dem der schale Zigarrenrauch des Killoyle Lion

4 Großartiger Motor. Keine Vordersitze, aber rasche Beschleunigung.

Cubs Club vom letzten Wochenende muffte. Jeder Raum prangte mit einer Kasse, und in jeder fand er eine Summe, die sich grob auf die Einnahmen einer Woche belief und darauf wartete, noch am selben Nachmittag in Form von Löhnen und Gehältern auf verschiedene Bankkonten überwiesen zu werden –, *seine* Bankkonten, betonte er bei sich, genau wie Molloy's *sein* Laden war (zumindest 67,4 Prozent), und deshalb ebenso das Geld, und zu seiner freien Verfügung, und so verfügte er frei, es nicht zu verschleudern, indem er Gehälter, Stromrechnungen und so weiter zahlte. Das waren sowieso inkompetente Arschlöcher, allesamt; er wollte ihnen eine Abfindung in Höhe von, sagen wir mal, £ 10 pro Nase zahlen und ihnen per Fax oder Telefon mitteilen, daß sie der Aufsichtsrat gefeuert hatte, d. h. er selbst.

»Einmal Arschlecken«, knurrte er, vor innerem Gelächter oder einem neuerlichen Hustgelage bebend. Innerhalb von zehn Minuten hatte er alle drei Registrierkassen geleert. Mit dem Notgroschen, der im Safe im Büro des Geschäftsführers lag, hatte er £ 3991,14 abgeräumt, von denen £ 2500 direkt an die italienische Bank gehen sollten, mit dem Segen der Heiligen Mutter Kirche – oder doch zumindest dem des Mussenden and Downhill Priesterfortbildungskollegs, italienische Filiale.

So verkommen dies auch scheinen mochte, so war es doch der krönende Augenblick einer glitzernden Partnerschaft mit frommen Untertönen. Der Grieche Maher und Pater Patric MacCarthy kannten sich schon mindestens seit Pater Pats Rückkehr nach Irland auf Geheiß des Sekretariats für Grundbesitz und Liegenschaften, des Armes der Kirche, der sich ausschließlich mit dem Kauf und Verkauf von Land, der Verweltlichung von Kirchen, Seminargebäuden usw. beschäftigt; dieser wurde traditionell von der Gesellschaft Jesu betätigt, war sie doch der weltzugewandteste und agilste Teil des Klerus und am ehesten geeignet, die Zwischenhändler anzuziehen, Laien zumeist, die man brauchte, um den Weg zu ebnen und gelegentlich die Handflächen von des Kaisers Günstlingen zu fetten. Pater Pat war der Ansicht – und Pater Pats Ansichten pflegten gut begründet zu sein –, daß, wenn ein aufstrebender Immobilienhändler aus Killoyle namens Tom Maher eine baufällige Sägemühle und Bischofsresidenz als idealen Standort für sein, Pater Pats, Priesterfortbildungskolleg ausguckte, indem er auf die günstige Anbindung an die Fähren in Rosslare und den Flughafen in Weterford und auf die höchstmögliche Steuerersparnis durch den Status als religiöse Anstalt hinwies, dann bewies das zur Genüge, daß er, der Grieche, als ihr Mittelsmann im Südosten Irlands der richtige war. Seither war die Verbindung diskret gediehen; und wenn SS. Peter & Laurence O'Toole – »die Gesellschaftskirche« – das kommende Haus war, wie es der Grieche mit Milde und Mumm gegenüber Pater Doyle formuliert hatte, dann war es nicht mehr als die Wahrheit, wie auch S.E. der Staatssekretär für Grundbesitz und Liegenschaften im Vatikan als solchem hatten durchsickern lassen, und auch nicht weniger.[5] Jetzt waren Zahlemann & Söhne angesagt, und nicht dein Gekäse, daß ein Kamel eher durch ein Nadelöhr geht, denn daß ein Reicher usw., schalt sich der Grieche (selbst wiederum flüchtig, aber frostig von seiner Vergangenheit als Kirchgänger gescholten); aber wenn das wahr wäre, gäbe es keinen lebendigen Kirchgänger mit einem respektablen Saldoguthaben.

5 Aufschlußreiche Querverbindungen, obschon fiktiv. Mancher unternehmungslustige Leser mit starkem Magen und Kontakten zur Unterwelt hat vielleicht Lust, das Thema eingehender zu recherchieren, ich ganz bestimmt nicht, trotzdem vielen Dank.

So flink und zierlich wie ein Bär auf Rollschuhen füllte er die Umhängetasche mit dem Geld, knipste die Lichter aus und verließ das Haus durch den Seiteneingang. Minuten später war er in der Allied Irish Bank am O'Connell Square.

»Stimmt genau, Süße«, sagte er zu der jungen Frau am Schalter. »Wie es da steht. Ich bin da auch nicht schlauer als Sie. Ill Banko Dell Lavoratorio, klar?«

Die Kassiererin rümpfte ein wenig die Nase angesichts der darauffolgenden landluftgesättigten Gelächterbö, aber der Grieche, der ihre Miene als Belustigung mißdeutete, zwinkerte nur und machte ihr ein Kompliment wegen ihres schicken Donegal-Wollpullovers, als welchen er ihre in Taiwan hergestellte Polyester-Strickjacke fehlidentifiziert hatte.

»Danke schön, Sir. Und Sie haben eine echt coole Kappe.«

Der Grieche stupste seine Mütze nach vorn, wie Cary Grant in *Königliche Scheidung,* und blies ihr im Hinausgehen ein Küßchen zu, wie Cary Grant Jennifer Haddock in der Anfangssequenz[6] –; ein bißchen *fühlte* er sich sogar wie Cary Grant: weltmännisch, übersprudelnd, mit einem Spritzer Bosheit.

Diese drei Attribute beherrschten sämtlich seinen Umgang mit dem Mann im Reisebüro, jung, effeminiert, bei dem der Grieche mit seiner eichenen Männlichkeit sofort leichtes Spiel hatte.

»Alitalia-Verbindungen verkaufen wir aber nicht

6 Ich dachte, Gary Cooper hätte in *Königliche Scheidung* einen Zylinder getragen. Immerhin, hätte ja sein können, daß er an den Stellen, die ich verschlafen habe, eine Mütze aufgesetzt hat, d. h. in der ersten und der zweiten Hälfte –, und außerdem hört sich das sowieso eher wie eine Laienspielaufführung von *Babars Geburtstagssause* an, wenn Sie mich fragen.

über Paris, Mr. Maher. Ich kann Ihnen nur London oder Mailand anbieten.«

»Das können Sie sich in den Arsch stecken, Cedric, wenn Sie den harten Ausdruck entschuldigen. Hier ist ein Extra-Zwanziger, der mir sagt, daß Sie eine Möglichkeit finden werden –, und ich will ein Hotel im Zentrum, ja? nicht eine eurer Flohkisten in der Vorstadt, obwohl die ja ideal für ein Stelldichein sein sollen, wenn man ein feinfühliger Herr mit gewissen Vorlieben ist, was? Wie Lime's Motel draußen in der Waxford Road? Wie nennt es der Volksmund gleich? Die Gomorrha-Gärten?«

Auf dem Heimweg nahm der Grieche sich die Zeit, unter den Buchen in der Behan Avenue Rauch auszustoßen und sich ein paar Momente blinden Selbstbeifalls zu gönnen: sein Mut, seine Waghalsigkeit, seine schiere, altmodische irische Frechheit!

»Arrah, du bist schon eine tolle Nummer, da gibt es kein Vertun, Thomas, mein alter Sohn«, gurrte er mit einer Stimme, so salbungsvoll wie Whiskey, der zwölf Jahre im Holz gealtert ist. »Nur sehrsehr wenigen wäre es eingefallen, so ein Ding zu drehen. Verdammt sehrsehr wenigen. Und das ist Fakt.«

Zu Hause packte er seine Sachen und befestigte £ 25 an einem Zettel für Mrs. Tierney, um sicherzustellen, daß Superman bis zur Rückkehr seiner Frau gefüttert wurde, oder bis der Kater selbst emigrierte.

»Wie würde es dir gefallen, ein Itakerkater zu werden, Supi? Dann müßtest du immer Ciao sagen, beziehungsweise Miao? Ah haha?«

Kurz darauf war das Haus von Garda umstellt, der Grieche stand wegen Beihilfe zum Mord unter Arrest und wurde in Handschellen auf den Rücksitz einer Ford-Fiesta-Limousine zwischen einen Sergeant, der eine Dame war, und einen Inspektor, der kein Herr war, gestopft.

»Hört zu, ihr Sackgesichter. Ich verlange meine Rechte. Ich hab noch nie jemanden ermordet.«

»Deine Rechte kannste dir sonstwohin stecken, Fettsack«, sagte der Inspektor.

Die Fahrzeugkolonne raste davon, von Mrs. Tierney beobachtet, die ihre Zierdeckchen von der Wäscheleine nahm. Milde neugierig, aber unüberrascht, wie bei einem Fernsehdrama, schüttelte sie mit der schwerverdienten Weisheit ihrer sechsundsechzig Jahre das Haupt.

»Ich hätte ihn schon längst einsperren lassen«, murrte sie Superman zu. Der Kater spürte, daß ein Regierungswechsel bevorstand, und umtänzelte ihre Beine, den Rücken gebuckelt, den Schwanz hoffnungsfroh erhoben.

Auf dem Garda-Präsidium verlangte der Grieche lautstark danach, Präsident Nugent zu sehen, und unterstützte seinen Wunsch mit ausladenden Gesten der Einschüchterung und der beiläufigen Erwähnung von Namen höherenorts.

»Ben Ovary, kein Geringerer. Danny Doheny-Nesbitt ebenfalls. Emmet Power, Sie wissen doch bestimmt, wer das ist. Und da gibt es noch einen oder zwei, die ich im Vatikan erwähnen könnte, inklusive – und das bleibt unter uns – ein Staatssekretär.«

»Ach, haltsmaul«, sagte der Inspektor.

Später schaute Ted Nugent bei der Zelle des Griechen vorbei.

»Tut mir leid, mein alter Liebling, aber du kannst nicht ständig dein Hyper-Ale verkaufen und glauben, du kommst damit durch. Einer deiner Kunden ist letzte Nacht an Pankreas-Embolie gestorben, und die Autopsie ergab, daß er sechzehn Kubik von dem Kram im Gedärm hatte. Wir haben es gerade analysieren lassen. Ohne Fett und künstliche Konservierungsstoffe, soviel steht fest, aber es hat sich als 89,7 Prozent reiner Holzgeist oder Methylalkohol herausgestellt, plus Anisette. Ich will ja gar nicht bestreiten, daß unser Freund ein ziemlicher Schwamm war, aber wenn du den Stoff verkaufst, macht dich das zum Komplizen.«[7]

»Gott segne und erhalte dich, Teddy-Boy, und so wahr die süße Mutter Maria meine Zeugin ist, hatte ich nie den geringsten Schimmer, daß die Jungs diese Klasse von Gift unter meiner ureigensten Nase verscherbeln, aber warte, bis ich's dir sage, Bucko Heffernan ist der Mann, den du suchst, möge Gott den Tag tilgen, an dem ich sie zum erstenmal erblickte, diese Laus in meinem Pelz, denn habe ich ihm diesen Job etwa nicht aus der Sanftmut meines Herzens heraus gegeben, wo doch seine arme alte Mutter meiner lieben Frau ihr eigenes Tantchen war, welches in der großen Flut von '84 umkam, und war sie nicht eine wahre Heilige an Gliedern und Ausstattung, und würde sie sich nicht eben jetzt für uns beide verwenden, dort oben, zur rechten Hand Gottes …?«

»Laß den Schmus, Maher. Mit Buck haben wir schon gesprochen, keine Sorge. Der wird dein Hauptbelastungszeuge. Und wo wir gerade von deiner lieben Frau sprechen, sie hat gesondert Klage vor dem Bezirksgericht von Limerick erhoben. *Sie* sagt, du bist letzte Woche nachts wie ein Ninja angezogen weggegangen, und als du zurückgekommen bist, hat es laut ihrer Aussage so nach Dünger gestunken, daß sie das Haus verlassen mußte. Könnte natürlich Zufall sein, daß das genau die Nacht war, in der wir Oxtail Yard evakuieren mußten, aber anderseits. Du hast übrigens immer noch einen ziemlichen Schwall von dem Parfum an dir –, oder bilde ich mir das nur ein?«

7 Wenn Sie an Gerechtigkeit glauben, liegen Sie hier richtig. Ich für mein Teil kaufe dem Autor das nicht ab, also ich persönlich.

Die Maßnahmen und Gegenmaßnahmen, mit denen der Grieche früher am Tage sein Hirn auf Trab gehalten hatte, waren Fang-den-Hut, verglichen mit dem Mentalschach, das er in jener Nacht in seiner Zelle spielte, während er die Wand gegenüber anstarrte, deren rotzgrüne Eintönigkeit lediglich durch eine Reproduktion von Millets *Abendgebet* unterbrochen wurde.[8]

8 Ich will nur soviel sagen, da Sie ja immer wieder damit ankommen, nämlich daß ich lieber ein ganzes Bank-Holiday-Wochenende allein mit dem Gemälde auf einem Dachboden verbringen würde als mit irgendeinem Ihrer Picassos oder Jean Dubuffets oder Joop den Uyls in der schicksten Galerie der Welt: fünf Minuten, hören Sie das, und keine Sekunde länger.

26

Zuerst tat Pater Doyles Herz einen Sprung, und er aalte sich kurz in besonnten Erinnerungen; dann entsann er sich der unheilverkündenden Worte von neulich nachts und riß mit den gelähmten Fingern des Alkoholikers, der er war, den Briefumschlag aus Rom auf.

Der Brief war vom Papst.

Höchst geliebter und geschätzter Pater Philip Doge, Bruder in Christo!

Ja, ein loyaler und schwer arbeitender Diener der Kirche bist Du viele Jahre gewesen. Wie Du existieren wenige. Ich bin mir Deiner Arbeit für die Armen, die Bedürftigen, die Iren &c. wohl bewußt, und so war diese Gelegenheit gut, mit exzellentem »Timing«, Dich über viele Dinge zu informieren, lieber Pater Doge, wie Du bist der beste unserer Priesterschaft und ein Rollenmodell, um die Jungen zu inspirieren, wie Priester, Seminaristen &c.!!!

Missionsarbeit war ebenfalls die Deine, vor vielen Jahren in sehr schwieriger Situation der Ignoranz und der Sünde der Armut. Hélas der heutige Fall ist auch wie diese. Sogar in Deinem gesegneten Land, welches ich nenne Geliebte Tochter der Kirche, weiß ich, daß die Gemeinden klein sind, nur noch kleiner. In Maynooth, unserem Kostbaren Kleinod, ist die Registrierung rücklaufend. In Deiner Gemeinde wird zu Hause geblieben, nicht in die Kirche gegangen, nicht einmal getanzt, gefeiert &c. –, aber Killoley hat neun Kirchen des Wahren Glaubens, von denen die größten Dein St. Oinsias und edle O'Toole sind, die jetzt kürzlich immer mehr Gemeinden hat, Deine weniger. Unglücklicherweise hebt sich deshalb die große Angelegenheit der Gelde als eine Frage für die Dispu-

tation, lieber Pater. Die Kirchen sind bei knapper Kasse, knapper denn je. Die Wartung dieser solcher Besitztümer fällt mit immer härterer Macht heutzutage auf uns in Zeiten der Abstinenz von nichts, wenn wir Konzentration und Glauben an Gott am meisten brauchen (in Lateinamerika konvertierten letztes Jahr 978 000 gute Katholiken zu Protestanten, universell schlechte Nachrichten, außer daß in Afrika mehr Kirchgänger in die Kirche gehen wegen AIDS, wie Du weißt, und Islam &c.). In Deinem hochgeschätzten Lebensalter, lieber Pater, kommt die Zeit vielleicht so wie so für die Planung von friedlichem Ruhestand mit süßen Gedanken an Gott, und wenn diese wahr sind, kannst Du Dich natürlich immer an Deine Kirche wenden mit absolutem Vertrauen zur Hilfe der brüderlichen Barmherzigkeit von …[1]

»Jesses«, sagte Pater Phil. »Ich bin gefeuert.«

Er schlug im Kirchenadreßbuch bedeutsame Telefonnummern nach, aber kein Bischof war für seine Anrufe erreichbar, geschweige denn der Kardinal; nicht einmal ein Monsignore war zu haben. All die halbherzigen Kompromisse seines Lebens schienen dem einen, ständig wiederholten Spruch zu Grunde zu liegen: »Tut mir leid, aber im Augenblick ist er nicht da. Kann ich …? Pater *wie* war der Name?«

1 Typisch. Als Onkel Francie hinschied, haben sie ihn seliggesprochen, durchaus, aber würden sie uns sonst überhaupt grüßen oder bei den kolossalen Rechnungen der chemischen Reinigung (£ 175000, laut neuesten Studien) aushelfen, die sich in jenen letzten Wochen seines Lebens anhäuften, als er im Marbella Hilton wohnte und Menschen wie Gina Gadd am Arm herumführte? Nie im Leben. Alles, was sie konnten, war, finstere Drohungen in sizilianischem (oder war es kalabresischer) Dialekt auszustoßen und – ziemlich nachdrücklich, fand ich – den rechten Daumen zwischen Mittel- und Zeigefinger der linken Hand zu stecken und dabei ständig anzüglich zu glotzen (d. h. wackelnde Augenbrauen – Augen, die mal nach links, mal nach rechts rollen; Zunge, die anzüglich wie bei einer Echse über die Lippen schießt –, und ich spreche immerhin von Bischöfen, aber allermindestens!).

Pater Doge, auch unter dem Namen Niemand bekannt!

Mad Begg lärmte dummdreist erzen, aber Skelly war irgendwo da herum, und außerdem war es sowieso erst Dienstag (und obendrein Vesper). Er ignorierte die elfischen Schmerzen, die leicht seinen rechten Arm hinauf- und hinunterhüpften – was sie jetzt regelmäßig taten, besonders wenn der Streß ihn drückte –, zog sich seine Alltagssachen an und schritt aus der Sakristei hinaus und in die unvergleichliche Unverschämtheit des Draußen hinein, das Kinn entschlossen gereckt (in den unteren Bereichen frisch bestoppelt, was den Wiederbewuchs mit Bart bezeichnete und als solches schon bezeichnend war). Er maulte unhörbar Verwünschungen, als er aber den Rasen überquerte, merkte er, daß er fast ausschließlich nach Instinkt navigierte, was einem unerwarteten Tränennebel vor seinen Augen geschuldet war, der ihn kurz durcheinanderbrachte – dekoordinierte – verwirrte – desorientierte, wie einen Stier, den Picadores bedrängen.

»Sack und Eier«, schnappte er mit einem Schniefer. Er wischte sich den Tau des Kummers von den Wangen und drängte weiter, mit gesenktem Kopf, anonym im Anorak und mit der ledernen Arbeiterkappe. Wie er so ging, brütete er, bitter, fast agnostisch, wie ein oft abgelehnter Künstler: jetzt hatten sie also gezeigt, was sie konnten, die Geier! Jetzt blieb ihm nur die Kündigung und ein rapider Abstieg in Senilität und akute Zirrhose in einem kirchlichen Heim für heruntergekommene Priester, wahrscheinlich dieser Stella-Maris-Laden bei Cobh, mit Zeichentrickfilmen auf Video nach dem Abendessen und jeden Nachmittag Gesellschaftsspielen, und die Rottweiler des Pater Superior waren dazu abgerichtet, die ganze Nacht zu bellen und somit Herzinfarkte und eine konstante Rate freier Betten, d. h. einen Profit für jemanden zu garantieren ... Bei dem Gedanken schrak Pater Doyle gewaltig auf, blickte um sich und stellte fest, daß er die Kirche hinter sich gelassen und bereits die halbe Uphill Street durchmessen hatte und sich zweifellos auf dem Weg zu Spudorgan Halls öffentlichem Salon mit seinem schönen Blick auf den Hafen, das Meer und die Fähren befand.

Sobald er, wie erwartet, dort war, setzte er sich auf seinen üblichen Hocker an der Südwestecke des Tresens, wünschte sich vom verdrießlichen spanischen Barmann[2] einen doppelten Bushmills und verfiel in seine gewohnte Pose der Gleichgültigkeit gegenüber der Qualität oder Art des ausgeschenkten Getränks, ja, er ignorierte die gesamte Operation völlig ungeniert, um starr über die Köpfe einer amerikanischen Touristengruppe hinweg zu starren (die nervös aufblickte, um sich zu vergewissern, daß das ihr zugewandte bleiche Antlitz keine Bedrohung darstellte) in Richtung (wenn er es denn gewußt hätte) Cardiff, Swansea und Aberystwyth; doch alles, was er im dunkelnden Zwielicht sehen konnte, waren die ineinander verschränkten Halsketten bernsteinfarbener Straßenlaternen, und selbst sie waren verschwommen, nicht durch Tränen, sondern als simple Folge fortschreitenden Alters, vielleicht ein, zwei graue Stare oder eine Netzhauttrübung, obwohl sein Blick schärfer wurde, wie immer nach einem Drink.[3]

Vornübergebeugt wie einer, dem übel mitgespielt worden ist, bestellte er noch einen und fuhr beim Klang einer nahen Stimme zusammen.

»Das sind Sie doch, stimmt's, Herr Pfarrer?«

2 Gómez, L.

3 Und ist Irland nicht das Land der scharfsichtigen Männer!

Emmet Power lehnte sich von der Bedienungsseite her auf den Tresen.

»Ah, Emmet. Und wie geht es selber?«

Sie droschen Nettigkeiten hin und her wie Champions in Wimbledon, bis Pater Doyle, erschöpft, aus dem Austausch ausstieg und a) Depression gestand und b) den Grund dafür.

»Beim Sowieso«, sagte Emmet, dem Besorgnis gut leserlich quer über das Gesicht geschrieben stand, »ich hätte nie gedacht, daß man einen Priester gegen seinen Willen aus dem Amt entfernen kann, der nicht –, ich meine, der noch *compos mentis* ist, sozusagen.«

»Sozusagen, ja. Tja. Es passiert aber ständig. Kein Jahr vergeht, ohne daß sie den einen oder andern alten Priester feuern. Einen oder zwei, von denen ich Ihnen schon erzählt habe, zum Beispiel Seine Gnaden der Bischof von Derrymoyle mit dem blendenden Intellekt und dem rasiermesserscharfen Witz –; haben Sie übrigens je einen dieser Burschen gesehen? Die Pat-MacCarthy-Brigade?«

»Hab ich, Herr Pfarrer, und ich bin froh darüber, jetzt, da Sie ihn erwähnen, wollte ich Ihnen rasch sagen, daß ...«

»Mordsbande, was? Wer, meinen Sie, ist der dämmrigste von dem ganzen Verein?«

»Wissen Sie was, Sie werden es kaum glauben, ich hatte selbst meine Schwierigkeiten, und das mir, als Freidenker, haha! –, aber ...«

»Der verdammte Ned Skelly wird sich freuen. Jetzt kann er endlich weg von Killoyle und sich eine modische Gemeinde in England suchen, wie Hampstead oder Highgate, irgendwas mit etwa zehn Katholiken insgesamt, wo er die Sakramente und das Evangelium und den ganzen langweiligen Kack ignorieren und sich endlich auf die wichtigen Dinge konzentrieren und

Gitarrenmessen abhalten und der unterdrückten Landbevölkerung von Peru predigen oder ähnlichen Flachsinn veranstalten kann.«[4]

»Ihr Kurat, ja? Wie schön für ihn. Ich möchte Ihnen einen Vorschlag machen. Es gibt da ein kleines …«

»Von den tralala anspruchsvollen, ach-so-voll im Trend liegenden Heiligen verdammt Peter und Laurence noch mal abgesehen, der religiösen Modeboutique, dem Designerlabel *du jour,* der Kirche für den prallen Geldbeutel und die schmale Moral, die jetzt nur noch einen schnittigen neuen Priester braucht, das neuste Modell, mit Power-Steuerung Power-Fenstern Power-Bremsen Power-Hirn …«

Emmet schnappte ihm sein Getränk weg, stellte es außerhalb seines Griffradius ab, verschränkte die Arme und bekundete Entschlossenheit. Pater Doyles Schultern sanken vor Enttäuschung herunter, hoben und senkten sich dann ataktisch, während der Zigaretten-Tremor, von den Elfen des Schmerzes gekitzelt, zuschlug.

»Was zum ist denn in Sie gefahren, Emmet Power? Ich bin über achtzehn, und die Bar hat gerade erst geöffnet.«

»Halten Sie einfach mal sekundenlang die Klappe und hören Sie mich an, Herr Pfarrer, wenn ich bitten darf.«

Es war eine Angelegenheit von einiger Dringlichkeit, erklärte Emmet, mit den Ausschreibungen – und wie

4 Warum versucht er's nicht mit Nannygrove, links von Hampstead? Als letztes habe ich gehört, daß deren Gemeindepfarrer sich von Donny in Dishy umbenannt hat und mit Joe, dem Fernseh-Transvestiten, zusammengezogen ist, mit dem Dishy sich stolz in der Öffentlichkeit zeigte, besonders bei Safer-Sex-Demos und *Die Familie ist die Keimzelle allen Übels*-Sleep-ins.

alle Ausschreibungen konnten auch diese sich jederzeit in Luft auflösen –, aber es schienen tatsächlich (sagte er zögernd) zwei durchschnittlich bis gut bezahlte Posten in einem Priesterfortbildungskolleg zu besetzen zu sein, zumindest vorübergehend, der eine für den Geschäftsführer des dazugehörigen Hotels und der andere für den Leiter des Kollegs selbst, der vorzugsweise Maynooth-Absolvent sein sollte (was er ja war, oder?) –, zumindest hatte er das von des Paters Kollegen Pater Patric MacCarthy, S.J., der definitiv über diese Dinge Bescheid wußte (»o ja, definitiv«) –, und es hörte sich nach einem ganz anständigen Laden an, oben auf den Hügeln, mit der einen oder anderen Quelle, die sich da einen abmurmelte, und die Sonne schien auch fast das ganze Jahr über, und einen Golfplatz mit achtzehn Löchern gab es auch, hieß es.

»Klingt toll. In der Nähe von Killoyle, stimmt's?«

»Äh. Nicht in dem Maße. Eher in Italien. Etwa fünfzehn Minuten vom Flughafen Rom, hat er gesagt, obwohl ich mir das auf der Karte angesehen habe, und da sieht es eher wie eine Stunde aus, wenn Sie mich fragen –, aber immerhin.«

»Gott sei uns gnädig. Italien? Sie machen Witze.«

»Es ist natürlich ein bißchen weit, wenn man so von heute auf morgen die Zelte abbrechen muß, aber schließlich sind wir ja alle zusammen in der guten alten Gemeinschaft, stimmt's, sind wir alle Europäer und so weiter, und das Wetter ist schön, und es gibt bei Gott immer gut zu essen bei den Italienern. Dann gibt es noch den alten Vino, aber klar, wenn Ihnen sowas zusagt.«[5]

5 Von der tollsten Geschichte ganz zu schweigen, von den duftesten Autos, den irrsten a) Kirchen, b) Autobahnen (großartig sich dahinschlängelnde Flüsse aus Beton), c) Städten, d) Plätzen, e) Restaurants,

War es wirklich möglich, fragte sich Pater Doyle?

Konnte er akzeptieren, daß solche Dinge geschahen, ohne zu glauben, daß sie eine Art göttliches Darlehen waren, oder ein Kredit, rückzahlbar in zukünftig zu erduldenden Schicksalsschlägen?

Und welche Kombination von Mächten, göttlich oder bösartig, hatte ihn an einen solchen Schnittpunkt gestellt, zu diesem Zeitpunkt seines Lebens, um einen Rückschlag mit einem günstigen Geschick auszubalancieren …?

ITALIEN!?

Da mußte es einen Haken geben –, mehrere Haken sogar. Erstmal:

»Ihr Mann ist Jesuit? Zweifelhaft, Emmet, sehr zweifelhaft. Verschlagene Schweine, einer wie der andere. Überall mischen sie mit, das wissen Sie.«

»Weiß ich. Wodurch ich ja überhaupt erst davon erfahren habe.«

»Keine Anzeigen? Keine Verträge? Keine Besichtigung der Anlage? Mit anderen Worten: kein Beweis?«

»Ich habe mit unserem Außenminister und der italienischen Botschaft gesprochen. Der Laden existiert, er verdient Geld, und sie brauchen einen neuen Geschäftsführer. Hat alles seine Richtigkeit, Herr Pfarrer. Deshalb haue ich hier ab.«

Er umriß seine Entscheidung, Spudorgan Hall zu verlassen, spielte dabei kaum auf den Grund dafür an –

f) (für die Jungs) Mädels, g) (für die Mädels) Jungs, h) der irrsten Musik, i) den irrsten Gemälden, j) Skulpturen ... Ich könnte stundenlang fortfahren (tu ich auch, wenn Sie einen ausgeben). Wie Sie erraten haben werden, bin ich sowas wie italophil (falls das das Wort ist). Das einzige Problem ist, daß die Itaker wissen, daß sie die Besten sind, genau wie ihre Cousins, die Franzmänner, die bei dem Thema auch ganz gut dabei sind, und beide können sie ja nicht rechthaben –, es sei denn, Korsika und die Riviera wären doch die Antwort auf alles.

kaum, weil er selbst nicht sicher war, wie sehr er von moralischen Skrupeln motiviert war und wie sehr von dem Wunsch, ein besseres Leben in einem wärmeren Klima zu führen, und ob beides, in diesem Fall, miteinander verbunden war, und wenn ja, wie eng. Er wußte nur, er hatte gut gewählt; er wollte es so; Roisín war auch einverstanden; und genug war genug (und damit war der Fall erledigt).

»Mein Junge Sean kommt aus den Staaten zurück, um das Haus zu übernehmen.«

»Nun bleiben Sie noch eine Sekunde lang beim Thema, mein, äh, alter Sohn. Sagten Sie, die wollen einen Priester aus Maynooth, der ihnen den Laden schmeißt?«

Dem Klerus gegenüber toleranter, als er einst gewesen war, wiederholte Emmet geduldig. Da er sich Pater Doyles fast stammesmäßiger Hinwendung an *la bella Italia* (oder zumindest seiner Erinnerungen daran) nicht bewußt war, nahm er an, es sei nötig, ihn zu überreden, ja, zu beschwatzen. Rom selbst, deutete er an, die Ewige Stadt usw. usf. – nur zwanzig Kilometer entfernt – könnte doch für einen Herrn vom geistlichen Stande sehr anziehend sein, und falls nicht, warf er auch noch den Flughafen Rom mit in den Pott, von wo man ganz leicht nach Irland kam, als zusätzliche, gar entscheidende Attraktion.

»Sie sind da nur anderthalb Stunden von Cork International entfernt, wenn also das Heimweh zuschlägt –, bingo, einfach die gute, alte Aer Fungus anrufen, und schon kann es losgehen.«

Pater Doyle klammerte sich am Tresen fest, um während der folgenden unrasierten Kadenz aus Raucher- und Whiskeytrinker-Gelächter Halt zu finden. Zum zweiten Male quollen an diesem Tag die Tränen –, ironischerweise von entgegengesetzten Gefühlen hervorgerufen, Verzweiflung im einen Fall, Erleichterung im anderen.

»Ach, Emmet«, sagte er und stotterte leicht, »wu, wußten Sie, daß ich seit zwanzig Jahren und noch länger davon träume, diese alten Knochen zurück nach Rom zu schaffen? Mann, wenn es je ein Geschenk des Himmels gegeben hat, dann dieses.« Ungläubig starrte er Emmet an und lud seine Lebenserfahrung ein, über den Garten seiner Freude zu trampeln. Die Lebenserfahrung war so frei; er runzelte die Stirn. »Es gibt natürlich keine Garantie, daß sie den Job nicht schon vergeben haben, oder daß Ihr Mann, der Jesuit – Kanonikus Patric, ja? Ein schlauer Hund, was man so hört, genau der Richtige, um den Orden in Verruf zu bringen – oder ihm einen guten Ruf zu verschaffen, kommt auf die persönliche Moral an –, aber wer garantiert mir denn, daß ich für den Job geeignet bin? Leiter eines Fortbildungskollegs? Ich? Was zum verstehe ich denn davon, wie man ein Kolleg leitet? Ich bin Gemeindepriester, verdammt noch mal Punkt –, das heißt, ich war einer, bevor sie mich rausgeschmissen haben, und jetzt werden sie wahrscheinlich sowieso ein Veto einlegen, wahrscheinlich sowieso.«

»Reden Sie doch nicht, Herr Pfarrer. Der Laden ist ein waschechtes Seminar, und die suchen händeringend einen Mann aus Maynooth, und ich bin der Meinung, daß Sie für den Job maßgeschneidert sind.«

So beredt, wie es ihm zu Gebote stand – und sich, parenthetisch, fragend, wozu er sich so anstrengte, wenn der alte Dachs darauf bestand, eine olle Nörgeltrine zu sein –, knüpfte Emmet die Stränge von Pater Phils Tugenden zu einer Jakobsleiter der Güte und erörterte den Bedarf an und die Seltenheit von einer so geglückten Kombination aus Erfahrung, Weisheit, Mitgefühl, Humor, Wissen und Bildung in Gestalt gerade dieses Priesters; kurz, er war eine gottverdammte Fundgrube an Talenten, sagte er (wobei er feinfühlig den Blick, den inneren wie den äußeren, von der einen Schwäche des Paters abgewandt hielt, war diese Fehlbarkeit doch bei Kelten und ihren Vettern so verbreitet).[6]

»Bringen Sie mich nicht in Verlegenheit, Emmet.« Pater Doyle, des Zweifelns müde, war schon fast bereit zu hoffen. »Meinen Sie, Emmet? Meinen Sie wirklich?«

»Ja, Herr Pfarrer. Werde ich ihm also sagen, daß Sie dabei sind?«

Der Priester blickte aus dem Fenster und sah, wie die aufgefädelten Straßenlaternen der Stadt so deutlich funkelten wie ein Diamantenhalsband im Schaufenster eines Juweliers, sah das rubinrote Achterlicht der Nachtfähre nach Cherbourg, die sich seewärts bewegte, sah den steten Strom von Autoscheinwerfern über die MacLiammoir-Überführung fließen, sah die ausgewaschene, fluoreszierende Taubheit auf den Gesichtern der Fahrgäste des 17er-Busses, der sich die Uphill Street heraufquälte, sah die Neon-Schrift, die Dunphy's Lager

6 Na gut, sie *haben* hin und wieder einen Tropfen zu sich genommen, das will ich ja gar nicht beschönigen. Aber wenn Sie mich fragen, war damals alles besser, mit Suff und allem. Stimmt genau, mir ist doch das alte Irland mit seinen guten Manieren und dem Stil und dem Klippediklapp von Milchwagenpferden auf den Kopfsteinen und den Pyramiden ihres Dungs, der in der Morgensonne dampft, und die Guten Morgen, Madams und Sirs der Polizisten und gute fünfzehn Jahre Unschuld und straffe Erziehung für die Gören – wozu, zugegebenermaßen, ein gewisses Engsehen der Dinge, ein Überangebot an mohnroten Nasen am Samstagabend und Begleiterscheinungen wie Schrumpflebern und Delirium-tremens-Comics wie das *Book of* verdammt noch mal *Kells* selbst gehören –, tausendmal lieber, wie gesagt, als die heutige Euro-Schalheit und Unisex-Gesinnung und Ranchhäuser mit Doppelgarage und Des-O'Connor-Ähnlichkeitswettbewerbe in jeder größeren Bar in den Vorstädten des Einzugsgebiets von Dublin, Gott steh' uns bei.

anpries, über dem trübe erleuchteten Eingang von Mad Molloy's an der Ecke zwinkern, sah das helle neue Zifferblatt von SS. Peter & Laurence O'Toole wie ein Leuchtfeuer über den Giebeln der Unterstadt schweben, sah – endlich, kontrapunktisch, entscheidend – den dunkelorangefarbenen Schimmer der alten Uhr von St. Oinsias, wie ein Septembervollmond in einer Wolkennacht über den mit Steinen bestreuten Feldern von West-Derry (oder über der Via Appia, wie er die Gespenster der heidnischen Vergangenheit und die marschierenden langen Pappelkerls bescheint, die hoch zum christlichen Himmel deuten, der unser sein wird) …

»Ja. Wenn er will, will ich auch, also.«

»Gut. Ich werde Pater Pat anrufen. Keine Angst, *an t-athair.* In der italienischen Sonne werden wir wieder jung sein.«

Auf magische Weise war Pater Doyles Geschmack für Whiskey verschwunden, obwohl er sich nach einer Zigarette sehnte, wie er sich nach Erlösung sehnte, d. h. mit Herz und Seele. Mit den förmlichen Manieren einer untergegangenen Ära bedankte er sich ausführlich bei Emmet, gab ihm die Hand und ging, wobei er voller Eifer die feuchte Nachtluft inhalierte, mit dem Rauch einer Craven »A« gemischt, als enthielte er das Aroma von eintausend römischen Erinnerungen: cappuccino + *Strega/Galliano* – Auspuffgase + klamme Renaissance-Steine, klammer die mittelalterlichen, luzid die Steine goldenen Altertums – Geißblatt im Forum – wilder Ehrenpreis + die ausgedörrten Weinberge von Frascati – Mittsommer in der Campania, silbergrüne Felder, die hinterm Hitzehauch und am Horizont schimmern: Vesuv! – Gras + Lavendel + Dattelpflaumen-Ebenholz – die trüb kloakige Küste von Ostia – Narzissen + Tulpen zu Ostern im Petersdom …!

Er zitierte seine Vergangenheit gefährlich nah herbei, zwang sie, sich in seinem Leben wieder zu behaupten; seine Jugend wurde noch einmal Fleisch, aber nur, um aus den Schatten sein Alter zu verspotten, wie ein Schurke bei Plautus –, oder war es Petronius?[7]

Als er mit der Kirche im Blick die Uphill Street hinunterging, erinnerte ihn das an den Gang von der Villa Borghese hinunter zur Piazza del Popolo, mit der Kompaßnadel des Obelisken in der Mitte des Platzes. Er erinnerte sich an die ausgeblichene Eleganz jener Wohnstraßen, von staubigen Bäumen gesäumt, matt in der Sommerhitze, die vom Lachen der Autos und Mopeds und vom Rattern der schwarz-grünen Straßenbahnen widerhallten, die dort entlangtorkelten, wo die römischen Heere einst marschiert waren (und die wie die Legionen das kaiserliche Emblem SPQR trugen).

Und nun schien es, als hätte auch die Vergangenheit die Macht der Wiedergeburt.

WAR ES MÖGLICH?

Oder war es eine weitere Täuschung des Teufels?

Dies war immer eins der schwersten Lebenskonundren für Pater Philip Doyle gewesen: herauszufinden, wer wohintersteckte, und wohin es führen mochte. Ähnliche Dilemmata, argwöhnte er (da er das beobachtet hatte und es ihm oder bei ihm gebeichtet worden war), plagten den Laien, und das war es bestimmt, was die Eintönigkeit so reizvoll machte, das Beruhigende der Wiederholung, die bekannte Vertrautheit des Immergleichen, die Gewißheit, daß Schreibtisch, Kanzel oder Küche keine feindlichen Geister enthielten, keine Vertrauten des Teufels, keine Dämonen, die in der Zunge eines fremden Orts konversierten unduntereinander

7 15 Fellinius war's.

ander in dieser oder in anderen Zungen Ränke schmiedeten; Routine kam der Gottgefälligkeit am nächsten, mit anderen Worten, und Veränderung war Teufelswerk. Unsinn, natürlich, meistenteils, aber als Rasse entsannen wir uns immer noch der unerforschten Wälder und Meere, wo Ungeheuer zu dem einen Zweck ins Leben gerufen wurden, sich auf den unglücklichen christlichen Reisenden zu stürzen, der sich von seinesgleichen freiwillig entwurzelt hatte (um Gutes, d. h. Missionsarbeit, zu tun, oder Schlechtes, d. h. tierische Geldschneiderei zu treiben), und ihn Glied für Glied zu zerstückeln ...

Nach Italien zu gehen *wäre* eine Veränderung, natürlich, eine Verrenkung, gewalttätig in ihrer Essenz, eine vollkommene Änderung; doch Killoyle, und Irland, zu verlassen wäre leicht genug. Achtundzwanzig Jahre lang hatte er Killoyles Straßen beschritten, in seinen Restaurants gegessen, mit seinen Bewohnern geschwatzt, seinen Gläubigen als Geistlicher gedient, seine Hinterbliebenen getröstet, seinen Frischvermählten gratuliert und (in letzter Zeit häufiger) seine Kneipen besucht; doch in all diesen Jahren hatte er *hinein-*, nicht *dazu*gehört. Klar, er mochte das ländliche Gebiet jenseits der Stadt: die braunen Felsen der North Killoyle Hills, den alten Steinkreis in Ballyduff, das wilde Sumpfland, das im Frühling mit Sternhyazinthen übersät war, den weißen Meeresstrand, den elisabethanischen Hafen in Youghal, den Schrein der Unsichtbaren Jungfrau in Ballymahone – den einzigen Schrein (soweit er wußte), der zu Ehren von etwas errichtet worden war, das nicht stattgefunden hatte: das Erscheinen der Jungfrau war dort erwartet worden, sie war aber nie erschienen. Die im Glauben Festen warteten immer noch und würden immer warten, und das war irgendwie tröstlich –; tatsächlich machte das Ballymahone zu

Pater Doyles Lieblingsschrein, einem, der nur auf den Glauben gebaut und gegründet war (ohne den er keinen Furz ins Meßgewand für das Leben oder die Musik oder den Whiskey oder sonstwas gegeben hätte), doch selbst sein Lieblingsschrein war nur ein kleines Gekritzel auf dem Palimpsest des immerwährenden Ruhmes der Heiligen Muttergottes und der Unermeßlichkeit der Welt![8] Es gab andere Schreine, andere Kirchen, andere Heiligtümer, wie das nahe dem Gesù, wo Pater Bob Whalen Dienst tat, der Mann aus Sligo (oder Donegal), die Kirche, an deren Namen er sich die ganze Zeit zu erinnern versuchte: Santa Maria de …?

Des? De la? Zu französisch.

Della?

Dell' Abondanza, das war es. Santa Maria Dell' Abondanza. Das würde sein erster Schritt im wiedereroberten Rom sein – *Roma riconquistata* –, naja, sein zweiter, nach dem obligatorischen (danke, Euer Heiligkeit, für die Entlassung) und einem langen Besuch bei Tancredo, *Monsignore,* der er jetzt war –, und in dieser Trattoria bei der Stazione Termini …

Früher als gewöhnlich erhob sich in jener Nacht das Duett aus Schmirgelpapierbariton und Pavarotti aus dem Schlafzimmerfenster im ersten Stock.

»Ah rii-we-dertschi Rohohomaaa.«

Ist es wirklich besser, voller Hoffnung zu reisen, als anzukommen?

Wollen wir es hoffen, um Pater Doyles willen. Am nächsten Morgen, nachdem Mrs. Delaney keine Reaktion auf ihre gerufene – in Wirklichkeit gekreischte – Aufforderung, ans Telefon zu kommen (Pater Patric MacCarthy, S.J., war am Apparat, mit der schlechten

8 Meinetwegen; ich halte mich lieber an die Kleinanzeigen.

Nachricht, die Pater Phil anfangs und akkurat vorhergesehen hatte), empfangen hatte, wagte sie sich in sein Zimmer und fand ihn im Bett, nackt und tot, einen Arm als Kissen unter dem Kopf. Um ihn herum waren gelbstichige Schnappschüsse verstreut, die ihn und andere Seminaristen zeigten (Fausto, Tancredo, Seamus), in Rom, 1949. Flaschen waren nicht zu sehen, nur ein Aschenbecher voller Craven-»A«-Kippen stand am Fußende des Betts, und auf seinem Gesicht lag ein Lächeln, fast ein Grinsen, als wäre das Geheimnis, was es auch war, die lange Warterei doch noch wert gewesen.[9]

9 Ich persönlich würde sagen, es war nur Leichenstarre, aber wir müssen dem Dichter, dem sogenannten, gestatten, seine Freiheit, gleichermaßen, vor der Obrigkeit (sozusagen) zur Schau zu stellen.

27

Der Krankenwagen, der Wolfetone Grey und zwei Krankenschwestern vom Garda-Präsidium in Killoyle zur Nutterburke-Anstalt in der Grafschaft Waxford bringen sollte, wurde auf der Straße Killoyle-Waxford überfallen, kurz hinter Ballyduff, und die Täter waren Wolfetones Tochter Doreen und ihr Verlobter P.X. Murphy, welche antiquierte, aber immer noch wirksame in Libyen hergestellte Achach-Neo-Kalaschnikows benutzten, die sie nach der Polizeistunde bei Mad Molloy erworben hatten, in der Nacht, bevor der Laden endgültig dichtmachen mußte.

Das Pärchen – dessen Identität hinter wollenen Skimasken verborgen war, eine blau, eine mauvefarben – behauptete, im Auftrag der Bodenstown-Irregulären tätig zu sein, einer republikanischen Splittergruppe, aber alles, was sie wirklich wollten, wie sie dem benommenen Wolfetone erklärten, war eine Anzahlung in Höhe von £ 5000 auf ein halbes Doppelhaus im Tudor-Stil in Terenure.

Und wo Murphy doch arbeitslos war und nur noch Stütze zu gewärtigen hatte, fand Doreen, sie brauchten das Darlehen, bevor Wolfetone seine dreijährige Strafe wegen erschwerten Überfalls (mit mildernden Umständen, d. h. ein halbiertes Urteil: halb schuldig, halb nicht) antrat.

Da ihre Mutter sich geweigert hatte, »auch nur einen einzigen gottverdammten Scheiß-Penny, hast du das verstanden?« aus ihrem Teil des Familienbankkontos herauszurücken, hatte Doreen widerstrebend den Eindruck, daß Zwang, politisch verbrämt, ihre einzige Wahl war.[1]

Wolfetones Reaktion auf diese Vorfälle war unzweideutig. Ihm war das Ausleihen von Büchern aus der Gefängnisbibliothek gestattet worden, und er zog es vor, seine Nase in ein solches zu stecken *(Na und! Die Autobiographie des Gesegneten Leonid Glossowitsch)*, anstatt (wie er es ausdrückte) »das Leben dabei zu beobachten, wie es versucht, das Fernsehen zu imitieren«.

Nachdem sie dem Krankenwagenfahrer und den beiden Schwestern die Kolben ihrer Achachs leicht um die Ohren gedroschen hatten, warfen Doreen und Murphy die drei auf die Straße. Murphy übernahm das Steuer, und mit heulender Sirene setzten sie ihren Weg über die regenüberströmten Hügel von Nearside in Richtung Waxford fort.

»Also warum hast du das getan, Dad?« erkundigte sich Doreen. »Den Typ erstochen, meine ich.«

»Gute Frage«, sagte Murphy. »Den alten Milo. Ein guter Freund von mir. War er zumindest. Manchmal vielleicht ein bißchen schwer zu nehmen, aber das ist noch längst kein Grund, das arme Schwein mit einem Messer abzustechen.«

1 Ich habe die Wolfetone-Saga nicht so aufmerksam verfolgt wie andere – d. h. nicht, bevor er berühmt wurde –, aber diesen Teil würde ich nie anzweifeln. Denn ist, wenn man es recht bedenkt, Irland nicht der Ort, der Buck Whaley hervorgebracht hat, der wegen einer Wette zu Fuß von Dublin nach Jerusalem und zurück gegangen ist, und Lord MacAnnan, der seinen pampigen alten Dad an einen Bären gekettet hat, und, natürlich, in unserer Zeit, Sean Nó Beán, den berühmten nationalistischen Entführer von Gemälden (einschließlich Bowells *Fischzuchtanlage* und die *Allegorie auf die Migräne* von Sputacello), angeblich auf Geheiß der Belfast Brigade, aber in Wirklichkeit für sich selbst und seinen schurkigen Onkel Vic? In diesem Land ist eins sicher: in diesem Land ist nichts sicher.

»Es war ein Gerät zum Pfeifereinigen«, sagte Wolfetone wie von weither. »Pfeifenkopfauskratzer. Ich konnte nicht anders, wie ich dem Richter bereits gesagt habe. Gefeuert werden war das eine, aber deinen Milo hinter meinem Schreibtisch zu sehen, war wieder ganz was anderes. Er ist ein gräßlicher fetter Alkoholiker mit der Moral eines Berberaffen.«

(Wolfetone paraphrasierte die Passage in Kapitel 10 der Glossowitsch-Autobiographie, in welcher der große Weise gegen jene wettert, die ihn tief im sowjetischen Hinterland in Psychiatrische Gefängnisse gesperrt hatten:

Große dicke Alkoholiker mit dem Benehmen von Zootieren, mit dem Geruch und der Bildung von Zootieren, wie Gorillas in Afrika, oder die Affen an der alten Berberküste, ebenfalls in Afrika. All dies erklärte ich ihnen höflich, mit illustrierenden Gesten und Geräuschen, von Übersetzungen in ihr heimisches Usbekisch, Ukrainisch, Kasachisch und so weiter gar nicht zu reden, aber der Effekt war nicht stärker, als hätte ich mich am Hintern gekratzt oder mir die Schuhe zugebunden (was verboten war, falls Ihr Euch das gefragt haben solltet – als Fluchtweg zu leicht, oder die zu schnelle Route zur Hölle, wie wir es innerhalb der uns vertrauten Glaubensstruktur sagen würden). Ein besonders herausragend dummer Bursche, der Fiat hieß, nach dem kleinen, aber großen[2] *westlichen Auto, das soviel Hoffnung und Karrierechancen an die Ufer der Wolgaregion gebracht hat (und glaubt mir, wenn ich dumm sage; wenn es einen Nobel- oder Leninpreis dafür gäbe,* NICHT DAS GERINGSTE *Hirn zu haben, hätte Fiat Maximowitsch ihn ohne*

2 Klein, aber groß? Ich kann kein Russisch, aber ich erkenne Englisch, wenn ich es sehe, und das hier ist weder noch. Versuchen Sie es doch mal mit »großartig«. Wenn es funktioniert, schreiben Sie es dem Verlag (vgl. weiter oben); wenn nicht (noch besser), schmeißen Sie das törichte Buch aus dem Fenster.

jede Anstrengung gewonnen, als Welt-, wenn nicht gar Weltallmeister), hob mich an den Rockaufschlägen hoch und plazierte sein riesiges Gesicht in Form und Größe einer karelischen Rote-Bete-Pizza (flach; ca. 2 Meter 21 cm Durchmesser) seitwärts zu meinem, wobei er laute Drohungen ausstieß, er werde mich Stück für Stück auseinandernehmen wie einen Mechanow-Baukasten, weil ich ein schmutziger revisionistischer reaktionärer antimarxistischer verwestlichter Kettenhund ungewissser, aber gemischter Rasse sei!

He, Ihr Mädchen und Jungen, und auch Ihr anderen alle – sogar Ihr Burschen, die ihr keinen Namen habt, der mit G anfängt –, denkt daran, in Augenblicken wie diesen den Geist abzuschalten und jenem Großen Geist im Himmel droben (oder sonstwo ähnlich) zuzuwenden und zu beten, zu beten, zu beten! Das habe ich getan, und Fäuste flogen mir rings um den Kopf, ohne ihn je zu treffen –, Teil der subtilen Foltertechnik auf KGB-Art, als leerte Fiat oder sonst ein Schwachkopf in einem ostdeutschen Anzug sein gesamtes Škoda-Maschinengewehr auf einen aus, und dann stellt sich heraus, es war gar nichts Persönliches, sondern nur eine Kakerlake hinter einem an der Wand (jetzt natürlich nicht mehr, nach 167 Runden!) –, und teuflisches Raffinement solcher Strafen wie das Schneidern von Umschlägen an die Hosenbeine, wenn sie wissen, daß man Hosenbeinumschläge haßt, und sie feilen sich die Fingernägel direkt neben den Ohren des Gefangenen, wenn der ein Nickerchen macht, und sie bügeln die ganze Nacht töricht aussehende Perücken, bis man bereit ist, den Kasatschok (hey! hey!) zu tanzen usw.; damals war in Rußland nichts leicht, aber alle glaubten, weil es nicht erlaubt war. Heutzutage ist alles leichter, aber der Glaube fängt an zu wackeln. Was für eine Religion ist das denn? Wenn Ihr meinen Rat wollt, geht sofort an die Strippe zum Großen G – JETZT – HEUTE – PRONTO – AUF DER STELLE, und führt ein einseitiges Gespräch, wie bei einer Gipfelkonferenzschaltung! Vielleicht dauert es ein bißchen, bevor Er ans Telefon kommt, aber wenn Er kommt, könnt Ihr Ihn sofort am Geräusch Seiner Pantoffeln erkennen (schlurf, schlurf, wie ukrainische Pfannkuchen auf der Backplatte Eurer Babuschka), sowie an Seiner extrem tiefen Baßstimme und der antiken, ja, altmodischen Sprechweise –, und übrigens hat Er es gar nicht gern, wenn man Ihn unterbricht, also hört Ihm gut zu, aber haltet Eure Pirogenfalle gut geschlossen. Denkt immer dran: Er war schon da, als Ihr Euch noch das Speiseeis von den Schnallen Eurer Plastiksandalen gewischt habt. Sogar schon vorher!

Es ist wahrlich, mein wahrlich beschränkter, aber ernsthafter Leser, der einzige Ausweg, und wenn Du diesen Kram glaubst, werden ihn andere auch glauben. Ich habe das selbst herausgefunden, und selbst im Psychiatrischen Krankenhaus Nr. 116 B in Psowsk habe ich Das Wort verbreitet, und Das Wort kam herum, das kannst Du mir glauben! Zum Schluß fiel sogar der widerwärtige Fiat Maximowitsch auf die Knie und akzeptierte mich als seinen globkoij oder Gottes Schalterbeamten; auf diese Weise wurde er der erste ›bolschoi starij‹ oder Großer Alter Bursche der Glossowianerkirche.

Ja, ja, ich höre, was Ihr sagt, in einer weiten Vielfalt von Klängen und Akzenten, manche größer, manche kleiner: er war mir, was Petrus Jesus war, stimmt's? Okay, okay, aber nicht so schlau, versteht ihr, was ich sage? (Aber hört zu: wenn Ihr versucht, mit mir in Verbindung zu treten, und Ihr kommt nicht durch, versucht es mit Fiat. Er ist immerzu Hause, gewöhnlich in der Garage!)

Wolfetone klappte das Buch zu und sah durch die schmiedeeisernen Gitterstäbe des Krankenwagenfensters in den Regen hinaus, der sich schräg über die graue Moorlandschaft ergoß, und auf den glitzernden Gürtel, mit dem die Straße das gewölbte Brachland weiter vorne umschloß. Trotz dieser trauervollen Aussicht spürte er zum erstenmal seit Beginn seiner Leidenszeit, wie sich die innere Dunkelheit hob. Glossowitschs Worte, so prismatisch, so luzid, schienen in seinen Trübsinn hinein wie flüchtige Ausblicke auf Jenen Anderen Ort durch die Löcher im großen Weltenvorhang aus Gas. Schließlich hatte er, der Meister, ähnliche, wenn nicht schlimmere Widrigkeiten erduldet als er; er war erniedrigt, verspottet, physisch gequält worden; viele Jahre waren ohne die kleinste Aussicht auf Erfolg oder zukünftige Größe vergangen; reptilienhirnige Ignoranten hatten jemanden verhöhnt, dessen Geist alles umfaßte, ähnlich wie Wolfetone selbst von Narren angeprangert und verlacht worden war. Kein Zweifel, da gab es Parallelen, und was bedeutete es in diesem Lichte schon, wenn man einen Job verlor? Was war schon eine kleine Sonderschicht in der Heilanstalt, verglichen mit dem höchsten Lohn? Er sollte sich geehrt fühlen, so von der Schmach der Dummen auf die Probe gestellt zu werden, von der Gleichgültigkeit der Uninformierten, von der Feindseligkeit derer, deren Name nicht mit G begann; geehrt, ins Exil seiner eigenen Wildnis verbannt zu sein. Was hatte es alles zu bedeuten, wenn nicht das Formen eines neuen Führers, das Schmieden eines neuen Pontifikats, das Salben eines Nachfolgers durch Gott für den großen Glossowitsch, der jetzt auf ewig am störungsfreien Telefon des Himmels mit dem Allmächtigen plauderte?[3]

3 Na, sowas muß er natürlich annehmen, aber es gibt bereits mindestens eine Gesellschaft für Glossowitsch-»Spotter«, die die Berichte aus aller Welt, wo er gesichtet worden sein soll, koordiniert. Vor vierzehn Tagen behauptete ein pensionierter Bus-Mechaniker aus Swindon, er habe den alten Urinhändler in den Kalkbergen von Chiltern beim Segelfliegen gesehen; eine Woche davor sind ihm drei deutsche Touristen auf der Mall von Lahore über den Weg gelaufen, Arm in Arm mit einem früheren Premierminister von Pakistan; letzten Monat hat er, laut einem Reporter der *Racing Times*, unter dem Namen Wellington Zappudo den Großen Preis von Monte Carlo gewonnen. Bleiben Sie dran; es kann nur noch schlimmer werden.

So fügte sich alles an seinen rechten Ort, grübelte Wolfetone und nickte im Takt zu seinen Gedanken und zum Holpern und Schlingern des Autos, das über notdürftig geflickte Schlaglöcher fuhr. Auch seine Hüften wiegten sich rhythmisch hin und her, wie bei einem unfreiwilligen Bauchtanz. Beide Bewegungen erfüllten ihn mit Behagen; er fühlte sich erholt, erleichtert, erlöst –, kurz, endlich wieder voller Zuversicht.

NATÜRLICH GAB ES EINEN PLAN!

Wie denn nicht? Im Geiste ließ er die Beweise Revue passieren: die langen Jahre des Elends und der Plackerei in der Spudorgan Hall; die zufällige Wiederentdeckung des halbvergessenen Glossowitsch in der Zeitung an einem schlichten Sonntagmorgen; die schrittweise Offenbarung der Wahrheit, am Telefon und durch die magnetisierende Prosa des Großen; die unselige Versammlung der G-Namigen und seine darauffolgende Entlassung durch den Heiden Power; der niedrige Milo, der seinen Platz eingenommen und den gerechten Lohn empfangen hatte. Vom Aussichtspunkt, wie ihn Zeit und Entfernung ermöglichen, gesehen, sah man ein Muster auf diesem saumlosesten aller Kleidungsstücke, gewoben von jenem Großen Künstler in der Höh und entworfen, um getragen zu werden von …

»Mir«, sagte Wolfetone. Spontan schuckelte er vor und zurück und umarmte dabei seine Knie.

»Da drüben ist eine Bank«, sagte Doreen. »Ich glaub, du kannst die Sirene jetzt abstellen.« Als Murphy dies getan hatte, rollten sie still und unbemerkt in Ballyhamlet ein, einem Dorf in den Otherside Hills in der südlichen Grafschaft Waxford. Es nannte das handelsübliche halbe Dutzend Kneipen sein eigen, das Pärchen rivalisierender Wettbüros, eine Shell-Tankstelle, eine Kurzwarenhandlung, einen Spar-Minimarkt, eine Eier-mit-Schinken-Cafeteria, einen Zeitungs-/Tabakwarenladen und –

zwischen dem Tir-na-Nog-Frisiersalon und O'Hatter's Herrenausstatter in einer im georgianischen Stil erbauten früheren Methodistenkapelle – eine Filiale der Allied Irish Bank.

Murphy parkte den Krankenwagen auf der anderen Straßenseite.

»Los, Dad«, sagte er. »Bringen wir es hinter uns.«

Wolfetones Gesicht nahm einen Ausdruck an, wie er einer Persönlichkeit von Gewicht ansteht, die sich durch die *lèse-majesté* von Unterlingen behelligt sieht.

»Verpissen Sie sich«, bellte er. »Sie häßlicher Scheißkerl. Sie sehen aus wie ein Affe, wußten Sie das, Murphy? Und nennen Sie mich nicht ›Dad‹.«

»Och, um der Liebe Jesu willen, raus mit der Knete, na los.«

»Warum sollte ich Ihnen einen Penny meines schwerverdienten Geldes überlassen? Sie waren ein lausiger Barmann, und Sie haben meine Tochter verführt, als ich nicht hinsah, und außerdem haben Sie sowieso den falschen Namen. Murphy, auch das noch! Ha!«

»Wir wollen doch nicht damit anfangen, Dad?« flehte Doreen. »Das Geld ist für die Familie, nicht nur für ihn, also gehst du jetzt schön auf die Bank und holst es, sei so lieb.«

In einem Anfall von Süffisanz und Griesgram schüttelte Wolfetone sich selbst die Hand.

»Geht nicht«, lachte er in sich hinein.

»Warum nicht?«

»Weil ich, mein Schatz, keine Schecks habe, kein Scheckheft, kein Konto bei der Bank da drüben, kein Girokonto bei keiner Bank nirgendwo, keine Kreditbriefe, keinen Kredit, keine Scheckkarte für den Bankautomaten, keine Brieftasche, kein Papiergeld, keine Münzen, nicht einmal fünfzig Pence in der Tasche, um mir eine Unze Cavendish für meine Pfeife zu kaufen, wenn ich meine

Pfeife hätte, ich habe sie aber nicht, weil sie sie mir weggenommen haben, genau wie alles andere. Tut mir leid, *colleen bawn.* Du hast kein Glück bei mir, wie üblich.«

Doreens himmelblauer Blick verdüsterte sich, um widerzuspiegeln, wie sich inwärtig Frustration und Wut verquickten. Ein Schatten huschte über ihr pseudo-jungfräuliches Gesicht, und ihre rosenknospigen Lippen strafften sich zu einem dünnen roten Strich.

»Jetzt hör du mir mal zu, du kalter Bauer. Murphy und ich haben uns ganz schön weit aus dem Fenster gelehnt, um dieses Ding zu drehen. Entweder du gehst da drüben in die Bank und läßt dir einen Barscheck über fünftausend Eier geben, oder ...«

Murphy schaltete sich schlau ein. »Oder wir gehen über die Straße und holen ihn uns selbst.« Er ergriff seine Achach und machte kindische Schießgeräusche mit der Zunge.[4] »Warum nicht? Man wird die Bodenstown-Irregulären für alles verantwortlich machen, egal, wer sie sind.«

Tatsächlich war die Vormittagsträgheit von Ballyhamlet so vollkommen, daß (überlegte Wolfetone, der sich für das Unternehmen zu erwärmen begann) ein ganzes Regiment den Ort hätte übernehmen können, und niemand hätte auch nur eine Braue geschürzt. Doreen dachte solange nach, wie sie brauchte, um eine Zigarette zu rauchen.

4 Stimmt: die Zungenspitze schlägt wiederholt direkt hinter den Schneidezähnen gegen den Gaumen, wozu die Stimme einen Vokallaut beisteuert – vorzugsweise *a* oder *u* –, um akustische Authentizität zu gewährleisten, wie unser Vater immer sagte. Den meisten Spaß machte es ihm während Predigten in der Kirche oder bei der Arbeit, wenn der Boß per Ferngespräch jemandem in den Arsch kroch, oder sogar zu Hause nach dem Abendessen, mit anderthalb Unzen Malzwhiskey vor sich auf dem Tisch. Macht echt Spaß! Probieren Sie es irgendwann mal im Büro.

»Was soll's.« Sie schnippte die Kippe aus dem Fenster. »Hast du die Masken?« Murphy erwiderte affirmativ und hielt sie als Beweis hoch.

»Also los.«

Also gingen sie los, und so geht auch das Verbrechen: mit einem laschen Sittenkodex, eingebauter Habgier und einem Groll gegen die Obrigkeit braucht man nur mäßig viel Glück und einen erfolgreichen Banküberfall, und schon hängt man am Haken –, und am Haken hingen sie, mit achttausend Pfund in ihren Schweizer Tragetaschen aus der Grafton Street, nach jenem fünfzehnminütigen Aufenthalt in Ballyhamlet.

Auf dem Weg nach Norden, in einem schnelleren, aber weniger auffälligen Wagen (einem Rising Sun Trenta TI), den sie einem jungen Mann abgenommen hatten, der sich gerade für einen großen Gewinn bei Noonans, dem Buchmacher, rüstete, lehnte Wolfetone sich auf dem Rücksitz zurück und befragte Murphy, am Steuer, ausführlich, ob der Mädchenname seiner Mutter nicht vielleicht mit G anfinge. Als sich herausstellte, daß dies der Fall war (Ginty), milderte sich Wolfetones Einstellung gegenüber seinem zukünftigen Schwiegersohn so weit, daß er nach vorn griff, um ihm die Hand zu drücken, womit er zeitweise einen wilden Zickzack-Kurs verursachte, welcher beinahe in einer Kollision mit einem Euro-Sattelschlepper kulminierte, welcher Mastschweine von Monaghan nach Brest transportierte.

Die Bahn des Wagens war jedoch bald wieder hergestellt, und alles war wieder gut. Zur Feier ihres jüngsten Erfolges und ihrer frischhergestellten Familienharmonie sang das Trio in disharmonischer Einstimmigkeit »The Soldier's Song« und andere Favoriten längst vergangener Jahre, einschließlich »Wenn mein Schatz Hochzeit macht«, »The Old Triangle Goes Jinglea-Jangle«, »Blowin' in the Wind«, »The Ballad of Roger O'Hare«, »That's Amore« und »La vie an rose«. Zwei Stunden später hatten sie die Grenze überquert und waren in der Grafschaft Armagh, eine weitere bekloppte Splittergruppe unter Dutzenden, ein Tropfen im Ozean Banken überfallender Patrioten und schießwütiger Träumer.[5]

5 Hier ist der neueste Stand, falls Sie interessiert sind. Die Hauskaufträume unseres jungen Paares wurden vorerst ad acta gelegt, d. h. svw. ad calendas Graecas bzw. für immer. Die Bodenstown-Irregulären wurden unter dem Namen *die Glossowianer* wiedergeboren, spirituell angeführt vom selbsternannten Göttlichen Geist (oder Giganten) Wolfetone Grey, der in kurzer Folge Autorität über seine Gefolgsleute und mythischen Status bei der an Ausfallstraßen operierenden Autoverkäuferschaft und den isolierten Software-Handlungen der West Midlands und der felsigen Hügel von Sligo und Donegal erlangte. Man erzählte sich Wunderdinge über seinen unsteten, aber hypnotischen Blick, seine liebedienerische, aber gebieterische Art, seine langweilige, aber lehrreiche Vergangenheit, seinen unvergleichlichen Fundus an Folklore und seine Kenntnis alten Weistums, einschließlich fließenden Russischs und des Geheimnisses hinter dem Weltall; so entstand die Legende von »Gottes Grauem Wolf«. Die Einsamen, Dummen und/oder sexuell Regressiven wurden seine Gefolgschaft, meist indem sie sich bereitwillig auf anonyme Telefonanrufe einließen oder auf kryptische Botschaften auf ihren Email-Bildschirmen antworteten. Treffen wurden in den unbeleuchteten Lagerräumen von Kneipen abgehalten, mit abgewandten Gesichtern, oder unter freiem Himmel, maskiert, im Schutze der Nacht. Bald wurden die Glossowianer so zahlreich, daß sie eine veritable nomadisierende Kirche darstellten, eine mobile Sekte gottesfürchtiger Bankräuber, deren Nachnamen sämtlich mit *G* anfingen und die kreuz und quer im Grenzland von Süd-Ulster bei Wohnungsbaugesellschaften, Banken und Kirchen aller alten Konfessionen zuschlugen. Als letztes habe ich gehört, daß sie einen bis zwei Politiker in ihren Reihen haben und bei der Regierung eine Lobby bilden, um eine etablierte, steuerbefreite Kirche zu werden –, und, ach, Doreen und Ginty (*né* Murphy) haben übrigens gerade ihr erstes Kind gekriegt, einen Buben namens Leonid. Soll man gratulieren? Ich glaube nicht. Wer weiß, was aus dem mal wird, so, wie sein Leben angefangen hat.

28

Am Ende stand Milo einfach mit dem Sack da, aus dem die Katze (sozusagen) längst hinauskomplimentiert worden war: Geschäftsführender Direktor von Spudorgan Hall war er jetzt zwar möglicherweise, zumindest bis der Aufsichtsrat darüber abstimmte, aber es war dies nicht sehr freudvoll, weil Buchprüfer zwölf Stunden am Tag im Chefzimmer die Bücher und EDV-Unterlagen prüften, und weil Reporter von der Hälfte der irischen Tageszeitungen herumschnüffelten –, sowie, vor allem, eine besonders hartnäckige Journalistin von *Glam,* dem Modemagazin, welches sich inzwischen, teilweise, zu einem kämpferischen Sensations- und Enthüllungsblatt entwickelt hatte, was sich Kathys erstem Artikel und der damit einhergegangenen Auflagensteigerung verdankte –, oder, wie man auf journalesisch sagt, dem »upward trend«.

»Es hat alle Elemente eines Schundroman-Bestsellers«, sagte sie. »Ruhm, Geld, Sport, die Pferdchen, Schweizer Bankkonten – also nicht direkt Schweizer, sondern liechtensteinische, was natürlich so ziemlich dasselbe ist. Kannst du nicht herausfinden, was der alte Carfax im Bett treibt?«

»Es mit Mrs. Carfax, nehme ich mal an«, sagte Milo. Seine Innereien kribbelten vor Aufregung. »Übrigens, äh, Kathy?«

Dieser unvollendete Gedankenaustausch fand im Wohn-, bzw. Fernsehzimmer von Kathys Haus in der King Idris Road (West) am ersten Freitagabend nach

Milos Apotheose statt. Diagonal schräg gegenüber von Kathys 102,5-cm-Nippotron-DeLuxe-UltraScreen-Fernseher positioniert, war er halb aufs Sofa gelümmelt, anstatt zur Gänze auf ihm zu lagern, weil a) die Wunde an seinem Nacken immer noch pochte, und weil er schließlich b) bei einer Dame zu Besuch war. Im Fernseh zeigte SiegKanal Zweibrücken im Rahmen der freitagabendlichen *Zum Goldenen Oldie*-Show die dunkelhäutigen, unarischen Fressen von Heß, Goebbels und ihrem Führer, die ernst durch einen Nieselregen weißer Punkte starrten, die rechte Hand erhoben wie Pfadfinder, die gleich den Pfadfindereid leisten werden. Die Mund- und Kinnpartien arbeiteten an einem unbeholfenen gemeinsamen Vortrag von »Deutschland über alles«; hinter ihnen waren Fahnen; auf den Fahnen waren Hakenkreuze; hinter den Fahnen sondierten Lichtstrahlen den schrecklichen Nachthimmel von Naziland.

»Ali, das dürfte Nürnberg sein. 1938. Der Lichtdom«, sagte Kathy mit dem zwanglosen Selbstvertrauen der Expertin. Die blaubejeanten Beine über eine Armlehne ihres Sessels geworfen, befand sie sich in der oberen rechten Ecke eines rechtwinkligen Dreiecks, welches aus ihr, Milo und dem Fernseh gebildet war. Neben dem Sessel lag löwengleich Strongbow, das Maul auf den Vorderpfoten, der Milo mit feindseligem Blick musterte und manchmal anmurrte.

»Das war natürlich Albert Speers Erfindung, der Lichtdom. Kitschig, aber schlau. Die breite Masse fand es einsame Klasse.«

»Scheiß-Nazi-Schweinehunde«, sagte Milo. Seine Stimme zitterte leicht, ein Anzeichen für starke emotionale Unterströmungen, die nichts mit den potthäßlichen Rabauken im Fernseh zu tun hatten. Eher bebte er auf der Schwelle jener entscheidenden Wende in der

Bekanntschaft zwischen Mann und Frau:[1] der Metamorphose, aus welcher der coole Kumpel – der brüderliche Begleiter – der platonische Platzfreihalter als Freier/ Buhle (schlimmstenfalls) oder gar Freund/Liebhaber (bestenfalls) hervorgeht!

Dies zu tun schickte Milo sich nun in seinem charakteristischen Stil an, tremolierend, mit Ironie und einem Hauch Grobheit.

»Übrigens, Kathy.«

Kathy wandte den Blick vom verhaßten Heß.

»Gott, was für ein grauenhafter Bastard. Sicht er nicht aus wie ein Pavian? Hmm?«

Milo ignorierte Heß. Sein Herz hämmerte wild, während er gleichzeitig in seine jüngste Vergangenheit und deren unmittelbare Zukunft griff, um die Frage herauszureißen, die er von Anbeginn an hatte stellen wollen.

Er stolperte zweimal, begann erneut.

»Hast du, äh?«

Es war erstaunlich, neulich hatte er ein, sagen wir mal, Männermagazin durchgeblättert …

Mit anderen Worten, hatte Kathy je für einen fotografischen sogenannten Essay posiert, in einem englischen Männermagazin, vor etwa, och, acht oder zehn Jahren, in London drüben? Als eins der zahlreichen irischen Landmädels, die im Big Smoke Ruhm und Geld suchten und sich dabei teilweise ein paar Pfund nebenbei auf äh eher unorthodoxe Art und Weise in der feuchten Mutter England ein bißchen kalt dazuverdienten, ah haha? – und bevor sie antwortete, beeilte er sich hinzu-

1 Das werde ich mir mal lieber schenken, vielen herzlichen Dank. Es gibt Dinge, die will ich gar nicht wissen –, aber eins kann ich Ihnen sagen, daraus machen sie sowieso noch früh genug eine Fernseh-Miniserie.

zufügen, daß hinter seiner Frage keinerlei arrivierte Arroganz aufrage, keinerlei moralische Beurteilung von ihr herabbaumele: ihn motivierten lediglich freundschaftliches Interesse und die tiefe persönliche, emotional ..., na, alles Weitere wußte sie ja.

Oder?

»*Wie* bitte?«

Ihr Ton war kalt, möglicherweise feindselig. Milo fragte sich plötzlich, ob er nicht alles falsch verstanden hatte, die Signale mißdeutet, zuviel vermutet, wie er das fast immer tat, bei Frauen -; natürlich hatten sie selbst schuld, oder, weil sie sich so zierten, weil sie zu verdammt subtil für einen dicken Bagaluten wie ihn waren und nicht gleich alles ausbuchstabierten; aber anderseits (beim süßen Jesus und Seinen Leiden!), was sollte er denn nun denken? Jeder objektive Beobachter, der nur ein Auge und ein halbes Gehirn hatte, hätte gesagt, daß sie miteinander auskamen wie Stout mit Austern, wenn er die Vorfälle der letzten vierzehn Tage bedachte. Hatte das Geschöpf ihn nicht zweimal im Krankenhaus besucht (nein, dreimal, seinen ersten Aufenthalt nach dem Großen Gestank inklusive)? Und war sie nicht verdammt beinah in Spudorgan Hall eingezogen, nachdem Emmet Powers Brief aus Italien angekommen war, der Carfax brandmarkte und Milo zur Nachfolge qua Nichterscheinen beförderte? Und hatten sie nicht fünf-, nein, sechs-, oder, ja, siebenmal miteinander telefoniert? Und was war mit zweimal indisch essen gehen und den mehreren Pints, die sie bei Magilligan gemeinsam gelenzt hatten, am Abend nach seiner zweiten Entlassung aus dem Mater Misericordiae ...?

Seine Ganglien klangen im Gewirr der Signale. Dann scheiß doch drauf. Wenn sie das falsch verstanden hatte, würde sie weiterhin Dinge falsch verstehen, und dann hatte das für keinen von beiden eine Zukunft.

»Ich hab dich in einem Sexmagazin gesehen, splitternackt. Das ist alles.«

»Ach, das. Du meinst *Quest.*«

»Ja.«

Wäre es eine andere Frau gewesen – sagen wir Martine, oder Millie, *the Minx of Man,* das Biest von der Insel –, hätte Milo ihren Gesichtsausdruck als Gehabe beschrieben, aber Kathy war nicht die Sorte, die sich hatte, noch neigte sie zu koketten Krieg-mich-dochs; trotzdem war da ein beispielloser Glanz in ihrem Auge, und ihr Mund verformte sich unverkennbar zu einem Lächeln. Auch ihre Füße schlossen sich der allgemeinen Aufregung an und wackelten rauf und runter, und sie drückte ihr Kreuz in einem katzenhaften Recken durch, welches ihrem Busen einen überflüssigen Vorteil verschaffte. Strongbow knurrte, da er Milo zu Recht des Vorsatzes verdächtigte, weit und breit den Duft des Menschenmännchens zu versprühen.

»Ruhig, Junge«, sagte Kathy mit festem Griff ums Hundehalsband.

»Also *warst* du das«, sagte Milo im krächzenden Kontratenor. Er sprengte die Heiserkeit mit einer Serie halber Huster. Strongbow bellte und mußte ins Küchenexil.

»Also *war* ich das«, bestätigte Kathy bei ihrer Rückkehr. »Schlicht und einfach. Ich brauchte das Geld. Die Zeiten waren hart für Landmädels, und ganz besonders für dieses Landmädel. Ich mußte einfach weg von zu Hause, und damals gingen alle nach London, nicht nur in die traditionellen Paddy-Viertel wie den Archway und Kilburn, sondern bis raus nach Barnet und Hammersmith, wo es ganze Gebiete gab, in denen nur irische Akzente zu hören waren –, aber London kennst du ja natürlich.«

»Nicht so richtig«, sagte Milo. »Ich war nur ein-, zweimal da.«

Kathy kuckte; sie erinnerte sich, wie sie zum erstenmal miteinander einen getrunken hatten: die Elgin-Sammlung, Houdons *Voltaire*, die Inns of Court …

»Ach, hör doch auf.«

Auf jeden Fall (fuhr sie fort) sei es damals hart gewesen, aber sie habe es auf sich genommen und auf diese Weise hinter sich gebracht –, und inzwischen sei sie übrigens, was diese *Quest*-Episode betreffe, längst mit sich im reinen: ja, ja, wenn man darüber nachdenke, sei es eine Art Einweg-Hurerei, stimmt's? daß man sich für Geld ausziehe und sich zum Vergnügen anonymer Männer in unbequemen Posen anordne.

»Ziemlich gräßlich, das gebe ich zu. Aber niemand hat mich angefaßt, und außerdem liegt das in der Vergangenheit, wo all unsere Fehler sicher aufgehoben sind. Wo hast du bloß diese alte Zeitschrift gefunden? Ich meine, das ist doch zehn, zwölf Jahre her.«

»Och, ein Bekannter hat seine Rumpelkammer aufgeräumt. Da haben wir naturgemäß mal reingeschaut, Jungs sind Jungs, ah haha.«

Sie bedachte ihn mit einem feierlichen Blick, die Augen weit geöffnet.

»Und was hast du da gedacht?«

»Worüber?«

»Worüber fragt er. Über mich. Wenn ich mich korrekt erinnere, haben die mich gebeten, für eins der Fotos einen Strumpfbandgürtel und Netzstrümpfe zu tragen. Sehr sexy, haben sie gesagt. Ein bißchen viel Klischee, habe ich gedacht. Was hast du gedacht?«

Milo spürte eine Trockenheit in der Kehle und ein sanftes Pulsieren, welches gleichzeitig störend war – erhöhter, schweißtreibender Blutdruck –, und die größte vorstellbare Erregung, die Bilder von sinnlichem Genuß jenseits jeglichen Vergleichs heraufbeschwor, und schon gar jenseits der Hoffnungen eines Junggesellen, der sich schon lang an seine eigene Gesellschaft gewöhnt hatte. Es war der alles entscheidende Moment, die letzte Grenze, der Rubikon; ihm fiel jetzt wieder ein, wie es war (seit dem Biest von der Insel hatte er nicht mehr ...!), aber in diesem Fall gab es jene zusätzliche Bürde, die Liebe (wahre? Oder falsche?).

»Also ich. Hab's natürlich nur flüchtig durchgeblättert weißt du. Ich interessiere mich nicht sehr für sowas. Ist doch sowieso in diesem Lande verboten, ich meine, theoretisch, oder? Und dafür gibt es doch wohl einen Grund, oder? Ich meine, machen wir uns doch nichts vor, nicht alles, wofür die Kirche eintritt, ist Quatsch, letztlich.«

Sie starrte ihn an, vermutete, nur allzu berechtigt, unechte Empörung.

»Wovon laberst du eigentlich die ganze Zeit?«

»Pornographie. Sexmagazine. Peepshows. Du weißt schon.«

»Ich dachte, *Quest* wäre noch einigermaßen geschmackvoll, dafür, daß es ist, was es ist. Pornographie würde ich das nicht nennen.«

»Äh ja. Ganz bestimmt nicht.«

»Also was hast du gedacht? Du weichst der Frage aus.«

Milo, der ungeschickte Freier, leckte sich die Lippen, ballte mehrere Fäuste, hüstelte nervös; dann warf er die Hände in die Luft und lachte, beinah überzeugend.

»Ich dachte, du bist umwerfend. Venus persönlich, da gibt es kein Vertun.«

»Ach ja? Wie schmeichelhaft. Das ist zwar schon ein Weilchen her, aber. Was denkst du jetzt?«

Dies führte natürlich dazu, daß Milo protestierte, er habe keine direkten Vergleichsmomente, die er gegen das fotografische Beweismaterial der Zeitschrift ins Feld führen könnte, wobei er zart vermittelte, wie wenig Erfüllung er finde, habe er doch *au naturel* nicht mehr von ihr gesehen als die herkömmlichen, gesellschaftlich akzeptablen (tatsächlich erwarteten) Hände, Handgelenke, Gesichtszüge usw., weshalb er sich außerstande sehe, ein Urteil abzugeben –, obwohl er ganz sicher sei, daß das Werk der Jahre, wenn überhaupt, die augenfälligen Vorzüge eher noch verstärkt, zur vollen Reife gebracht, könnte man vielleicht sagen, habe, einer Frucht gleich, die vordem nur halb gereift …

»Na, das läßt sich ja herausfinden, oder?« sagte sie.

Sie zielte mit der Fernbedienung auf den Fernseh und verbannte Heß, Hitler & Co. in die verdiente Vergessenheit, dann stand sie auf und ging aus dem Zimmer, verließ Milo, dem es nun freistand, ihr zu folgen.

Und das tat er.[2]

2 Also, um ganz ehrlich zu sein, ein bißchen war sie ja immer schon eine Zumutung, sogar für Milo, mit ihren französischen Zigaretten und ihrer Reithose und den Nazisendungen im Fernseh, den Scheißköter gar nicht zu erwähnen, aber durch ihre Artikel über den Carfax-Coup wurde sie eine richtige kleine Berühmtheit – Sie hätten sehen sollen, wie die Kellner im *Erkerfenster* vor ihr gekrochen sind (was ihr allerdings furchtbar auf den Wecker ging, muß ich ehrlicherweise sagen!) –, aber immerhin fühlte Milo sich in ihrer Gesellschaft wohl, weil er sich endlich nicht mehr wie ein Henker vollaufen lassen und den wilden Vaganten oder das irre Genie spielen oder alle um Geld anbauen oder sonstwas Jugendliches tun mußte, womit er uns alle immer gelangweilt hat! Natürlich war er auch ganz schön froh, weil er nicht allzu lange Geschäftsführer bei Spudorgan blieb; nach ein paar Wochen haben sie sich einen Heini von einer Steuerberaterfirma in Dublin geholt, und von Carfax habe ich als letztes gehört, daß er in Florida wegen erschwerter Frechheit oder was angeklagt wurde. Wie auch immer, Kathy verschaffte Milo irgendeinen kleineren Redakteursposten bei *Glam,* und nun raten Sie mal: letzte Woche ist seine erste Gedichtsammlung erschienen, *In den Gulli gegübelt* –, und, ja ja ja, wir sind alle sehr stolz, obwohl, wie die Kritiker sagten, der Einfluß Hoolihans doch sehr zu spüren ist, und obwohl er noch einiges zu lernen hat, was die Kontrolle des Metrums betrifft. Immerhin, es ist ein Anfang, und das ist mehr, als wir ihm einst gegönnt hätten, stimmt's?

29

Wenn die in den Oberschwellenstein des Portals gehauene Inschrift nicht irrte, war das Haus der Powers in Chieti (27 000 Einw.; 43 km SSÖ von Rom, 212 km NNW von Neapel) im Jahre 1672 erbaut worden und stellte somit einen historischen Wohnsitz dar, um nicht zu sagen: ein ziemliches Stück Geröll, aber das Innere war in den frühen '90ern von einem Ökonomie-Professor der Bocconi-Universität auf Vordermann gebracht und, nachdem *il professore* zu *la presidenzia* befördert worden war, verkauft worden. Als Ergebnis fanden Emmet und Roisín (nach einem zweistündigen Flug von Cork International nach Rom-Fiumicino und einer einstündigen Fahrt mit dem Miet-Fiat auf der Autostrada bis zur Ausfahrt Frascati)[1] ein Haus vor, das vor lauter mod. Einr. nur so brummte: Zentralheizung, Waschmaschine, Trockenschleuder, Mikrowelle, Mehrspur-Stereo, Fernseh mit 62,5-cm-Bildschirm und 1400-Programme-Kapazität, Computer-Anschlüsse usw. Die weißgetünchten Wände strahlten innen wie außen, und das Eßzimmerfenster protzte unbescheiden mit einem Blick über das Pogginarno-Tal und die Ebene von Lazio Inferiore, einen gelb-braunen Teppich aus nackten Weinbergen und Weizenstoppelfeldern, die sich bis zu den massigen Hügeln

1 Welche Nummer hat die Ausfahrt, bitte? Tachometerstand? Modellnummer, Baujahr und Leistungsdaten besagten Fiats? Streuung der Vertragswerkstätten? Getrennte Damen- und Herrentoiletten? Drei-Sterne-Restaurants in der Nähe, ja/nein? Na los, Junge, du vernachlässigst deinen Job –, oder heißt das neuerdings *giobbo*?

der Campania erstreckten, dickhäutergrau in der klaren Novemberluft. Das Schlafzimmer im ersten Stock bot eine begrenztere Aussicht auf den Gemüsegarten hinter der benachbarten Casa Comunale, mitsamt einem kleinen Blick auf den Glockenstuhl von Sant' Angelo aus dem fünfzehnten Jahrhundert über den rotgeziegelten Dächern. Draußen zwitscherten Vögel; Katzen miauten auf dem Hof; Mopeds klapperten auf der Straße dahinter; Glocken läuteten in der Ferne.

»Das sollte schon für uns genügen, was, *acushla?*« sagte Emmet.

»Tut es auch, solang keine Ratten im Keller sind. Bei alten Häusern weiß man nie. Erinnerst du dich an mein Großtantchen Teresa? Omas Schwester? Die, die sich jeden Tag rasiert hat? Sie wohnte in einem alten Haus bei Longford, falls du dich entsinnst – an der Straße nach Athlone, oder war es die Straße nach Sligo? –, und da hatte sie mehr Ratten in dem alten Bau als Haare im Gesicht. Immer, wenn sie sich zum Essen hinsetzte, klang das wie der Bahnhof in der Amiens Street zur Stoßzeit, so sind die Geschöpfe herumgesaust, und einmal, als ich ein kleines Mädchen war, erinnere ich mich, habe ich sogar drei davon gesehen, wie sie am Kopfende vom Bett dösten und darauf warteten, daß ich endlich aufstehe und ihnen ihr Frühstück hole.«

»Ja«, sagte Emmet. Er hatte über dem Spülstein ein Schlüsselbund hängen sehen und konnte es kaum erwarten, die Schlüssel in die passenden Schlüssellöcher zu stecken. »Und sieh dich vor den Schlangen vor, aber.«

Der schockierende Gedanke brachte einen flüchtigen medusisch stechenden Blick auf Roisíns sanfte Züge.

Pater Patric MacCarthy, als nomineller Leiter der Kolleg-Stiftung – welche sowohl den Albergo del Collegio, als auch das Collegio selbst überblickte – hatte mit Emmet vereinbart, daß dieser seinen Pflichten als direttore sofort nachkommen solle, anstatt bis zur Touristensaison nur einzuspringen, wie ursprünglich geplant; Spenden aus Irland hatten das ermöglicht.[2] Auf jeden Fall erschien Emmet früh am ersten Tag nach einer frugalen *prima colazione* aus Espresso und Butterbrötchen im Gran Caffé Romano auf der Piazza Garibaldi, dem abschüssigen Hauptplatz der Stadt. Das Collegio, hatte er herausgefunden – nachdem er ziellos durch widerhallende Straßen und über schattige Plätze gefahren war –, befand sich eine kurze Strecke Weges außerhalb der Stadt, hinter einer doppelten Barrikade aus Pappeln und einer Backsteinmauer. Es erwies sich als renovierter, aber echter *palazzo* aus dem Sechzehnten Jahrhundert, auf der einen Seite flankiert von einer Kapelle (San Bettino, XVII. Jh.) und auf der anderen Seite vom Albergo, einem pseudo-romanischen Anbau, halb so groß wie Spudorgan Hall, mit ungeheuren ländlichen Veduten (grün, gelb, braun) und ein bis zwei Brunnen, die in den Gärten dahinter plätscherten. Dario, der sottodirettore, war ein koboldgesichtiger junger Mann mit dem bleichen Teint des passionierten Stubenhockers. Er bewillkommnete Emmet in italianisiertem Englisch, das mit beiläufigen Obszönitäten versetzt war, führte ihn im Hotel herum und erfüllte ihn ganz allgemein mit leichter Sorge. Erstens schienen die Pflichten des Direktors nur nominell zu sein; obwohl Emmet ein gut ausgestattetes Büro und in diesem Büro einen Schreibtisch mit einem Namensschild hatte, auf dem der Name *Sig.* E. POVER stand, gab es wenig oder gar nichts zu tun, außer, laut Dario, sich einmal pro Woche mit dem Lehrkörper zu treffen.

2 Na, so eine Überraschung! Sagen Sie nicht, ich hätte Sie nicht gewarnt (s. o.)!

»Ale s'prekke Engglisch. Iste okay.«

»Aber was habe ich sonst zu tun?«

»Ah, nickte zuviele. Manke Male sprekke an die Telefone. 'Abe Dinner mite wiktige *prelati.* Scheiße-*cardinai,* sogare dere Papste, were weiße? Manke Male nake Roma, arrangiere, dasse noke mehre Scheiße-Priestere komme iere'ere. Vielleikte zu Osterne, Weihnakte, Sie viele zu tune. Finito.« Er zuckte italisch-kursiv die Achseln. »Nixe schlimme. Wenne makke Probleme, schicke zu mire. Relax, Maestro. Okay?«

Emmet sah den Burschen von oben bis unten an und bekam dafür ein Grinsen zurück, welches, obwohl es Unverschämtheit andeutete, äußerste Zuversicht übermittelte, daß es nun mal so war, wie es war, *amico mio,* und daß es keinen Sinn hatte, so zu tun, als wäre es nicht so.

»Okay«, sagte Emmet. »Va *bene.*«

Als Reaktion auf Emmets linguistischen Versuchsballon schaltete Dario *con gusto* auf seine muskulöse Muttersprache um, aber Emmet konnte nicht mithalten, bis auf das übliche Restaurant-Pidgin, die nötigen Anweisungen zum Füllen des Benzintanks, zum Auffinden (und Spülen) der Toilette, zur Unterscheidung von rechts und links, zum Umschiffen versteckter sexueller Andeutungen usw. Glücklicherweise ließ ihm das lokkere Programm seines neuen Jobs mehr als genug Zeit, in höchsten schwachsinnigen Tönen mit Inlinguaphon-Kassetten zu konversieren, durch *La Stampa* zu waten und *Buon giorno, Signore Paor* (da sich herausstellte, daß die irische Version seines Namens italianisierbarer war als die englische) in den Bürospiegel zu deklamieren. Roisín widerstand all solchem ausländischen Geplapper, zunächst, aber sobald das Haus in Ordnung gebracht war – Drucke von Armagh und Killoyle an die Wände gehängt, Besteck eingeräumt, Teppiche verlegt,

Abos für irische Zeitschriften weggeschickt –, merkte sie, daß es sie zu stören begann, wie Emmet am Telefon und in der *pasticceria* und *salumeria* immer zusammenhängender klang, während sie auf die Pseudo-Idiotie des Nichtverstehens oder den zeigenden Finger der Taubstummen reduziert blieb. Folglich einigten sie sich auf eine Übungsstunde pro Tag, saßen am Eßzimmerfenster und identifizierten Dinge mit den luziden Silben ihrer neuen Fremdsprache: *la chiesa; il fiume; il campo; il monte.*

»*Guarda! Un uccello nel cielo*«, sagte Roisín eines denkwürdigen Tages an, als oben eine Krähe vorüberflog. Emmet lachte in sich hinein.

»Gratuliere, du bist in Italien angekommen, *acushla. Molto bene.* Fahr den Asti Spumante auf, *subito.*«

Wie Dario vorhergesagt hatte, gab es zu Weihnachten ein bißchen mehr zu tun als im übrigen Jahr, aber selbst dann brauchte *il direttore* nur von etwa halb zehn bis etwa vier dazusein, um zu beruhigen, zu besänftigen, zu beschwatzen oder Ferngespräche zu führen, genau wie in Spudorgan Hall –, es sei denn, es waren kirchliche Gäste da (oder »nocke mehre Arschelocke-Priestere«, wie Dario sie nannte, der – für den *sotto-direttore* eines Seminar-Hotels paradoxerweise so antiklerikal war, daß er die Gäste feindselig anstarrte, mit der Faust bedrohte usw.), denen man Speisen und Weine servieren und ganz allgemein in den Arsch kriechen mußte. Am 26. Dezember, dem St. Stephen's Day, war es Pater Patric MacCarthy, auf der Durchreise von Malta. Er und die Powers aalten sich in einem dreistündigen Mittagessen im Hotelrestaurant. Die Schirmpinien und Buchsbaumhecken im Hotelgarten waren mit Schnee überstäubt und steuerten das Ihre zum Klischee einer Weihnachtskarte bei.

»Wenn Irland die Gebenedeite Tochter der Kirche ist,

ist Malta mindestens ihre Gebenedeite Nichte«, sagte Pater Pat. *Linguini alla Napoletana* und der sie begleitende Frascati rumpelten froh durch sein Gedärm. »Ach, Malta ist eine potentielle Goldgrube, glauben Sie mir. Genau wie hier, nur noch mehr übliche Touristen-Attraktionen: azurblaues Meer, weiße Strände, malerische Ruinen und so fort. Außerdem wimmelt Malta, aus Gründen, die ich nicht ausloten kann, von jungen Burschen, die es zur Priesterschaft drängt –, und nicht nur zur Priesterschaft, sondern zur Gesellschaft Jesu, ob Sie's glauben oder nicht.«

»Dieser Kolleg-cum-Hotel-Knüller wächst sich zur regelrechten Industrie aus, was, Herr Pfarrer?« sagte Emmet. Seine fläzige Haltung erzählte dem Jesuiten subtil von einer neuen Arroganz, die ihrer unausweichlichen Überprüfung durch Zeit und Umstände harrte –, dabei hatte Italien lediglich seinen Zauber auf Emmet Power ausgeübt, wie es das sicher bereits bei früheren Generationen von Nordlingen getan hatte, und seine Geschäftsführerqualitäten hatten in seiner Seele zugunsten menschlicherer Tugenden den zweiten Platz eingenommen: Gelassenheit, Zuversicht, im Hier und Jetzt leben, innere Ruhe ...[3]

»Je, nun, ich bin nicht sicher, ob man das als Industrie bezeichnen kann, geschweige denn als Knüller, Emmet. Wir haben lediglich zwei alte Traditionen der Kirche kombiniert, Gastfreundschaft und Pädagogik; und wenn sich dergestalt das eine oder andere Pfund ver-

3 Sehr chinesisch, das, oder französisch – oder sogar italienisch, bevor sie alle anfingen, in Lamborghinis herumzusausen, und so beschissen chic und up-to-date wurden. »Innerer Friede«, wie der Da zu sagen pflegte, »ist jede Kuh in den irischen Midlands wert, plus, ungeronnen, ihre Milch.« *Mar ná beidh ar leitheidi aris ann:* Gott segne ihn und das Gesicht, das er bis zu seinem Grabe trug!

dienen läßt, so wird damit, seien Sie dessen versichert, nichts Übles geschehen. *Ancora una grappa?*« Er hob die Flasche. Emmet schüttelte den Kopf. »Mrs. Power?«

»Na gut. Solang wir nicht autofahren. Das tun wir ja kaum noch, und das ist mir auch ganz recht, so, wie die Leute hier fahren. Das ist sowieso ein großer Vorteil, daß wir jetzt so wohnen, Herr Pfarrer. Emmet kann zu Fuß zur Arbeit. Um neun verläßt er das Haus, und um halb sitzt er hinterm Schreibtisch, stimmt's, Liebling?«

Emmet nickte.

»Stimmt«, sagte er.

Es gab keinen zwingenden Grund dafür, daß Roisín von seiner täglichen Gewohnheit erfuhr, etwa eine Stunde im Gran Caffé Romano an der morgendlich belebten Piazza mit der Lektüre von *La Stampa* und der *Irish Times* vom Vortag (die jeden Morgen im Stapel für die elf irischen Abonnenten am Collegio geliefert wurde) zu verbringen, bevor er zur Arbeit schlenderte, wo er selten vor zehn ankam, jedenfalls an den meisten Tagen. Daran war nichts Betrügerisches oder Ehebrecherisches, aber Emmet akzeptierte inzwischen das Bedürfnis nach einem heimlichen Zwischenspiel, außerhalb der Einfriedung seines häuslichen Lebens, und die Tatsache, daß das Gran Caffé Romano morgens ausschließlich von Männern seines Alters und Standes besucht wurde, legte den Schluß nahe, daß zumindest einige Italiener schon vor langer Zeit eine ähnliche Entscheidung getroffen hatten.[4]

4 Und das läuft nicht nur bei Italienern so, mein Junge. Nehmen Sie zum Beispiel meinen Onkel Mike. Frischverheiratet, war er, allem Anschein nach, der ideale Ehemann: pünktlich, ergeben und arbeitsam, aber hinter den Kulissen, d. h. in den Morgenstunden zwischen sechs und acht, war er ein rechter Rabauke, auf dem Güterbahnhof hinter der Connolly Station, meist mit seinen alten Eisenbahnkumpels vom Donabate-Regionalexpreß, der lange einen Ruf als langsamster Zug der Welt

Die Konversation verfing sich in plötzlicher Verlegenheit. Roisín entwirrte sie mit einer Klage.

»Der liebe alte Pater Doyle«, seufzte sie. »So ein guter Mann.«

Pater Pat lupfte die Brauen.

»Nun. Ja«, sagte er, »aber nach allem, was ich gehört habe, hing der alte Bursche ein wenig an der Flasche, wußten Sie das nicht. Tatsächlich war es in der Gemeinde wohlbekannt, daß er seit Jahren soff.«

»Trotzdem«, sagte Emmet, »glaube ich einfach, daß er es hätte langsamer angehen lassen, wenn er es bis hierher geschafft hätte. Es gibt verschiedene Arten des Suffs, Herr Pfarrer.«

»Mit anderen Worten wäre er«, sagte Pater Pat, »wenn er den Job hier angenommen hätte, ein neuer Mensch geworden. Ist es das, was Sie mir sagen wollen, Emmet?«

genoß (vgl. das Guinness-Buch der Rekorde v. 1995). Die Burschen brachten ein Blatt mit, natürlich, und die Klappstullen mit Zunge und jede Menge durchwachsenen Speck und süßen schwarzen Tee, sowie Dominosteine und sogar Magazine für den Naturfreund, direkt aus Holland (oder war es Schweden?), und dann stieg die ordentliche, altmodische Junggesellenparty, und das jeden Morgen, den Gott der Woche gönnte –, dann eines Tages, durch einen blöden Zufall, mußte Eileen mit dem 7:11 nach Donabate, um wegen der Zwillinge mit einer Krankenschwester zu sprechen, und wen sieht sie in Gegenrichtung munter über die Schwellen rumpeln, wenn nicht ihren ureigensten süßen Männe, Karten in der Hand, Zigarre zwischen die Zähne geklemmt, die Augen vom Glotzen so rund wie Zaunkönigeier, und überall sage und schreibe Bilder von halbnackten schwedischen (oder niederländischen) Badeschönheiten, die angeglotzt werden, und um ihn herum die übelste Sorte von Schurken außerhalb der Stonybatter-Gasse zu Dublin! Na, ich brauche Ihnen wohl nicht zu sagen, daß er als traurigerer und weiserer Mann an jenem Tag nach Hause ging; und nachdem er dann endgültig abgehauen war (nach Amerika und Roscommon), konnte er, glaube ich, niemanden außer sich selbst für sein enges, einsames Bett verantwortlich machen. Wie man sich bettet, so liegt man, und er liegt immer noch drin.

»Tja, ich erinnere mich nur an seinen Gesichtsausdruck an jenem letzten Abend in der Hotelbar, als ich ihn überredet habe, sich zu bewerben. Er sah – entschuldigen Sie den Ausdruck – bekehrt aus.«

»Und was ist mit der armen Mrs. Delaney?« warf Roisín ein. »Die wurde auch bekehrt. Bekehrt zum Schlangestehen vor dem Stempelgeldschalter. Der arme alte Pater D. war für sie wie ein zweiter Ehemann – spirituell natürlich, Herr Pfarrer –, und Gott weiß, wie lange sie sich ganz seiner aufopferungsvollen Pflege gewidmet hat.«

»Es wird gut für sie gesorgt werden«, sagte Pater Pat geschmeidig. »Die Kirche vergißt nicht jene, so sich in ihrem Dienste müh'n.«[5]

»Außer den alten Philly Doyle«, sagte Emmet.

Pater Pats Nackenhaare sträubten sich.

»Das war eine rein administrative Entscheidung«, sagte er. »St. Oinsias zog einfach nicht mehr genug Kirchgänger, und das ist die ehrliche Wahrheit, Emmet, und so gern wir ständig spirituell und liebend wären, so wollen wir dabei doch auch nicht ausschließlich zusetzen. Glauben Sie mir, es hat mir schlaflose Nächte bereitet. Aber zum Schluß haben meine Oberen entschieden, daß St. Oinsias einfach nicht ihren Beitrag leistet, was auch auf die Gemeinde Nord-Killoyle ganz generell zutraf. Schon schon, hin und wieder gelang es Pater Doyle durchaus, eine anständige Beteiligung in die Kirche zu scheuchen, bei Hochzeiten und Taufen

5 Höret! Staunet! Oh über die Dreistigkeit dieser frömmelnden Heilsprediger! Da fällt mir wieder das Fiasko mit dem Seligen Onkel Francis ein. Dank dieser Bande stottern wir heute noch seine Schulden ab. Laßt euch diese Geschichte zur Lektion gereichen, Buben und Mädel. Glaubt, was ihr müßt, aber nehmt nie an, jemand wäre heiligmäßiger als ihr –, besonders wenn er so einen Kragen trägt.

und so weiter, und na klar hatte er auch seine ihm treu ergebenen Gemeindemitglieder – wie Sie, Mrs. P., und das spricht ja auch sehr für Sie –, aber St. Oinsias hat Tag für Tag meilenweit an Boden verloren, zugunsten von den Hl. O'Tooles der Südgemeinde, besonders jetzt, wo sie dies quadrophone Beschallungssystem und die IMAX-Monitorwand über dem Altar eingebaut haben –; das war übrigens Monsignore Striplings Idee, am ersten Tag, als er die Arbeit wiederaufgenommen hatte, na, *das* nenne ich in die Zukunft gedacht.«

»Genau. Geheilt wie durch ein Wunder«, sagte Emmet. »Nur wenn Sie meine Meinung hören wollen, ist der olle Stripling total plemplem –, aber er macht schon wieder im alten Trott weiter, wohingegen Pater Phil ein alter Suffkopp war, haben doch alle gesagt, und deshalb gab es keinen italienischen Job für ihn –; dabei war er Maynooth-Absolvent, beim lebendigen Jesus! Ich habe übrigens am Kolleg nicht allzuviele Kandidaten mit Maynooth-Abschluß bemerkt, Herr Pfarrer.«

»Ach, hören Sie doch damit auf, Emmet. Hier sind wir in Italien. Wir können hier nicht herumlaufen und jede freie Stelle mit Iren besetzen, so gern wir das auch täten. Daß wir es überhaupt geschafft haben, Sie hier dazwischenzuquetschen, hat ein gerüttelt Maß an vornehmem Armumdrehen und feinfühligen Tritten in die Eier gekostet, kann ich Ihnen sagen.«

»Und Emmet weiß das auch sehr zu schätzen, stimmt's, Liebling.« Roisín legte eine beschwichtigende Hand auf den Arm ihres Gatten.

»Weiß er, weiß er; weiß ich doch, Mrs. Power«, sagte der Priester. Von einem kleinen, aber bedeutenden Sieg über die Mächte des Dissenses zuversichtlich gestimmt, leerte er sein Glas bis auf den letzten Tropfen und lehnte sich befriedigt zurück. Graduell gelang es dem Geist der Gunst, Grund gutzumachen, und Pater Pat klatschte sich zum Zeichen dessen auf den Oberschenkel, wobei er vor Vorfreude auf ein Gelächter bebte.

»Wissen Sie schon, was mit dem alten Tom Maher ist?«

Indem Emmet seine Zigarre ausdrückte, vertrieb eine eigenwillige Erleichterung die Besorgnis von seinen frischgebräunten Zügen: Pater Doyle, requiescat in pace![6]

»Maher?« sagte er. »Der gefürchtete Grieche gleichen Namens?«

»Der Nämliche. Oder Doktor Maher, als welcher er im Gewerbe gern bekannt wäre.«

Pater Patric MacCarthy schielte fast vor Behagen und verwöhnte seine Tafelgenossen mit den Prüfungen, die der pikareske Grieche in den Gerichtssälen für Zivil- und Strafrechtliche Sachen von Killoyle ertragen hatte: nachdem er sich der mutwilligen Beschädigung seines eigenen Besitzes i.S.d.A. schuldig erklärt hatte, kam er mit einer milden Verwarnung und einem heftigen Händedruck davon, weil ihm der Richter und drei Geschworene finanzielle und wahlkampfbedingte Gefallen, sowie ausstehende Miete für verschiedene Läden und Bordelle und das eine oder andere leere Paket minderwertigen Ackerlandes schuldeten. Zwei Tage später offiziell als Besitzer von Mad Molloy's – da dort HyperAle an den verstorbenen Kenneth O'Moon (gerichtsnotorisch suchtkrank) zum Ausschank gelangt war –, der Beihilfe zum Totschlag angeklagt, gelang es ihm, die Geschworenen durch die Verwendung von Diapositiven, Zeitungsartikeln und kunstvoller Täuschung davon zu überzeugen, daß a) die Welt *sans* O'Moon ein besserer Ort sei, und daß b) HyperAle, mäßig genommen, nicht nur unschädlich sei, sondern tatsächlich als

6 Aber ja. Und das Leben muß weitergehen, bla bla bla. Gott, mir wird *schlecht* davon. Entschuldigen Sie mich wohl mal eben für einen halben Moment, ich muß nur rasch ...?

Einschlafhilfe so günstig wirke, daß es in West-Irland von drei Ärzten als Mittel gegen chronische Schlaflosigkeit verschrieben werde, von denen einer (der, welcher 400 Ar Weideland in Galway als zusätzliche Sicherheit für ein knickriges Darlehen von Maher geboten hatte, um seine Verluste bei den Pferdchen zu decken) zur Entlastung des Griechen in den Zeugenstand trat und sogar einen herzhaften Zug von dem Zeug nahm, bevor er in tiefen Schlaf fiel, so daß dieser Punkt voll an die Verteidigung ging. Der Grieche wurde freigesprochen, und die Anklage wurde in allen Punkten fallengelassen. Ein anderer Mann, ein gewisser Bucko Heffernan, wurde der Anklage schwerer Fahrlässigkeit für schuldig befunden, zu sechs Monaten Haft verurteilt und der Veruntreuung von ungefähr £ 3000 zum Nachteil von Mad Molloy's schwerstverdächtig erachtet, was unterm Strich noch mal nach dem halben Jahr Knast zwei Jahre Bewährung bedeutete. Die einzige Anklage, die danach gegen den Griechen noch unerledigt war, bestand in der Anschuldigung seiner Frau, während einer öffentlichen Gerichtsverhandlung in Limerick unter dem stoischen Rüssel des Robenträgers, Seiner Ehren Lemuel E. Fant, erhoben, T. Maher, Esq., sei der Fluch ihres Daseins und übrigens (aber entscheidenderweise) der einzige Urheber der Gülloflex-instant-Greueltat; aber ohne Zeugen und mit kaum je einem Präzedenzfall versprach sich die Sache auf Jahre hinaus von Gericht zu Gericht zu wüten ... Unter den Gratulanten des Griechen bei der Gerichtssaaltür waren, postprozessual, Ben Ovary, der Bürgermeister, gewesen, Dickle Doheny-Nesbitt, der Fernseh-Guru, und Polizeipräsident Ted Nugent von der dortigen Gardai.

»Sowie Ihr sehr Ergebener. Na, was hatte ich denn sonst für eine Wahl?« sagte Pater Patric mit nörglerischem Tonfall. »Natürlich ist der Bursche ein bißchen komisch, aber er versteht was vom Immobiliengeschäft, und einen krummen Handel riecht er auf eine Meile. Ich habe übrigens mit ihm vereinbart, daß er mal nach Malta fliegt, wenn seine juristischen Scherereien vorbei sind. Er ist genau der Mann, der uns eine genaue Einschätzung der Lage geben kann, und er gammelt nicht rum und nennt uns keine falschen Preise.«

»Und darauf kommt es schließlich an«, murmelte Emmet.

»Wer soll das beurteilen, Emmet?« sagte der Priester. »Wer soll das beurteilen – außer Ihm?« Sein Zeigefinger zeigte in die Richtung von Gottes traditionellem Aufenthaltsort.

An jenem Abend nahm Emmet seinen Kaffee (Yucatán Arabica Blend) am Eßzimmerfenster ein und beobachtete, wie die Schatten über die Ebene des Pogginarno krochen.

»Jesus Christus«, knurrte er. »Italien, was?« Die Akkuratesse seiner Beobachtung erweckte wehmütige innere Sehnsüchte; dieser Himmel; diese Gerüche; diese Sprache ... *sweet mavourneen!* Aber vielleicht gingen sie nie wieder zurück nach Irland. Sie würden Halb-Itaker, wenn sie dran arbeiteten; schnatternde Anomalien, moderne Kolonialisten, wenn sie's ließen. Immerhin, wie die Eingeborenen zu leben, wäre kein totales Desaster, wenn Roisín und er sich ein paar Freunde anlachten. Darios Englisch mußte bereinigt werden, soviel war sicher, und Signora Grilli, die Witwe von nebenan, brachte immer Bücher und Zeitschriften in englischer Sprache mit dick in Lippenstiftrot unterstrichenen falsch verstandenen Passagen vorbei. Falls Emmet seinen Job behielt, wäre alles wunderbar –, aber das entschied, letztlich, Pater Patric –, und da konnte man abends schon mal ein bißchen aufgeregt sein. Emmet hatte immer viel auf Instinkte gegeben, auf seine und die anderer, und Pater Pat machte den Eindruck, als lasse er sich weniger von Instinkten denn von Ehrgeiz leiten:[7] hatte er die Erinnerung an den alten Pater Phil nicht beiseitegeschnippt wie Rotz vom Daumennagel?

Emmet runzelte die Stirn, von Gedanken an den toten Priester heimgesucht.

»Ach, was soll's. Er hätte diesen Laden geliebt, aber jeden in dem Laden gehaßt«, murrte er. »Tot hat er's wahrscheinlich besser.«

Kurz regte sich Schock in ihm ob des ketzerischen Einfalls. Es war schwer zuzugestehen, daß jemand es tot besser hatte, aber es gab welche, die das Durcheinander und die Unannehmlichkeiten – und am allermeisten die Unvollkommenheit – des Lebens so sehr haßten, daß der Tod die einzige echte Chance war, die sie je bekamen, wenn ein gewisser Punkt erreicht war –, sagen wir, nach siebzig Jahren, und Pater Doyle war doch fast siebzig gewesen, oder?[8]

7 Was gar nicht mal so übel ist, wenn Sie mich fragen. Mir ist doch an jedem Kalendertag Ehrgeiz (die Pyramiden, Händels Messias; Neary's Bar) lieber als Instinkt (Rover, der das Bällchen 749mal apportiert; Schwellungen, die zum Unaussprechlichen führen, Handgreiflichkeiten in Waschräumen und Durchgängen), vielen herzlichen Dank.

8 Nur zu wahr, nur zu wahr. Sehen Sie mich an, ich werde nie wieder achtzig sein, und es gibt Tage, da betrachte ich meine grauenerregende, zerknautschte, alte Fresse im Spiegel und denke an die knarrenden, ächzenden, übelriechenden Anstrengungen, die es gekostet hat, überhaupt aus dem Bett zu kommen, und manchmal frage ich mich dann: wo ist die nächste .45er oder lieber gleich eine Schachtel Rattengift? Doch so eine Laune vergeht rasch, und im Handumdrehen bin ich in der Küche, schmettere »Carrickfergus« und kippe mir den dicken, starken Tee hinter die Binde wie nichts Gutes; als nächstes, bevor ich's überhaupt merke, zittern mir schon wieder definitiv die Beine, weil sie mich mit Höchstgeschwindigkeit zum Shopping tragen wollen! Das zeigt doch nur: abwarten, und die Dinge ändern sich. *Plus ça change, plus ça change,* sage ich nur (und ich hoffe, ihr seid von meinem Parlewu beeindruckt, ihr überheblichen Scheißkerle).

»Jawoll«, pflichtete sich Emmet weise bei. »Armer Hund. Und umbringen konnte er sich natürlich auch schlecht, als Priester.«

Aber E. Power, Esq., war ein glücklicherer Mensch als jene Lebenshasser. Tatsächlich – er schauderte vor dem Gedanken zurück, umarmte ihn dann bereitwillig – war er sehr wahrscheinlich jenes seltenste aller Geschöpfe, jene Zielscheibe von Witzen, jener Feind der modernen Kultur, jener hoffnungslose Fall:

EIN GLÜCKLICHER MENSCH.

Und warum? Weil, alles in allem, sein Gewissen rein war, er nach bestem Wissen und Gewissen gehandelt hatte, er nicht das Familienwappen befleckt hatte: *Für Power kam der Tag!* Aber ja doch, aber klar. Er hatte die Wahrheit über Carfax gesagt; er hatte sich aufgerafft und einen Job und ein Haus aufgegeben, die er beide herzlich satthatte, und auf diese Weise dem jungen Milo Rogers die Möglichkeit gegeben, auf die eine oder andere Weise was draus zu machen, wenn er wollte; er hatte seinem Sohn Sean zwar nicht die Schlüssel zum Königreich, aber immerhin die Hausschlüssel überreicht, eine Zuflucht daheim in Irland nach langen Jahren des Yank-Exils (falls er seine Kleidung wusch, die Parkuhr fütterte und sich auf der Garda-Wache keine Feinde machte); und er und Roisín hatten sich in Italien niedergelassen, an diesem Ort, in diesem Haus, mit diesem Blick aus dem Eßzimmerfenster (aus ihrem Eßzimmerfenster in Killoyle: der Kompostverschlag der O'Mearas, Teile einer flechtenbewachsenen Mauer, ein Schieferdach) …

Roisín kam ins Zimmer und sah ihren Gatten zusammengesunken, brütend, aus dem Fenster starrend. Sie knipste das Licht an.

»Was ist los, Lieber?«

Emmet grunzte.

»Frag mich auf italienisch, dann sag ich's dir.«

»Ach, Emmet, du bist gemein. Also, na gut, mal sehen, was wäre das denn jetzt. *Che ... che c'è, caro?* War es das?«

Emmet drehte sich mit einem schief in seinem Gesicht hängenden Grinsen um und breitete jäh die Arme aus wie ein Liebhaber im Stil der *Opera buffa.*

»Nichts ist los, *carissima!*« sagte er. »*Niente!* Ich fühle mich toll. Machen wir einen kleinen Gang.«

»Geh du, Liebling«, sagte Roisín. »Ich habe ganz leichte Kopfschmerzen.«

»Kopfschmerzen? *Malatesta,* ah haha? Okay, *acushla. Ciao.*«

Emmet ging. Roisín hatte ihn zur Tür gebracht und beobachtete, wie er an der Casa Comunale vorbei in die Halbnacht schritt; dann, heimlich wie ein Straßenräuber, stahl sie sich ins Schlafzimmer und zog ein Buch unter der Matratze ihres Bettes hervor. Sie sah nichts Schlimmes in ihrem kleinen Betrug, denn Betrug war es: sie hatte keine schlimmeren Kopfschmerzen als die Wolken am Himmel oder Ihr eigener Hintern, lieber Leser. Es war schließlich nur ein Buch, eins, auf welches *la Signora* in einer etwas-abgelegenen-aber-stets-hochaktuellen Buchhandlung in Rom (Popinglese, 44A Viale Nerone) gestoßen war und das sie ihrer neuen *amica irlandese* Roisín wärmstens empfohlen hatte –, besonders, als *la Signora,* per Familienalben, ausgeblichenen Hochzeitsanzeigen usw., erfuhr, daß Roisín als eine Gavin geboren worden war! Emmet würde natürlich durchdrehen, wenn er das herausfand, aber Mannomann! Es war »tolles Lesefutter« (Erskine P. Grogan, *Hog Farmers' Weekly*); eine Geschichte, »erzählt von einer heiseren, melancholischen Wodka-Stimme aus der Steppe« (Pierre-Alain Geutweiler, *Gazette de Lausanne*), abgehoben gegen »die getragene Dringlichkeit von einem Dutzend klagender Balalaikas zum stampfenden Rhythmus von hundert Traktormotoren« (Dan-Gus Guzman, *San Angelo [Tex.] Whiplash-Times*) ..., und sie war erst auf Seite 43, kurz bevor sich unser Freund nach Osten aufmacht.

Ich wollte wirklich den Weißmeer- Ostsee-Kanal sehen. Na, das ist ja toll, höre ich Euch sagen, aber warum, Leonid, so fragt Ihr (mit all Euren Stimmen von verschiedenem Timbre und Umfang)? Ei, so laßt mich doch erzählen, warum. Alles, was man damals in jenen Tagen überall hörte, im Radio, auf den Straßen, unter Bettdecken, über die Schulter, ich meine ÜBERALL, *war: Weißmeer-Ostsee-Kanal, Weißmeer-Ostsee-Kanal,* WEISSMEER-OSTSEE-KANAL *und so weiter (und glaubt mir, es war besser, wenn man zuhörte, sonst kriegte man schneller als ein Antonow-Leichttransporter eine Fahrkarte nach Sibirien, einfache Fahrt), als mich also diese* NKWD-*Person irgendwo zwischen den dritten und vierten Rippenbereich schlägt und sagt: »He, Glossowitsch, wir haben noch Platz für einen Burschen auf der Weißmeer-Ostsee-Kanal-Kreuzfahrt –, und damit meine ich Fußketten inklusive«, nun, da unterschreibe ich unten auf der punktierten Linie, das könnt Ihr mir glauben! Hoffe dabei, das brauche ich Euch nicht zu erzählen, daß es dort draußen in unserem wunderschönen weiten sowjetischen Hinterland viele Möglichkeiten geben wird, das Gespräch auf, Ihr wißt schon, Ihn zu bringen, sowie heilige Sachen etc., sowie auch alle Arten und Formen von Ohren zum Hineinsprechen –, wobei ich natürlich nicht wußte, daß der Weißmeer-Ostsee-Kanal ein grandioser Scheiß-Mehrkosten-Kanal mitten in der völlig vom Großen Geist verlassenen Tundra war, wo es immer mitten in der Nacht ist, oder eher 3 Uhr morgens, und draußen sind minus 72°, mit wahnsinnigen zwei Meter großen maschinenpistolentragenden Maltschiks, jederzeit gern bereit, einen in Ladoga-See-Brombeermarmelade zu verwandeln, sobald es in ihren strammen Dienstplan paßt ...*

In Neapel, auf den Tag genau einen Monat später – das heißt, früh im nächsten Jahr, noch grün von falschen Versprechungen – wurde die fließende Übereinstimmung des ältesten Gewerbes der Welt mit dem neuesten durch eine etwa vierzigjährige Straßendirne in Minirock und Netzstrümpfen symbolisiert, die auf dem Trottoir vor dem Software Superstore in der lambrettalauten Via Malta patrouillierte, perpendikular gegenüber vom in der ganzen Welt zu Recht hochangesehenen Nationalmuseum.[9] Indem der Tag nachließ, nahm der Verkehr, motorisiert wie zu Fuß, zu, und die potentiellen Kunden der Hure wurden zahlreicher, aber diese spezielle Prostituierte war extrem wählerisch. Eingeborene Schlenderer gingen vorüber und wieder vorüber, wie Dampfbügeleisen; das gaffte, gab Zeichen, pfiff, blies Küßchen, wurde, Mann für Mann, ignoriert. Ein Betrunkener bekam die volle Wucht ihres verächtlichen Blicks zu spüren. Ein Aufreißer mit weißem Hut und Zweireiher schlich sich heran und formte Posen in der Luft, in welchen er, sie …, nur um durch einen gebieterischen Furzlaut (»BRRRRRRRRPPP«) und die

9 Ja, dahin habe ich es auch mal geschafft. Bald will ich da aber nicht wieder hin. Nichts in dem ganzen Laden, außer Statuen von griechischen Pupenjungs mit Lidstrich und Lippenstift, so wahr Gott mein Zeuge ist –, und es würde mich überhaupt nicht überraschen, wenn die rotgeschminkte alte Schlampe, die vor den Klos auf mich zustolziert kam, genau dieselbe gewesen wäre wie die hier. Wißt ihr, man müßte ganz schön ausholen, wenn man erklären wollte, warum so viele von uns, wenn sie die Wahl haben, sich für Bundoran oder Lisdoonvarna – oder meinetwegen auch für Killoyle – als idealen Urlaubsort entscheiden, anstatt für das Ausland, welches, obschon reich an Kultur, Fremdsprachen, Hotels und sonstwas, doch immer auch eine Überraschung im Ärmel hat, die meist mit dem Wandern seiner dunkelhäutigen Hände über unsere niederen Regionen einhergeht, falls Sie verstehen, was ich meine. Zumindest ist in Bundoran eine Pint eine Pint, und ein Verpiß dich! hat Gewicht.

gehörnte Hand *(»Cornuto, va!«)* aus ihrer Gegenwart verbannt zu werden.

Sie war einen Augenblick lang allein.

»Ale, Dio«, seufzte sie. Kamen denn gar keine *stranieri?* Keine *americani, inglesi,* nicht einmal *tedeschi ...?* Dann, aus Richtung Hafen, den westwärts gewandten Ball der Sonne halb verdunkelnd, auf einem kurzlebigen Crescendo aus Fiat-Musik herangespült, ragte ein Fremder auf, rückte näher, warf einen großen Schatten, von der Länge her: ein großer Junge, *inglese,* der kecken Neigung seiner Mütze nach.

»Cuucuu, Coco«, kollerte die Kurtisane. »Du *gigante,* du Inglish? Du schöne große, Gianni, ey? Du wolle komme mite, jetze?«

»Ich nix non parlo hitalljano, Süße. Äh, hör zu, ich will zum Bahnhof. Sdatzi-Ohne?«

»Stazione? Si, chiaro, iche kenne. Mitekomme unde iche dire sage, okay?«

»Ich hab jetzt wirklich keine Zeit rumzugammeln. Ich bin auf dem Weg wohin, was Tschijeeti oder so heißt, kennst du das vielleicht? C-H-I ...«

»Chieti? *Sí.* So? Iste bei Roma. Zu weite eute, Glanni. Viele Zeite füre S'paße lere ine Napoli, no?«

»Soso, Spaß. Aha. Du bist doch bestimmt eine gottverdammte Nutte, stimmt's? Hör zu, ich hab im Augenblick keine Lust auf einen Fick, also zeig mir, wo der Sdatzi-Ohne ist, und dann sagen wir Ariwedörtschi, wie sieht's aus?«

Schmeichelei schlug in Verachtung um, mit einem Schuß Säure.

»Va fa'nculo. Coglione. Finocchio.«

»Genau. Verpiß dich ebenfalls.«

So machte sich mit der grausen Unvermeidbarkeit von Kinderkrankheiten oder Steuern (oder dem Tod) – oder der vulkanischen Lava, die von Zeit zu Zeit die

Hänge des nahen Vesuvs herunterströmte – Thomas Fingall Wellington Casement O'-Malley »Der Grieche« Maher, anläßlich seines ersten Auslandsaufenthalts (wenn man Blackpool, Stranraer und die übliche Spritztour des Durchschnitts-Paddys in die Londoner Bezirke Kilburn und Hammersmith nicht mitzählt) zur Stazione Centrale auf, und von dort – nachdem er unbeholfen, aber wirkungsvoll seine Reisepläne überall mitgeteilt hatte – (über Capua, Caserta und Ferentino) weiter nach Chieti, in jenen einst so friedvollen kleinen Urlaubsort auf den Hügeln.[10]

10 Wird nun, da der gräßliche Irre weg ist, Friede im einst turbulenten Killoyle einkehren? Ich würde mich nicht drauf verlassen. Es zeigt nur, wie der Da bei »Auge« Molloys Beerdigung sagte: »Man weiß nie, was um die nächste Ecke kommt, oder wer gerade die letzte Kurve gekratzt hat.« Übrigens hat, solang wir bei dem Thema sind, besagter »Auge«, der jüngere Bruder eines alten republikanischen Bekannten des Erzeugers aus Armagh, dermaßen gründlich die sprichwörtliche Kurve gekratzt, daß er sozusagen gegen seine eigenen Rücklichter geknallt ist –, aber warten Sie, bis ich es Ihnen erzähle. Ein trauriger Fall, das kann man sagen. »Auge« verbrachte, wie so viele, seine Studienzeit mit einem Stipendium Ihrer Majestät in der Crumlin Road und machte dann seinen Abschluß mit Auszeichnung im Maze-Gefängnis. Als er wieder in die Welt hinausgetreten war, begab er sich nach Süden und fand durch das Pfründeverteilungsprogramm für Republikanische Häftlinge Groß-Dublin einen Job als Ergonomie-Berater beim Ministerium für Justizvollzugsanstalten. Ihm wurde ein Arbeitskubikel samt Schreibtisch, Rollstuhl (er war ein Märtyrer der Arthritis, und die Aufseher im Maze-Gefängnis hatten darauf bestanden, ihm regelmäßig Knochenmarkproben zu entnehmen –, zwar sehr höflich, aber doch!), Aspidistra-Attrappe und Schreibmaschine zugeteilt. Es war nicht unkuschelig, aber unser Freund konnte nie länger als fünfzehn Minuten am selben Ort bleiben, weil er Angst hatte, verhaftet zu werden (wenn man Jahre mit Briten und ihren ulsterprotestantischen Kettenhunden verbracht hat, die einem bei Tag und Nacht ins Gesicht bellen, wird man so). Lieber manövrierte er mit seinem Rollstuhl still durch die Korridore, bog hinter dem Rücken ihrer Insassen in andere Arbeitskubikel ein und gab seine Anwesenheit nach einigen Sekunden durch lautes Bühnengelächter

bekannt, welchem, ohne weitere Präambel, direkte Konversation folgte, die sich (etwa) folgendermaßen abspielte: War die Blase auf seinem Hintern ein Pickel oder ein Insektenstich? Warum hatte der vor 1972 gebaute Ford Escort keinen synchronisierten ersten Gang? Haben Motten ein Gehirn? Welches Tier hat das muskulöseste Rektum (er plädierte naturgemäß für die Kuh, da die soviele Mägen hat, die alle entleert werden müssen)? Kurz, es war eine bunt zusammengewürfelte Anhäufung von Themen, so haarsträubend, daß er bald zum Gegenstand allgemeinen Grolls, ja, Abscheus, wurde und sich kurze Zeit später trotz seinen lauten Protesten und Drohungen, jedem einzelnen in dem Laden hundert Milligramin Semtex mit der Post zu schicken, in der Schlange vor dem Stempelgeldschalter wiederfand ..., ja, der arme »Auge«.

Doch das war noch nicht das Ende. Als nächstes tauchte er mit Beinschienen und erstaunlich dicken Brillengläsern als Servierer in Mountjoy's Bar in Longford auf, wo er sich auch ein Jahr lang erstaunlich gut hielt, bis das Temperament mit ihm durchging und er seine Bierkrüge zu Boden warf. Danach arbeitete er nicht mehr. Er zog es statt dessen vor, draußen zu stehen, die Arme in die Hüften gestemmt, und, wenn Passanten vorüberkamen, suggestive Grimassen zu schneiden, was im Gaststättengewerbe ein Ding der Unmöglichkeit ist. (Zeugen berichteten, eine seiner Lieblingsgrimassen - genau diejenige, der er seinen Spitznamen verdankte - habe darin bestanden, daß er die Augen weit aufriß und langsam rotieren ließ, wie seinerzeit B. Karloff, *Die Mumie,* 1932: ein bezeichnendes Detail, von den Ereignissen her, die noch geschehen sollten, rückblickend betrachtet.) Wieder wurde ihm der Laufpaß ausgestellt, und da er sich mit Autos auskannte, besorgte »Auge« sich - obwohl er Beinschienen und eine vom Arzt verschriebene zwei Zoll dicke getönte Brille trug - einen Job als Aushilfs-Chauffeur bei Lord Steamer, unten in Ballygowan. Das sah, wenn man die Quantität und Qualität der Jaguare usw., die sich im Besitz Seiner Lordschaft befanden, nach allem anderen als einer ruhigen Kugel aus. »Auge« schloß sogar eine tiefergehende Bekanntschaft mit Ginny Penrod, der zweiten Küchenchefin, welche selbst an chronischer Kurzsichtigkeit litt; endlich schien alles bestens für ihn zu laufen, aber dann schlug das Glück der Iren wieder zu. Als er zum erstenmal am Steuer aushelfen sollte, man hätte es ahnen können - Schirmmütze, gestreifte Hose, Affenschaukel, alles –, genau an dem Tag wagten die Pookas ihr Tänzchen mit ihm: bei seiner Jungfernfahrt, nach etwa fünf Meilen, während Lord S. auf dem Rücksitz in den *Sporting News* blätterte, bemerkte »Auge« (behauptete das zumindest), daß Schwärme geflügelter Mäuse auf den Rändern seiner Brille landeten; er stieß einen Fluch aus, wollte die Geschöpfe mit beiden Händen verscheuchen und kletterte auf die Kühlerhaube, um das zum Landeanflug ansetzende Geschwader besser in den Blick zu kriegen. Nun, es wird Sie kaum erstaunen, wenn Sie erfahren, daß die ersten Worte, die im Krankenhaus dem Munde Seiner Lordschaft entquollen, grob herabsetzender Natur waren und sich mit »Auge« befaßten –, nicht, daß der arme »Auge« sich auch nur einen feuchten darum geschert hätte, wo beide Beine über den Jordan gegangen waren und in ihm die Überzeugung wuchs, daß es die Ränder seiner Brillengläser selbst waren, die seine Sicht beeinträchtigten: er sah sie, sagte er, sogar in seinen Träumen. Nachdem er aus dem Krankenhaus entlassen worden war, wurden ihm Haftschalen angemessen, aber das hatte nur den Erfolg, daß er plötzlich seine Nasenspitze mit widerwärtiger Schärfe sah. Eines Tages riß er sich am Straßenrand mit einem Aufschrei der Qual die Linsen heraus. Kurz und gut, der Wahn packte ihn vollends, und er beschloß seine Tage daheim, wo er in einem elektrischen Rollstuhl herumsummte und an verschiedenen Zimmerdecken den präzisen Punkt zu fixieren trachtete, an dem sein Blick am wenigsten von ihn umgebenden Gesichtszügen beeinträchtigt wurde; bald wurde er natürlich zu so etwas wie einem Fachmann auf diesem Gebiet und wollte eine Monographie darüber schreiben, aber natürlich rückte sich jedesmal, wenn er die Augen aufs Papier senkte, seine Nase ins Gesichtsfeld, welcher dann alles andere folgte. Das war wirklich lästig. Am Ende winkten nur a) Blindheit, und zwar gewollte; b) eine Sonnenbrille in Haushaltsgröße, schwarz; oder c) Verzweiflung, im alten, romantischen Sinne. Die darauffolgende Entdeckung (durch Ginny Penrod, armes Mädel) seiner Leiche, die, Gesicht nach oben, im Suir trieb, im Straßenanzug, mit Sonnenbrille und bekränzt mit Blumengirlanden, ließ auf einen hübschen Cocktail aus b) und c) schließen, mit einem präraffaelitischen Spritzer. Ginny und der Welt hatte »Auge« eine Abschiedsnotiz hinterlassen, unbeholfen handschriftlich (da er mit den Augen, wie wir uns vorstellen können, woanders war), aber doch beredt: Mir reicht's *Cheerio.*

Verlag Rogner & Bernhard
(Bücher von R&B nur bei Zweitausendeins, Tel. 069-4208000, www.zweitausendeins.de)

Deutsch von Bernd Rullkötter, 496 Seiten, DM 39,-

»Mit der Naturverbundenheit eines David Guterson und dem Pfiff eines Mark Twain erzählt Duff Brenna in seinem Debütroman die rasante Geschichte vom Wandel der vermeintlich dummen Mamie zum geschätzten Rezitationstalent.«

Der Spiegel